목소리

Röddin

목소리
Röddin

2023년 10월 30일 1판 1쇄 발행

지은이 | 아날두르 인드리다손
옮긴이 | 이기원
펴낸이 | 양승윤

펴낸곳 | ㈜와이엘씨
서울특별시 강남구 강남대로 354 혜천빌딩 15층
Tel. 555-3200 Fax. 552-0436

출판등록 | 1987. 12. 8. 제1987-000005호
http://www.ylc21.co.kr

값 18,000원
ISBN 978-89-8401-260-8 03850

* 영림카디널은 ㈜와이엘씨의 출판 브랜드입니다.
* 소중한 기획 및 원고를 이메일 주소(editor@ylc21.co.kr)로 보내주시면, 출간 검토 후 정성을 다해 만들겠습니다.

목소리

Röddin

아르드날뒤르 인드리다손

Arnaldur Indriðason

영림카디널

겨울이 오면

꽃과 햇빛과 대지의 그림자는

이제 어디서 찾아야 하나?

무심한 성벽은

말없이 저 홀로 꼿꼿하고

바람개비는 바람에 덜걱거리는데.

– 프리드리히 휠더린(Friedrich Hölderlin)의
'삶의 한가운데 서서(At the Middle of Life)' 중에서

■ 아 이 슬 란 드 식 이 름 에 관 해 서 ─────────────

아이슬란드 사람들은 호칭에 이름만을 사용하고 성은 쓰지 않는다. 대부분의 사람들
은 성 대신에 아버지의 이름을 따고 이름 뒤에 아들은 son(슨), 딸은 dottir(도티르)를
붙여 사용한다. 전화번호부에도 이름만 기록되어 있을 정도다. 영어권이나 다른 문
화권에는 이상하게 들릴 수도 있지만 경찰 조직에서도 마찬가지여서, 경찰이나 범죄
자를 부를 때도 역시 이름만 사용한다.

에를렌두르 형사의 원래 이름은 에를렌두르 스벤인슨(Erlendur Sveinsson)이며, 그의
딸은 에바 린드 에를렌즈도티르(Eva Lind Erlendsdottir)이다. 어머니의 이름을 따는
경우는 아주 드물다. 전통적인 성을 가진 가문도 있지만, 이는 대체로 덴마크 사람들
의 영향을 받았거나 그 후예인 경우에 해당한다. 20세기 초까지 덴마크의 식민 지배
를 받았던 흔적이다.

■ 본문의 주석은 모두 옮긴이의 것임.

드디어 기다리던 순간이 왔다. 커튼이 올라가고 청중석이 눈앞에 펼쳐졌다. 자기를 주시하고 있는 모든 사람들의 시선에서 커다란 전율을 느끼며 그는 두려움을 금세 떨쳐버릴 수 있었다. 학교 친구와 선생님들, 대견스럽다는 듯이 고개를 끄덕이고 있는 교장 선생님도 보였다. 하지만 대부분은 낯선 사람들이었다. 이 모든 이들이 사람을 끌어당기는 그의 아름다운 목소리를 듣기 위해 모였으며, 심지어는 외국에서도 찾아온 것이었다.

청중석의 소곤거림이 점차 잦아들고 모든 시선이 그에게 집중되었다. 그는 맨 앞줄 가운데 앉아 있는 아버지를 보았다. 검은 뿔테안경을 쓴 아버지는 한쪽 다리를 꼬고 앉아 무릎에 놓인 중절모를 꼭 쥐고 있었다. 아버지는 두꺼운 안경알을 통해 그를 바라보면서 힘내라는 듯이 잔잔한 미소를 보내고 있었다. 그렇다. 이것은 그들 부자의 생애에서 정말로 중요한 순간이었다. 이후로는 이런 순간이 다시는 찾아오지 않으리라.

지휘자가 손을 들자 정적이 청중석으로 내려앉았다.

이윽고 그는 자신의 아버지가 신이 내린 축복이라 말한 맑고 달콤한 목소리로 노래를 부르기 시작했다.

Roddin

첫
째

날

1

Röddin

엘린보르그 형사는 호텔에서 동료들을 기다리고 있었다.

각종 반짝이는 장식들로 잔뜩 치장된 커다란 크리스마스트리가 로비에 세워져 있고 '고요한 밤 거룩한 밤'이 은은하게 울려퍼지고 있었다. 호텔 앞에는 대형 셔틀버스가 서 있고, 한 무리의 사람들이 프런트로 다가가고 있었다. 보다 색다른 경험을 찾아 성탄절과 새해를 아이슬란드에서 보내려고 온 여행객이었다. 이미 아이슬란드 전통 스웨터를 사 입은 이도 있었지만 이제 막 입국한 사람들이라는 걸 한눈에도 알 수 있었다. 그들은 아마도 이국적인 겨울 나라를 찾아왔을 것이다. 에를렌두르 형사반장이 레인코트에 쌓인 진눈깨비를 털어내는 동안 시구르두르 올리 형사는 로비를 둘러보고 있었다. 엘리베이터 옆에 엘린보르그가 서 있는 것을 본 그는 에를렌두르를 잡아끌고 그녀에게로 걸어갔다. 엘린보르그는 벌써 현장을 살펴보고 난 뒤였다. 현장은 처음 도착한 경관들이 완벽하게 보존해놓은 상태였다.

호텔 총지배인은 부디 소란을 일으키지 말아달라고 정중하게 요청했었다. 이곳은 호텔이고, 호텔은 명성으로 먹고 사는 곳이니만큼 그 점을 충분히 고려해달라는 것이었다. 그래서 요란한 사이렌 소리도

울리지 않았고, 정복 경찰들이 로비를 통해 들이닥치지도 않았던 것
이다. 총지배인은 손님들이 동요하지 않게 할 수만 있다면 어떤 것도
감수하겠다고 말했다.

아이슬란드는 지나치게 들뜨지도, 지나치게 모험적이지도 않은 나
라여야 한다.

총지배인은 엘린보르그 옆에 서서 에를렌두르와 시구르두르 올리
에게 손을 내밀어 악수를 청했다. 지배인은 정장 한 벌로 가리기에는
엄청나게 비대한 몸을 가지고 있었다. 간신히 채운 윗도리 단추로는
그의 거대한 뱃살을 감추기 어려웠고, 허리춤은 그 엄청난 뱃살에 파
묻혀 보이지도 않았다. 그는 이마며 목뒤로 끊임없이 흘러내리는 땀
을 커다란 손수건으로 연신 닦아내고 있었다. 셔츠의 흰 칼라 역시 땀
에 흠뻑 젖어 있었다. 에를렌두르는 땀에 젖은 총지배인의 손을 잡아
주었다.

"고맙습니다." 총지배인은 돌고래처럼 숨을 뿜어내며 말했다. 그는
호텔 지배인 생활 20년 동안 이런 곤경에 처한 적은 한 번도 없었다
고 했다.

"크리스마스 시즌에 이런 일이 생기다니, 이게 대체 무슨 일이야?"
총지배인은 자신이 처한 이 끔찍한 상황에 대해서는 전혀 관심도 없
어 보이는 경찰에게서 한 걸음 떨어지며 중얼거렸다.

"위에 있습니까, 밑에 있습니까?" 에를렌두르가 물었다.

"위? 밑?" 뚱뚱한 지배인이 콧김을 뿜어내며 되물었다. "그러니까
하늘나라로 갔느냐 아니냐 그런 말입니까?"

"네." 에를렌두르가 말했다. "우리도 바로 그걸 알고 싶습니다만……."

11

"엘리베이터를 타고 올라가야 합니까?" 시구르두르 올리가 나서며 물었다.

"아니요." 눈초리에 짜증을 가득 담은 총지배인이 에를렌두르를 보며 대꾸했다. "아래 지하실에 있습니다. 그곳에 작은 방이 하나 있거든요. 우리는 그 사람을 내쫓고 싶지 않았습니다. 이제 이 일은 여러분의 일이니 알아서들 하십시오."

"왜 내쫓고 싶었을까요?" 에를렌두르가 다시 물었다.

총지배인은 그를 쳐다보았으나 아무런 대꾸도 하지 않았다.

그들은 엘리베이터 옆 계단으로 천천히 걸어 내려갔다. 총지배인이 앞장서서 내려갔는데, 그것이 총지배인에게는 상당히 힘든 일일 것 같았다. 에를렌두르는 그가 어떻게 다시 올라갈지 은근히 궁금했다.

에를렌두르뿐 아니라 경찰 본부에서도 호텔 측 입장을 충분히 고려해 가능한 한 이 사건을 조용하게 처리하려 하고 있었다. 경찰차 3대와 구급차는 호텔 뒤에 세워두고, 경관들과 의료보조원도 뒷문을 통해 들어왔다. 이 지역 담당 검시의는 지금 오고 있는 중이었다. 그가 사망증명서를 발급하고 시신 운구용 밴을 부를 것이다.

일행은 숨이 차서 헉헉대는 총지배인을 앞세우고 긴 복도를 걸어갔다. 복도 저편에서 사복 차림의 경관들이 그들을 맞이했다. 관리하는 사람이 없는지 천장의 전구들이 불이 나가 있어서 복도는 갈수록 어두워졌다. 어둠 속에서 마침내 그들은 조그만 방에 도착했다. 문이 안쪽으로 열려져 있는 방은 사람이 사는 방이라기보다는 창고에 더 가까웠다. 그래도 안에는 좁은 침대와 작은 책상, 그리고 너덜너덜해진 매트가 더러운 타일 바닥 위에 자리를 잡고 있었다. 천장 높이쯤에는 작은 창문도 하나 나 있었다.

한 남자가 벽에 기댄 채 침대에 앉아 있었다. 남자는 빨간 산타 옷을 입고 있었다. 흘러내린 산타 모자가 눈을 덮은 채였고, 얼굴은 풍성한 산타 수염에 완전히 파묻혀 있었다. 넓은 허리띠와 윗도리 단추가 풀어헤쳐져 있어 흰 속옷이 드러나 보였다. 가슴에 끔찍한 상처가 나 있었다. 여기저기 다른 상처도 있었지만 결국 심장을 관통한 그 상처 때문에 죽게 된 것 같았다. 그의 손은 살인자에 맞서 격렬히 저항한 흔적을 여실히 보여주고 있었다. 바지는 발목까지 벗겨져 있었고, 성기에는 콘돔이 씌워져 있었다.

"루돌프 사슴 코는 매우 반짝이는……." 시구르두르 올리가 시신을 내려다보며 흥얼거렸다.

엘린보르그가 급히 그의 입을 막았다.

방 안의 작은 옷장은 문이 열려 있었다. 바지와 스웨터, 다림질된 셔츠와 양말들이 잘 개켜져 있고, 옷걸이에는 금색 견장과 반짝이는 놋쇠 단추가 달린 짙은 감색의 제복이 걸려 있었다. 찻장 옆에는 잘 손질된 검은색 구두 한 켤레가 놓여 있었다.

방바닥 여기저기에는 신문과 잡지가 아무렇게나 흩어져 있고, 침대 옆의 작은 책상 위에는 스탠드와 함께 '빈소년합창단의 역사'라는 제목의 책이 놓여 있었다.

"이 사람, 여기서 지냈습니까?" 현장을 살펴보며 에를렌두르가 물었다. 그와 엘린보르그는 방 안에 들어가 있었고, 시구르두르 올리와 총지배인은 밖에 서 있었다. 그들 모두가 들어가기에는 방이 너무 좁았다.

13

"여기서 지낼 수 있게 사정을 봐주었죠." 총지배인은 이마에서 땀을 닦아내며 마지못한 듯 대답했다. "제가 이 호텔에 오기 전부터 있던 사람입니다. 도어맨으로 일하고 있었죠."

"처음 발견했을 때 문이 열려 있었습니까?"

좀 전에 한가락 흥얼거린 것을 만회라도 할 양으로 시구르두르 올리가 딱딱한 말투로 물었다.

"여러분이 올 때까지 기다리라고 직원한테 말해 두었습니다. 처음 발견한 여직원 말입니다. 직원용 커피룸에서 기다리는데, 짐작하시겠지만 아주 많이 충격을 받은 것 같습니다." 총지배인은 다시 방 안으로 시선을 돌렸다.

에를렌두르는 시신 쪽으로 다가가서 가슴에 난 상처를 자세히 살펴보았지만 도무지 어떤 흉기에 당한 것인지 알 수가 없었다. 고개를 들어 벽 위쪽을 보니, 셜리 템플 주연의 낡고 빛바랜 영화 포스터 한 장이 셀로판테이프로 붙여져 있었다. '소공녀'라는 제목의 그 영화 포스터가 그 방의 유일한 장식이었다.

"저게 누구죠?" 문지방에 선 시구르두르 올리가 포스터를 쳐다보며 물었다.

"누구긴? 셜리 템플이지." 에를렌두르가 대답했다.

"그러니까 그 사람이 대체 누구냐고요? 죽었어요?"

"셜리 템플 몰라?" 엘린보르그는 시구르두르 올리의 무식함에 놀라지 않을 수 없었다. "저 여자가 정말 누군지 몰라? 미국에서 공부하지 않았어?"

"할리우드 배우였나?" 시구르두르 올리가 여전히 포스터를 쳐다보며 물었다.

"아역 스타였지." 에를렌두르가 퉁명스럽게 대꾸했다. "그런 관점에서 보면 죽었다고도 할 수 있겠지."

"뭐라고요?" 시구르두르 올리는 무슨 말인지 도통 알아듣지 못한 것 같았다.

"아역 스타라고." 엘린보르그가 다시 말해 주었다. "잘은 모르겠지만 아마 아직 살아 있을걸. 미국의 상징 같은 여자라고도 할 수 있을 텐데."

에를렌두르는 그 방에서는 더 이상 다른 사람의 흔적을 찾을 수 없을 것 같다고 생각했다. 방 안을 둘러보았지만 책장도 CD도, 컴퓨터나 라디오, 텔레비전도 없었다. 오직 책상과 의자, 옷장, 때에 찌든 베개와 지저분한 새털 침대커버뿐이었다. 이 좁은 방은 어쩌면 그에게 일종의 감방이 아니었을까.

에를렌두르는 밖으로 나가 어두컴컴한 복도 저쪽 끝을 바라보고 있었다. 누군가 성냥을 켰었는지 희미한 냄새가 났다.

"저쪽에는 뭐가 있습니까?" 그가 총지배인에게 물었다.

"아무것도 없습니다. 그냥 복도 끝이지요. 전구 몇 개가 나갔는데 바로 갈아 끼울 겁니다." 지배인이 천장을 올려다보며 대답했다.

"이 사람이 여기서 지낸 지는 얼마나 됐습니까?" 에를렌두르가 다시 방으로 들어가며 물었다.

"내가 근무하기 전 일은 나도 잘 모릅니다."

"그렇다면 당신이 이 호텔에서 일하기 시작했을 때 이미 이 사람은 여기서 살고 있었다는 겁니까?"

"네."

"그 말은 이 사람이 20년도 넘게 여기서 지냈다는 건가요?"

"네."

엘린보르그는 콘돔을 쳐다보았다.

"적어도 섹스에 관한 한 안전주의자였나 봐요."

"완전히 안전하다고는 할 수 없을걸." 시구르두르 올리가 말했다.

그때 마침 담당 검시의가 도착했다. 검시의는 방금 복도를 따라 돌아가던 호텔 직원과 동행하고 있었다. 그 역시 보통 뚱뚱한 게 아니었지만, 그래도 호텔 총지배인에 비할 바는 못 되었다. 그가 방 안으로 비집고 들어오자 엘린보르그가 밖으로 튕겨져 나갔다.

"안녕하십니까, 에를렌두르 반장님?" 검시의가 인사를 했다. "심장마비 같은데 좀 더 살펴봐야겠어요." 검시의가 말했다. 자기 말이 그다지 재미가 없다는 걸 그도 잘 알고 있었다.

에를렌두르 반장이 귓속말을 주고받고 있는 시구르두르 올리와 엘린보르그를 쳐다보았다.

"얼마나 지났는지 알 수 있을까요?" 에를렌두르가 물었다.

"그렇게 오래된 것 같지는 않고, 한 두어 시간쯤 됐겠는데요. 이제막 사후경직이 시작됐거든요. 그런데 순록은 어디다 치웠습니까?"

에를렌두르가 한숨을 내쉬었다.

검시의가 시신에서 손을 떼며 말했다.

"이제 내가 사망진단서에 사인을 하고 나면 이 시신은 시체안치소로 보내질 테고 거기서 부검을 할 겁니다. 오르가슴도 일종의 죽음과같은 순간이라고들 합니다." 그는 시신을 내려다보며 덧붙였다. "결

16

국 이 사람은 두 번을 경험한 거죠."

"두 번?" 에를렌두르는 무슨 말인지 알아듣지 못했다.

"오르가슴 말입니다." 검시의가 말했다. "사진들을 입수해야겠지요?"

"네." 에를렌두르가 대답했다.

"이 사람 가족 앨범에서 좋은 사진들을 구할 수 있을 겁니다."

"가족이 없는 것 같은데요." 에를렌두르는 이렇게 말하고 다시 한 번 방 안을 둘러보았다. "그럼 일단 검시의님 일은 끝난 거죠?" 그와의 말장난을 얼른 끝내고 싶었던 에를렌두르가 서둘러 물었다.

담당 검시의는 고개를 끄덕이고는 방에서 나가 복도를 내려갔다.

"호텔을 봉쇄해야 하지 않을까요?" 엘린보르그가 숨이 넘어갈 듯한 표정의 총지배인을 주시하며 물었다. "외부로 통하는 모든 교통수단을 통제하고, 또 여기 모든 손님과 직원들을 일일이 심문해야 하고, 공항과 항구도 봉쇄하고……."

"맙소사!" 총지배인은 신음소리와 함께 손수건을 쥐어짜며 에를렌두르에게 애원하는 듯한 눈빛을 보냈다. "겨우 도어맨 하나가 죽은 건데요!"

마리아와 요셉이라고 해도 여기서는 방을 구하지 못할 거*라고 에를렌두르는 생각했다.

"이런, 이런……. 우리 손님들 중에는 이런 짓을 저지를 사람이 없어요." 분개한 총지배인이 침을 튀겨가며 말했다. "대부분 여행객들

---

* 아기 예수가 탄생한 크리스마스를 앞두고 있지만 예수를 낳아야 하는 마리아와 요셉이라 해도 살인사건이 일어난 이 호텔에 투숙하기는 어렵다는 뜻.

이고, 이곳 주민들과 함께 사업하시는 분들이에요. 일개 도어맨 따위와 엮일 일을 할 사람은 아무도 없단 말입니다. 아무도요. 여긴 레이캬비크*에서도 제일가는 고급호텔 중 하나예요. 이제 황금연휴가 시작되었는데, 절대로 문을 닫을 수 없어요! 절대로요!"

"우리도 그렇게까지 할 생각은 없습니다." 에를렌두르가 총지배인을 진정시키며 말했다. "하지만 여기 직원들과 손님 몇 분께는 여러 가지 알아볼 것이 있습니다."

"고맙습니다." 총지배인이 다시 냉정을 찾으며 말했다.

"저 남자 이름이 어떻게 됩니까?"

"구드라우구르입니다." 총지배인이 말했다. "한 오십쯤 되었을까요? 그리고 가족이 없다는 것은 맞습니다."

"누구 찾아온 사람도 없었나요?"

"내가 알기로는 없었던 것 같습니다." 총지배인이 콧김을 뿜어내며 말했다.

"이 사람과 관련해서 호텔에 뭔가 문제가 있거나 하지는 않았습니까?"

"전혀요."

"도난사건은?"

"아니요. 그런 일은 전혀."

"다른 사람들의 불평은?"

"전혀."

---

* 아이슬란드 섬 남서부에 위치한 최대의 항구도시로, 아이슬란드의 수도이다.

"이전에 무슨 안 좋은 일에 연루되었거나 하지는 않았습니까?"

"내가 아는 한 그런 일은 없었습니다."

"이 호텔의 누군가에게 원한을 산 일은 없었나요?"

"아마 없을 겁니다."

"호텔 사람 말고는요?"

"글쎄요, 그건……. 나도 이 사람에 대해 잘 알지 못해요." 총지배인이 슬쩍 말을 바꿨다.

"20년 동안 전혀?"

"네. 정말 모르겠습니다. 다른 사람들과 별로 교제가 없었어요. 가능한 한 늘 혼자 지내려고 했어요."

"이런 사람에게 호텔이 맞을 거라고 생각합니까?"

"네? 글쎄요……. 항상 점잖았고, 또 누가 이 사람에 대해서 나쁜 말 하는 것을 한 번도 들어본 적이 없거든요."

"정말 한 번도 없었습니까?"

"전혀요. 이 사람에 대해서 누구도 불평 한마디 없었습니다."

"직원용 커피룸이 어디죠?" 에를렌두르가 물었다.

"저를 따라오십시오." 총지배인은 호텔을 폐쇄하지 않을 거라는 말에 안심하며 이마를 훔쳤다.

"저 사람이 아는 손님은 없었습니까?" 에를렌두르가 물었다.

"뭐라고요?" 총지배인이 되물었다.

"손님요." 에를렌두르가 다시 물었다. "이 호텔 손님 중에 저 사람을 아는 사람이 있을 것도 같은데, 당신 생각은 어때요?"

총지배인은 시신을 바라보며 한동안 콘돔에 눈길을 주었다.

"여자친구에 대해서는 아는 바가 없습니다. 전혀요."

"저 사람에 대해 아는 게 별로 없군요." 에를렌두르가 말했다.

"저 사람은 여기서 그냥 도어맨이었습니다."라고 말하며 총지배인은 에를렌두르가 그런 표현방식을 이해했으리라고 생각했다.

일행은 방을 나섰다. 장비를 갖춘 감식반이 들어오고 관계자들이 그 뒤를 따르고 있었다. 모두들 가까스로 총지배인을 통과해 지나올 수 있었다. 에를렌두르는 그들에게 복도와 아래쪽 후미진 곳을 철저히 조사해 달라고 부탁했다. 시구르두르 올리와 엘린보르그는 시신을 살펴보며 방 안쪽에 서 있었다.

"더 이상 알아낼 게 있을까?" 시구르두르 올리가 말했다.

"더 이상은 없을 거야." 엘린보르그가 말했다.

"글쎄, 그거야 모르는 일이지." 시구르두르 올리가 말했다.

"그 안에 뭔가 있을까?" 엘린보르그가 소금에 절인 땅콩봉지를 꺼내들며 물었다. 그녀는 항상 군것질거리를 들고 다녔는데, 시구르두르는 그게 다 그녀의 신경과민 때문일 거라고 생각했다.

"그 안에?" 시구르두르 올리가 되물었다.

그녀는 시신 쪽으로 고개를 끄덕였다. 잠시 그녀를 바라보던 시구르두르 올리는 그제야 그녀가 말하는 것을 깨달았다. 잠시 머뭇거리던 그는 시신 옆에 무릎을 꿇고 앉아 콘돔을 자세히 들여다보았다.

"이런! 비었는데." 그가 말했다.

"그렇다면 그 여자는 저 사람이 오르가슴을 느끼기 전에 살해했다는 건데……." 엘린보르그가 말했다. "아까 그 의사 생각은……."

"그 여자라고?" 시구르두르 올리가 물었다.

"그래, 뻔한 얘기잖아?" 엘린보르그가 입에 땅콩을 한 주먹 털어 넣으며 말했다. 시구르두르에게 땅콩을 권했지만 그는 고개를 저었다. "매춘부 말이야. 이리로 여자를 불렀겠지. 안 그래?"

"그건 너무 단순한 논리야." 시구르두르 올리가 일어서며 말했다.

"그럴 것 같지 않아?" 엘린보르그가 물었다.

"모르겠어. 전혀 짐작도 안 가."

2
Röddin

직원용 커피룸은 으리으리한 호텔 로비나 고급스러운 객실과는 분위기가 한참 달랐다. 크리스마스 장식도 없고 캐럴도 흘러나오지 않았다. 초라한 주방 테이블에 의자 몇 개와 한쪽 귀퉁이가 찢긴 바닥 장판이 있을 뿐이었고, 구석에는 찬장과 커피머신, 냉장고가 자리하고 있었다. 정리하는 사람이 아무도 없는 듯 커피자국으로 얼룩덜룩한 테이블 위에는 더러운 컵들이 널려 있고, 전원 스위치가 켜진 낡은 커피머신에서는 물이 끓고 있었다.

시체를 발견한 충격에서 아직도 벗어나지 못한 어린 아가씨 주위로 호텔 직원 몇이 둘러앉아 있었다. 얼마나 울었는지 뺨에 흐른 까만 마스카라 자국이 선명했다. 그녀는 눈을 들어 총지배인과 함께 들어온 에를렌두르를 쳐다보았다.

"이 여자입니다." 총지배인은 마치 그녀가 성스러운 크리스마스를 망쳐버린 죄인이라도 되는 양 말하며 나머지 직원들을 밖으로 내보냈다. 에를렌두르는 그 여자와 단둘이서 이야기하고 싶다고 말하고 총지배인도 방에서 내보내려 했다. 총지배인은 깜짝 놀라며 그를 쳐다보았으나 곧 그렇지 않아도 할 일이 잔뜩 밀렸다고 투덜대며 밖으로 나가주었다. 그가 나간 다음 에를렌두르는 문을 닫았다.

마스카라 범벅이 된 여자는 영문을 모르겠다는 얼굴로 에를렌두르를 쳐다보았다. 에를렌두르는 살짝 미소를 지으며 의자를 당겨 그녀와 마주 앉았다. 20대 초반으로 그의 딸과 비슷한 나이로 보이는 여자는 여전히 자기가 보았던 것에 대한 충격에서 벗어나지 못한 듯 신경이 날카로워져 있었다. 검은색 머리칼에 날씬한 몸매로, 밝은 청색의 객실 담당 메이드 유니폼을 입고 있었다. 유니폼 상의 포켓에 달려 있는 명찰에는 외스프라는 이름이 적혀 있었다.

"여기서 일한 지는 얼마나 됐죠?" 에를렌두르가 물었다.

"한 1년쯤 됐어요." 낮은 목소리로 대답한 외스프가 그를 물끄러미 쳐다보았다. 그는 그녀가 너무 부담을 갖지 않았으면 싶었다. 훌쩍거리며 그녀는 앉은 자세를 바로 했다. 시체를 발견한 것이 그녀에게는 끔찍한 경험이었음이 틀림없었다. 사시나무라는 뜻의 외스프라는 이름이 그녀에게 참 잘 어울린다고 에를렌두르는 생각했다. 그녀는 마치 바람에 흔들리는 나뭇가지 같았다.

"그건 그렇고, 여기서 일하는 건 마음에 들어요?" 에를렌두르가 물었다.

"아뇨."

"어째서?"

"일을 해야 하니까요."

"뭐가 그렇게 힘든가요?"

그녀는 그런 걸 왜 묻느냐는 표정으로 그를 쳐다보았다.

"침대 시트도 갈고 변기도 청소해요." 그녀가 말했다. "진공청소기도 돌리죠. 하지만 그래도 슈퍼마켓보다는 일할 만해요."

"사람들은 어떤가요?"

"총지배인은 밥맛이에요."

"하긴 물이 줄줄 새는 소화전 같기는 하지."

외스프가 미소를 지었다.

"그리고 어떤 손님들은 형사님이 생각하는 것처럼 다른 꿍꿍이가 있어서 여기 들어온 거예요."

"지하실에는 무슨 일로 내려갔던 거요?" 에를렌두르가 물었다.

"산타를 데려오려고요. 아이들이 기다리고 있었거든요."

"아이들이라니?"

"크리스마스 파티요. 직원들을 위한 크리스마스 파티가 있어요. 직원 자녀와 호텔에서 지내는 아이들을 위한 파티인데, 그 사람이 산타 역할을 하기로 했어요. 그런데 나타나지 않아서 제가 데리러 갔던 거예요."

"끔찍했겠군."

"시체를 본 적은 한 번도 없었거든요. 그리고 콘돔도." 외스프는 생각만 해도 끔찍한 듯싶었다.

"이 호텔에 그 사람의 여자친구가 있었나요?"

"내가 알기로는 없었어요."

"그가 호텔 말고 밖에서 누구를 만나거나 하지는 않았나요?"

"그 사람에 대해서는 저도 아는 게 별로 없어요. 상상보다 그 사람을 자주 본 것도 같지만요."

"'생각보다' 이겠지." 에를렌두르가 지적했다.

"뭐가요?"

"'상상보다'가 아니라 '생각보다'라구요."

그녀가 그에게 한심스럽다는 시선을 보냈다.

"그게 뭐가 문제가 되죠?"

"나한테는 문제가 돼요." 에를렌두르가 말했다.

그는 잠시 딴청을 피우며 머리를 흔들었다.

"그를 발견했을 때 문이 열려 있던가요?"

외스프가 잠시 생각해보았다.

"아뇨, 내가 열었어요. 문을 두드려도 대답이 없어서 잠시 기다렸어요. 그러다가 그만 돌아갈까 하는데 어쩐지 문을 열어보고 싶은 생각이 드는 거예요. 문이 잠겨 있겠지 했는데 벌컥 열리더니, 그가 벌거벗고 앉아 있었어요. 거기에 콘돔이⋯⋯." 그녀가 말했다.

"왜 잠겨 있을 거라고 생각했죠?" 에를렌두르가 급히 말을 이었다. "그 문이?"

"당연하죠. 거긴 그 사람 방이잖아요."

"그 사람을 데리러 갔을 때 누구 다른 사람은 못 봤나요?"

"아뇨. 아무도 없었어요."

"그렇다면 그는 산타 옷을 입고 크리스마스 파티 준비를 하고 있었는데, 누군가 내려가서 못 하게 한 거로군."

외스프는 어깨를 으쓱했다.

"누가 그의 침대를 맡았죠?"

"그게 무슨 말인가요?"

"누가 그의 침대보를 갈아주곤 했냐 말이요. 한동안 갈지 않은 것 같던데."

"몰라요. 자기가 해야 했을걸요."

"많이 놀랐겠어요."

"정말 끔찍했어요." 외스프가 말했다.

"알아요." 에를렌두르가 말했다. "가능하면 빨리 잊도록 해요. 그런데 그는 좋은 산타였나요?"

"네?"

여자가 그를 쳐다보았다.

"나는 산타를 믿지 않아서."

에를렌두르가 말했다.

크리스마스 파티를 기획한 여자는 작은 키에 옷을 잘 차려입었는데, 에를렌두르가 보기에는 서른쯤 된 것 같았다. 호텔 마케팅과 홍보담당 매니저라고 자기를 소개했지만 에를렌두르는 별 관심이 없었다. 요즘에는 만나는 사람들 대부분이 마케팅인지 뭔지를 한다고들 하고 있으니. 에를렌두르가 찾아갔을 때 그녀는 2층 자기 사무실에서 전화를 받고 있었다. 언론에서 호텔에 무슨 사건이 터졌다는 정보를 입수한 것이 분명했고, 따라서 에를렌두르는 그녀가 기자에게 뭔가 다른 말로 둘러대고 있으리라 짐작했다. 그녀는 더 이상 할 말이 없다며 수화기를 거칠게 내려놓았다.

에를렌두르는 그녀의 건조한 손을 잡으며 자기를 소개한 뒤, 그 지하실의 남자와 마지막으로 말한 게 언제였는지 물었다. 도어맨인지 산타인지 모르겠지만, 아무튼 그 남자의 이름은 생각이 나지 않았다.

여하튼 산타라고 부르기가 몹시 거북스러웠다.

"굴리요?" 그녀가 그 문제를 해결해주었다. "그에게 크리스마스 파티가 있다는 걸 상기시켜준 게 바로 오늘 아침이었습니다. 회전문 옆에서 그를 만났어요. 근무 중이었죠. 아시겠지만, 그는 우리 호텔에서 도어맨으로 일하고 있었거든요. 하기야 도어맨이라기보다는 사실 잡역부 쪽이 맞을 거예요. 이런 저런 잡다한 것들을 고치거나 챙기곤 했으니까."

"부리기 쉬운?"

"무슨 말씀이신지?"

"쓸모 있고 부리기 쉬우면서도 요구사항은 별로 없는 그런?"

"글쎄요. 그게 문제가 되나요? 그가 나를 위해 뭔가 해준 적은 한 번도 없었습니다. 뭐 딱히 그의 도움이 필요한 것도 없었지만요."

"왜 그가 산타 역할을 했습니까? 아이들에게 인기가 있었나요? 재미있는 사람이었습니까?"

"그전부터 쭉 해왔다고 해요. 이 호텔에서 일한 지 이제 3년이 되었는데, 이번이 제가 기획한 세 번째 크리스마스 파티죠. 그는 이미 두 번이나 산타 역할을 했고 그전에도 그랬다더군요. 괜찮았어요, 물론 산타로서. 아이들도 좋아했죠."

구드라우구르의 죽음은 그녀에게 어떤 영향도 주지 않은 것 같았다. 그것은 그녀의 일과는 전혀 관계가 없었다. 그 살인사건은 단지 한동안 마케팅과 호텔 홍보에 다소 지장을 줄 뿐이었다. 에를렌두르는 어떻게 사람들이 그토록 무관심하고 냉담할 수 있는지 궁금했다.

"그런데, 그는 어떤 사람이었습니까?"

"모르겠어요. 그 사람에 대해서 알 필요도 없었구요. 그는 이 호텔의 도어맨이고 산타였죠. 그 사람에게 말을 한 건 그때 딱 한 번뿐이었어요. 그가 산타였을 때."

"크리스마스 파티는 어떻게 됐습니까? 그 산타가 죽은 건 언제 알았습니까?"

"파티는 취소되었습니다. 그뿐이에요. 그에 대해서는 관심 없습니다." 정말로 별 관심이 없음을 강조라도 하듯 그녀는 한마디 덧붙였다. 지하실의 그 시체는 그녀에게는 전혀 딴 세상의 일이었다.

"그 사람을 가장 잘 아는 사람이 누굴까요?" 그가 물었다. "이 호텔 직원들 중에서 말입니다."

"글쎄요, 프런트매니저하고 말씀해 보시죠. 도어맨은 그 사람 담당이니까요."

그때 책상 위의 전화기가 울리자 그녀는 수화기를 들었다.

에를렌두르는 일에 방해가 된다는 듯한 그녀의 눈길을 받고 자리에서 일어나 밖으로 나왔다. 전화기에 대고 언제까지나 그렇게 다른 말로 둘러대지는 못할 것이라 생각하며.

프런트매니저는 에를렌두르를 상대해 줄 여유가 전혀 없었다. 여행객들이 프런트데스크를 온통 둘러싸고 있었고, 직원 셋이 체크인을 도와주고 있었지만 그들만으로는 도저히 감당할 수 없어 보였다. 에를렌두르는 멀찌감치 서서 연신 여권을 살펴보고, 카드키를 넘겨주고, 미소를 지으며 다음 손님을 맞이하는 그들을 지켜보았다. 사람들은 회전문 밖까지 길게 늘어서 있었다. 그들 뒤로 한 무리의 여행객을 태우고 온 셔틀버스가 호텔 밖에 멈춰 서는 것이 보였다.

이미 조사가 행해진 지하실의 직원용 커피룸에 임시 수사본부가 차려졌다. 그리고 호텔 직원들을 조사하기 위해 평상복을 입은 경찰들이 건물 전체에 흩어져 있었다.

에를렌두르는 로비에 있는 크리스마스 장식을 찬찬히 살펴보았다. 감상적인 캐럴이 은은하게 흐르고 있었다. 그는 로비 한쪽에 있는 커다란 레스토랑으로 걸어갔다. 첫 손님들이 풍성한 크리스마스 뷔페 주위로 길게 줄을 서 있었다. 재빨리 테이블로 다가간 에를렌두르는 청어며 훈제 양고기, 냉장햄, 소 혓바닥 요리를 비롯한 온갖 음식들과 아이스크림, 크림케이크, 초콜릿 크림 등 달콤한 디저트들을 보며 넋을 잃었다.

에를렌두르의 입에는 침이 가득 고였다. 사실 그는 온종일 거의 아무것도 먹지 못한 상태였다.

주위를 한차례 휙 둘러본 그는 재빠른 손놀림으로 향긋한 소 혓바닥 한 점을 집어 입속으로 밀어 넣었다. 누군가가 지켜보고 있으리라고는 생각도 못했던 그는 뒤에서 날카로운 소리가 들리자 그만 심장이 철렁 내려앉고 말았다.

"이봐, 거긴 손대지 마쇼. 대체 뭐하는 거요?"

에를렌두르가 돌아보자 커다란 주방장모자를 쓴 남자가 그를 노려보며 걸어오고 있었다.

"음식을 집어먹다니, 생각이 있는 거요? 그런 손버릇은 어디서 배운 거요?"

"아, 진정하세요." 에를렌두르는 말하며 접시 쪽으로 다가갔다. 그는 뷔페에 오면 한번 해 보리라 생각했던 일을 하기로 했다. 접시에 각종 음식들을 쌓아 올리기 시작했다.

"산타클로스를 아시오?" 그가 소 혓바닥에서 화제를 돌리기 위해 물었다.

"산타클로스?" 요리사가 되물었다. "뭔 산타클로스? 거 제발 음식에 손대지 말아요. 그건……."

"구드라우구르." 에를렌두르가 요리사의 말을 자르며 물었다. "그 사람 얘기 들었소? 왜 여기 호텔에서 이것저것 여러 가지 잡일을 하던 도어맨 말이오."

"굴리요?"

"맞아, 굴리." 요리사의 말을 받아주며 에를렌두르는 큼직한 냉장햄 한 조각을 접시에 올려놓고는 요구르트를 조금 따라 부었다. 엘린보르그를 불러 여기 뷔페 음식이 어떤지 물어보고 싶었다. 수년간 요리책을 모으고 있는 그녀는 소문난 미식가였다.

"아뇨. 그 사람 얘기를 들었느냐니, 그게 무슨 말이오?" 요리사가 물었다.

"얘기 못 들었소?"

"무슨 얘기 말이오? 뭐 안 좋은 일이라도 있나?"

"죽었지. 살해당했소. 아직 모르고들 있나 보군?"

"살해당했어요?" 요리사는 기겁을 했다. "살해당했다니! 우리 호텔에서? 그런데 댁은 뉘시오?"

"자기 방에서. 지하실에 있는 그 작은 방. 나는 경찰에서 나왔소."

에를렌두르는 다시 접시에 담을 음식을 고르러 갔다. 요리사는 소 혓바닥 일은 완전히 잊어버렸다.

"어떻게 살해당했습니까?"

"별로 말하고 싶지 않은데."

"호텔에서요?"

"그렇소."

요리사는 주위를 둘러보았다.

"믿을 수가 없어요." 그가 말했다. "큰일 났군요!"

"그래요." 에를렌두르가 말했다. "큰일도 보통 큰일이 아니지."

그는 알고 있었다. 살인사건은 호텔의 명성에 결코 지울 수 없는 상처가 될 것이며, 앞으로 이 호텔은 성기에 콘돔을 끼운 채 살해당한 산타가 발견된 곳으로 사람들에게 알려질 것이다.

"그를 알고 있었소?" 에를렌두르가 물었다. "굴리 말이오."

"아뇨, 거의 몰라요. 도어맨이었는데, 여기 저기 고장 난 것들을 고치기도 했지요."

"고쳤다고?"

"네, 고장 수리. 그밖에는 전혀 모릅니다."

"이 호텔에서 누가 그 사람을 제일 잘 압니까?"

"글쎄요." 요리사가 말했다. "그에 대해서 아는 게 별로 없어서요. 도대체 누가 그를 살해했지? 그것도 호텔에서. 세상에!"

요리사는 살해당한 사람보다는 호텔 걱정을 더 하고 있는 것 같았다. 에를렌두르는 살인사건이 호텔의 객실 점유율을 획기적으로 높여줄지도 모른다고 넌지시 말해 줄까 싶었다. 그런 것이 요즘 사람들의 사고방식이었다. '살인 현장'으로 호텔을 광고할 수도 있으리라. '범죄현장 둘러보기' 같은 여행상품을 개발하는 방법도 있다. 속으로 그는 진저리를 쳤다. 그저 조용히 자리에 앉아 접시에 담긴 음식을 즐기고 싶었다. 잠시 평화를 맛보며.

시구르두르 올리가 어디선가 불쑥 나타났다.

"뭐 찾아낸 거라도 있어?" 에를렌두르가 물었다.

"없어요." 긴급뉴스를 전하려고 급히 주방 쪽으로 사라지는 요리사를 바라보며 시구르두르 올리가 말했다. "아주 만찬을 즐기시네요?" 화가 난 듯 빈정거리며 그가 덧붙였다.

"아, 싱거운 소리 말라고. 어쩌다 보니 이렇게 된 거야."

"아무것도 없어요. 따로 치워놓은 게 아니라면." 시구르두르 올리가 말했다. "엘린보르그가 옷장에서 낡은 레코드판 두 장을 찾아냈어요. 그게 전부예요. 호텔을 폐쇄하지 않아도 될까요?"

"호텔을 폐쇄하다니, 대체 무슨 말을 하는 거야?" 에를렌두르가 말했다. "호텔을 어떻게 폐쇄할 건데? 그리고 설사 폐쇄한다고 해도 시간은 또 얼마나 걸리고? 객실마다 전부 조사팀을 보낼 텐가?"

"아뇨, 하지만 살인자가 손님 중에 있을 수도 있잖아요. 그 점을 간과할 수는 없죠."

"그건 확실히 장담할 수 없지. 두 가지 가능성이 있어. 호텔과 관련된 사람으로 손님 중 하나이거나 직원, 아니면 호텔과 아무런 관련이 없는 사람일 수도 있겠지. 우선 여기 직원들을 전부 조사하고, 요 이틀 사이에 체크아웃한 사람, 특히 예정보다 일찍 체크아웃한 사람들을 주목해야 해. 물론 범인이 일부러 눈에 띌 행동을 했으리라고는 생각되지 않지만 말이야."

"맞아요. 그 콘돔에 대해서 생각해 봤는데요." 시구르두르 올리가 말했다.

빈자리를 찾아 식당 안을 둘러보던 에를렌두르는 용케 하나를 발견하고는 얼른 자리에 가서 앉았다. 시구르두르 올리도 그를 따라갔다. 접시에 가득 담긴 요리를 보며 그 역시 입 안에 군침이 돌기 시작했다.

"만약 범인이 여자라면 임신 가능한 연령대가 아닐까요? 콘돔을 보더라도."

"그렇지. 20년 전이라면 가능한 추론이지." 에를렌두르가 살짝 훈제된 햄을 맛보며 말했다. "그러나 요즘에는 콘돔이 피임 목적 말고 다른 용도로 더 많이 사용되잖아. 각종 성병이나 에이즈 같은 걸 예방하려고……."

"그 콘돔으로 봐서는 그가 같이 방에 있던, 그러니까 함께 있던 그 사람과 개인적으로 잘 아는 사이가 아니란 걸 알 수 있어요. 아무튼 간에 일을 빨리 치르려고 했지 않았을까 싶은데, 친한 사이였다면 콘돔을 사용하지 않았겠죠?"

"콘돔이 그와 함께 있었던 사람이 남자가 아니라는 증거는 못 된다는 것도 잊지 말아야 해." 에를렌두르가 말했다.

"살인 흉기는 뭐였을까요?"

"부검 결과가 나오면 알게 되겠지. 이 호텔에서 칼을 손에 넣는 건 일도 아니지. 범인이 이 호텔에 있었던 사람이라면."

"음식 괜찮아요?" 시구르두르 올리가 물었다. 에를렌두르가 음식을 맛있게 먹는 것을 보니 군침이 돌기는 했지만 이런저런 입방아에 오르내리기는 싫었다. 호텔에서 살인사건을 조사하던 경찰 둘이 마치 아무 일도 없었다는 듯이 태평스럽게 뷔페식당에서 요리를 즐기고 있더라는 말이 돌기 십상이다.

"그 안에 뭐가 들어 있었는지 체크하는 것을 깜박했는데." 에를렌두르가 음식을 씹으며 말했다.

"살인사건 현장에서 요리나 즐기는 게 말이 된다고 생각해요?"

"여긴 호텔이야."

"하지만 그래도……."

"내가 말했잖아, 어쩌다 보니 이렇게 됐다고. 이것도 임무를 수행하는 방법 중 하나야. 그건 그렇고 그 안에는 뭐가 있었나? 콘돔 말이야."

"아무것도 없었어요."

"검시의는 그가 오르가슴을 느꼈을 거라고 했는데, 그것도 두 번씩이나. 그 의사가 어떻게 그런 결론을 내렸는지 정말 모르겠어."

"도대체 그 의사가 무슨 말을 하는지 제대로 알아들을 수 있는 사람이 있을까요?"

"그렇다면 한창 진행 중에 살해되었다는 건데."

"맞아요. 모든 게 우발적으로 일어난 겁니다."

"우발적인 범행이라면 어째서 칼을 휴대했던 걸까?"

"어쩌면 게임을 즐기는 도구 중 하나 아니었을까요?"

"무슨 게임?"

"요즘은 섹스라는 게 훨씬 더 복잡해졌잖아요. 옛날처럼 단순히 missionary position(정상체위)로만 행해지는 게 아니거든요." 시구르두르 올리가 말했다. "그렇다면 누구나 용의선상에 오를 수 있다는 건가?"

"그렇지." 에를렌두르가 말했다. "어째서 그걸 'missionary position'이라고 하는 거지? 무슨 임무라는 거야?"

"글쎄요." 시구르두르 올리가 한숨을 내쉬었다. 때때로 에를렌두르는 단순해 보이지만 동시에 한없이 복잡하고 지루한 질문들로 그를 괴롭히곤 했다.

"아프리카에서 비롯된 건가?"

"아니면 가톨릭에서 유래되었든가요."

"왜 하필 '선교'를 갖다 붙였지?"

"모르겠어요."

"어떤 섹스든 간에 어쨌거나 콘돔 때문에 뭔가 문제가 달라지는 건 없는 거야." 에를렌두르가 말했다. "그 점을 분명히 하자고. 여기서 콘돔 때문에 배제시키는 건 없다구. 그런데 총지배인한테 왜 그 산타를 내쫓으려고 했는지 물어보지 않았나?"

"아뇨. 그가 산타를 내쫓으려 했나요?"

"앞뒤 설명 없이 그렇게만 말하더군. 그게 무슨 말인지 알아내야 해."

"잠시 저 아래 내려가 봐야겠습니다." 시구르두르 올리가 말했다. 그는 항상 메모지와 필기구를 들고 다녔다.

"그런데 저기 보통 사람보다 콘돔을 훨씬 많이 사용하는 사람들이 있어."

"네?" 시구르두르 올리가 놀란 얼굴로 물었다.

"매춘부들."

"매춘부들?" 시구르두르 올리가 되물었다. "창녀 말입니까? 여기 호텔에 창녀들이 있다구요?"

에를렌두르는 고개를 끄덕였다.

"그들은 호텔에서 자기들의 맡은 바 소명을 성실히 수행 중이지."

시구르두르 올리는 자리에서 일어나, 자기 접시를 깨끗이 비우고는 다시 뷔페 쪽으로 눈길을 두고 있는 에를렌두르 앞을 서성거렸다.

"저, 그런데 크리스마스는 어디서 보내실 겁니까?" 시구르두르 올리가 머뭇거리며 물었다.

"크리스마스?" 에를렌두르가 말했다. "그러니까 그게, 자네 말은 내가 어디서 크리스마스를 지낼 거냐는 거로군? 내가 어디서 크리스마스를 보내든 그게 자네와 무슨 상관이지?"

잠시 망설이던 시구르두르 올리는 될 대로 되라는 심정으로 말해 버렸다.

"반장님한테 다른 계획이 있는지 베르그도라가 궁금해해서요."

"에바에게 무슨 계획이 있을 텐데……. 베르그도라 말은 자네들이 나를 초대하겠다는 건가?"

"모르겠어요!" 시구르두르 올리가 말했다. "여자들이란 도대체 알 수가 없는 종족들이잖아요." 그는 천천히 테이블을 떠나 지하실로 내려갔다.

엘린보르그는 살해당한 남자의 방 앞에 서서 감식반이 하고 있는 일을 지켜보고 있었다. 그때 시구르두르 올리가 컴컴한 복도를 걸어 내려오고 있었다.

"반장님은?" 그녀가 땅콩봉지를 오므리며 물었다.

"뷔페식당에." 시구르두르 올리가 인상을 쓰며 대답했다.

그날 저녁에 있은 1차 감식에서 그 콘돔은 온통 침으로 뒤덮여 있다는 사실이 밝혀졌다.

3

Röddin

현미경 조직검사 결과가 나오자 감식반은 곧바로 에를렌두르를 찾았다. 그때까지 그는 호텔에 머무르고 있었다. 잠시 범죄현장은 사진작가들의 스튜디오가 되었다. 컴컴한 복도를 밝히는 플래시가 연신 터지고 있었고, 구드라우구르의 방에서 발견된 온갖 것들과 함께 그의 시체가 모든 각도에서 촬영되었다. 그러고 나서야 시신은 바론스티구르에 있는 시체공시소로 옮겨졌다. 출입자의 지문을 조사하기 위해 도어맨의 방을 샅샅이 검사한 감식반은 수많은 지문을 찾아냈다. 경찰이 조사한 기록과는 사뭇 대조가 되었다. 모든 호텔 직원들의 지문이 채취되었고, 감식반이 밝혀낸 바에 따라 이제 곧 타액 샘플도 채취될 것이다.

"객실 손님들은 어떻게 하죠?" 엘린보르그가 물었다. "똑같이 해야 하나요?"

그녀는 그만 집에 가고 싶었고, 따라서 그런 질문을 한 것이 후회가 되었다. 이제 그만 퇴근하고 싶었다. 크리스마스를 손꼽아 기다려 온 엘린보르그는 정말 가족들이 보고 싶었다. 집은 전나무가지와 온갖 장식들로 꾸며놓았고, 맛있는 과자도 잔뜩 구워서 화려한 포장지로 정성껏 싼 후 타파웨어 용기에 잘 보관해 두었다. 그녀의 크리스마스 로스트 요리는 하나의 전설이었고, 가족이 아니라도 주변에서는 모르는 사람이 없을 정도였다. 크리스마스 메인 코스는 스웨덴 스타일의 돼지 뒷다리 요리였는데, 그녀는 그것을 12일 동안 마리네이드*에 절여 발코니에 두고 숙성시켰다. 마치 아기 옷을 입은 아기 예수님을 모시듯 정성을 다해 다루었다.

"내 생각에 우리가 우선 고려해야 할 것은 살인자가 아이슬란드인일 수 있다는 거야." 에를렌두르가 말했다. "객실 손님들은 예비로 남겨두자고. 호텔은 이제 크리스마스 손님들로 만원이 될 테고, 또 몇 사람은 체크아웃할 거야. 체크아웃하는 사람들은 별도로 만나서 행적을 조사하고 타액과 지문도 확보해야 해. 그들이 이 나라를 떠나는 것을 막을 수는 없어. 그런 자들은 일단 용의선상에 올리도록 해. 그리고 살인이 일어났을 당시에 호텔에 투숙했던 외국인 명단을 확보해야 해, 그 후에 체크인한 사람들도 빼먹지 말고. 자, 문제를 단순화해서 보자고."

"하지만 그게 그렇게 간단하지 않다면 어떻게 하죠?" 엘린보르그가 물었다.

"객실 손님들은 살인사건이 있었다는 걸 아직 모를 텐데요." 역시 빨리 집에 가고 싶은 시구르두르 올리가 말했다. 애인인 베르그도라가 기다리고 있었던 것이다. 그녀는 저녁 무렵 전화를 해서 그가 어디쯤 있는지 물었다. 오늘이 바로 '그날'이라고 했다. 시구르두르 올리

---

* 고기나 생선을 조리하기 전에 맛을 들이거나 부드럽게 하기 위해 재워두는 향미를 낸 액체.

는 그녀가 말한 '그날'이 무엇을 의미하는지 바로 알아들을 수 있었다. 아기를 가지려고 노력했으나 뜻대로 되지 않아 이제는 시험관 시술을 고려하고 있었던 것이다. 시험관 시술에 관한 얘기는 에를렌두르에게도 해둔 참이었다.

"자네, 유리병에 한가득 채워서 가져다줘야겠군?" 에를렌두르가 물었다.

"한가득요?" 시구르두르 올리가 되물었다.

"아침마다 해야 한대?"

에를렌두르를 빤히 쳐다보던 시구르두르 올리는 마침내 그가 하는 말을 이해했다.

"반장님께 얘기하는 게 아니었어요." 시구르두르 올리가 툴툴거리며 말했다.

에를렌두르는 맛없는 커피를 한 모금 마셨다. 세 사람은 직원용 커피룸에 자리를 잡고 앉아 있었다. 모든 소동이 끝나고, 경찰과 감식반이 물러가자 그 방은 출입이 통제되었다. 에를렌두르는 바쁠 게 전혀 없었다. 우중충한 아파트에 돌아가 보았자 반겨줄 사람 하나 없었다. 크리스마스는 그에게 아무런 의미도 주지 못했다. 며칠 휴가를 가져본들 할 일도 전혀 없었다. 어쩌다 딸이 찾아오기라도 하면 함께 훈제 양고기를 만들어 먹기도 했고, 가끔은 아들 녀석이 누이동생과 함께 찾아오기도 했다. 그러면 에를렌두르는 앉아서 책이나 읽곤 했다. 늘 그랬던 것처럼.

"자네들은 퇴근해야지." 그가 말했다. "나는 좀 더 둘러봐야겠어. 너무 바빠서 시간을 낼 수 없다는 프런트매니저와 얘기를 좀 할 수 있을지 알아봐야지."

엘린보르그와 시구르두르 올리가 자리에서 일어났다.

"괜찮으시겠어요?" 엘린보르그가 나섰다. "그냥 집으로 가시지 그러세요? 크리스마스인데……."

"이 사람들 왜 그래? 그럴 것 없어. 걱정 말고 내버려둬."

"크리스마스잖아요." 엘린보르그가 한숨을 쉬며 말했다. "알았어요." 망설이던 그녀가 다시 대답했다. 그녀와 시구르두르 올리는 돌아서서 커피룸을 나갔다.

그들이 떠난 뒤 에를렌두르는 생각에 잠겼다. 그는 크리스마스를 어디서 보낼 거냐고 묻는 시구르두르 올리와 엘린보르그가 보여준 진심 어린 배려에 대해서 한참을 앉아서 생각해 보았다. 집에 가봤자 그를 반기는 것이라곤 팔걸이의자와 낡은 텔레비전, 그리고 한쪽 벽에 쭉 늘어선 책들뿐일 것이다.

때로 크리스마스가 되면 그는 카르투지오 수도원에서 빚은 증류주를 사들고 가서 한 잔을 따라두고는 걸어서 세상을 돌아다니던 시절의 고난과 죽음에 대한 책을 읽곤 했다. 그 시대의 크리스마스는 가장 견디기 어려운 때였다. 사랑하는 이를 찾아가기로 결심한 사람들은 냉혹한 자연의 횡포에 맞서 싸우며 길을 잃고 비명에 죽어가기도 했다. 그렇게 해서 마침내 그리운 가족의 품에 안기게 되면 크리스마스는 끔찍했던 악몽에서 벗어난 것을 기념하는 축제의 장이 되었던 것이다. 하지만 어떤 여행자들은 죽은 채 발견되기도 했고, 아니면 영원히 발견되지 않기도 했다.

그것이 에를렌두르의 크리스마스 캐럴이었다.

에를렌두르는 휴대품 보관실에서 프런트매니저를 찾아냈다. 그는 막 호텔 재킷을 벗고 레인코트를 입고 있는 중이었다. 몹시 지쳐 있던 그는 다른 사람들처럼 빨리 가족들이 기다리고 있는 집에 가고 싶다고 했다. 물론 살인사건에 대해서는 이미 들어서 알고 있었다. 끔찍한 일이지만 자기가 무슨 도움이 될지 모르겠다고 그는 말했다.

"내가 듣기로는 당신이 이 호텔에서 그를 가장 잘 알고 있다고 하던데요." 에를렌두르가 말했다.

"아니, 그 말은 사실이 아닙니다." 프런트매니저는 두꺼운 스카프를 목에 두르며 말했다. "누가 그러던가요?"

"당신 밑에서 일했던 게 아니오?" 에를렌두르가 그의 질문을 무시하며 되물었다.

"물론 내 밑에서 일한 게 맞긴 맞지요. 그는 도어맨이었고, 아시겠지만 호텔의 숙박 손님들 관리가 모두 제 책임이에요. 오늘 밤 호텔이 몇 시까지 영업하는지는 알고 계세요?"

프런트매니저는 에를렌두르와 그가 하는 질문에는 전혀 관심이 없어 보였다. 그것이 이 형사반장을 짜증나게 만들었다. 더구나 그 지하실 골방에서 최후를 맞이했던 한 남자에 대해서 아무도 관심이 없어 보이는 것 또한 그의 심사를 뒤틀리게 했다.

"24시간 아니오? 도대체 누가 당신의 도어맨 가슴을 칼로 찌르고 싶었을까요?"

"저의? 그는 제 도어맨이 아니었습니다. 호텔의 도어맨이었지."

"어째서 그는 발목까지 바지가 벗겨졌고, 물건에 콘돔을 끼고 있었을까요? 같이 있던 자는 또 누구였을까요? 그를 정기적으로 찾아

41

온 사람은 없었소? 호텔 직원 중에 그 사람과 친구라고 할 만한 사람은 없었나요? 외부에 있는 친구는요? 그에게 원한을 가진 사람은 없었소? 어째서 그는 호텔 내에서 지내고 있었던 거요? 조건은 뭐였고? 당신 대체 뭘 숨기고 있는 거요? 어째서 당신은 당당하게 내 질문에 답할 수 없는 거죠?"

"잠깐만, 저 그러니까……." 그는 잠시 입을 다물었다. "나는 그저 집에 가고 싶을 뿐입니다." 이윽고 그가 입을 열었다. "무슨 대답을 드려야 될지 모르겠습니다. 이제 크리스마스입니다. 내일 다시 얘기하면 안 될까요? 온종일 잠시도 쉬지 못했습니다."

에를렌두르는 그를 물끄러미 쳐다보았다.

"내일 다시 얘기하죠." 이렇게 말하고 휴대품 보관실을 떠나려 하던 그에게 갑자기 한 가지 의문이 떠올랐다. 총지배인을 만난 이후로 계속 그를 괴롭혀오던 바로 그 생각이었다. 돌아서서 다시 프런트매니저를 불렀을 때 그는 막 문을 나서고 있었다.

"어째서 그를 내쫓으려고 했던 거요?"

"그게 무슨 말이죠?"

"내쫓으려고 했잖아요, 산타. 왜 그런 거요?"

프런트매니저는 잠시 망설이다 대답했다.

"해고되었기 때문이죠."

에를렌두르가 찾아갔을 때 총지배인은 식사 중이었다. 주방에 있는 큰 테이블을 차지한 채 주방장의 에이프런을 두르고 식사를 하고 있는 총지배인의 커다란 쟁반에는 뷔페에서 가져온 요리가 반쯤 담겨 있었다.

"내가 먹는 걸 얼마나 좋아하는지 아마 모르실 겁니다." 에를렌두르가 자기를 주시하고 있다는 걸 깨달은 총지배인이 입을 닦으며 덧붙여 말했다. "이처럼 평화를 즐기며 말입니다."

"무슨 말인지 확실히 알아들었소." 에를렌두르가 말했다.

깔끔하게 정돈된 넓은 주방에는 두 사람밖에 없었다. 에를렌두르는 지배인을 보며 은근히 감탄하고 있었다. 빨리 먹으면서도 게걸스럽지 않게 먹는 솜씨가 대단히 능숙하여 손동작은 거의 우아하게 느껴지기까지 했다. 한입, 또 한입 사라지는 것이 매끄러우면서도 열정적으로 보였다.

이제 호텔에서 시체도 옮겨졌고, 경찰과 함께 호텔 밖에 진치고 있던 기자들도 사라진 것이 그를 보다 평온하게 해주었다. 호텔 전체가 범죄현장으로 보일 수도 있어서 경찰들을 철수시킨 것이었다. 호텔은 일상 업무로 돌아갔다. 지하실의 시체에 대해 아는 여행객들은 거의 없었지만, 그래도 경찰들이 여기저기 탐문하고 다니는 것은 적잖이 주의를 끌었다. 총지배인은 직원들에게 심장마비를 일으킨 노인이 생겼다고 말하도록 일러두고 있었다.

"무슨 생각을 하고 계신지 압니다. 내가 돼지 같다고 생각하시죠?" 그는 칵테일 소시지만 한 조그만 손가락을 쑥 내민 채 레드와인을 한 모금 마시느라 잠시 쉬었다가 다시 말을 이었다.

"그렇지 않아요. 하지만 왜 호텔 일을 그만두지 않는지는 알겠는데요." 에를렌두르가 말했다. 그리고 갑자기 참지 못하고 한마디 보태고 말았다. "이러다가는 제 명에 못 죽어요. 당신도 그걸 잘 알 텐데."

"내 몸무게가 180킬로그램입니다." 총지배인이 말했다. "농장에서 기르는 돼지도 나만큼은 안 나가죠. 늘 뚱뚱했습니다. 살이 빠진 적이 한 번도 없었죠. 다이어트를 시도해 본 적도 없었고요. 사람들 말대로 굳이 내 라이프스타일을 바꿀 생각도 없었습니다. 이대로가 좋아요. 보기 나름인데, 반장님보다 내가 더 나을 수도 있지요." 그가 덧붙였다.

비만인 사람들이 마른 사람보다 더 낙천적일 수 있다고 하는 걸 에를렌두르도 들은 적이 있었다. 물론 자신은 믿지 않지만.

"나보다 더?" 그가 미소를 지으며 말했다. "그렇게 생각하는 건 아마 당신밖에 없을걸. 그런데 그 도어맨은 왜 자른 거요?"

총지배인은 식사를 계속했고 나이프와 포크를 내려놓기까지 잠시 시간이 더 흘렀다. 에를렌두르는 참을성 있게 기다렸다. 아마 총지배인은 그 질문에 대해서 어떻게 대답을 해야 좋을지 여러 가지로 궁리하는 것 같았다.

"호텔 형편이 늘 좋은 건 아닙니다." 이윽고 그가 말했다. "여름철과 연말연시에는 늘 손님들로 넘쳐나지만 성수기가 끝나면 운영이 쉽지 않습니다. 오너들은 직원들을 냉정하게 자르라고 하죠. 직원들을 정리해고시키는 겁니다. 내 생각에도 도어맨이 1년 내내 필요한 것 같지는 않고……."

"하지만 내가 듣기로는 그 사람은 단지 도어맨 일만 했던 게 아니라 산타도 하고, 그 외에도 여러 가지 일을 했다고 하던데. 온갖 잡일들을 말이오. 이런 저런 것들을 고치거나 관리도 하고."

총지배인은 또 음식을 먹기 시작했고, 따라서 그들의 대화는 다시 중단될 수밖에 없었다. 에를렌두르는 주위를 둘러보았다. 경찰 측은

근무가 끝난 직원들에게 이름과 주소를 남겨놓고 집에 가도록 했다. 희생자와 마지막으로 얘기를 나눈 사람이 누구인지, 그리고 그의 마지막 날에 무슨 일이 있었는지는 여전히 밝혀지지 않았다. 그 산타가 평상시와는 뭔가 다르다는 것을 주목한 사람은 아무도 없었다. 누군가 그 지하실로 내려가는 것을 본 사람도 없었다. 몇몇 사람은 그가 지하실 방을 집 삼아 지내고 있었다는 것을 알고 있었지만, 그런 그들도 그 사람에 대해서 가능하다면 관심을 끊고 싶어 했던 것처럼 보였다. 그를 아는 사람이 거의 없었고, 호텔 내에 알고 지내는 친구도 없었던 것 같았다. 물론 호텔 외부에 친구가 있는지에 대해서도 아는 사람이 없었다.

정말 외톨이였군, 하고 에를렌두르는 속으로 생각했다.

"절대로 없어서는 안 될 사람이란 없죠."라고 말하며, 총지배인은 레드와인을 한 모금 마시기 위해 다시 소시지 같은 손가락을 움직였다. "물론 사람을 자르는 것은 유쾌한 일이 못 됩니다만, 그렇다고 1년 내내 도어맨을 둘 순 없어요. 그게 이유입니다. 다른 이유가 없어요. 도어맨이 할 일이 실상 그렇게 많은 것도 아니고. 영화배우나 외국에서 귀빈이 오면 잠깐 유니폼을 차려입고 나서지만, 곧 다시 잊히는 거죠."

"쉽게 받아들이던가요? 해고당하는 것을?"

"충분히 이해하는 것 같았습니다."

"주방에서 칼이 없어지지는 않았소?" 에를렌두르가 물었다.

"모르겠습니다. 매년 없어지는 나이프와 포크, 유리잔만 하더라도 수백 수천 크로나*는 될 겁니다. 타월도 그렇고 또……. 주방에서 쓰던 칼에 찔렸을 거라고 생각하세요?"

"글쎄요."

에를렌두르는 총지배인이 식사하는 모습을 가만히 지켜보았다.

"여기서 20년이나 일했는데 그를 제대로 아는 사람이 아무도 없다니, 그게 좀 이상하지 않소?"

"직원들은 수시로 들어오고 나갑니다." 총지배인은 어깨를 으쓱하며 말했다. "이쪽 업계에서는 간부직이 자주 바뀝니다. 물론 그를 알고 있는 사람도 있을 겁니다. 하지만 그게 누군지 어떻게 압니까? 저한테 묻지 마십시오. 이 호텔 누구에 대해서도 난 잘 알지 못합니다."

"그런데 당신은 직원들이 전부 바뀌는 동안에도 그만두지 않고 계속 남아 있었군요."

"나는 옮기기가 쉽지 않았습니다."

"무슨 이유로 그를 내쫓으려 했던 거요?"

"내가 그런 말을 했습니까?"

"네."

"그때는 단지 표현이 좀 그랬을 뿐입니다. 다른 뜻은 없었습니다."

"어쨌거나 당신들은 그를 잘랐고, 그리고 쫓아내려고 했지." 에를렌두르가 말했다. "그런데 누군가가 들어와서 그를 살해한다. 최근에 그는 형편이 별로 좋지 않았고……."

총지배인은 마치 에를렌두르를 없는 사람 취급하며 음식 맛을 음미라도 하듯이 우아한 미식가적 태도로 케이크와 초콜릿 크림을 접시

—— * 아이슬란드의 화폐 단위.

46

에 가득 담았다.

"잘렸는데 왜 안 나가고 여기 있었던 거요?"

"이달 말에는 여길 떠날 생각이었습니다. 서두르라고는 했지만 심하게 다그치지는 않았어요. 좀 더 다그쳤어야 했는데……. 그랬더라면 이런 불상사도 피할 수 있었겠죠."

에를렌두르는 아무 말 없이 게걸스럽게 음식을 먹고 있는 총지배인을 지켜보았다. 그래 참, 여긴 뷔페였지. 우중충한 아파트에 들어가 봤자 전자레인지에 데운 음식이나 먹을 테고. 쓸쓸한 크리스마스……. 에를렌두르는 몰랐다. 어떻게 하다 그런 말이 튀어나온 건지. 자신도 모르게 대화는 이미 진행되고 있었다.

"방이요?" 지배인은 에를렌두르가 무슨 말을 하는지 모르겠다는 듯이 되물었다.

"말 그대로요." 에를렌두르가 말했다.

"반장님이 쓰시게요?"

"싱글룸이면 돼요." 에를렌두르가 말했다.

"불행하게도 예약이 꽉 찼는데요." 지배인이 에를렌두르를 쏘아보며 말했다. 그는 온종일 형사에게 시달리고 싶지 않았다.

"프런트매니저는 빈 방이 있다고 하던데." 에를렌두르는 거짓말을 하며 아예 못을 박았다. "총지배인한테 말하면 별 문제 없을 거라며."

총지배인은 그를 쏘아보다가 아직 다 못 먹은 초콜릿 크림으로 눈을 돌렸다. 하지만 그만 식욕이 떨어졌는지 접시를 밀어버렸다.

방 안에는 냉기가 돌았다. 에를렌두르는 가만히 서서 창밖을 응시했지만, 유리창에 비친 자기 모습 말고는 아무것도 보이지 않았다. 잠깐 마주보고 이야기를 나누던 남자에게로 시선을 돌리기도 했지만, 대부분은 어둠 속에서 나이만 잔뜩 처먹은 자신을 지켜보았다. 눈송이가 조심스럽게 땅 위로 내려앉고 있었다. 마치 하늘이 열려, 그 가루로 온 세상을 뒤덮기라도 할 듯이.

함축된 느낌을 제대로 살려 번역한 횔더린의 시 하나가 갑작스레 그의 마음속에 자리를 잡고 앉았다. 그 한 구절이 떠오를 때까지 마음 가는 대로 가만히 내버려두었다. 유리창을 통해 마주보고 있는 그 남자의 모습에 꼭 들어맞는 구절이다.

무심한 성벽은 말없이 저 홀로 꿋꿋하고
바람개비는 바람에 덜컥거리는데.

4
Röddin

깊이 잠이 든 그는 누군가 문을 두드리며 부르는 소리에 잠에서 깨어났다.

누구인지 바로 알 수 있었다. 문을 열자 에바가 복도에 서 있었다. 둘은 서로 눈을 마주쳤고, 그의 딸은 미소를 지으며 그를 지나 방 안으로 미끄러져 들어왔다. 그가 문을 닫자 그녀는 작은 책상 앞에 앉아 담배를 꺼내 들었다.

"여기선 담배 피우면 안 될걸." 에를렌두르가 말했다. 그는 금연구역은 잘 지켰다.

"네, 알아요." 에바가 담배 한 개비를 집어 들며 말했다. "방이 왜 이렇게 추워요?"

"라디에이터가 나간 모양이야."

에를렌두르는 침대 한쪽에 걸터앉았다. 딸랑 팬티 한 장만 걸친 그는 머리에서부터 담요를 둘둘 감고 있었다.

"뭐하는 거예요?" 에바가 물었다.

"추워서." 에를렌두르가 말했다.

"내 말은, 호텔에서 뭐하는 거냐구요, 집에는 왜 안 가요?" 그녀는 거의 3분의 1이 타 들어갈 때까지 담배를 깊이 빨아들이고 나서는 온 방 안을 연기로 가득 채웠다.

"글쎄다, 그게……." 에를렌두르는 말을 멈추었다.

"집에 가기 싫어요?"

"어쩐지 그래. 이 호텔에서 오늘 사람이 살해됐는데, 못 들었니?"

"산타클로스 맞죠? 그가 살해당했죠?"

"도어맨이야. 여기 호텔에서 산타 역할을 하기로 되어 있었대. 너는 어떻게 지내냐?"

"잘 지내요." 에바가 대답했다.

"아직도 일은 하고?"

"네."

에를렌두르는 딸을 가만히 쳐다보았다. 확실히 좋아 보였다. 여전히 너무 말랐지만 그래도 그 아름다운 파란 눈 주위의 다크써클도 희미해졌고 두 뺨에 살도 조금 올랐다. 근 8개월간은 약에 손을 대지 않은 것 같았다. 아기를 유산하고 혼수상태로 병원에 누워 있으면서 이승과 저승 사이를 오락가락하는 동안은 약을 하지 않았다. 병원에서 퇴원하고 그와 함께 이사한 뒤로, 그녀는 2년 만에 처음으로 안정된 직업을 가졌다. 지난 몇 달 동안은 시내에 방을 하나 얻어 지내고 있었다.

"여기 있는 걸 어떻게 알았니?" 에를렌두르가 물었다.

"휴대폰도 받지 않아서 경찰서에 물어봤더니 호텔에서 주무실 거라고 말하던데요. 무슨 일이에요? 집엔 왜 안 들어가요?"

"글쎄다, 나도 딱히 뭐라고 말하기가 좀……." 에를렌두르가 대답했다. "아무튼 즐거운 크리스마스잖아."

"그래요." 에바가 말했고, 그들은 잠시 말이 없었다.

"오빠 소식은 들었니?" 에를렌두르가 물었다.

"아직 지방에서 일하고 있어요." 에바가 말했다. 피고 있던 담배가 싯 소리를 내며 필터까지 타들어가더니 재가 바닥에 떨어졌다. 주위를 둘러봐도 재떨이가 보이지 않자 그녀는 저절로 꺼지도록 피던 담배를 책상 모서리에 세워 두었다.

"엄마는?" 에를렌두르가 물었다. 매번 같은 질문이었고 돌아오는 대답도 늘 똑같았다.

"잘 지내요. 늘 그런 것처럼 뼈 빠지게 일하고 있어요."

에를렌두르는 아무 말이 없었고, 에바도 책상 위로 구불구불 올라가는 파란 담배연기를 지켜보기만 했다.

"나도 더 견딜 수 있을지 잘 모르겠어요." 그녀가 담배연기를 물끄러미 쳐다보며 말했다.

에를렌두르가 담요 속에서 고개를 들었다.

밖에서 노크 소리가 나자 두 사람은 놀란 눈빛으로 서로를 쳐다보았다. 에바가 일어나서 문을 열었다. 호텔 재킷을 입은 직원이 복도에 서 있었다. 프런트에서 일하고 있다고 했다.

"금연구역입니다." 방 안쪽을 들여다보며 그가 내뱉은 첫마디였다.

"그렇지 않아도 담배를 끄라고 했는데 내 말을 통 듣지 않아서." 담요 속에 딸랑 팬티 한 장만을 걸친 그가 일어나지도 못한 채 엉거주춤한 자세로 말했다.

"그리고 객실로 여자를 부르는 것도 안 됩니다." 직원이 말했다. "무슨 일이라도 일어나면 어쩌시려고요."

에바는 살짝 미소를 지으며 아버지를 바라보았다. 에를렌두르는 딸을 쳐다보다 다시 직원에게 눈길을 주었다.

"이리로 여자분이 올라갔다는 말을 들어서요." 직원이 계속 말을 이었다. "여기 계시면 안 됩니다. 어서 나가시죠, 지금 당장."

그는 문가에 서서 에바가 나오기를 기다렸다. 여전히 담요로 몸을 감춘 채 에를렌두르가 일어나서 직원 쪽으로 걸어갔다.

"내 딸이요." 그가 말했다.

"물론 그러실 테죠." 프런트 직원은 자기가 알 바 아니라는 투로 대꾸했다.

"정말이라니까요." 에바가 다시 말했다.

직원은 두 사람을 차례로 쳐다보았다.

"더 이상 소란 피고 싶지 않습니다." 그가 말했다.

"상관 말고 어서 꺼져요." 에바가 한마디 했다.

직원은 에바와 속에 팬티만 걸친 채 담요를 뒤집어쓰고 있는 에를렌두르를 쏘아보며 한 발자국도 움직이지 않았다.

"라디에이터가 고장 났는지 영 따뜻해지지 않아서 이러고 있는 거요." 에를렌두르가 말했다.

"아가씨는 저와 함께 가시죠." 직원은 단호했다.

에바는 아버지를 쳐다보며 어깨를 으쓱했다.

"나중에 얘기해요." 그녀가 말했다. "나도 이런 말도 안 되는 오해는 받고 싶지 않거든요."

"더 이상 견딜 수 없다고 한 거, 그게 무슨 말이니?" 에를렌두르가 물었다.

"나중에요." 에바는 짧게 대꾸하고 문 밖으로 나갔다.

직원은 에를렌두르에게 미소를 보였다.

"여기 라디에이터 좀 살펴봐 주시오." 에를렌두르가 말했다.

"관리실에 얘기하겠습니다." 직원이 문을 닫았다.

에를렌두르는 침대 가에 털썩 주저앉았다. 딸 에바와 아들 신드리는 20년도 더 전에 끝낸 실패한 결혼의 산물이었다. 이혼한 이후로 에를렌두르는 두 아이들과 사실상 왕래가 없었다. 그의 전처 할도라가 그 점만큼은 확실히 해두기를 원했다. 그에게 심한 배신감을 느꼈던 그녀는 아이들이 오로지 그녀 자신에게만 속하도록 해두고 싶었다. 에를렌두르도 순순히 양육권을 내주었지만, 이내 아이들을 만날 수 있는 권리를 스스로 포기한 것에 대해 몹시 후회하게 되었다. 할도라에게 모든 것을 맡기고 돌아선 것이 그렇게 후회될 수가 없었던 것이다. 그러나 아이들은 나이가 들자 아버지를 찾아왔다. 딸은 그때 마약에 빠져들어 있었고, 아들은 이미 알코올중독 치료시설을 거친 상태였다.

더 이상 견딜 수 없을 것 같다고 한 에바의 말이 무슨 뜻인지 그는 알고 있었다. 에바는 치료과정을 견뎌내기 힘들었던 것이다. 이제는 어떤 시설도 그녀의 문제를 해결하는 데 도움을 줄 수 없었다. 오로지 그녀 혼자 겪어내야 했다. 어째서 자기의 인생이 이 지경이 되었는지 생각하면 할수록 그녀는 점점 더 말수가 줄어들고, 신경질적이며 완고한 성격이 되어갔다. 심지어는 임신 중에도 마약을 포기하지 못했던 것이다. 끊으려고 시도도 했었고, 한동안은 끊기도 했지만 결국 유혹을 이겨낼 수 없었다. 그녀가 얼마나 간절히 벗어나길 원했고, 또 그러기 위해 노력했는지 에를렌두르도 잘 알고 있었다. 그런데도 그 유혹은 너무나 커서 또다시 그 길로 접어들곤 했던 것이다. 무엇이 그녀의 인생을 그토록 마약에 의존하도록 했는지 알 수 없었다. 그녀를 스스로 파멸로 이끈 근본원인이 무엇인지는 몰라도, 어떤 면에서는 그 자신이 원인의 큰 부분이라는 것을 스스로도 잘 알고 있었다. 딸의 인생이 그 지경이 되는 데 일조한 사람으로 비난받아 마땅한 아버지였다.

혼수상태에 빠져 있는 에바 곁에 앉자 의사는, 그녀가 그가 왔다는 것도 알고 그가 하는 말을 알아들을 수도 있으니까 계속 이야기를 하라고 했다. 며칠 후 의식이 돌아오자 맨 처음 그녀가 한 말은 아버지를 보고 싶다는 것이었다. 그녀는 말 한마디 제대로 할 수 없을 정도로 기진한 상태였다. 그가 찾아왔을 때 그녀는 잠들어 있었다. 깨어나기를 기다리며 그는 딸의 곁에 앉아 있었다.

이윽고 눈을 뜬 그녀는 아버지를 보고 애써 미소를 지으려 했지만 이내 울음이 터져 나왔다. 그는 말없이 그녀를 안아주었다. 자기 팔 안에서 떨고 있는 그녀를 다독이며 베개를 받쳐주고 흐르는 눈물을 닦아주었다.

"몸은 좀 어떠니?" 그는 따뜻한 미소를 지으려 애쓰며 딸의 뺨을 가볍게 토닥였다.

"아기는 어디 있어요?" 그녀가 물었다.

"무슨 일이 있었는지 말해 주지 않던?"

"아기가 어디 있는지 모르겠어요. 우리 아기가 어디 있는지 말해 주지 않아요. 우리 아기를 못 보게 해요. 나를 못 믿나 봐요."

"너를 거의 잃을 뻔했단다."

"아기는 어디 있어요?"

에를렌두르는 영안실에 눕혀놓은 사산아를 보았다. 이름을 아우두르라 지은 여자아이였다.

"아기를 보고 싶니?" 그가 물었다.

"용서하세요." 에바가 낮은 목소리로 말했다.

"뭘?"

"이런 한심한 꼴을요. 아기가 그렇게 된 거……."

"내가 용서하고 말고 할 게 뭐가 있니, 에바. 그렇게 자책할 필요 없단다."

"아니에요."

"운명이라는 게 그렇게 우리 의지대로 되는 게 아니야."

"도와줄……."

에바는 말을 멈추고는 기진해서 침대에 몸을 뉘었다. 에를렌두르는 그녀가 다시 기운을 차릴 동안 말없이 기다렸다. 시간이 한참 흐른 후 이윽고 그녀가 아버지를 쳐다보았다.

"우리 아기 보내는 거 도와줄 거죠?"

"그럼."

"아기가 보고 싶어요." 에바가 말했다.

"정말 괜찮겠니?"

"보고 싶어요." 그녀가 다시 말했다. "제발, 아기를 데려다줘요."

잠시 망설이던 에를렌두르는 영안실로 가서 아우두르라 이름 지은 여자아이를 데려왔다. 이름도 없이 아무렇게나 부르고 싶지는 않았다. 에바가 몸을 움직이기에는 아직 무리여서, 그는 병원의 긴 복도를 걸어 하얀 포대기에 싸인 사산아를 데려와 아주 조심스럽게 딸에게 안겼다. 에바는 아기를 안고 가만히 내려다보고 나서 다시 아버지를 보았다.

"다 내 잘못이에요." 그녀가 나지막이 말했다.

에를렌두르의 생각과는 달리 의외로 그녀는 울음을 터뜨리지는 않았다. 그러나 심한 자기혐오에 빠진 듯 미동조차 없었다.

"울고 싶으면 마음껏 울어라." 그가 말했다.

에바가 그를 쳐다보았다.

"난 울 자격도 없어요."

포스보구르 묘지에서 그녀는 휠체어에 앉아 이를 악문 채 교구 목사가 한 삽, 두 삽, 세 삽, 관 위로 흙을 뿌리는 모습을 지켜보았다. 겨우 서 있는 것조차도 힘에 겨웠지만, 도와주려는 에를렌두르를 뿌리치고 일어나 딸의 무덤 위에 성호를 그으며 입술을 떨었다. 터져 나오려는 울음을 참으려는 것인지, 아니면 소리 없이 기도를 드리는 것인지는 알 수 없었다.

아름다운 봄날이었다. 바다 위로 쏟아지는 햇빛은 물결에 반사되어 반짝였고, 나우톨스비크 주민들은 화창한 날씨를 만끽하며 산책을 즐기는 듯 보였다. 할도라는 조금 멀리 물러서 있었고, 신드리는 아버지와 따로 떨어져 무덤 한쪽 가에 서 있었다. 가능한 한 서로 멀리 떨어져 있으려고 하는 것이 도저히 슬픔과 고통을 함께 나누어야 할 가족이라고는 볼 수 없는 모양새였다. 에를렌두르는 거의 25여 년이 지나는 동안 온가족이 함께 모인 적이 없었다는 것을 새삼 깨달았다. 그는 자기에게서 시선을 회피하고 있는 할도라를 건너다보았다. 그도 그녀도 서로에게 아무 말도 하지 않았다.

에를렌두르는 에바가 다시 휠체어에 주저앉으며 신음하듯 내뱉는 소리를 들었다.

"망할 놈의 세상."

에를렌두르는 프런트 직원에게 물어보고 싶었던 말이 있었던 것을 떠올리며 긴 상념에서 깨어났다. 일어나 복도로 나가보니 직원이 엘리베이터를 타려고 하고 있었다. 에바는 보이지 않았다. 그가 부르자 엘리베이터 문을 잡고 있던 직원이 한 걸음 뒤로 물러서더니 에를렌두르를 위아래로 훑어보았다. 그는 맨발에 팬티 바람으로 온몸에 담요를 두르고 서 있었다.

"조금 전에 했던 그 말이 무슨 뜻이지? 무슨 일이 일어나다니?" 에를렌두르가 물었다.

"무슨 일이 일어나다니요?" 직원이 곤혹스런 표정을 지으며 되물었다.

"당신이 그렇게 말했잖소? 무슨 일이 일어날지 모르니 내 방에 여자가 있으면 안 된다고."

"그랬죠."

"지하실의 산타에게 일어났던 일을 말하는 건가?"

"네. 어떻게 그 일을 아시죠?"

에를렌두르는 자기 팬티를 내려다보며 잠시 망설였다.

"내가 그 사건을 맡고 있어." 그가 말했다. "내가 담당 형사야."

직원은 도저히 믿기지 않는다는 표정을 감추지 않은 채 그를 바라보았다.

"무슨 이유로 그 사건과 연관시키려 했지?" 에를렌두르가 서둘러 물었다.

"무슨 말씀을 하시는지 모르겠습니다." 직원은 몹시 당황스러워하며 말했다.

"만약에 그 산타가 살해당하지 않았다면 객실에 여자를 불러도 아무 문제가 없다, 자네 말은 이렇게 해석되는데. 내 말이 무슨 뜻인지 알겠지?"

"아뇨." 직원이 말했다. "내가 '무슨 일이 일어날지 모르니'라고 말했습니까? 나는 그렇게 말한 기억이 없는데요."

"자넨 틀림없이 그렇게 말했어. 무슨 일이 일어날지 모르니까 여자를 객실로 부르면 안 된다. 내 딸이 그런 여자라 생각하고 말이지." 에를렌두르는 좀 더 고상하게 표현하고자 애써보았지만 허사였다. "자넨 내 딸이 창녀라고 생각했고, 그 산타가 살해당했기 때문에 그런 내 딸을 내쫓으려고 올라왔던 거지. 그런 일만 일어나지 않았다면 객실로 여자를 부르는 게 전혀 문제가 되지 않는다는 것인데. 객실로 여자를 부르는 게 허용이 되는 건가? 모든 게 정상인 때에는?"

직원이 에를렌두르를 쳐다보았다.

"어떤 여자를 말하시는 겁니까?"

"창녀들." 에를렌두르가 말했다. "호텔 주변에 창녀들이 널려 있고, 어떻게 하면 건수를 올려 손님과 함께 방으로 들어갈까 이리저리 기회를 엿보고 있는데, 이번 일만 없었다면 자네는 그냥 모른 체할 거 아닌가? 그 산타는 대체 뭘 하려던 거였지? 어쨌든 창녀들과 무슨 연관이 있었던 게 아닐까?"

"무슨 말씀을 하시는지 전혀 모르겠습니다." 직원이 말했다.

에를렌두르는 방법을 바꾸었다.

"호텔에서 살인사건이 일어났으니 어떤 식으로든 자네가 몸조심을 하고자 하는 것을 나도 충분히 이해한다고. 평소와 다른 점이 있고 자네는 결백하더라도 괜한 주목을 끌고 싶지 않으니 그 일에 대해 전혀 아는 게 없다고 말할 거라는 거지. 하지만 사람들은 누구나 자기가 하고 싶은 대로 할 수 있는 거니까, 나도 내가 알고 싶은 건 어떤 식으로든 알아낼 거라는 거야. 내가 알고 싶은 건 그 산타가 이 호텔에서 성매매와 어떤 관련이 있었는가 하는 거야."

"성매매라니 난 정말 모르는 일입니다." 직원이 말했다. "아시다시피 우리는 자기 객실로 가는 여자에 대해서도 빈틈없이 경계를 하고 있어요. 그런데 그분은 정말 따님이세요?"

"그래."

"나한테 엿 먹으라고 했어요."

"그 애답군."

에를렌두르는 문을 닫고 침대에 눕자마자 곧 잠이 들었다. 꿈속에서 하늘이 온통 찢겨져 그를 뒤덮는데, 거센 바람 속에서 덜컥거리며 돌아가는 바람개비 소리가 들려왔다.

둘
째

날

Röddin

5
Röddin

에를렌두르가 로비에 내려가 찾았지만 그때까지도 프런트매니저는 출근하지 않은 상태였다. 사전에 결근에 대한 얘기도 없었고, 몸이 아프다든지 하루 휴가를 내겠다든지 하는 전화도 없었다. 프런트 데스크에서 일하는 30대 직원에 의하면 매니저가 제시간에 출근하지 않는 것은 흔치 않은 일이었다. 그는 늘 한결같은 사람으로 만일 휴가가 필요했다면 틀림없이 연락을 했을 사람이라는 것이다.

국립병원에서 파견된 감식반원이 그 직원의 타액을 채취하는 동안 에를렌두르는 바로 그녀로부터 이런 사실들을 듣고 있었다. 전문가 세 명이 호텔 직원들의 타액 샘플을 채취하고 있었다. 다른 한 팀은 출근하지 않은 직원들의 집으로 가서 타액 샘플을 채취하는 일을 맡았다. 이제 곧 감식반원들은 호텔 직원 모두의 타액을 채취해 산타의 콘돔에 있던 침과 대조해 볼 것이다.

형사들은 구드라우구르와 일면식이라도 있는 직원은 모두 조사하고, 그 전날 오후에 어디에 있었는지 등을 일일이 체크했다. 수사 정보와 증거를 모으는 동안 레이캬비크 경찰국 CID가 살인사건 조사에 합류했다.

"산타를 알고 있는 사람들 중 최근 1년 사이에 호텔을 그만두거나 한 사람은 없을까요?" 시구르두르 올리가 물었다. 식당에서 그는 에를렌두르 옆에 앉아 그가 청어와 라이보리 빵, 냉동 햄, 토스트 그리고 뜨거운 커피까지 깨끗이 먹어 치우는 모습을 지켜보고 있었다.

"자, 이제 처음부터 시작해서 우리가 알아낸 게 뭐가 있는지 살펴보자구." 에를렌두르가 커피를 후루룩 마시며 말했다. "구드라우구르에 대해서 뭔가 알아낸 것이 있나?"

"별로 없어요. 그 사람에 대해서는 그다지 말할 거리가 없어요. 마흔 여덟 나이에 독신이고 아이도 없고, 지난 20여 년간 이 호텔에서 일했고, 그동안 여기 지하실 작은 방에서 지내왔다는 정도예요. 그 뚱보 지배인 말에 의하면 처음에는 그저 임시방편으로 그렇게 지내라고 했다는데, 하지만 그 말은 뭔가 앞뒤가 맞지 않는 것 같습니다. 전에 이 호텔에서 총지배인으로 근무했던 사람이 말한 게 있어요. 그 산타하고 근무조건을 조율했던 사람이죠. 구드라우구르가 당시 거처할 곳이 없다는 걸 알고 그 방에 짐을 풀도록 했다고 하거든요. 그러다 결국 그곳에서 영원히 벗어나지 못하게 된 거죠."

시구르두르 올리는 잠시 멈추었다가 다시 말을 이었다. "엘린보르그 말이 반장님 어젯밤에 이 호텔에서 주무셨다면서요."

"자네한테는 별로 추천하고 싶지 않아. 방은 너무 춥고 또 직원들이 잠시도 편히 있게 놔두지 않거든. 하지만 음식은 먹을 만해. 엘린보르그는 어디 있나?"

식당은 아침식사를 하는 호텔 손님들로 붐비면서 상당히 소란스러웠다. 대부분 여행객들인 이들은 아이슬란드 전통 스웨터 차림에 하이킹 부츠와 두꺼운 겨울옷을 입고 있었다. 기껏해야 시내에서 10분 거리도 채 나가지 않을 거면서. 웨이터들은 부지런히 커피잔을 다시 채워주며 빈 그릇들을 치우고 있었다. 크리스마스 캐럴이 은은하게 울려 퍼지고 있었다.

"주 심리가 오늘부터 열리는 건 알고 계시죠?" 시구르두르 올리가 물었다.

"그래."

"엘린보르그는 거기 갔어요. 결과가 어떻게 나올 거 같습니까?"

"한 2개월은 걸릴 거고, 집행유예나 떨어지겠지. 망할 놈의 판사들이 하는 짓이란 게 늘 그렇지 뭐."

"그 자식, 아이 양육권을 인정받지는 못하겠죠?"

"글쎄, 나도 잘 모르겠어." 에를렌두르가 말했다.

"그 개자식." 시구르두르 올리가 말했다. "그런 놈은 광장 한가운데 있는 나무 밑에 파묻어야 해요."

엘린보르그가 그 사건을 맡고 있었다. 여덟 살짜리 소년이 심하게 얻어맞고 병원에 입원한 사건이었다. 그런데 소년이 폭행당하는 장면을 목격한 사람이 아무도 없었다. 최초의 추론은 학교 밖에서 상급반 아이들이 소년을 무자비하게 폭행하여 팔이 부러지고 광대뼈가 함몰되고 윗니 두 개도 부러졌다는 것이었다. 그렇게 처참한 몰골로 간신히 집에 돌아온 것을 퇴근하고 집에 돌아온 아버지가 발견하고는 경찰에 신고했다고 했다. 곧 앰뷸런스가 와서 소년을 병원으로 후송했다.

아이는 외아들이었다. 사고 당시 아이의 엄마는 클레푸르 정신병원에 입원해 있었다. 아이는 인터넷 회사를 경영하는 아버지와 함께 브라이드홀트 교외의 전망 좋고 아름다운 2층짜리 저택에 살고 있었다. 당연히 아이의 아버지는 그 일로 심한 충격을 받았고, 자기 아들을 그토록 처참하게 만든 아이들에 대한 숨길 수 없는 분노를 토로했다. 그는 엘린보르그에게 그들을 법정에 세우라고 요구했다.

그러나 엘린보르그는 미처 찾아내지 못하고 지나칠 수도 있었던 중대한 단서를 발견했다. 그 상급반 학생들은 위층에 아이의 방이 있는 2층짜리 그 저택에 살고 있는 것이 아니다. 그것이 단서였다.

"그 또래 아들이 있으니 완전히 자기 일처럼 수사를 한 거죠. 그게 최선인 건 아닌데 말이죠." 시구르두르 올리가 말했다.

"자네는 너무 물들지 않았으면 좋겠어." 에를렌두르가 아무 감정없이 말했다.

"제가요?"

아침식사를 즐기는 뷔페의 평화로운 분위기가 주방 쪽에서 터져 나온 소란에 의해 깨져버렸다. 모든 손님들이 놀라서 서로의 얼굴을 쳐다보았다. 뭐라고 고래고래 고함을 지르는 남자의 목소리가 들렸다. 에를렌두르와 시구르두르 올리는 자리에서 일어나 주방 안으로 들어갔다. 그 목소리는 에를렌두르가 소 혓바닥 요리를 몰래 집어먹었을 때 들었던 주방장의 것이었다. 주방장이 타액 샘플을 채취하려는 감식반원에게 격분해서 소리치고 있었다.

"그 망할 놈의 면봉을 가지고 얼른 여기서 꺼지란 말이요!" 주방장은 테이블 위의 작은 샘플링 박스를 열고 있는 50대 여성에게 소리치고 있었다. 그녀는 주방장이 격분하든 말든 상관없이 공손하게 자기

의사를 표하고 있었는데, 주방장의 기세는 조금도 누그러지지 않았다. 그때 에를렌두르와 시구르두르 올리가 눈에 들어오자 그의 분노는 절정에 달했다.

"당신들 미쳤어?" 그가 소리쳤다. "아니 내가 그 더러운 물건에 콘돔을 끼고 있는 굴리와 함께 거기에 있었다고 생각하는 거야? 당신들 제정신이야? 망할 놈의 멍청이들 같으니라고! 이건 말도 안 되는 짓거리야. 당신들이 뭐라고 하든 나는 거기에 응해줄 생각이 눈곱만큼도 없어! 당신들이 나를 잡아 가둔다고 해도 나는 이따위 구역질나는 짓거리에는 결단코 협조할 수 없어. 어서 꺼져! 망할 놈의 멍청이들!"

주방장은 마치 손상당한 사나이의 자존심을 뽐내기라도 하는 듯 과장된 걸음걸이로 성큼성큼 주방을 나섰지만, 그 굴뚝같이 생긴 하얀 모자를 보자 에를렌두르는 저절로 미소가 지어졌다. 그리고 마찬가지로 웃음을 참으며 미소를 짓고 있는 감식반원을 보자 그만 웃음이 터져 나왔다. 순간 팽팽하게 주방을 감돌던 긴장이 풀리고 말았다. 주위에 모여 있던 요리사들과 웨이터들도 모두 웃음을 터뜨렸다.

"무슨 문제라도 있습니까?" 에를렌두르가 감식반원에게 물었다.

"아니, 별 문제 없습니다." 그녀가 대답했다. "모든 분들이 정말 잘 협조해 주고 계신데 이분이 처음으로 그러신 거예요."

그녀가 미소를 지었다. 에를렌두르는 미소가 예쁘다고 생각했다. 그녀는 그와 키가 거의 비슷한 데다 체격도 당당했다. 짧은 커트의 금발머리에 화려한 색상의 버튼다운 니트 카디건을 입고 있었다. 카디건 안쪽에는 흰 블라우스를 받쳐 입었고, 아래는 청바지 차림에 우아한 검은색 가죽구두를 신고 있었다.

"에를렌두르라고 합니다." 그는 자신을 소개하며 거의 본능적으로 손을 내밀었다.

그녀는 조금 당황한 것 같았다.

"예. 발게르두르입니다." 그가 내민 손을 잡으며 그녀가 말했다.

"아, 발게르두르요?" 그가 되물었다. 손에는 결혼반지가 보이지 않았다.

에를렌두르의 휴대폰이 주머니 속에서 울렸다.

"죄송합니다." 양해를 구하고 휴대폰을 받자 귀에 익숙한 늙수레한 목소리가 들려왔다.

"거기 자넨가?"

"네, 접니다." 에를렌두르가 대답했다.

"이놈의 휴대폰은 정말 적응이 안 돼." 목소리가 말했다. "자네 어디야? 호텔에 있는 거야? 나 승강기 옆에 있는데 빨리 좀 와보라구."

"알았습니다." 한 손으로 휴대폰을 가리고 발게르두르에게 잠시 기다려달라고 한 후 에를렌두르는 식당을 지나 로비로 나갔다. 로비에는 마리온 브리엠이 기다리고 있었다.

"호텔에서 잔 거야?" 마리온이 물었다. "무슨 문제라도 있어? 어째 집에는 들어가지 않고?"

마리온 브리엠은 지금은 없어진 예전의 경찰조사국에 근무할 당시 에를렌두르의 직속상관이었다. 에를렌두르가 배속을 받아 오자 마리온은 그에게 형사업무 수행에 필요한 모든 것을 가르쳐주었다. 은퇴한 뒤로 가끔 에를렌두르에게 전화해서 어째서 한 번도 찾아오지 않느냐고 불평을 늘어놓기도 했다. 에를렌두르는 옛 상관을 좋아하지 않았고, 또 그와 지냈던 옛 시절의 추억을 되살리고 싶은 생각도 전혀 없었다. 그건 어쩌면 두 사람이 너무도 닮았기 때문일 것이다. 에를렌두르는 마리온에게서 자신의 미래를 보는 것 같았고, 할 수만 있다면 그렇게 되는 걸 피하고 싶었다. 마리온은 혼자 외롭게 살고 있었고 자신이 늙었다는 사실을 끔찍이 싫어했다.

"무슨 일입니까?" 에를렌두르가 물었다.

"아직도 날 기억하는 사람들이 있나 봐. 물론 자네는 안 그렇겠지만." 마리온이 말했다.

에를렌두르는 그만 대화를 끝내고 싶었지만 그럴 수 없었다. 마리온은 그에게 많은 도움을 준 사람이었기 때문에 결코 무례하게 굴 수 없었다.

"뭐 제가 도와드릴 일이 있습니까?" 에를렌두르가 물었다.

"그 사람 이름을 말해 주게. 자네가 찾고 있는 걸 내가 좀 알아낼 수 있을 것 같아."

"정말 질기십니다."

"따분해 죽겠어." 마리온이 말했다. "내가 얼마나 따분하게 지내는지 자네는 짐작도 못할 걸세. 이제 은퇴한 지 10년이 다 되어가는데, 똑같은 매일이 언제나 계속된다는 건 정말 지옥이라고. 천 년이라도 지난 것 같아. 늘 그날이 그날이야."

"노인들이 할 만한 일도 많잖아요? 빙고게임이라도 해보시지 그래요?" 에를렌두르가 말했다.

"빙고!" 마리온이 소리쳤다.

에를렌두르는 구드라우구르의 이름을 알려주고, 사건에 대해서 마

68

리온에게 간략하게 말해 주었다. 그러고 나서 그들은 헤어졌다. 전화 벨이 울린 것은 바로 그때였다.

"에를렌두르입니다."

"그 방에서 쪽지 한 장을 찾아냈습니다." 전화기 너머의 목소리가 말했다. 감식반 책임자의 목소리였다.

"쪽지?"

"이렇게 쓰여 있군요. 헨리 18:30."

"헨리? 잠깐만, 그 아가씨가 죽은 산타를 발견한 게 언제였죠?"

"대략 7시쯤 됩니다."

"그렇다면 이 헨리라는 사람은 그가 살해당했을 때 그 방에 있었을 수도 있겠군요?"

"그건 잘 모르겠습니다. 그리고 또 다른 게 있습니다."

"계속해요."

"그 콘돔은 죽은 산타가 가지고 있었던 것 같습니다. 도어맨 유니폼 주머니에서 콘돔이 들어 있는 팩이 나왔어요. 10개들이 팩인데 3개가 없어졌습니다."

"그밖에 다른 건?"

"별로. 500크로나 지폐 한 장과 낡은 ID카드, 그제 날짜의 슈퍼마켓 영수증이 들어 있는 지갑 말고는요. 아 참, 열쇠 두 개가 달려 있는 열쇠고리 하나가 있습니다."

"어떤 종류의 열쇠죠?"

"하나는 집 열쇠 같고, 또 하나는 무슨 라커나 그런 데 열쇠 같아요. 크기가 아주 작은 게 말입니다."

전화를 끊고 에를렌두르는 아까의 감식반원을 찾아보았지만 그녀는 벌써 가버리고 없었다.

호텔에는 헨리라는 이름의 손님이 두 명 있었다. 미국인 헨리 바틀렛과 영국인 헨리 왑쇼트가 그들이었다. 후자는 객실로 전화를 해보았으나 부재중이었고, 방에 있던 헨리는 아이슬란드 경찰이 알아볼 것이 있다고 하자 상당히 놀란 것 같았다.

심장마비를 당한 노인에 대한 호텔 지배인의 이야기가 이미 쫙 퍼진 게 틀림없었다.

에를렌두르는 시구르두르 올리를 대동하고 헨리 바틀렛을 만나러 올라갔다. 시구르두르 올리는 미국에서 범죄학을 공부했고, 그 사실을 몹시 자랑스러워했다. 그의 영어 실력은 거의 원어민 수준이었는데, 에를렌두르는 그 미국식의 점잖 빼는 느릿한 말투가 도무지 귀에 거슬렸지만 어쩔 수 없이 참아야 했다.

바틀렛을 만나러 올라가는 동안 시구르두르 올리는 에를렌두르에게 구드라우구르가 살해당한 날 근무했던 호텔 종업원 거의 대부분을 만나보았는데 모두 알리바이가 확실했고, 그것을 입증해 줄 증인들도 있다는 내용의 보고를 했다.

바틀렛은 콜로라도에서 온 30세가량의 증권브로커였다. 그들 부부는 수년 전 미국의 TV 아침방송에서 아이슬란드에 관한 프로그램을 본 적이 있었는데 그때 본 아이슬란드의 드라마틱한 풍경과 푸른 산호초에 매료되었다고 했다. 그들은 꿈꾸어오던 것을 현실로 만들기로 하고 크리스마스와 새해를 머나먼 겨울나라에서 보내기로 했고,

그후 세 번이나 방문하게 되었다. 아름다운 풍경에 매료되기는 했지만 반면에 시내의 레스토랑과 술집은 터무니없이 비싸다는 것도 알게 되었다.

시구르두르 올리는 고개를 끄덕였다. 그에게 있어 미국은 지상천국이었다. 그는 그 부부와의 만남에 감동을 받은 것 같았다. 야구며 미국의 크리스마스 풍습에 대해 그들이 충분히 이야기를 나누도록 기다린 다음 에를렌두르는 시구르두르 올리에게 슬쩍 눈치를 주었다.

시구르두르 올리는 그들 부부에게 도어맨의 죽음과 그의 방에서 발견된 쪽지에 대해 이야기해 주었다. 헨리 바틀렛 부부는 갑자기 다른 행성으로 이주라도 당한 듯 몹시 당황스런 얼굴로 형사들을 쳐다보았다.

"도어맨 말입니다. 모르셨나요?" 시구르두르 올리가 그들의 놀란 표정을 보고 말했다.

"살인이요? 이 호텔에서 말입니까?" 헨리가 신음하듯 말했다.

"세상에나." 그의 부인은 더블침대에 주저앉았다.

시구르두르 올리는 콘돔에 대해서는 거론치 말아야겠다고 생각했다. 그는 구드라우구르가 헨리라는 사람과 만날 약속이 메모되어 있는 쪽지에 대해 설명했다. 하지만 그게 언제인지, 어디서 만나기로 한 것인지, 또 이틀 뒤인지 아니면 1주일이나 열흘 뒤인지도 알 수 없다고 했다.

헨리 바틀렛과 그의 부인은 도어맨에 대해서 아는 바가 전혀 없다고 했다. 그들은 나흘 전에 호텔에 도착했는데, 그 사람에 대해 특별히 주목한 적이 없었다고 했다. 에를렌두르와 시구르두르 올리의 질문은 그들 부부를 확실히 당황스럽게 만들었다.

"세상에, 살인이라니!" 헨리가 말했다.

"아이슬란드에서도 살인사건이 일어나나요?" 그의 부인 신디(처음 인사를 나눌 때 그녀가 자기 이름을 시구르두르 올리에게 말해 주었다.)가 옆 테이블 위에 놓여 있는 아이슬란드 관광용 브로슈어를 힐끗 쳐다보며 물었다.

"정말 드문 일이지요." 그가 애써 미소를 지으며 대답했다.

"이 헨리라는 인물은 어쩐지 호텔 손님이라는 생각이 들지 않는데요." 시구르두르 올리가 엘리베이터를 기다리는 동안 말했다. "그는 외국인인 것 같지 않아요. 헨리라는 이름을 가진 아이슬란드 사람들이 제법 있거든요."

6
Röddin

전에 근무했던 총지배인과 약속이 되어 있던 시구르두르 올리는 로비에 도착하자 곧 에를렌두르와 헤어져 그를 만나러 갔다. 에를렌두르는 프런트매니저를 찾았지만 그는 아직 출근 전이었고 전화도 없었다고 했다. 헨리 왑쇼트는 카운터에 카드키를 맡겨놓은 채 아침 일찍 방을 나갔는데 특별히 주목해서 본 사람이 없었다. 에를렌두르는 왑쇼트가 다시 돌아오면 바로 연락해 달라고 했다.

총지배인이 에를렌두르 옆을 터벅터벅 지나가며 말했다.

"우리 손님들을 귀찮게 하지 말았으면 합니다."

에를렌두르는 그를 한쪽으로 데리고 갔다.

"이 호텔에서는 성매매 행위를 어떻게 관리하고 있소?" 로비에 있는 크리스마스트리 옆에 도착하자 에를렌두르가 곧바로 질문을 던졌다.

"성매매? 대체 무슨 말씀을 하시는 건지?" 호텔 지배인은 깊은 숨을 내쉬며 커다란 손수건으로 목뒤를 훔쳐냈다.

에를렌두르는 대답을 기다리며 그를 쳐다보았다.

"그런 되지도 않는 소리와 이번 사건을 연관시킬 생각은 마십시오." 총지배인이 말했다.

"그 도어맨, 창녀들과 무슨 연관이 있었던 것은 아닐까요?"

"그만두세요. 창……, 우리 호텔에서는 성매매 따윈 절대로 없습니다." 총지배인이 말했다.

"성매매가 없는 호텔은 없지."

"그런가요?" 총지배인이 되물었다. "반장님 경험을 말씀하시는 겁니까?"

에를렌두르는 대답하지 않았다.

"그럼 그 도어맨이 성매매를 했다는 말입니까?" 총지배인이 정말 놀랐다는 투로 말했다. "이제껏 살면서 그런 추잡한 소리는 처음 듣습니다. 여긴 스트립쇼나 하는 곳이 아니에요. 여기는 레이캬비크에서도 가장 큰 호텔 중에 하나란 말입니다!"

"바나 로비에 있는 여자들이 은밀히 남자들을 따라 객실로 올라가거나 하지는 않소?"

총지배인은 잠시 머뭇거렸다. 굳이 에를렌두르의 신경을 거스르고 싶지는 않은 것 같았다.

"여기는 대형 호텔입니다." 이윽고 그가 말했다. "내부에서 일어나는 모든 것을 일일이 관리할 수는 없습니다. 성매매가 확실하고 더 이상 의문이 없다면 우리도 바로 단속을 합니다만, 그건 정말 쉽지 않은 문제예요. 손님들도 자기 방에서 자기들이 원하는 일을 할 자유가 있으니까요."

"여행객, 비즈니스맨, 지역주민, 이들이 손님 대부분 아닌가?"

"그렇죠. 그 외에도 많습니다. 하지만 여기는 싸구려 여인숙이 아닙니다. 품격이 있는 시설이니 손님들도 기꺼이 감수할 일종의 룰이 있는 겁니다. 우리 호텔에서는 그런 추잡한 일이 있을 수도 없고, 또 그런 소문이 나서는 절대 안 된다는 겁니다. 그렇지 않아도 경쟁이 치열한데 살인사건이라니, 정말 끔찍합니다."

총지배인은 잠시 말이 없었다.

"계속 우리 호텔에서 주무실 건가요?" 그가 물었다. "흔히 볼 수 있는 일은 아닌 것 같은데요?"

"흔히 볼 수 없는 일이라 하면, 이 호텔 지하실에 죽은 산타가 있다는 것 말고 또 뭐가 있겠소?" 에를렌두르가 미소를 지었다.

손에 샘플링 장비를 들고 주방을 떠나 아래층의 바로 내려가는 감식반원을 본 그는 총지배인에게 고개를 끄덕이고 나서 그녀 쪽으로 향했다. 그녀는 그에게 등을 보이며 옆문을 통해 휴대품 보관실로 걸어갔다.

"일은 잘 되고 있습니까?" 에를렌두르가 물었다.

고개를 돌린 그녀는 그를 알아보았지만 걸음을 멈추지는 않았다.

"이번 사건 수사를 맡으셨나 봐요?" 그녀는 휴대품 보관실로 들어가 옷걸이에서 코트를 벗긴 후 에를렌두르에게 샘플링 장비를 들어달라고 부탁했다.

"열심히 쫓아다니고 있습니다." 에를렌두르가 말했다.

"타액 샘플 채취를 좋아할 사람은 아무도 없죠." 그녀가 말했다. "꼭 그 주방장을 말하는 건 아니에요."

"우리는 용의선상에서 직원들을 제외하는 중이었는데, 그에 대한 설명을 들으셨죠?"

"금시초문인데, 뭐 밝혀진 게 있나요?"

"발게르두르는 오래된 아이슬란드식 이름인데, 그렇죠?" 그녀의 질문에는 대답하지도 않고 에를렌두르가 되묻자 그녀가 미소를 지었다.

"수사내용에 대해 밝히면 안 되나 봐요?"

"아닙니다."

"무슨 말씀이신지? 발게르두르가 오래된 이름이라는 것은, 그러니까……."

"네? 아뇨, 제 말은 그게……." 에를렌두르는 말을 더듬었다.

"뭔가 특이한 거라도 있었나요?" 발게르두르가 가방 쪽으로 손을 내밀며 물었다. 팔꿈치가 닳아빠진 낡은 재킷 안에 단추를 꼼꼼히 채운 카디건을 받쳐 입고 슬픈 눈으로 바라보고 서 있는 남자에게 그녀는 미소를 지어 보였다. 그들은 비슷한 연배였지만 그녀가 10년은 더 젊어 보였다.

무슨 말을 하고 있는지 확실히 깨닫지도 못한 채 그 말은 에를렌두르의 입에서 불쑥 튀어나와 버렸다. 이 여자에게는 뭔가 있었다.

그리고 결혼반지를 끼고 있지 않다는 것도 알았다.

"오늘 밤 여기 뷔페에서 다시 뵙고 싶소만……. 음식이 제법 훌륭해요."

그녀에 대해 잘 알지도 못하면서 그는 이렇게 말해 버렸다. 마치 다시는 긍정적인 대답을 들을 기회를 갖지 못하기라도 할 것처럼. 그러나 그렇게 말해 놓고 한편으로는 그녀가 웃음을 터뜨리지나 않을까, 혹은 이미 결혼해서 아이가 넷이나 있고, 커다란 저택과 여름별장에서는 견진성사 파티와 졸업 파티를 즐기며, 큰아이는 벌써 결혼을 시켰고, 사랑하는 남편과 평화롭게 보낼 노후를 기다리고 있는 것은 아닐까 생각하며 그녀의 대답을 기다렸다.

"고맙습니다." 그녀가 말했다. "정말 고맙습니다만 죄송하게도 어려울 것 같아요. 아무튼 고맙습니다."

그녀는 에를렌두르에게서 샘플링 장비들 받아들고는 잠시 망설이다가, 그를 쳐다보고 나서 호텔을 나섰다. 에를렌두르는 휴대품 보관실에 혼자 남겨졌다. 반쯤 넋이 나간 채로. 그는 수년간 여자에게 데이트 신청을 한 적이 없었다. 주머니 속에서 휴대폰이 울리기 시작했다. 그는 멍하니 휴대폰을 꺼내들고 전화를 받았다. 엘린보르그였다.

"그자가 지금 법정으로 들어가고 있어요." 전화 속에서 그녀는 거의 속삭이듯 말했다.

"뭐라고?"

"그 아버지 말예요. 지금 변호사 둘과 들어가고 있다고요. 면책을 받게 될 게 뻔해요."

"또 누가 있어?" 에를렌두르가 물었다.

"별로 없어요. 그 아이 모친 쪽 가족들인 것 같아요. 그리고 기자들도 있고."

"그자는 어때 보여?"

"평소처럼 아무렇지도 않게 보이는데 정장에 넥타이를 한 것이 마치 저녁 외식을 나가는 차림이에요. 양심이라고는 털끝만큼도 없는 작자예요."

"그건 그렇지 않아." 에를렌두르가 말했다. "그자는 확실히 양심이 있어."

에를렌두르는 의료진의 허락이 떨어지자 엘린보르그와 함께 소년과 이야기를 나누기 위해 병원으로 갔다. 외과수술을 받고 나서 소년은 다른 아이들과 병실을 같이 쓰고 있었다. 벽은 빙 둘러 아이들의 그림으로 장식되어 있었고 침대 위에는 장난감들이 널려 있었다. 그 옆으로는 뜬눈으로 밤을 지새우며 자기 아이들에 대해 끝없이 걱정하고 있는 부모들이 보였다.

엘린보르그가 그 옆에 앉았다. 입과 얼굴을 제외하고는 간신히 얼굴을 알아볼 정도만 남겨놓고 온통 머리에 붕대를 감고 있는 아이는 몹시 의심스러운 눈초리로 경찰들을 쳐다보았다. 깁스를 한 아이의 팔은 조그만 걸고리에 매달려 있었고, 수술 뒤 붕대를 감은 몸에는 담요가 덮여 있었다. 그들은 아이의 기분을 달래주기 위해 노력했다. 아이에게 질문을 할 수는 있지만 아이가 대답을 할지는 알 수 없는 문제라고 의사는 말했다.

엘린보르그는 자기 자신에 대한 이야기부터 시작했다. 자기가 경찰에서 무슨 일을 하는지, 또 그 아이를 이렇게 만든 사람을 얼마나 잡고 싶어 하는지에 대해 말했다. 에를렌두르는 거리를 두고 서서 지켜보고 있었다. 아이는 엘린보르그를 가만히 쳐다보았다. 그녀는 부모 중 한 사람이 있어야 아이에게 말을 시킬 수 있으리라고 생각했다. 엘린보르그와 에를렌두르는 병원에서 아이의 아버지를 만나기로 했지만 30분이 지나도록 그는 나타나지 않았다.

"누구였니?" 마침내 엘린보르그가 문제의 핵심을 물었다.

아이는 대답 없이 그녀를 쳐다보았다.

"누가 너를 이렇게 했어? 나한테 말하는 건 괜찮아. 그들이 다시는 너를 해치지 못하게 할게. 약속해."

아이는 에를렌두르를 흘낏 쳐다보았다.

"너희 학교에 다니는 애들이었니?" 엘린보르그가 물었다. "상급반 애들, 말썽꾸러기로 소문난 아이 둘을 잡았어. 전에도 너와 같이 어린 애들을 때린 적이 있는 녀석들인데 그땐 그렇게 심하게 때리지는 않았거든. 그런데 걔들은 너한테 아무 짓도 하지 않았다고 하더구나. 그리고 네가 다친 바로 그 시간에 그 애들은 학교에 있었더라구."

아이는 말없이 엘린보르그가 이야기하는 것을 지켜보았다. 그녀는 학교를 찾아가서 교장과 선생들을 만나보고, 그 두 소년의 집도 방문해 생활환경도 알아보았다. 아이들은 소년에게 아무 짓도 하지 않았다고 말했다. 한 아이의 아버지는 수감 중이었다.

소아과 담당의사가 병실로 들어와 아이가 이제 쉬어야 하니 나중에 다시 오는 게 좋겠다고 했다. 엘린보르그는 고개를 끄덕이고 병실을 나섰다.

그날 늦게 에를렌두르는 엘린보르그와 함께 소년의 아버지를 만나기 위해 그의 집으로 찾아갔다. 아이의 아버지는 독일과 미국에 있는 동료들과 중요한 전화회의가 있어 병원에 갈 형편이 못 되었다고 했다. "전혀 예상치 못한 회의였습니다." 그가 말했다. 회의를 끝내고 마침내 그가 출발할 때쯤 그들은 이미 병원을 떠나고 없었던 것이다.

그가 이런 이야기를 하는 동안, 라운지의 창을 통해 들어온 겨울 햇빛이 대리석 바닥과 카펫이 깔린 계단을 밝게 비추고 있었다. 엘린보르그는 서서 이야기를 듣고 있다가 문득 계단을 덮은 카펫과 그 위쪽의 계단에 나 있는 얼룩들을 주목하게 되었다.

작은 얼룩들은 겨울 햇빛이 내리쬐지 않았으면 거의 눈에 띄지 않을 정도였다.

카펫의 얼룩은 거의 지워져 있어 처음에는 무슨 직물 조직의 일부처럼 보일 정도였다. 얼룩들은 작은 발자국이었다.

"여보세요." 엘린보르그의 목소리가 전화기를 타고 들려왔다. "반장님? 제 말 들리세요?"

에를렌두르는 현실로 돌아왔다.

"그자가 떠나면 바로 나한테 알려주게." 에를렌두르는 이 말만 하고 전화를 끊었다.

수석웨이터는 40대로 쇠꼬챙이처럼 마른 체구에 까만 정장을 입고, 윤이 나는 검은색 인조가죽 구두를 신고 있었다. 그는 식당 한쪽에 있는 작은 별실에서 그날 저녁 예약상황을 체크하고 있었다. 에를렌두르가 자기소개를 하고 잠시 시간을 내달라고 양해를 구하자, 수석웨이터는 모서리가 접힌 예약장부에서 고개를 돌려 그를 쳐다보았다. 갈색 피부에 갈색 눈을 한 그는 가늘고 검은 콧수염과 짙은 구레나룻을 기르고 있었는데, 적어도 하루에 두 번은 면도를 해야 그 모습을 유지할 수 있을 것 같았다.

"굴리에 대해서는 전혀 아는 바가 없는데요." 로산트라는 이름의 그 남자가 말했다. "그 사람한테 그런 일이 일어났다니 정말 끔찍하군요. 그래 뭔가 짚이는 게 있습니까?"

"전혀." 에를렌두르가 퉁명스럽게 말했다. 그의 머릿속은 그 감식반 여인과 제 아들을 폭행한 아버지라는 작자, 그리고 이제 더 이상 견딜 수 없을 것 같다고 한 자기 딸 에바에 대한 생각들로 가득 차 있었다. 물론 그 말이 무슨 의미인지 잘 알고 있었지만, 그래도 혹시 자기가 잘못 생각하고 있는 건 아닐까 하고 바라기도 했다. "크리스마스 때가 되면 한창 바쁘지, 그렇지 않소?" 에를렌두르가 물었다.

"최대한으로 성과를 내려고 노력하죠. 뷔페식당은 만석으로 하루 세 번을 회전시키려고 하는데, 정말 쉽지 않은 일이에요. 그게 말입니다, 돈을 내는 손님들이 마치 테이크아웃 식당 같다는 생각을 할 수도 있거든요. 지하실의 살인사건은 정말 도움이 안 돼요."

"그렇죠." 에를렌두르는 그의 말에는 전혀 관심을 두지 않고 말했다. "구드라우구르를 잘 알지 못한다면 당신은 여기서 일한 지 얼마 안 됐다는 거요?"

"2년 됐습니다. 하지만 그 사람하고는 거의 접촉이 없었습니다."

"호텔 직원 중에서 누가 그 사람을 가장 잘 알 거라고 생각합니까?"

"잘 모르겠습니다." 수석웨이터가 집게손가락으로 검은 콧수염을 톡톡 치며 말했다. "그 사람에 대해서 아는 게 별로 없어서. 깔끔한 사람이었죠, 아마. 타액검사에 대해서는 언제 알 수 있을까요?"

"뭘 언제 알 수 있냐는 겁니까?"

"누군가 함께 있었다고 하던데. DNA 검사를 하는 게 아닌가요?"

"맞아요." 에를렌두르가 말했다.

"아마도 외국에 의뢰해야겠지요?"

에를렌두르는 고개를 끄덕였다.

"혹시 누가 지하실로 그 사람을 찾아가거나 한 적은 없소? 호텔 직원 말고 외부인이?"

"여긴 사람들로 정신없는 곳입니다. 호텔이란 다 그렇지요. 사람들이 개미처럼 들어왔다 나갔다, 올라갔다 내려갔다, 잠시도 조용할 때가 없어요. 호텔경영학교에서 배웠는데, 호텔은 건물이나 객실, 서비스가 아니고 사람이라고 해요. 호텔은 바로 사람이라고, 다른 그 무엇도 아닌. 우리 일은 사람들을 기분 좋게 해주는 거죠. 집에 있다는 기분이 들도록 말입니다. 호텔이란 바로 그런 겁니다."

"그 점을 꼭 기억하겠소." 에를렌두르는 인사를 하고 말을 맺었다.

헨리 왑쇼트가 호텔로 돌아왔는지 알아보았지만 그는 아직도 돌아오지 않았고, 반면에 프런트매니저가 출근해서 에를렌두르에게 인사를 했다. 하지만 또 다른 셔틀버스가 잔뜩 싣고 온 여행객들이 로비로 쏟아져 들어오자, 그는 에를렌두르에게 어색한 미소를 보이며 어깨를 으쓱했다. 마치 이것은 자기 잘못이 아니니 어쩔 수 없이 둘의 대화는 다음 기회로 미룰 수밖에 없지 않겠냐는 듯이.

7

Röddin

구드라우구르 에길손은 28세인 1982년에 호텔에 들어왔다. 그전에 여러 가지 직업을 전전했는데, 바로 직전에는 외무부에서 야간경비 일을 하기도 했다. 그러다가 호텔의 풀타임 도어맨으로 채용되었다. 관광산업이 한창 붐을 이루던 시기라 호텔은 증축되었고 계속 직원들을 충원하고 있었다. 이전의 총지배인은 무슨 이유로 구드라우구르가 채용되었는지 정확하게 기억할 수는 없지만 지원자가 많지는 않았던 것 같다고 했다.

그는 총지배인에게 좋은 인상을 주었다. 점잖은 태도와 공손함, 그리고 서비스 마인드를 갖춘 그는 자리에 잘 어울리는 사람이었다. 가족이 없고 독신이라 부양할 자식도 없었는데, 총지배인은 그 점이 마음에 조금 걸렸다. 대개 부양가족이 있는 사람이 좀 더 충직하기 때문이었다. 그리고 구드라우구르가 자기 자신과 과거에 대해서 말을 아낀다는 것도 마음에 걸리는 부분이었다.

직원으로 채용된 직후 그는 총지배인을 찾아가, 새로 살 집을 알아보고 있는 중인데 당분간 지낼 만한 방이 호텔에 있는지 물어보았다. 곧 방을 내놓아야 하게 되어서 길거리에 나앉게 될 형편이라고 했다.

그는 지하실 복도 끝에 있는 작은 방을 들먹이며 거처를 마련할 때까지 거기서 지내면 안 되겠냐고 물었다. 두 사람은 그 지하실 방으로 내려가 보았다. 방 안에는 온갖 잡동사니들이 널려 있었다. 언젠가는 대부분 내다버릴 물건들을 임시로 보관하고 있는 방으로 알고 있다고 구드라우구르가 말했다.

그렇게 해서 구드라우구르는 도어맨으로, 나중에는 산타클로스로서 생의 나머지를 보내게 되는 그 방으로 옮겨 살게 되었다. 총지배인은 그가 길어야 2주일 정도 그 방에서 지낼 거라고 생각했다. 구드라우구르도 그렇게 말했고, 누군가 평생을 지내고 싶어 할 만한 방은 전혀 아니었다. 하지만 구드라우구르는 다른 거처를 찾기를 거부했고, 곧 호텔에서 계속 지내도 된다는 허락을 받아냈다. 대신 도어맨의 업무 이외에 다른 잡다한 관리업무도 겸하는 조건이었다. 시간이 지날수록 그것은 정말 괜찮은 조건 같아 보였다. 무슨 문제라도 생기면 언제라도 불러서 일처리를 맡길 수 있었으니 말이다. 솜씨 좋은 잡역부는 늘 필요한 법이었다.

"구드라우구르가 그 방으로 옮겨오고 나서 얼마 지나지 않아 그 총지배인이 그만뒀어요." 에를렌두르의 방에서 시구르두르 올리가 예전의 총지배인과 만났던 이야기를 해주며 말했다. 늦은 오후였고 막 어두워지기 시작하는 시간이었다.

"왜 그만둔 거지?" 에를렌두르가 물었다. 그는 침대에서 몸을 쭉 펴고는 천장을 물끄러미 바라보았다. "호텔이 증축되고 직원도 충원되었는데 얼마 지나지 않아 그만두었다, 뭔가 이상하지 않은가?"

"그것까지는 글쎄요. 그게 조금이라도 문제가 된다면 다시 알아보도록 하죠. 그는 구드라우구르가 산타클로스 역할도 한 것은 모르고 있던데요. 그가 그만둔 뒤에 있었던 일이고, 지하실에서 살해당한 채로 발견되었다는 말을 듣고는 정말 놀라더군요."

시구르두르 올리가 써늘한 방 안을 둘러보았다.

"여기서 크리스마스를 보내실 작정이세요?"

에를렌두르는 대답하지 않았다.

"왜 집에 안 들어가시는 겁니까?"

침묵.

"초대는 아직도 유효해요."

"고마워. 그리고 베르그도라에게 미안하다고 전해 주게." 에를렌두르가 생각에 깊이 잠긴 채 말했다.

"도대체 뭐가 문제죠?"

"자네가 상관할 게 아니야. 문제가, 있다면 있겠지."

"아무튼 저는 이만 퇴근하겠습니다." 시구르두르 올리가 말했다.

"가족 만들기는 어떻게 돼가고 있나?"

"그게 별로."

"자네한테 문제가 있는 거야, 아니면 둘이 때를 잘 못 맞추는 거야?"

"모르겠어요. 검사해 본 적은 없어요. 그런데 베르그도라가 그 문제에 대해 이야기하기 시작했어요."

"아이를 갖고 싶어?"

"물론, 아니 잘 모르겠어요. 내가 뭘 원하는 건지 정말 모르겠어요."

"지금 몇 시야?"

"6시 30분 막 지났어요."

85

"퇴근해." 에를렌두르가 말했다. "나는 그 다른 헨리에 대해서 좀 더 알아봐야겠어."

헨리 왑쇼트는 호텔로 돌아왔지만 자기 방에 있지 않았다. 에를렌 두르가 직원과 함께 그의 방으로 올라가 문을 두드렸지만 응답이 없 었다. 직원에게 문을 열어달라고 할까 생각했지만, 우선 치안판사로 부터 수색영장을 발부받아야 하는데 그게 그날 밤 안에 가능할지, 게 다가 헨리 왑쇼트가 구드라우구르가 18시 30분에 만나기로 했던 그 헨리가 맞는지 확신이 서지 않았다.

에를렌두르가 복도에 서서 이런저런 고민에 빠져 있을 때 60대 초 반쯤 되어 보이는 남자가 모퉁이를 돌아 이쪽으로 걸어오고 있었다. 낡은 트위드 재킷에 카키색 바지를 입고 안에는 푸른색 셔츠와 밝은 적색 넥타이를 매고 있었는데, 이제 막 벗겨지기 시작한 짙은 색 머리 칼은 한데 모아 오른쪽으로 단정히 빗어 넘긴 모습이었다.

"당신입니까?" 에를렌두르에게 다가온 그가 영어로 물었다. "누구 아이슬란드 사람이 나를 찾는다고 들었는데요. 선생도 수집가입니 까? 선생께서 절 보자고 하셨습니까?"

"성함이 왑쇼트 맞습니까?" 에를렌두르가 물었다. "헨리 왑쇼트?" 그의 영어 실력은 별로였다. 요즈음 들어서는 말을 알아듣는 데는 별 무리가 없었지만 말하기는 영 형편없었다. 범죄의 국제화로 경찰은 별도 영어강좌 과정을 만들게 되었고, 에를렌두르도 기꺼이 수업에 참여하고 있었다. 이제 막 영어 원서를 읽기 시작했다.

"내가 헨리 왑쇼트입니다. 무슨 일로 나를 보자고 하셨는지요?"

86

"이렇게 복도에 서서 말씀드리기는 조금 곤란한데요." 에를렌두르가 말했다. "방으로 들어갈까요, 아니면?"

왑쇼트는 문 쪽을 향했다가 다시 에를렌두르를 쳐다보았다.

"로비로 내려가는 게 어떨까 싶습니다만, 그런데 나한테 무슨 볼일이 있으신 거죠? 대체 누구십니까?"

"아래로 내려가시죠." 에를렌두르가 말했다.

잠시 망설이다가 헨리 왑쇼트는 그를 따라 엘리베이터를 탔다. 로비에 도착하자 에를렌두르는 식당 한쪽에 있는 흡연석을 찾아 자리를 잡았고, 곧 웨이트리스가 다가왔다. 뷔페 손님들이 내려와 자리를 채우기 시작했지만 에를렌두르는 전날처럼 음식에 마음이 끌리지 않았다. 그들은 커피를 주문했다.

"정말 이상한 일입니다." 왑쇼트가 말했다. "30분 전에 바로 이곳에서 누구와 만나기로 했는데 결국 나타나지 않았거든요. 그 사람으로부터 다른 메시지를 받지 못했는데, 선생께서 내 방 앞에 서 계셨고 나를 여기로 데려오셨으니 말입니다."

"만나시려던 분이 누구입니까?"

"아이슬란드 사람입니다. 이 호텔에 근무한다고 하던데, 이름이 구드라우구르라고 했습니다."

"그러니까 오늘 6시 30분에 그 사람과 만나기로 했다는 거죠?"

"그렇습니다." 왑쇼트가 말했다. "그런데……. 누구십니까?"

에를렌두르는 자신이 경찰에서 나왔으며, 구드라우구르의 죽음과 그의 방에서 헨리라는 사람과의 약속이 적혀 있는 메모가 발견되었다는 것 등을 충분히 알아들을 수 있도록 자세히 설명해 주었다. 그리고 그들이 무슨 목적으로 만나기로 했는지 알고 싶다고 말했다. 에를렌두르는 왑쇼트가 산타가 살해되었을 때 그 방에 있었을 걸로 추정되는 혐의를 받고 있다는 사실은 언급하지 않았다. 다만 구드라우구르가 지난 20년간 호텔에서 근무했다는 것을 말해 주었다.

에를렌두르가 이야기하는 동안 내내 그를 주시하고 있던 왑쇼트는 자신의 이름이 거론되고 있다는 것이 무엇을 뜻하는지 전혀 깨닫지 못한 듯, 믿을 수 없어 하는 표정으로 머리를 흔들었다.

"그 사람이 죽었습니까?"

"네."

"살해당했어요?"

"그렇습니다."

"세상에!" 왑쇼트가 신음소리를 내며 말했다.

"구드라우구르는 어떻게 알았습니까?" 에를렌두르가 물었다.

왑쇼트는 넋이 나가 보였고, 그래서 그는 같은 질문을 다시 해야 했다.

"그 사람을 안 지는 몇 년 됩니다." 이윽고 왑쇼트가 입을 열었다. 가볍게 미소를 짓자 오랜 흡연으로 끝이 검게 변색된 아랫니 몇 개가 드러났다. 에를렌두르는 그가 파이프담배를 즐기는 것 같다고 생각했다.

"처음 만난 게 언제입니까?" 에를렌두르가 물었다.

"만난 적은 한 번도 없습니다. 한 번도 본 적이 없어요. 오늘 처음으로 그를 만나려고 했던 거죠. 그게 내가 아이슬란드에 온 이유입니다."

"그를 만나러 아이슬란드에 왔다구요?"

"네, 다른 일도 볼 겸 해서요."

"그렇다면 어떻게 그를 알았습니까? 한 번도 만난 적이 없다면 두 분 관계는 어떻게 연결되는 겁니까?"

"우리 사이에는 아무런 관계도 없습니다." 왑쇼트가 말했다.

"이해할 수가 없군요."

"우리 사이에는 '관계'라고 할 만한 게 전혀 없었습니다." 왑쇼트는 '관계'라는 말에 손가락으로 따옴표를 그리며 거듭 강조했다.

"그렇다면 어떻게?" 에를렌두르가 다시 물었다.

"단지 일방적인 숭배지요." 왑쇼트가 대답했다. "제 쪽에서."

에를렌두르는 마지막 말을 그에게 다시 물었다. 그는 이 남자를 전혀 이해할 수 없었다. 영국에서, 그것도 한 번도 만난 적이 없는 구드라우구르를 만나러 와서는 한다는 말이 그를 숭배한다니. 호텔 도어맨을. 호텔 지하실의 누추한 작은 방에서 지내다가 바지는 발목까지 벗겨지고 칼에 가슴을 찔려 살해당한 채로 발견된 남자를. 아이들의 파티에서 산타클로스 역할을 하는 남자를 일방적으로 숭배한다니.

"도대체 무슨 말을 하는지 모르겠군요." 에를렌두르가 말했다. 바로 그때, 왑쇼트가 그에게 수집가냐고 물었던 것이 문득 기억이 났다. "어째서 선생은 내게 수집가냐고 물었던 겁니까?" 그가 물었다. "그게 무슨 뜻입니까?"

"당신도 음반 수집가인 줄 알았습니다, 나처럼." 왑쇼트가 말했다.

"어떤 음반 수집가요? 레코드판? 그 말은?"

"나는 올드 레코드판을 수집합니다." 왑쇼트가 말했다. "올드 그라모폰 음반 말입니다. LP판, EP판, 싱글판 등등을 수집하지요. 내가 구드라우구르를 알고 있는 건 그 때문입니다. 바로 여기로 그를 만나러 왔고 그것을 구하려고 했는데, 그가 죽었다니 내가 얼마나 충격을 받았겠는지 짐작이 가실 겁니다. 살해당했다니! 누가 그를 죽이고 싶었던 걸까요?"

그는 정말 놀란 것처럼 보였다.

"지난밤에 그를 만났을 텐데요?" 에를렌두르가 물었다.

처음, 왑쇼트는 에를렌두르의 질문에 어리둥절해 하다가 이윽고 그 의미를 깨닫고는 형사를 노려보았다.

"그러니까 그 말은, 내가 지금 거짓말을 하고 있다는 겁니까? 내가? 나한테 혐의를 두고 있다고 말씀하시는 거요? 내가 그 사람 죽음과 무슨 관련이 있다고 생각하시는 겁니까?"

에를렌두르는 말없이 그를 지켜보았다.

"이건 말도 안 돼!" 왑쇼트는 목소리를 높였다. "나는 오랫동안 그와의 만남을 기다려왔어요. 그런 농담 마십시오."

"지난밤 이 시간 어디에 있었습니까?" 에를렌두르가 물었다.

"시내에, 시내에 있었습니다. 시내 중심가의 수집품 상점에 들렀다가 근처에 있는 인도요리 레스토랑에서 저녁을 먹었소."

"호텔에 묵은 지 며칠 된 걸로 아는데, 그전에는 왜 구드라우구르를 만나지 않았던 겁니까?"

"방금 그가 죽었다고 하지 않았습니까? 대체 무슨 말인지?"

"호텔에 도착해서 바로 그를 만나고 싶지 않았냐 이 말입니다. 그렇게 그를 만나고 싶어 했다면서요. 왜 그렇게 오래 기다렸던 겁니까?"

"그가 시간과 장소를 정했습니다. 세상에, 대체 내가 어쩌다 이 지경이 된 거지?"

"어떻게 그와 접촉했습니까? 그리고 일방적인 숭배라는 건 무슨 뜻입니까?"

헨리 왑쇼트가 그를 쳐다보았다.

"내 말은……." 왑쇼트는 말을 이어가지 못했다. 에를렌두르가 중간에 그의 말을 자르며 다시 물었다.

"그가 이 호텔에서 일하는 건 알고 있었습니까?"

"네."

"어떻게?"

"찾아냈습니다. 난 찾고자 하는 것은 반드시 찾아냅니다. 원하는 수집품을 손에 넣기 위해서라면."

"그래서 이 호텔에 묵게 된 거로군요?"

"그렇습니다."

"그에게서 레코드판을 구입하려고 했습니까?" 에를렌두르가 계속 물었다. "그래서 두 사람이 서로 알게 된 겁니까? 서로 같은 관심을 가진 두 명의 수집가?"

"말씀드렸듯이 그 사람과는 전혀 모르는 사이였습니다. 그런데도 직접 그를 만나려고 했던 겁니다."

"대체 무슨 말을 하는지 모르겠습니다."

"그가 어떤 사람인지 전혀 모르시는 것 같군요, 그렇죠?" 왑쇼트는 에를렌두르가 구드라우구르 에길손을 전혀 모르고 있다는 데 대해 놀라지 않을 수 없었다.

"잡일도 하고 도어맨에 또 산타클로스 역할도 하죠." 에를렌두르가 말했다. "그밖에 내가 알아야 할 게 또 있습니까?"

"내 전문분야가 뭔지 아십니까? 수집, 특히 음반 수집에 대해 정말 아시는 게 없나 본데, 대부분의 수집가들은 자기 분야의 전문가들이죠. 일반인들이 상상하는 것 이상으로 말입니다. 믿을 수 없게도 사람들은 뭔가 수집하는 것을 시시하게 여기는 것 같아요. 세계 모든 항공사의 구토용 봉지를 모으는 사람도 있지요. 어떤 여자는 바비 인형 머리카락을 모으기도 한다더군요."

왑쇼트가 에를렌두르를 쳐다보았다.

"내가 어떤 분야를 전문으로 할 것 같습니까?"

에를렌두르는 고개를 저었다. 아무리 생각해 봐도 항공사 구토용 봉지를 수집한다는 것은 도무지 납득이 가지 않았다. 그리고 바비 인형의 뭘 어떻게 한다고?

"소년합창단 분야가 내 전문입니다."

"소년합창단?"

"아니 소년합창단만이 아니고 내가 정말 관심을 갖고 있는 분야는 소년성가대원입니다."

에를렌두르는 잠시 뭘 잘못 알아들은 것은 아닌가 싶었다.

"소년성가대원요?"

"네."

"소년성가대원의 음반을 수집한다?"

"그렇습니다. 물론 다른 음반도 수집하지만, 소년성가대원, 그걸 어떻게 말해야 될까요, 그건 내 열정입니다."

"그런데 구드라우구르가 대체 그것과 무슨 관계가 있다는 거요?"

헨리 왑쇼트는 미소를 지었다. 그는 옆에 있는 검은 가죽가방을 열고 안에서 45rpm 싱글 앨범* 재킷을 꺼냈다.

그가 윗도리 주머니에서 안경을 꺼내들었을 때, 에를렌두르는 바닥에 하얀 종이 한 장이 떨어지는 것을 보고 그것을 집어 들었다. 종이에는 초록색으로 인쇄된 브레너라는 이름이 보였다.

"고맙습니다. 독일 호텔의 냅킨이에요." 왑쇼트가 말했다. "수집을 한다는 것은 일종의 강박관념 같은 거죠." 그는 변명이라도 하듯이 덧붙였다.

에를렌두르는 고개를 끄덕였다.

"그에게 이 앨범 재킷에 자필 사인을 부탁하려고 했습니다." 왑쇼트가 말하면서 그것을 에를렌두르에게 건네주었다.

앨범 재킷 전면에는 금색의 조금 둥근 글자체로 인쇄된 '구드라우구르 에길손'이라는 이름이 보였다. 단정하게 빗어 내린 머리칼에 얼굴에는 주근깨가 약간 있는 12세가량의 어린 소년이 흑백 사진 속에서 에를렌두르에게 미소를 보내고 있었다.

"믿을 수 없을 정도로 감정이 풍부한 목소리였지요." 왑쇼트가 말했다. "그때 사춘기가 오고……." 그는 어쩔 수 없다는 듯이 어깨를 으쓱했다. 그의 목소리에는 슬픔과 유감의 감정이 살짝 배어 있었다. "그의 살해사건을 수사하신다는 분이 그가 어떤 사람이었는지도 모른다니 정말 기막힌 일이로군요. 그 당시 그는 가족 이름을 사용했었습니다. 내가 갖고 있는 정보에 따르면 그는 상당히 유명한 어린이 스

---

* rpm은 1분당 회전수를 말하며, 보통 한 면에 딱 한 곡만 실려 있는 음반을 싱글 앨범이라고 한다.

타였어요."

에를렌두르는 앨범 재킷에서 눈을 떼고 왑쇼트를 쳐다보았다.

"어린이 스타요?"

"두 장의 앨범이 있는데, 하나는 독창이고 하나는 성가대와 협연한 거지요. 이 나라에서는 꽤 유명했어요, 당시만 해도."

"어린이 스타라." 에를렌두르가 되뇌었다. "셜리 템플 같은 그런 아역 스타 말입니까?"

"굳이 표현한다면 그렇게 볼 수도 있겠군요. 내 말은 여기 아이슬란드처럼 작은 나라 안에서는 그랬다는 겁니다. 지금은 사람들 머리에서 잊혔겠지만 상당히 유명했지요. 셜리 템플은 물론⋯⋯."

"소공녀." 에를렌두르가 중얼거렸다.

"네?"

"그가 어린이 스타였는지 정말 몰랐습니다."

"오래전 일입니다."

"앨범을 냈다고 했소?"

"네."

"그걸 수집하신다고요?"

"그때 발매된 앨범들을 손에 넣으려고 하고 있습니다. 구드라우구르 같은 소년성가대원이 제 전문분야입니다. 그는 정말이지 유일무이한 보이 소프라노였지요."

"소년성가대원이라." 에를렌두르는 혼잣말로 중얼거렸다. '소공녀' 포스터를 떠올리며 왑쇼트에게 어린이 스타 구드라우구르에 대해 좀 더 자세히 말해 달라고 하려는 순간 누군가가 그를 방해했다.

"여기 계셨군요." 에를렌두르는 누군가 뒤에서 말하는 소리를 들었다. 발게르두르가 뒤에서 미소를 짓고 있었다. 샘플링 장비는 들고 있지 않았다. 무릎까지 내려오는 검은색 얇은 가죽코트 차림에 안에는 우아한 붉은색 스웨터를 받쳐 입고 보일 듯 말 듯 아주 엷게 화장을 하고 있었다. "초대가 아직 유효한가요?" 그녀가 물었다.

에를렌두르는 급히 자리에서 일어났지만 왑쇼트는 벌써 일어나 있었다.

"죄송합니다." 에를렌두르가 말했다. "이럴 줄은······. 물론입니다." 그가 미소를 지어 보였다. "물론 유효합니다."

8
Röddin

그들은 뷔페에서 저녁을 먹고 커피를 마신 다음 식당 옆에 있는 바로 자리를 옮겼다. 에를렌두르가 마실 것을 사왔고 둘은 바 안쪽의 칸막이가 쳐진 부스에 자리를 잡았다. 오래 있을 수 없다고 하는 그녀의 말을 듣고 에를렌두르는 행동거지를 조심해야겠다고 생각했다. 그녀를 방으로 초대할 생각은 전혀 없었다. 그런 생각은 아예 마음속에서 지워버렸고, 그녀도 그걸 알고 있었다. 그는 그녀가 뭔가 불안해하는 것을 느꼈고 그것은 그에게 조사를 받으러 들어오는 사람들로부터 느꼈던 것과 같은 일종의 자기방어적 성격을 띠고 있었다. 어쩌면 그녀는 자신이 뭘 하고 있는지도 모를 것이다.

형사와 이야기한다는 것은 그녀에게 있어 새로운 경험이었다. 그녀는 그가 하는 일, 각종 범죄를 어떻게 처리하고 범인들을 어떻게 체포하는지 등에 대한 것을 알고 싶어 했다. 에를렌두르는 대부분이 지루한 행정업무라고 말했다.

"하지만 범죄는 갈수록 폭력적으로 변하고 있잖아요." 그녀가 말했다. "신문만 봐도 알 수 있어요. 점점 더 얼마나 폭력적이고 잔인해지는지 말예요."

"글쎄요." 에를렌두르가 말했다. "범죄란 것이 원래 잔인한 거니까요."

"마약 세계를 다룬 이야기들을 보면 해결사들이 약값을 받아내려고 아이들을 폭행하고, 그래도 갚지 못하면 가족들까지 폭행한다고 해요."

"맞습니다." 에를렌두르가 동의했다. 에바도 예전에 그런 문제로 그를 걱정시키곤 했었다. "마약이 세상을 아주 망쳐놓았어요."

그들은 잠시 말이 없었다.

에를렌두르는 대화의 주제를 찾아내려고 애써보았지만, 여성에게 어떻게 다가가야 할지 도무지 생각이 나지 않았다. 그와 관계된 사람들 중에는 이런 로맨틱한 저녁을 어떻게 보내야 좋을지에 대해 제대로 조언해 줄 만한 사람이 없었다. 그와 엘린보르그는 좋은 친구이자 동료로, 수년간 같이 일하면서 다양한 경험을 서로 공유해온 더할 나위 없이 친한 사이이긴 했다. 에바는 그의 자식으로 끊임없이 걱정거리를 제공하는 존재였고, 오래전에 결혼했던 할도라는 이미 이혼한 사이로 남아 있는 것이라고는 넌더리나는 혐오감뿐이었다. 결국은 허무함과 씁쓸한 감정만을 남기곤 했던 하룻밤 상대 말고는 이들이 그가 알고 있는 여성들 전부였다.

"어떻게 된 겁니까?" 그가 물었다. "어째서 생각이 바뀌신 거죠?"

"모르겠어요. 이 나이에 그런 데이트 신청을 받아본 적이 없었거든요. 어쩌다가 저한테 데이트 신청을 하실 생각을 하신 거죠?"

"저도 모르겠습니다. 그게, 뷔페에서 그냥……. 저 역시 오랫동안 이런 적이 없었거든요."

둘은 동시에 미소를 지었다.

그는 딸 에바와 아들 신드리에 대해 이야기했고, 그녀도 이미 성인이 된 두 아들에 대해 이야기했다. 그녀는 자신과 주변에 대해 별로 이야기하고 싶어 하지 않는 것 같아 보였고, 그도 그게 좋았다. 그는 그녀의 인생에 깊이 관여하고 싶은 생각이 없었다.

"그 살해당한 사람에 대해서는 뭔가 진척이 있나요?"

"별롭니다. 제가 로비에서 이야기를 나누고 있던 그 남자⋯⋯."

"제가 방해했던 건가요? 그 사람이 이번 수사와 관련 있는 줄은 몰랐어요."

"아니 괜찮습니다." 에를렌두르가 말했다. "그는 음반수집가예요. 그 사람을 통해서 지하실에서 살해당한 그 친구가 어린이 스타였다는 걸 알게 됐어요. 예전에 말입니다."

"어린이 스타요?"

"앨범도 냈다는군요."

"상상이 안 가네요, 어린이 스타라는 게." 발게르두르가 말했다. "꿈과 기대를 한 몸에 받는 스타였는데 결국은⋯⋯."

"지하실에 스스로를 가두고는 아무도 알아보는 사람이 없기를 바란 걸까요?"

"그렇게 생각하세요?"

"모르겠습니다. 그를 기억하는 사람도 있겠지요."

"그게 그 사람이 살해된 것과 연관이 있을 거라고 보세요?"

"무엇이?"

"어린이 스타라는 게요."

그는 자연스럽게 화제를 돌리고 싶었다. 이런 의문에 대해서 깊이 생각해 보지 않았고, 또 그런다고 해서 뭐가 달라질 것 같지도 않았다.

"아직은 모르겠습니다만 곧 밝혀지겠지요."

그들은 잠시 말이 없었다.

"그래서 반장님은 어린이 스타가 되지 못했던 거예요." 발게르두르가 말했다.

"맞습니다. 그런 쪽의 재능은 전혀 없었죠."

"저도 마찬가지예요. 지금도 그림을 그리면 꼭 세 살짜리 아기들 그림 같다니까요."

"일을 안 하실 때는 뭘 하세요?" 잠시 말이 없다가 그녀가 물었다.

이것은 예상치 못했던 질문이었다. 에를렌두르가 대답을 못하고 망설이자 그녀가 미소를 지었다.

"반장님 프라이버시를 건드리려고 한 건 아니에요." 그가 대답이 없자 그녀가 다시 말했다.

"아니, 그게 아니라……. 나는 단지 나 자신에 대해 말하는 게 익숙하지 않아요." 에를렌두르가 말했다.

그는 골프나 다른 스포츠에 별 흥미가 없었다. 한번은 복싱에 관심을 가져보았지만 그것도 이내 시들해졌다. 영화관에는 한 번도 가본 적이 없었고, 텔레비전도 거의 보지 않았다. 여름에 아이슬란드를 혼자 여행하곤 했는데, 요즈음에는 그것도 많이 줄었다. 일을 하지 않을 때는 뭘 했나? 그 질문에는 스스로에게도 답을 할 수 없었다. 대부분의 시간을 그냥 혼자 있었다.

"책을 많이 읽어요." 그가 불쑥 말했다.

"어떤 책을 보세요?" 그녀가 물었다.

이번에도 그가 대답을 망설이자 그녀가 다시 미소를 보였다.

"대답하기 어려우세요?" 그녀가 물었다.

"죽음과 고난에 대한 책입니다." 그가 말했다. "산에서의 죽음, 황무지에서 얼어 죽은 사람들에 대한 그런 책들이 시리즈로 나와 있어요. 한때 제법 인기가 있었죠."

"죽음과 고난이요?" 그녀가 다시 물었다.

"물론 다른 책도 많이 읽습니다. 역사, 한 지방의 역사, 또 연대기."

"모두 지난 일에 대한 책들이네요." 그녀가 말했다.

그가 고개를 끄덕였다.

"하지만 왜 죽음이죠? 얼어 죽은 사람들은 또 왜요? 읽기에 조금 끔찍하지 않나요?"

에를렌두르는 자조적인 미소를 지었다.

"어쩔 수 없이 경찰인가 봅니다." 그가 말했다.

그 저녁 한때, 그녀는 자신에게조차도 울타리를 치고 있는 그의 마음속 한 부분을 들여다보았다. 그는 그 주제에 대해서는 말하고 싶지 않았다. 에바도 이 부분에 대해서는 알고 있었지만 그렇다고 아주 잘 알고 있는 건 아니었다. 죽음이라는 그의 관심분야와 특별히 연관시키지도 않았다. 그는 한동안 말없이 앉아 있었다.

"그럴 나이가 된 것이겠죠." 이윽고 그가 입을 열었지만, 곧 그 거짓말에 대해 후회했다. "그런데 당신은? 사람들 입속에 면봉을 집어넣는 일을 마치면 뭘 하세요?"

딴에는 만회를 한답시고 농담을 던졌지만 이미 둘 사이의 유대감은

금이 가버렸고, 그것은 그의 잘못이었다.

"나는 정말 일 말고는 다른 데 시간을 가져본 적이 없어요." 그녀는 자신도 모르게 짜증을 느끼며 말했다. 그녀의 말투가 다소 딱딱해지자 그도 그것을 알아차릴 수 있었다.

"곧 다시 한 번 자리를 만들어야 할 것 같습니다." 그가 마음을 추스르며 말했다. 거짓말은 그에게 너무 힘들었다.

"확실히 그렇죠? 솔직히 말하면 좀 망설였어요. 그래도 뭐 후회하지는 않아요. 반장님도 알아주셨으면 해요."

"저 역시도 그런 걸요." 그가 말했다.

"좋아요. 아무튼 고맙습니다." 그녀가 말했다. "드람뷔* 잘 마셨어요." 그녀는 이렇게 덧붙이고는 잔을 마저 비웠다. 그도 그녀를 따라 드람뷔를 주문했지만 손도 대지 않고 있었다.

에를렌두르는 호텔방 침대에 길게 누워 천장을 올려다보았다. 방안은 여전히 추웠고, 그는 옷을 입고 있었다. 밖에는 눈이 내리고 있었다. 부드럽고 포근한 함박눈이 바닥에 쌓일 사이도 없이 녹아버렸다. 그것은 죽음과 파멸을 부르는 차갑고 무자비한 눈이 아니었다.

"저 얼룩들은 뭔가요?" 엘린보르그가 아이의 아버지에게 물었다.

"얼룩이라니?" 그가 되물었다. "무슨 얼룩을 말하는 겁니까?"

"카펫 위에요." 에를렌두르가 말했다. 그와 엘린보르그는 방금 병

---

* 스카치위스키를 베이스로 해서 블랜딩한 영국의 고급 술.

101

원에서 아이를 보고 온 참이었다. 겨울 햇빛이 아이의 방까지 이어진 계단 카펫 위를 비추고 있었다.

"내 눈에는 어떤 얼룩도 보이지 않는데요." 그 아버지가 몸을 굽혀 카펫을 자세히 살펴보며 말했다.

"지금처럼 햇빛이 들면 아주 잘 보이죠." 엘린보르그가 라운지 창문을 통해 들어오는 햇빛을 바라보며 말했다. 해가 낮게 기울어 눈을 아리게 하면서 크림색 대리석 바닥이 마치 불타고 있는 것처럼 보였다. 계단 옆에는 화려한 와인 캐비닛이 있는데, 각종 고급술과 백포도주, 적포도주 병들이 목을 앞으로 향한 채 가득 자리를 잡고 있었다. 캐비닛에는 유리로 된 문이 두 개 달려 있었고, 에를렌두르는 그중 하나에 얼룩이 묻어 있는 것을 주목했다. 계단과 마주보고 있는 그 캐비닛 한쪽에는 대충 1.5센티미터쯤 되는 물방울이 번져 있었다. 엘린보르그가 손가락을 대자 끈적끈적했다.

"이 캐비닛 옆에서 무슨 일이 있었습니까?" 에를렌두르가 물었다.

그 아버지가 그를 쳐다보았다.

"그게 무슨 말씀이신지?"

"뭔가 쏟아졌던 것 같은데, 최근에 그 흔적을 지운 것 같군요."

"그런 일 없습니다." 그 아버지가 말했다. "최근에는 전혀."

"계단 위에 난 저 흔적들은 아이의 발자국으로 보이는데요." 엘린보르그가 말했다.

"계단 위에 무슨 아이 발자국이 있다는 겁니까?" 그 아버지가 말했다. "조금 전에는 얼룩이 어쩌고 하더니 이제는 발자국이라니. 도대체 의도가 뭡니까?"

"아드님이 폭행당했을 때, 당신은 집에 있었나요?"

그 아버지는 아무 말도 하지 않았다.

"폭행을 당한 장소는 학교 근처였고요." 엘린보르그가 계속했다. "그날 아드님이 수업 끝난 후 학교에서 축구를 하다가 집에 오는 길에 폭행을 당했다, 우리도 그랬을 거라고 생각해요. 아드님은 당신이나 우리에게 진술할 상황이 못 되고요. 내 생각에 아드님은 말하고 싶지 않은 거예요. 감히 말할 수 없는 거죠. 만약에 경찰에 말하면 죽여버릴 거라고 그 상급반 애들이 협박했을지도 모르죠. 누군가 우리한테 말하면 그 애들이 널 죽일지도 모른다고 했을 수도 있고."

"대체 무슨 얘기를 하자는 겁니까?"

"어째서 그날따라 일찍 집에 돌아오셨던 겁니까? 당신은 점심때쯤 집에 왔어요. 아드님은 거의 기다시피 집에 와서 자기 방으로 올라갔고, 바로 직후 당신은 집에 도착하자마자 경찰과 앰뷸런스를 불렀습니다."

엘린보르그는 벌써부터 그 아버지가 주중의 한낮에 집에 무슨 볼일이 있었던 것인지 궁금했지만 그때까지는 묻지 않고 있던 참이었다.

"아드님이 학교에서 집에 오는 걸 본 사람이 아무도 없었습니다." 에를렌두르가 말했다.

"그러니까 당신들 말은 내가, 내가 내 아들한테 그런 짓을 했다는 거요? 당신들 정말로 그렇게 생각하는 거요?"

"카펫에서 샘플을 가져가도 괜찮겠습니까?"

"그만 내 집에서 나가주시지요." 그 아버지가 말했다.

"무슨 다른 의도가 있는 게 아닙니다." 에를렌두르가 말했다. "결국

아드님은 무슨 일이 있었는지 다 말하게 되어 있습니다. 일주일이 걸릴지 한 달이 걸릴지, 아니면 1년이 걸릴지 모르지만 결국에는 말하게 될 거요."

"나가시오." 이제는 그 아버지가 화를 내며 단호한 어조로 말했다. "당신들 감히, 누구한테 감히 그런 말을……. 나가시오. 당장!"

엘린보르그는 곧바로 병원에 있는 아이의 병실을 찾아갔다. 아이는 깁스한 팔을 고리에 매단 채 잠을 자고 있었다. 그녀는 옆에 앉아 아이가 깨기를 기다렸다. 15분쯤 지났을까, 잠에서 깨어난 아이는 지친 표정을 하고 있는 여자경찰을 보았다. 그날 일찍 함께 왔던 슬픈 눈을 한 남자는 어디로 갔는지 보이지 않았다. 눈이 마주치자 엘린보르그는 최대한 밝게 미소를 지어 보였다.

"아빠가 그랬니?"

밤이 되자 그녀는 수색영장과 감식반 전문가들을 대동하고 그 아버지의 집으로 다시 갔다. 그들은 카펫과 대리석 바닥, 그리고 와인 캐비닛에 있는 흔적들을 조사하고 샘플을 채취했다. 너무 희미해서 알아보기조차 힘든 대리석 바닥의 흔적과 캐비닛에 묻은 액체가 번진 자국까지도 남김없이 수거했다. 그런 다음 위층의 아이 방으로 올라가 침대 머리맡에서 샘플을 채취하고, 세탁실의 옷가지와 수건들도 살펴보았다. 빨랫감과 진공청소기 안도 세심하게 조사하고, 빗자루에서 샘플을 채취했다. 밖으로 나가 쓰레기통 속의 내용물들을 샅샅이 뒤진 끝에 결국 쓰레기통에서 아이의 양말 한 짝을 찾아냈다.

주방에 있던 아이의 아버지는 감식반이 들이닥치자 곧바로 친구인 변호사에게 전화를 걸었다. 변호사는 도착하자마자 치안판사가 발부

한 수색영장을 살펴보고는 자기 의뢰인에게 경찰과는 한마디도 하지 말라고 충고했다.

에를렌두르와 엘린보르그는 감식반이 일하는 모습을 지켜보았다. 엘린보르그가 쏘아보자 그 아버지는 머리를 흔들더니 눈길을 돌려버렸다.

"대체 당신들이 바라는 게 뭔지 이해가 안 돼요." 그가 말했다. "정말 모르겠습니다."

아이는 자기 아버지라고 말하지 않았다. 엘린보르그가 물었을 때 아이가 보인 유일한 반응은 두 눈에 가득 눈물을 담는 것이었다.

감식반 팀장은 이틀 뒤에 전화를 했다.

"계단 카펫에 있던 얼룩에 대한 겁니다."

"네, 말씀하세요." 엘린보르그가 말했다.

"드람뷔입니다."

"드람뷔? 술 말인가요?"

"거실과 아이의 방까지 이어진 카펫에 온통 드람뷔 흔적이 있습니다."

에를렌두르가 멍하니 천장을 올려다보며 누워 있을 때 문에서 노크 소리가 났다. 일어나 문을 열자 에바가 튀어 들어왔다. 에를렌두르는 복도를 살펴보고 문을 닫았다.

"아무도 날 본 사람이 없어요." 에바가 말했다. "집에 있었으면 이런 짓도 안 하고 좀 좋아요? 지금 아빠가 뭘 하시는 건지 도통 모르겠어요."

"난 혼자서도 잘 지내." 에를렌두르가 말했다. "걱정 말아라. 그런데 여기는 어쩐 일이니? 뭐 필요한 거라도 있어?"

"아빠를 보러 오는 데 특별한 이유가 있어야 해요?" 에바가 되물었다. 그녀는 책상 앞에 앉아 담배를 꺼내들더니 바닥에 내던진 플라스틱 가방을 고갯짓으로 가리키며 말했다. "옷가지를 조금 가져왔어요. 호텔에 계속 계실 거면 갈아입을 옷이 필요할 것 같아서요."

"고맙구나." 그는 에바와 마주보고 앉아 담배 한 개비를 빌렸고, 그녀가 불을 붙여주었다.

"좋아 보인다." 그가 담배연기를 내뱉으며 말했다.

"산타 사건은 어떻게 되어가고 있어요?"

"별로 진척이 없어. 너는 뭐 새로운 거라도 있니?"

"없어요."

"네 엄마는 본 적 있고?"

"네. 엄마는 늘 같아요. 일하고 텔레비전 보고 잠자고, 또 일하고 텔레비전 보고 잠자고. 하나도 변하는 게 없고 매번 똑같죠. 그건 그렇고 이거예요? 아빠가 바라는 게? 입에서 단내가 나도록 뼈 빠지게 일해 모든 걸 까맣게 잊고 지내는 거? 아빠를 한번 봐요! 그 더러운 집구석에 들어가느니 차라리 호텔방에서 빈둥대는 게 훨씬 좋은가 봐요."

에를렌두르는 담배를 한 모금 깊이 들이마시고는 코로 연기를 길게 내뿜었다.

"그런 게 아니라……."

"아니, 나도 알아요." 에바가 그의 말을 끊었다.

"이제 그만하는 거니?" 그가 말했다. "어제 네가……."

"더 이상 버틸 수 있을지 나도 모르겠어요."

"뭘 버틴다는 거냐?"

"이 망할 놈의 세상!"

몇 분이 지나도록 그들은 말없이 담배만 피웠다.

"가끔 아기 생각이 나지?" 이윽고 에를렌두르가 물었다. 에바는 임신 7개월에 사산을 했고, 퇴원해서 집에 온 뒤에도 깊은 시름에 잠겨 있었다. 에를렌두르도 그녀가 그 일을 쉽게 떨쳐내지 못할 거라는 사실을 알고 있었다. 그녀는 아기가 잘못된 것이 자기 탓이라고 생각했다. 그날 밤 도와달라는 딸의 전화를 받고 그가 달려갔을 때, 그녀는 산부인과로 가는 도중에 쓰러져서 온통 하혈을 한 채 누워 있었다. 생명이 위독한 상황이었다.

"이 망할 놈의 세상!" 이렇게 내뱉으며 그녀는 책상 위에다 담배를 비벼 껐다.

에바가 떠나자 에를렌두르는 침대로 돌아와 누웠다. 테이블 옆의 전화기가 울렸다. 마리온 브리엠이었다.

"지금 몇 신 줄 아세요?" 에를렌두르가 시계를 보며 물었다. 자정을 지나고 있었다.

"아니." 마리온이 말했다. "그 침에 대해서 생각하고 있었어."

"콘돔에 묻어 있던 타액 말입니까?" 화조차 내기 힘든 무기력한 상태의 에를렌두르가 물었다.

"물론 감식반에서 알아낼 테지만, 코르티솔*에 대해 내가 미리 얘기한다고 해서 문제가 되지는 않을 걸세."

"감식반의 연락을 기다리고 있어요. 때가 되면 그들이 뭔가 말해 줄 테죠."

"자네도 거기서 몇 가지 사실을 알아낼 수 있을 거야. 그 지하실 방에서 무슨 일이 진행되고 있었는지 다시 한 번 조사해 보게."

"알았습니다. 또 있습니까?"

"단지 자네한테 코르티솔에 대해 상기시켜주고 싶었을 뿐일세."

"안녕히 주무세요."

"잘 자게."

---

* 스트레스에 반응해 콩팥의 부신피질에서 분비되는 호르몬.

셋
째

날

Roddin

9

Röddin

에를렌두르와 시구르두르 올리 그리고 엘린보르그는 다음 날 아침 일찍부터 미팅을 갖고 있었다. 그들은 식당 한쪽에 있는 조그만 라운드테이블에 앉아 뷔페에서 가져온 아침을 먹었다. 밤새 눈이 내렸고, 날은 좀 더 풀려 거리가 깨끗해졌다. 기상캐스터는 눈이 오지 않는 그린 크리스마스가 될 거라고 예보했다. 교차로마다 차량들이 꼬리를 물고 밀려 있었고, 도시는 온통 사람들로 넘쳐났다.

"이 왑쇼트라는 자 말이에요." 시구르두르 올리가 말했다. "누구죠, 이 사람?"

에를렌두르는 시선을 창밖에 둔 채 커피를 마시며 공연한 법석을 떤다고 생각했다. 호텔이란 정말 이상한 장소다. 호텔에서 지낸다는 것이 뭔가 기분전환이 된다는 걸 알게 되었고, 자기도 없는 방 안에 누군가 들어와서 말끔히 정리해놓곤 하는 생소한 경험도 하게 되었다. 아침에 방을 나갔다가 돌아오면 누군가가 들어와 모든 것을 원상태로 돌려놓는 것이다. 침대를 정리하고, 수건을 갈아놓고, 세면대 위의 비누도 새것으로 바꿔놓는다. 보이지는 않지만 분명히 존재하는 누군가가 그의 방을 순서에 따라 원래대로 되돌려놓곤 했는데, 그의 인생은 누가 말끔히 정리해 줄 것인지…….

아침에 그는 카운터로 내려가서 자기 방은 더 이상 치우지 말고 그 대로 두라고 부탁했다.

그날 아침 늦게 왑쇼트를 다시 만나서 레코드판 수집과 구드라우 구르 에길손의 소년성가대원 시절 경력에 대해 더 많은 이야기를 들을 예정이었다. 전날 저녁 발게르두르가 중간에 끼어들면서 이야기를 다 마치지 못하고 헤어졌던 것이다. 왑쇼트는 에를렌두르가 그 여인에게 인사시켜주기를 기다리며 서 있었는데, 아무 말이 없자 알아서 손을 내밀고 자신을 소개했다. 그러고는 양해를 구하고 자리를 떠났다. 사실 피곤하고 허기져 있던 그는 빨리 올라가서 몇 가지 사무적인 일을 처리한 뒤 저녁을 먹고 잠자리에 들 생각이었다.

발게르두르와 식사를 하는 동안 왑쇼트가 식당에 내려왔나 둘러보았지만 보이지 않자, 에를렌두르는 아마도 룸서비스를 시켰나 보다고 생각했다. 발게르두르는 그가 피곤해보였다고 했다.

에를렌두르는 휴대품 보관실로 함께 가서 그녀가 그 멋진 가죽코트를 입는 것을 도와주고 회전문까지 배웅했다. 두 사람은 헤어지기 전잠시 동안 내리는 눈을 바라보며 서 있었다. 에바가 갑자기 왔다 떠난뒤, 그는 침대에 누워 잠이 들 때까지 발게르두르의 미소와 헤어질 때잡았던 손에 남겨진 희미한 향수냄새를 가만히 음미했다.

"반장님?" 시구르두르 올리가 목소리를 높였다. "왑쇼트가 누구냐니까요?"

"영국에서 온 음반수집가라는 게 내가 아는 전부야." 에를렌두르가 왑쇼트와 만난 이야기를 해주고 나서 말을 이었다. "그리고 내일 호

111

텔을 떠난다고 하던데. 자네는 영국에 전화를 걸어 그에 대해 자세히 알아보고, 점심 전에 다시 모이기로 하지. 나는 그 전에 그에게서 좀 더 알아내야겠어."

"소년성가대원요?" 엘린보르그가 물었다. "어떤 인간이 대체 소년 성가대원을 죽이고 싶어 했을까요?"

"그야, 지금은 더 이상 소년성가대원이 아니니까." 시구르두르 올리가 말했다.

"한때는 유명했다더군." 에를렌두르가 말했다. "몇 장의 앨범을 냈는데, 그게 요즘 수집가들 사이에서 아주 희귀한 음반으로 취급되고 있다는 거야. 헨리 왑쇼트는 구드라우구르에게 그 음반들을 구입하려고 영국에서 건너온 거고. 말하자면 그는 전 세계의 소년성가대원과 소년합창단 음반을 전문으로 수집하는 사람이지."

"내가 아는 거라고는 빈소년합창단이 고작인데." 시구르두르 올리가 말했다.

"소년성가대원 전문가라니." 엘린보르그가 말했다. "소년성가대원의 음반을 수집하는 인간들은 대체 어떤 종류의 인간들일까? 우리 같으면 생각이나 해보겠어요? 뭔가 좀 이상한 것 같지 않아요?"

에를렌두르와 시구르두르 올리가 그녀를 쳐다보았다.

"왜요?" 엘린보르그가 깜짝 놀란 표정을 지었다.

"음반 수집에 뭔가 다른 꿍꿍이가 숨어 있을 거라고 생각하는 거야?"

"음반이 아니라 소년성가대원이요." 엘린보르그가 말했다. "소년성가대원들의 녹음. 거기에는 뭔가 아주 색다른 게 존재할 거라는 강한 예감이 드는데요. 뭔가 야릇한 게 느껴지지 않아요?" 그녀는 두 사람을 차례로 돌아보았다.

"나는 자기처럼 음탕한 생각을 해본 적이 없어서 말이야." 시구르두르 올리가 에를렌두르를 쳐다보며 말했다.

"음탕한 생각이라니! 자기도 지하실 방에서 바지가 벗겨지고 거시기에는 콘돔이 씌워져 있는 산타클로스를 보면서 상상했잖아? 산타, 물론 그 당시에는 열두 살밖에 안 된 어린 소년이었지만, 그를 숭배하는 한 남자가 영국에서 그를 만나러 건너와서는 한 호텔에 묵는 그런 일이 일어난다? 둘 사이에 뭔가 야릇한 관계가 있지 않을까요?"

"자네는 이 사건을 치정관계로 보려는 건가?" 에를렌두르가 물었다.

엘린보르그는 눈동자를 굴렸다.

"두 사람은 정말 환상의 멍청이 커플이에요!"

"그는 단지 음반수집가야." 시구르두르 올리가 말했다. "반장님 말로는 항공사 구토용 봉지를 모으는 사람도 있다잖아. 자기 이론에 따르자면 그런 사람들의 성생활은 어떻게 되는 거야?"

"정말 구제불능인 거죠! 아니면 욕구불만이든지. 어째서 사내들은 늘 욕구불만에 시달리는지 모르겠어요."

"저런, 자기가 먼저 말할 게 아닌데?" 시구르두르 올리가 말했다. "어째서 여자들은 언제나 남자들의 욕구불만이 어쩌니 하며 떠들어 대는 거지? 욕구불만이 아닌 척 내숭 떠는 여자들이 늘 '그것'만 찾는 건 대체 뭐야?"

"장님에, 욕구불만인 늙다리 원숭이들 같으니라구." 엘린보르그가 말했다.

"수집가란 대체 뭐지?" 에를렌두르가 물었다. "어째서 사람들은 뭔가 목적을 가지고 물건을 모으는 걸까? 무슨 이유로 그 어떤 게 다른 것보다 더 값이 나갈 거라고 여기며 그렇게 찾아 헤매는 걸까?"

"그야 물론 어떤 것들은 훨씬 더 값이 나가기도 하죠." 시구르두르 올리가 말했다.

"그들은 뭔가 세상에 하나밖에 없는 걸 손에 넣으려는 거야." 에를렌두르가 말했다. "아무도 갖지 못한 것을. 그거야 말로 최고의 목표가 아닐까? 전 세계에서 아무도 갖지 못한 보물을 손에 넣는다?"

"보통 생각으로는 이해할 수 없는 족속들이에요." 엘린보르그가 말했다.

"이해할 수 없는 족속이라?"

"외톨이요. 안 그래요? 괴짜들 말이에요."

"구드라우구르 방에 있던 찻장에 레코드판들이 있었다고 했지?" 에를렌두르가 그녀에게 물었다. "자네 그걸 어떻게 했어? 그 음반들 잘 살펴보았나?"

"찻장에 있는 걸 보기만 했어요. 아무도 손대지 않았으니 아직 거기 있을 텐데, 한번 보실래요?"

"왑쇼트 같은 수집가가 무슨 방법으로 구드라우구르 같은 사람을 접촉할 수 있었던 걸까요?" 엘린보르그가 말을 이었다. "그에 대해서는 어떻게 알게 되었을까요? 중개인들이 있나? 1960년대 아이슬란드 소년성가대원의 앨범 녹음에 대해 뭘 알고 있을까요? 30년도 더 전에 여기 아이슬란드에서 노래를 부른 독창 소년성가대원을 어떻게?"

"잡지에서?" 시구르두르 올리가 말했다. "아니면 인터넷이나 전화로? 다른 수집가를 통해 알게 된 건 아닐까?"

"그밖에 구드라우구르에 대해 우리가 알고 있는 게 또 뭐가 있지?" 에를렌두르가 물었다.

"누나가 한 명 있어요." 시구르두르 올리가 말했다. "그리고 아버지도 아직 생존해 있고요. 그들에게 그의 죽음을 통보했습니다. 누나가 그가 맞다고 확인해 줬어요."

"왑쇼트의 타액을 채취해서 확인해 봐야겠어요." 엘린보르그가 말했다.

"그래, 기다려보자고." 에를렌두르가 말했다.

시구르두르 올리는 헨리 왑쇼트에 대한 정보를 수집하기 시작했고, 엘린보르그는 구드라우구르의 아버지와 누나를 만나기 위한 주선을 맡았다. 에를렌두르는 지하실 방으로 내려가던 중 프런트 앞을 지나면서, 프런트매니저에게 결근한 이유를 물어봐야겠다고 생각했던 사실을 기억해냈지만 그건 일단 나중으로 미루었다.

구드라우구르의 찻장에 그 레코드판들이 있었다. 두 장의 싱글 앨범이었다. 그중 하나의 앨범 재킷에는 '슈베르트의 아베마리아: 노래 구드라우구르'라고 적혀 있었다. 헨리 왑쇼트가 그에게 보여준 것과 같은 음반이었다. 다른 하나는 한 소년이 소규모 합창단 앞에 서 있고 그 옆에 젊은 지휘자가 있는 앨범이었다. '독창: 구드라우구르 에길손'이라는 문구가 앨범 재킷을 가로질러 큰 글씨로 인쇄되어 있었다.

뒷면에 그 천재 소년의 약력이 소개되어 있었다.

하프나르피요르두르 어린이합창단과 함께 대단히 큰 주목을 받고 있는 12세의 소년성가대원 구드라우구르 에길손 군은 빛나는 미래가 보장되어 있다. 두 번째 앨범에서 그는 하프나르피요르두르 어린이합창단 지휘자 가브리엘 헤르만손의 지휘 아래 그 아름다운 보이 소프라노의 유일무이한 음색을 유감없이 표현하고 있다. 이 앨범은 모든 음악 애호가들에게 큰 기쁨을 선사해 줄 것이다. 구드라우구르 에길손 군은 자신이 당당한 한 사람의 성악가임을 더할 나위 없이 증명해보이고 있다. 그는 현재 스칸디나비아 공연 투어를 준비 중이다.

어린이 스타라, 에를렌두르는 셜리 템플의 영화 '소공녀'의 포스터를 쳐다보며 생각에 잠겼다. 당신은 여기서 뭘 하고 있는 거지? 그가 포스터에게 물었다. 왜 그는 당신을 걸어둔 걸까?

그는 휴대폰을 꺼내들었다.

"마리온 선배." 상대가 전화를 받자 그가 말했다.

"에를렌두르, 자넨가?"

"뭐 나온 게 있어요?"

"자네도 구드라우구르가 어렸을 때 음반을 낸 거 알고 있지?"

"조금 전에 알았습니다." 에를렌두르가 대답했다.

"그 레코드회사는 20년 전에 망해서 이제는 흔적도 없어. 군나르 한손이라는 사람의 회사인데, 회사이름이 GH였어. 히피 음반에 손을 댔다가 그길로 회사를 말아먹었어."

"그때 재고품들은 어떻게 됐는지 아세요?"

"재고품?" 마리온 브리엠이 되물었다.

"음반 재고들 말입니다."

"부채를 갚는 데 쓰지 않았을까 싶은데, 대부분 그렇게 하지 않나? 두 아들과 이야기해봤어. 그 회사는 거의 알려진 게 없어서 처음에는 정말 막막했다구. 두 아들은 수십 년간 그 회사에 대해서 들어본 적이 없었대. 군나르는 40대에 사망했고 그가 남긴 거라고는 막대한 빚뿐이었다는군."

"여기 호텔에 소년합창단과 소년성가대원 음반을 수집하는 사람이 머무르고 있어요. 구드라우구르와 만나기로 했는데 나타나지 않았다고 해요. 그의 음반이 상당히 값어치가 나갈 것 같은데, 어떻게 알아볼 수 있을까요?"

"수집가들을 만나서 물어보라고." 마리온이 말했다. "내가 알아봐줄까?"

" 한 가지 더 있어요. 가브리엘 헤르만손이라는, 하프나르피요르두르 어린이합창단 지휘자였고 지금은 60대쯤 됐는데, 그 사람을 한번 만나봐 주세요. 아직 살아 있다면 전화번호부에 나와 있을 겁니다. 구드라우구르를 가르쳤을 거예요. 그 사람 얼굴이 나온 음반 재킷을 하나 가지고 있는데, 그 당시 나이가 한 20대쯤 되어 보여요. 물론 그때 사망했다면 그대로일 테지만."

"그게 세상의 이치지."

"뭐가요?"

"죽으면 거기서 멈춘다는 거 말야."

"그렇죠." 에를렌두르는 잠시 망설였다. "왜 그런 말씀을 하세요?"

"그냥 해본 소리야."

"별일 없는 거죠?"

"나한테 뭔가 할 일을 던져줘서 아무튼 고맙네." 마리온이 말했다.

"선배가 원했던 게 이거죠? 별 볼일 없이 말년을 보내는 게 지긋지긋하다면서요?"

"그래, 일거리가 생기니 완전히 내 세상을 만난 거지." 마리온이 말했다. "타액에 들어 있는 코르티솔에 대해 알아봤나?"

"알아볼 겁니다." 에를렌두르는 전화를 끊었다.

프런트매니저는 로비의 프런트데스크 옆에 작은 개인용 사무실을 가지고 있었다. 그는 무슨 서류들을 정리하고 있었다. 에를렌두르가 가만히 문을 닫았다. 그는 지금 미팅때문에 가봐야 하므로 시간을 낼 형편이 못 된다고 했지만, 에를렌두르는 상관치 않고 자리에 앉아 팔짱을 꼈다.

"어디 몸을 피할 일이라도 있는 거요?" 그가 물었다.

"무슨 말씀이신지?"

"당신은 어제 출근도 하지 않았소. 한창 바쁜 시즌인데 말이오. 그 도어맨이 살해당한 날 저녁, 나와 이야기를 나눌 때도 당신 행동은 마치 도망자 같았고 지금도 당신은 뭔가에 쫓기고 있는 것처럼 불안해 보여. 내 생각에 당신은 혐의자 명단에서 제1순위요. 아마도 당신이 이 호텔에서 구드라우구르를 가장 잘 알고 있을 거야. 물론 아니라고 할 테지. 그에 대해서 아는 게 없다고 하면서 말이지. 거짓말을 하고 있는 게 틀림없어. 당신은 그의 상관이었으니 우리에게 좀 더 협조해야 할 거요. 빈말이 아니라 유치장에서 크리스마스를 보낼 수도 있어요."

그 남자는 영문을 모르겠다는 표정으로 에를렌두르를 쏘아보다가 천천히 의자에 다시 앉았다.

"괜한 말로 겁주지 마십시오." 그가 말했다. "내가 구드라우구르를 그렇게 했다니 말도 안 되는 소립니다. 내가 그 방에 가서, 콘돔에다 또……. 그런 짓은 말도 안 됩니다."

에를렌두르는 사건의 자세한 내용까지 다 알려져서 호텔 직원들이 온통 떠들고 다닌다는 사실을 알고 있었다. 그 주방장은 왜 타액 샘플을 채취하려는지 이유를 정확히 알고 있었다. 프런트매니저는 도어맨의 방 안에 펼쳐져 있던 장면을 그대로 그려낼 수도 있을 것 같았다. 총지배인이나 아니면 시체를 처음 발견한 아가씨일 수도 있고, 아니면 경찰관들이 사방에 떠들어댔을 것이다.

"어제는 어디 있었소?" 에를렌두르가 물었다.

"아파서 오전 내내 집에 있었습니다."

"전화 한 통 없었다는데, 병원에는 갔었소? 처방은? 내가 그 의사를 만나봐도 되겠죠? 그 의사 이름이 뭐요?"

"병원에는 가지 않았습니다. 그냥 침대에 누워 있었어요. 지금은 많이 좋아졌습니다." 그는 억지로 기침을 했고 에를렌두르는 미소를 지었다. 이 친구는 겪어본 중에 제일 서투른 거짓말쟁이였다.

"왜 그런 거짓말을 하는 거요?"

"대체 뭘 알고나 그런 소리를 하시는 겁니까?" 프런트매니저가 말했다. "그래 봐야 괜한 협박으로밖에 들리지 않습니다. 더 이상 귀찮게 하지 마세요."

"당신 부인과 이야기할 수도 있어요." 에를렌두르가 말했다. "어제 침대로 차 한 잔 갖다드리셨는지 물어봐야겠는데."

"집사람은 내버려둬요." 프런트매니저는 갑자기 거칠고 잔뜩 무게를 담은 목소리로 말했다. 그의 얼굴이 붉게 상기되었다.

"당신 부인을 내버려둘 생각이 없는데?" 에를렌두르가 말했다.

프런트매니저는 에를렌두르를 쏘아보았다.

"집사람한테 말하지 마세요." 그가 말했다.

"어째서요? 대체 뭘 숨기는 거요? 이거 점점 더 궁금해지는데?"

그는 멍하니 허공을 바라보다가 긴 한숨을 내쉬었다.

"그냥 내버려두세요. 구드라우구르와는 전혀 상관없는 일입니다. 개인적으로 곤란한 일이 몇 가지 있는데, 지금 해결 중에 있어요."

"무슨 곤란한 일이요?"

"반장님한테는 말할 수 없어요."

"한번 들어나 봅시다."

"강요하지 마세요."

"아까 말했지만, 당신을 유치장에 처넣을 수도 있고, 아니면 부인한테 그냥 말해 버릴 수도 있소."

그는 신음소리를 내며 에를렌두르를 쳐다보았다.

"반장님 혼자만 알고 계실 수 있죠?"

"구드라우구르와 관계된 일만 아니라면."

"그와는 전혀 상관없는 일입니다."

"그렇다면 약속하죠."

"집사람이 그저께 전화를 한 통 받았어요." 프런트매니저가 말했다. "구드라우구르가 시체로 발견된 바로 그날요."

전화 속에서는 아주 낯선 목소리의 한 여성이 프런트매니저의 와이프에게 남편을 바꿔달라고 했다. 주중이었지만 그 시간대에 남편에게 전화가 걸려오는 것은 종종 있는 일이었다. 그를 아는 사람들은 그의 근무시간이 불규칙하다는 것을 알고 있었다. 그의 아내는 의사였는데, 교대근무를 마치고 집에서 잠을 자던 중에 전화벨 소리에 잠을 깼다. 그녀는 그날 야간근무였다. 전화기 속의 여인은 프런트매니저를 알고 있는 듯이 행동했지만, 그의 아내는 그녀가 누구일까 궁금해지며 갑자기 불쾌감을 느꼈다.

"누구세요?" 그녀가 물었다. "무슨 일로 전화를 하신 거죠?"

"남편분께 돈을 받을 일이 있어서요." 전화기 속의 목소리가 말했다.

"그 여자가 우리 집에 전화를 한 건 겁을 주려던 것이었습니다." 프런트매니저가 에를렌두르에게 말했다.

그는 열흘 전에 술을 한잔하러 나갔다. 그의 아내는 의학회의 일로 스웨덴에 있었고 그는 죽마고우 세 명과 밖에서 식사를 했다. 기분이 한껏 고조된 그들은 식당을 나와 여기저기 술집을 전전하다가 마지막으로 시내에 있는 나이트클럽에 들어갔다. 거기서 그는 친구들을 잃어버려 혼자 스탠드바에 갔는데, 그곳에서 호텔업무로 알게 된 사람들을 만났다. 작은 댄스 플로어가 옆에 있어 술을 마시며 사람들 춤추는 모습을 볼 수 있는 곳이었다. 제법 얼큰하게 술에 취했지만 이성을 잃을 정도로 많이 마신 건 아니었다. 바로 그게 그가 이해할 수 없는 일이었다. 전에는 그런 일이 한 번도 없었다.

그 여자가 접근해서, 마치 영화 속의 한 장면처럼 손가락 사이에 담배를 끼우고는 불을 붙여달라고 했다. 그는 담배를 안 피웠지만 직업 특성상 필요할 때를 대비해서 항상 라이터를 지니고 다녔다. 그것은 사람들이 언제 어디서고 마음대로 담배를 피울 수 있던 시절에 몸에 밴 습관이었다. 그 여자는 무슨 이야기를 하기 시작했는데, 그게 무슨 내용이었는지 지금은 다 잊어버려 기억도 나지 않았다. 그녀는 그에게 술 한잔 사줄 수 있냐고 했다. 그는 여자를 쳐다보았다. 물론 OK였다. 그가 술을 사올 동안 잠시 바에 있다가 그들은 한쪽 구석에 있는 작은 테이블로 자리를 옮겼다. 여자는 충분히 매력적이었고, 아주 은밀하게 그를 유혹했다. 그는 자기도 모르게 유혹에 빠져들었다. 그는 한 번도 이런 유혹을 받아본 적이 없었다. 가까이 다가앉은 여자는 점점 더 대담해졌다. 그가 다시 술을 사러 가기 위해 자리에서 일어서자 그의 허벅지로 여자의 손이 뻗어 왔다. 쳐다보자 여자는 미소를 지었다. 원하는 게 뭔지 잘 알고 있는 매력적이고 아름다운 여자였다. 그보다 10년은 어려 보였다.

늦은 밤에 여자는 근처에 집이 있는데 바래다달라고 했다. 그는 여전히 혼란스러운 마음에 망설여지기도 했지만, 동시에 짜릿한 흥분감을 느끼기도 했다. 그것은 마치 구름 위를 걷는 듯한 아주 낯선 감정이었다. 지난 23년간 그는 아내의 믿음을 저버린 적이 없었다. 두세 번 다른 여성들과 키스할 기회가 있었지만, 이건 그런 것들과는 전혀 다른 일이었다.

"완전히 제정신이 아니었습니다." 그가 에를렌두르에게 말했다.

"마음 한쪽에서는 다 내팽개치고 얼른 집으로 가라고 하고, 다른 한쪽에서는 그 여자를 따라가라고 하고."

"그런 심정 나도 충분히 이해가 가지." 에를렌두르가 말했다.

여자의 집은 새로 지은 현대식 아파트였는데, 열쇠구멍에 키를 꽂는 그녀의 행동조차 육감적으로 보였다. 문이 열리자 그녀는 그에게 달라붙었다.

"같이 들어가요." 그의 사타구니를 살짝 건드리며 그녀가 말했다.

안으로 들어가서 그녀가 마실 것을 준비하는 동안 그는 소파에 앉아 있었다. 음악을 튼 다음, 한 손에 마실 것을 들고 그에게 다가온 그녀는 빨간 립스틱을 바른 요염한 입술을 살짝 벌린 채 희고 아름다운 치아를 빛내며 미소를 지어 보였다. 그러고는 옆에 앉아 잔을 내려놓고 나서, 그의 바지 벨트를 잡고는 천천히 지퍼를 내렸다.

"나는 정말……. 그러니까…… 정말 믿을 수가 없었어요, 그 여자가 그렇게 나올 줄은." 프런트매니저가 말했다.

에를렌두르는 말없이 그를 주시했다.

"나는 아침에 몰래 빠져나오려고 했는데, 그 여자는 내 머리 꼭대기에 있었던 겁니다. 정말 죽고 싶었어요. 그건 아내와 아이들을 배신하는 짓이었으니까요. 우리는 아이가 셋 있습니다. 빨리 도망쳐서 잊어버리고 싶었어요. 다시는 그 여자를 보고 싶지 않았습니다. 어두운 방 안에서 아주 조심스럽게 행동했지만, 그 여자는 빈틈이 없었어요."

그 여자가 일어나 앉아 옆의 전등스위치를 올렸다. "가시려고요?"

그녀가 물었고, 그가 대답했다. 너무 늦어서, 중요한 미팅이 있어서…… 등등.

"지난밤에 즐겁지 않으셨어요?" 그녀가 물었다.

그는 바지를 뒤로 감추며 그녀를 쳐다보았다.

"정말 좋았어요." 그가 말했다. "하지만 이번 한 번만으로 끝내야 할 것 같은데. 더 이상은, 미안해요."

"8만 크로나만 주시면 돼요." 그녀가 조용히 말했다. 그 말이 무엇을 의미하는지는 너무도 명백했다.

그는 그녀가 하는 말을 알아듣지 못한 표정이었다.

"8만 크로나예요." 그녀가 다시 말했다.

"그게 무슨?"

"하룻밤에요." 그녀가 말했다.

"하룻밤에? 그러니까, 당신 몸값이?"

"그럼 뭐라고 생각해요?" 그녀가 물었다.

그는 그녀가 무슨 말을 하고 있는지 이해할 수가 없었다.

"나 같은 여자와 공짜로 잘 수 있다고 생각하시는 거예요?" 그녀가 다시 물었다.

이윽고 그는 그녀가 무슨 말을 하는지 알아듣기 시작했다.

"하지만 당신 그런 얘기는 없었잖아!"

"내가 무슨 말을 했어야 한다는 거죠? 8만 크로나 주세요. 그러면 언제든지 집에 가셔도 좋아요."

"당연히 돈을 줄 수 없다고 했죠." 프런트매니저가 에를렌두르에게 말했다. "그냥 나왔습니다. 그 여자는 몹시 화를 냈어요. 돈을 안 주면 직장으로 전화를 하고, 그래도 안 되면 집사람한테 전화를 하겠다고 협박하더군요."

"그런 여자들을 뭐라고 부르더라?" 에를렌두르가 말했다. "그게 꽃뱀? 꽃뱀 아니었소?"

"나도 모르겠습니다. 하지만 결국 그 여자는 집으로 전화를 걸어 집사람한테 얘기를 했던 겁니다."

"돈은 왜 안 줬소? 그랬다면 그런 일도 없었을 텐데."

"설사 돈을 준다고 해도 그 여자한테서 벗어날 수 있을지 확신이 없어서요." 프런트매니저가 말했다. "집사람과 저는 어제 이 문제를 상의했어요. 반장님한테 말한 대로 무슨 일이 있었는지 자세히 털어놓았습니다. 우리 부부는 23년을 함께 지내왔고, 변명할 생각은 없지만 그건 분명히 함정이었어요. 설사 그 여자가 돈을 받았다고 하더라도 결과는 마찬가지였을 겁니다."

"그래, 모든 게 그 여자 탓이란 거요?"

"아니, 물론 그렇다는 건 아닙니다. 다만 제 말은 그게 함정이었다는 것뿐입니다."

그들은 잠시 말이 없었다.

"그런 일이 이 호텔에서 흔히 있는 일이오?" 에를렌두르가 물었다. "성매매 말이오."

"아뇨." 프런트매니저가 말했다.

"당신이 모르는 뭔가 있는 건 아닌가?"

"반장님이 전에 물어보셨을 때 이미 말씀드렸는데요. 우리 호텔은

125

그런 일이 없습니다."

"그렇겠지." 에를렌두르가 말했다.

"이 일에 대해 비밀을 지켜주시겠죠?"

"혹시 알고 있으면 그 여자 이름을 말해요, 그리고 주소도. 더 이상 그런 일은 없을 거요."

매니저는 잠시 주저했다.

"망할년." 그가 말했다. 점잖은 호텔리어로서의 품위를 일시에 벗어버리며.

"그 여자한테 돈을 줄 거요?"

"집사람하고 합의한 게 있습니다. 그 여자는 단 한 푼도 못 받을 겁니다."

"누군가 뒤에서 장난을 친 거라는 생각은 안 해봤소?"

"장난이요?" 프런트매니저가 되물었다. "그런 생각은 안 해봤는데, 그게 무슨 뜻입니까?"

"내 말은, 누군가 당신을 아주 되게 혼내주려고 꾸민 일일 수도 있다는 거지. 누구하고 원수진 일이라도 있소?"

"그런 생각은 해본 적이 없는데요. 반장님 말은 나한테 그런 짓을 꾸밀 만큼 앙심을 품은 사람이 있다는 겁니까?"

"굳이 앙심을 품은 사람일 필요는 없지. 당신 친구들의 못된 장난일 수도 있고."

"아뇨. 내 친구들은 그럴 리가 없습니다. 게다가 그건 못된 장난이라기에는 너무 도가 지나칩니다. 웃자고 한 일이라고는 전혀······."

"산타를 해고한 게 당신이었소?"

"무슨 말씀인지?"

"당신이 직접 그에게 말했소? 아니면 편지로 통보했거나."

"말로 통보했습니다."

"그는 그것을 어떻게 받아들였소?"

"그런대로요. 충분히 이해하는 것 같았습니다. 여기서 근무한 지 오래됐지요. 나보다 훨씬요."

"혹시 그가 사주한 일은 아닐까?"

"구드라우구르가요? 천만에요. 그런 일은 상상할 수도 없습니다. 구드라우구르가? 그런 짓을 한다고? 있을 수 없는 일이에요. 그는 절대로 장난 같은 걸 칠 사람이 아닙니다. 전혀요."

"구드라우구르가 어린이 스타였다는 걸 알고 있소?"

"어린이 스타요? 무슨?"

"앨범도 냈는데. 소년성가대원."

"그건 몰랐습니다." 프런트매니저가 말했다.

"마지막으로 한 가지 더 있소." 에를렌두르가 일어나며 말했다.

"네?"

"내 방에 레코드플레이어를 설치해 줄 수 있소?"

에를렌두르의 요청에 대해 프런트매니저는 그가 왜 그러는지 전혀 감도 잡지 못하는 표정이었다.

에를렌두르가 다시 로비로 나오자 감식반 반장이 이제 막 지하실에서 올라오고 있었다.

"콘돔에 묻어 있던 타액 조사는 어떻게 되어가고 있습니까?" 에를렌두르가 물었다. "코르티솔은 체크했습니까?"

"계속 조사하고 있습니다. 그런데 코르티솔에 대해 알고 싶은 게 뭡니까?"

"코르티솔 수치가 웬만큼 높지 않고서는 인체에 그렇게 해롭지 않다고 알고 있는데."

"시구르두르 올리가 범행 흉기에 대해 묻던데요." 감식반 반장이 말했다. "부검의 말로는 그렇게 특수한 칼이 사용된 것 같지는 않다고 합니다. 얇고 날이 잘 선, 별로 길지 않은 칼일 것 같답니다."

"그렇다면 사냥용 칼이나 고기 써는 칼은 아니겠군요?"

"네, 어디서나 흔히 볼 수 있는 그런 칼인 것 같습니다." 감식반 반장이 말했다. "별 특징이 없는 칼 말입니다."

10
Röddin

구드라우구르의 방에서 음반 두 장을 가져온 에를렌두르는 병원으로 전화를 걸어 발게르두르를 찾았다. 그러나 그녀가 근무하는 부서의 다른 여자가 전화를 받자, 다시 발게르두르를 바꿔달라고 했다. 그 여자는 잠시 기다리라고 하고는 곧바로 발게르두르를 바꿔주었다.

"그 면봉 남은 거 없습니까?" 그가 물었다.

"미스터 '죽음과 고난'이신가요?" 그녀가 말했다.

에를렌두르는 씩 하고 웃었다.

"여기 호텔에 검사를 받아야 할 여행객이 있어서요."

"급한 일인가요?"

"내일까지는 꼭 해야 합니다."

"거기 계실 거예요?"

"네."

"지금 가겠습니다."

에를렌두르는 전화를 끊었다. 미스터 '죽음과 고난'이라니, 그는 혼자서 낄낄대고 웃었다. 그는 호텔 바에서 헨리 왑쇼트를 만나기로 하고 바에 자리를 잡고 앉아 기다렸다. 웨이터가 와서 주문을 받으려고

129

했지만 거절했다가, 다시 마음을 바꿔 물 한 잔을 주문했다. 바 뒤에는 술과 음료들이 비치된 선반이 있어 각종 화려한 색깔의 병과 술들이 진열되어 있었다.

그들은 라운지 대리석 바닥에서 눈에는 거의 띄지 않던 유리가루를 찾아냈다. 와인 캐비닛과 아이의 양말, 계단에 묻어 있던 흔적은 드람뷔였다. 감식반은 빗자루와 진공청소기에서도 유리가루를 찾아냈다. 그 모든 증거들은 술병이 대리석 바닥에 떨어졌었다는 것을 말해주고 있었다. 아이는 그걸 밟고 곧장 자기 방으로 뛰어 올라갔을 것이다. 계단에 남은 흔적은 걷기보다는 뛰었을 거라는 사실을 보여주었다. 공포에 질린 작은 발자국. 감식반은 아이가 술병을 깨자 화가 난 아버지가 이성을 잃고 무자비한 폭행을 휘둘러 아이를 병원에 입원시킨 거라고 결론을 내렸다.

엘린보르그는 아이의 아버지를 심문하기 위해 흐베르피스가타의 경찰서로 연행했다. 그리고 감식반의 조사결과와 아버지에게 폭행당했는지 물었을 때 보인 아이의 반응과 그가 바로 범인일 거라는 그녀 개인적인 확신에 대해 그에게 설명했다.

그를 심문할 때 에를렌두르도 참석했다. 그녀는 그가 현재 피의자 신분으로 조사를 받고 있으며 변호인을 동석시킬 수 있다는 사실을 통보했다. 아이의 아버지는 자신의 무죄를 주장했고, 단지 바닥에 떨어진 술병 때문에 혐의를 뒤집어씌우는 것에 대해 거듭 강하게 항변했다.

에를렌두르는 조사실에 있는 녹음기의 스위치를 켰다.

"무슨 일이 있었는지에 대한 우리의 생각은 이렇습니다." 엘린보르그는 큰 소리로 보고서를 읽듯이 말했다. 성질을 죽이고 냉정해지려고 애쓰며. "아드님이 학교에서 귀가했을 때 시간은 3시를 막 지나고 있었습니다. 당신은 바로 직후에 귀가했죠. 우리는 당신이 그날 평소보다 일찍 일을 마친 걸로 알고 있습니다. 아마 그 일이 일어났을 때 당신은 집에 있었을 겁니다. 어떤 이유로 댁의 아드님은 커다란 드람뷔 술병을 바닥에 떨어뜨렸고, 당황한 아이는 자기 방으로 달아났던 겁니다. 당신은 갑자기 화가 났고, 점점 더 화가 치밀어 올랐습니다. 결국 완전히 이성을 잃은 당신은 혼내주기 위해 아이의 방으로 쫓아 올라갔습니다. 일은 걷잡을 수 없을 정도로 커져, 당신은 자기 아들을 그토록 심하게 폭행하고는 앰뷸런스를 불렀던 겁니다."

아이의 아버지는 한마디 말도 없이 엘린보르그를 지켜보았다.

"당신이 사용한 흉기에 대해서는 확인할 수 없지만 아마도 둥글고 뭉툭한 것이었을 겁니다. 아이를 침대머리에 짓찧었을 수도 있고. 당신은 아이를 무수히 발로 찼습니다. 앰뷸런스를 부른 다음 라운지를 깔끔히 치우고는 수건 세 장으로 술 흔적을 닦은 다음 밖에 있는 쓰레기통에 버렸습니다. 당신은 아주 작은 유리조각까지도 진공청소기로 말끔히 빨아들였습니다. 마찬가지로 대리석 바닥도 청소하고 재빨리 걸레질을 했습니다. 와인 캐비닛에 묻은 흔적도 세심하게 닦아냈습니다. 아이의 양말을 벗겨서 쓰레기통에 버리고, 계단에 난 흔적을 세정제로 지웠지만 완전히 없앨 수는 없었습니다."

"당신들은 그걸 입증할 수 없어요. 들을 가치도 없는 가설이요. 우리 애는 그런 말을 한 적이 없소. 누가 자기를 폭행했는지에 대해서는 한마디도 하지 않았소. 왜 당신들은 우리 아이의 학교 친구들을 조사하지 않는 거요?"

"술에 대한 이야기는 왜 하지 않았던 겁니까?"

"그건 이번 일과는 아무 상관없는 일이요."

"그리고 쓰레기통에서 나온 양말은? 계단에 난 작은 발자국들은?"

"술병이 깨진 것은 사실이지만, 그걸 깬 사람은 바로 나였소. 그건 우리 아이가 폭행을 당하기 이틀 전의 일이오. 한잔하려고 들고 가다가 놓쳐서 깨졌던 겁니다. 애디가 그걸 보고 펄쩍 뛰었던 거고. 조심해서 걸으라고 했지만 그 아이는 엎질러진 걸 그대로 밟고 자기 방으로 뛰어 올라갔던 거요. 이건 우리 애가 폭행을 당한 일과는 아무 상관없는 일이요. 이따위 말도 안 되는 시나리오로 나를 화나게 하지 마시오. 당신들은 증거가 하나도 없어요! 내가 자기를 때렸다고 우리 아들이 말합디까? 있을 수 없는 일이지. 우리 애는 결코 그런 말을 하지 않을 거요. 왜냐하면 그건 절대로 내가 아니었기 때문이오. 나는 절대로 우리 아이한테 그런 짓을 하지 않았소. 절대로."

"왜 당신은 그 사실을 바로 이야기하지 않았습니까?"

"바로라니?"

"우리가 그 얼룩을 발견했을 때 말입니다. 그때는 그 일에 대해서 한마디도 없지 않았습니까?"

"내 말은 모두 사실이오. 나도 당신들이 애디가 폭행당한 사건과 그 일을 연관시키려 한다는 것을 알고 있었소. 다만 나는 문제가 복잡해지는 것을 원치 않았을 뿐이오. 학교의 그 녀석들이 한 짓이 분명요."

"당신 회사가 파산 직전이라면서요." 엘린보르그가 말했다. "이미 직원 20명을 내보냈고 앞으로도 더 많은 직원을 정리해야 된다고 알고 있습니다. 내 생각에 당신은 극심한 스트레스에 시달리고 있을 겁니다. 당신 집도 날아갈 수……."

"그건 단지 사업문제일 뿐이오." 그가 말했다.

"우리는 당신이 그전에도 이성을 잃은 행동을 한 적이 있다고 볼 수 있는 증거를 가지고 있습니다."

"이보시오, 잠깐만……."

"우리는 의료기록을 검토해보았습니다. 지난 4년간 당신 아들의 손가락이 두 번이나 부러졌더군요."

"당신도 자식이 있습니까? 아이들은 항상 사고를 달고 삽니다. 말도 안 되는 소리 마시오."

"한 소아과 전문의가 두 번씩이나 손가락이 부러진 것을 주목하고 아동복지기관에 통보했습니다. 부러졌던 손가락이 또 부러졌기 때문이죠. 당국은 당신 집으로 사람을 보내 그 상황을 조사했습니다. 하지만 별다른 것을 찾아내지는 못했고, 그 소아과 전문의가 와서 아이의 손등에 난 바늘자국을 발견했습니다."

아이의 아버지는 아무 말도 하지 않았다.

엘린보르그는 더 이상 참을 수가 없었다.

"당신은 짐승이야." 그녀가 씩씩대며 말했다.

"내 변호사와 이야기하고 싶소." 그는 이 말을 하고 고개를 돌렸다.

"안녕히 주무셨냐구요!"

133

에를렌두르가 정신을 차리자 헨리 왑쇼트가 그를 내려다보며 서 있었다. 폭행당한 아이의 생각에 너무 몰두해서 그는 왑쇼트가 바에 들어와 자기에게 인사하는 소리도 듣지 못했다.

그는 얼른 일어나서 그와 악수를 나누었다. 왑쇼트는 전날과 같은 옷을 입고 있었다. 머리칼은 더 엉망으로 헝클어져 있어 상당히 피곤해 보였다. 그가 커피를 시키자 에를렌두르도 같이 주문했다.

"수집가들에 대해서 이야기하고 있었죠." 에를렌두르가 말했다.

"그랬습니다." 왑쇼트가 말하며 얼굴 한쪽을 찡그리듯 미소를 지어 보였다. "나 같은 한 무리의 외톨이들에 대해서요."

"영국에 살고 있는 선생 같은 수집가가 어떤 방법으로 30년도 더 전에 노래 부르던, 여기 아이슬란드 하프나르피요르두르 출신의 목소리가 아름다운 소년성가대원을 찾아내셨습니까?"

"아, 그냥 아름다운 목소리가 아닙니다." 왑쇼트가 말했다. "그 이상으로, 그냥 아름답다는 것 이상으로 훨씬 더. 세상에 하나밖에 없는 목소리를 가지고 있었습니다. 그 소년은."

"구드라우구르 에길손에 대해서는 어떻게 알게 되었소?"

"나와 같은 관심을 가지고 있는 사람들을 통해서죠. 어제 말씀드린 걸로 알고 있는데, 레코드 전문 수집가들 말입니다. 예를 들자면 이런 겁니다. 어떤 수집가는 독창부문만 모으고, 또 어떤 수집가는 편곡부문이나 아니면 합창부문 음반만 수집하는 등 분야별로 나누어지는 거죠. 나처럼 소년성가대원 전문도 있고요. 어떤 수집가는 오직 소년성가대원만, 그중에서도 60년대에 생산이 중단된 78rpm으로 녹음된 글라스 레코드만 수집하기도 합니다. 또는 45rpm으로 녹음된 싱글 앨범 중에서도 특정한 하나의 레이블* 제품만 모으는 거죠. 무수히 많은 타입의 전문분야가 있는 겁니다. 잘 아실 테지만 'Stormy Weather' 라는 곡이 있는데, 여러 가수가 부른 다양한 버전들을 골라서 찾아다니는 수집가도 있어요. 이 정도로 다양하다는 점을 이해하시기 바랍니다. 구드라우구르에 대한 정보는 일본 수집가 모임단체로 규모가 큰 거래를 취급하는 웹사이트를 통해서 알게 되었습니다. 서양음악 수집분야에 있어서는 아무도 일본 수집상들의 규모를 따라가지 못합니다. 그들은 후버** 청소기처럼 손에 넣을 수 있는 것이라면 이미 발매된 모든 음반들을 전 세계를 돌아다니며 싹쓸이합니다. 특히 비틀즈나 히피음악이라면 더더욱 그렇죠. 그들은 음반시장에서 명성이 자자한데, 그중에서도 돈이 많은 것으로 제일 유명합니다."

에를렌두르는 바에서 담배를 피워도 될지 염려스러웠지만 한번 시도해보기로 했다. 그가 더듬거리며 담배를 찾고 있자 왑쇼트가 구겨진 체스터필드 한 갑을 꺼냈다. 에를렌두르가 불을 붙여주었다.

"여기서 담배를 피워도 될까요?" 왑쇼트가 물었다.

"곧 알게 되겠지요." 에를렌두르가 말했다.

"그 일본인이 구드라우구르의 첫 번째 싱글 앨범을 한 장 갖고 있었습니다." 왑쇼트가 말했다. "지난밤에 보여드렸던 게 그겁니다. 내가 돈을 주고 구입한 거죠. 나에게는 큰돈이었지만 후회하지는 않습니다. 그 음반을 입수하게 된 경로를 묻자 리버풀에서 열린 레코드 전시회에서 노르웨이 베르겐 출신의 수집가한테 사들인 거라고 하더군

---

* 종이나 천에 상표나 품명 등을 인쇄하여 상품에 붙여놓은 조각 또는 레코드 회사 상표.
** 진공청소기 상표명.

요. 나는 그 노르웨이 수집가와 접촉해서 그가 트론드하임의 음악 출판사로부터 음반들을 구입했다는 것을 알게 되었습니다. 아마도 구드라우구르를 해외에 진출시키려고 했던 아이슬란드 프로모터가 보낸 음반을 갖고 있었던 것 같습니다."

"올드 레코드를 구하려는 열정이 대단하군요." 에를렌두르가 말했다.

"수집가들은 일종의 계보학자로 볼 수도 있습니다. 오리지널을 추적하는 것은 흥미로운 일이지요. 그 이후로 나는 그의 음반들을 더 많이 손에 넣으려고 애쓰고 있습니다만, 정말 쉽지 않은 일입니다. 이제 겨우 두 장을 손에 넣었을 뿐입니다."

"일본인한테 그 음반들을 구입하는 데 많은 돈을 지불했다고 하셨는데, 그게 그렇게나 값이 나갑니까?"

"수집가들에게는 그렇지요." 왑쇼트가 말했다. "그리고 우리는 값이 얼마나 나가느니 하는 말은 하지 않습니다."

"하지만 그 음반들을 더 구입하기 위해 여기 아이슬란드까지 올 만큼은 되지 않을까 싶은데요. 그게 구드라우구르를 만나려고 했던 이유고. 그에게 음반이 더 있는지 알아보려고 한 것 아닙니까?"

"지금까지 두세 명의 아이슬란드 수집가들과 거래를 해왔습니다. 그건 구드라우구르에 관심을 갖기 훨씬 전으로 올라갑니다. 불행하게도 사실 그의 앨범은 더 이상 시장에 나와 있지 않아요. 아이슬란드 수집가들은 더 이상 구해 줄 수가 없었던 겁니다. 인터넷을 통해 한 장을 구할 수가 있을 것 같았습니다. 그 수집가들을 만나려고, 내가 그토록 열광하는 노래의 주인공인 구드라우구르를 만나기 위해, 또 이곳 레코드숍과 시장도 살펴볼 겸 해서 여기까지 온 겁니다."

"이 일로 생활이 됩니까?"

"힘들죠." 왑쇼트가 체스터필드 담뱃갑을 톡톡 두드리며 말했다. 수십 년간 담배연기에 찌들어 손가락이 노랗게 물들어 있었다. "물려받은 유산이 있습니다. 리버풀에 부동산이 있는데 그걸 관리해요. 하지만 대부분의 시간은 음반을 수집하는 데 보내고 있습니다. 사람들은 그걸 열정이라고 하지요."

"소년성가대원 음반을 전문으로."

"네."

"이번 여행에서 뭔가 소득은 있었습니까?"

"없어요, 전혀. 이 나라는 뭔가를 보존하고 유지하는 데는 관심이 없어 보입니다. 모두 새것만 원하는 것 같아요. 오래된 것은 모두 쓰레기 취급을 합니다. 가치를 지키려는 노력이 전혀 없어요. 이 나라 사람들은 음반을 조금도 소중하게 다루지 않는 것 같습니다. 돌아가신 분들이 남긴 물건들을 마구 내다 버린다는 말입니다, 이를테면 전문가들을 불러서 꼼꼼하게 살펴보도록 하는 사람이 없어요. 그냥 쓰레기차에 던져버리는 거죠. 오래전부터 레이캬비크에 있는 소르파란 이름의 한 회사가 수집가들의 공동사업체라는 것을 알고 있었습니다. 그곳은 고물수집으로 운영되는 재활용공장이기도 했는데, 수집가들 사이에서는 늘 언급되는 곳이었죠. 여기 수집가들은 가치 있는 것은 모두 쓰레기 더미 속에서 찾아내서 그것들을 인터넷을 통해 비싼 값에 팔고 있어요."

"아이슬란드가 특별히 수집가들의 관심을 끄는 곳입니까?" 에를렌두르가 물었다. "그들 세계에서는?"

"수집가들에게 아이슬란드의 큰 장점은 시장 규모가 작다는 겁니다. 각각의 음반들이 아주 적은 수량만 발매되고, 또 그 음반들이 시장에서 자취를 감추고 사람들 뇌리에서 잊히기까지 걸리는 시간이 그리 길지 않다는 거죠. 구드라우구르의 음반처럼 말입니다."

"오래되고 쓸모없어진 거라면 무엇이든 싫어하는 사람들이 사는 세계에서 수집가가 된다는 것은 상당히 흥분되는 일이겠습니다. 문화적으로 가치가 있는 것들을 되살리는 일에서 행복감을 찾을 테니 말입니다."

"우리는 파괴를 막는 소수일 뿐입니다." 왑쇼트가 말했다.

"그리고 그것을 통해 이익을 얻기도 하고요."

"당신도 할 수 있습니다."

"구드라우구르에게 무슨 일이 있었던 겁니까? 그 어린이 스타에게 무슨 일이 일어났나요?"

"모든 어린이 스타들에게 일어나는 일이지요." 왑쇼트가 말했다. "자란 겁니다. 그가 어떻게 되었는지 정확히 알지는 못하지만, 10대나 성인이 되어서는 더 이상 노래를 부르지 않았어요. 그의 경력은 짧고 아름다웠습니다. 그러고는 대중 속으로 사라져 유일한 존재로 남게 된 거죠. 더 이상 그에게 열광하는 사람도 없고 확실하게 잊힌 존재가 된 겁니다. 그처럼 어린 나이에 열렬한 스포트라이트를 받는다는 것은 정신적으로 매우 힘든 일이에요. 사람들이 그에게서 등을 돌리게 되면 그가 받는 스트레스는 더욱 커지게 되는 거죠."

왑쇼트는 바에 걸려 있는 시계와 자기 시계를 번갈아 보고 나서 한 차례 목청을 가다듬었다.

"저녁에 런던행 비행기를 타야 하는데, 그전에 몇 가지 해야 할 일들이 있어서요. 더 알고 싶은 게 있습니까?"

에를렌두르가 그를 쳐다보았다.

"아니, 이걸로 충분한 것 같습니다. 내일 떠나는 게 아니었습니까?"

"앞으로 제가 도울 일이 있으면 여기 명함이 있습니다." 왑쇼트가 상의 주머니에서 명함을 꺼내 에를렌두르에게 건네주며 말했다.

"스케줄이 바뀌셨네요." 에를렌두르가 말했다.

"구드라우구르도 만나지 못했고, 이번 여행에서 계획했던 일들도 다 마쳐서 호텔 숙박비를 아끼려고요." 왑쇼트가 말했다.

"한 가지 더 부탁드릴 게 있습니다." 에를렌두르가 말했다.

"말씀하십시오."

"감식반원 한 분이 와서 선생 타액 샘플을 채취할 텐데, 괜찮겠습니까?"

"타액 샘플을요?"

"살인사건 조사를 위해서요?"

"타액은 왜?"

"지금은 말씀드릴 수 없군요."

"내가 혐의를 받고 있습니까?"

"우리는 구드라우구르를 알고 있는 사람들 모두한테서 샘플을 채취하고 있습니다. 조사를 위해서죠. 선생만 해당되는 것은 아닙니다."

"알겠습니다." 왑쇼트가 말했다. "타액이라! 기분이 묘한데요."

그가 미소를 보이자 에를렌두르는 니코틴으로 검게 변색된 그의 아랫니를 뚜렷이 볼 수 있었다.

11

Röddin

그들은 회전문을 지나 호텔로 들어왔다. 노인은 늙고 병든 몸을 휠체어에 의지하고 있었고, 그 뒤로 한 여자가 따르고 있었다. 50대쯤의 여자는 날카로운 매부리코에 키가 작고 마른 몸매로, 강하고 예리한 눈매로 로비를 샅샅이 훑어보았다. 그녀는 두툼한 갈색 겨울코트와 얇은 가죽 롱부츠를 신고 뒤에서 휠체어를 밀고 있었다. 헝클어진 백발이 중절모 아래로 삐져나와 있는 80대의 남자는 창백한 낯빛에 여윈 얼굴을 하고 있었다. 목에는 스카프를 두르고 있었고, 두꺼운 검은색 뿔테안경은 물고기 눈처럼 툭 불거진 그의 눈을 더 도드라지게 하고 있었다.

여자는 그를 프런트데스크로 밀고 갔다. 사무실을 나오던 프런트매니저가 그들을 지켜보았다.

"어떻게 오셨습니까?" 그들이 데스크 앞에 이르자 그가 물었다.

휠체어에 앉은 노인은 그를 무시했고, 여자가 에를렌두르라는 형사가 호텔에 있는지 물었다. 왑쇼트와 함께 바를 나서던 에를렌두르는 그들이 들어오는 것을 보고 있었다. 그들은 즉시 그의 시선을 끌었다. 그들에게는 죽음을 떠올리게 하는 무언가가 있었다.

그는 왑쇼트를 영국에 돌아가지 못하도록 잡아두어야 할지 잠시 고민했지만 그렇게 하기에는 명분이 충분치 못하다는 생각도 들었다. 대구 눈을 한 남자와 매부리코의 여인이 대체 어떤 사람들일까 곰곰이 생각하고 있을 때 프런트매니저가 그를 보고 손짓을 했다. 에를렌두르는 왑쇼트와 서둘러 작별인사를 나누고 급히 그들 쪽으로 걸어 갔다.

"이분들이 반장님을 찾으십니다." 에를렌두르가 프런트데스크에 도착하자 프런트매니저가 말했다.

에를렌두르는 데스크 뒤로 돌아 들어갔고, 그런 그를 대구 눈이 중절모 밑에서 쏘아보았다.

"당신이 에를렌두르 형사요?" 휠체어의 남자가 나이들고 어눌한 목소리로 물었다.

"저를 보자고 하셨습니까?" 에를렌두르가 되물었다. 매부리코가 허공으로 솟아올랐다.

"당신이 이 호텔에서 죽은 구드라우구르 에길손 사건을 맡은 분인가요?" 여자가 물었다.

에를렌두르가 그렇다고 했다.

"누나예요." 그녀가 말했다. "그리고 이쪽은 아버지세요. 어디 조용한 곳에서 이야기할 수 있을까요?"

"제가 도와드릴까요?" 에를렌두르가 말했지만 그녀는 불쾌한 표정을 지으며 혼자 휠체어를 밀었다. 그들은 에를렌두르를 따라 바로 들어와서 그가 왑쇼트와 앉았던 자리 건너에 멈추었다. 손님은 그들뿐이었고, 웨이터도 보이지 않았다. 바가 통상적으로 오전에 문을 여는

141

지 어떤지 잘 몰랐던 에를렌두르는 단지 문이 잠겨 있지 않아서 영업을 시작했나 보다고 생각했던 것이다.

여자는 휠체어를 테이블 가까이에 대고 바퀴를 고정시킨 후 에를렌두르와 마주보고 앉았다.

"그렇지 않아도 찾아뵈려던 참이었습니다." 에를렌두르는 거짓말을 했다. 사실은 구드라우구르의 가족을 만나는 것은 시구르두르 올리와 엘린보르그를 시킬 생각이었다. 그들에게 그런 지시를 내렸는지에 대해서는 잘 기억이 나지 않았지만.

"집 안에 경찰을 들이고 싶지 않았어요." 여자가 말했다. "한 번도 그런 적이 없었어요. 형사님 동료라고 밝힌 엘린보르그라고 하던가 하는 여자분이 전화를 했습니다. 사건 담당이 누구냐고 하니까 형사님이라고 알려주더군요. 내가 바라는 것은 이번 일을 빨리 처리해서 더 이상 번거롭게 시달리지 않는 거예요."

그들의 태도에서는 슬픔의 기색을 전혀 찾아볼 수가 없을 뿐더러 사랑하는 사람을 잃은 데 대한 안타까움의 말조차 한마디 없었다. 오직 차가운 경멸의 감정만 내비치고 있었다. 닥친 일이니 어쩔 수 없이 경찰의 질문에 필요한 대답이나 해주고 빨리 일을 끝내고 싶어 하는 눈치였다. 그런 일에 시달리게 된 것을 대놓고 불쾌하게 생각하며, 그런 마음조차 숨기려 들지 않았다. 호텔 지하실에서 발견된 시체는 자기들과는 아무런 관련도 없다는 듯한 모습이었다. 마치 자기들 일이 아니라는 듯이 말이다.

"우리도 그가 살해당했다는 것을 알고 있소." 노인이 말했다. "칼에 찔려 죽었다더군."

"누가 그랬는지 아십니까?"

"전혀 짐작도 안 갑니다." 여자가 말했다. "우리는 왕래가 전혀 없었어요. 동생이 무슨 일에 얽혀 있었는지, 친구가 누군지, 원한을 산 사람은 없었는지 아는 바가 없어요."

"그를 마지막으로 본 게 언제입니까?"

엘린보르그가 바 안으로 들어왔다. 그들을 발견하고는 에를렌두르 옆에 앉았다. 에를렌두르가 그녀를 소개했지만 아무 반응도 보이지 않는 것이, 누가 되었든 더 이상 귀찮게 하지 말라는 표시 같았다.

"동생이 스무 살 때였을 거예요." 여자가 말했다.

"스무 살?" 에를렌두르는 잘못 들은 게 분명하다고 생각했다.

"아까 말했지만, 서로 연락이 없었어요."

"왜요?" 엘린보르그가 물었다.

여자는 그녀에게 눈길조차 주지 않았다.

"당신한테 말하는 걸로 충분치 않은가요?" 여자가 에를렌두르에게 물었다. "여기 이 여자한테도 똑같이 말해야 합니까?"

에를렌두르가 엘린보르그를 쳐다보았다. 그는 조금씩 기분이 나빠지기 시작했다.

"두 분은 그가 그렇게 된 것이 하나도 슬프지 않은 것 같습니다." 그가 여자의 질문에는 아랑곳하지 않고 말을 이었다. "구드라우구르는 당신 동생인데." 말을 하고는 다시 여자를 쳐다보았다. "어르신 아드님인데." 그는 노인을 쳐다보았다. "왜, 어째서 두 분은 30년이나 그와 연락하지 않은 겁니까? 그리고 아까 말씀하신 여자분이 이분이고, 이름은 엘린보르그입니다." 그가 덧붙였다. "더 하실 말씀이 있으시다면 경찰서로 가서 계속하도록 해드리지요. 원하시면 고소하셔도 좋습니다. 밖에 경찰차를 대기시켜 놓았습니다."

매부리코가 일그러졌고, 대구 눈은 좁아졌다.

"동생은 동생 삶을 살았고 우리는 우리대로 산 거예요. 그 점에 대해서는 더 이상 할 말이 없군요. 아무런 연락도 없었어요. 그뿐입니다. 우리는 그대로 행복했어요. 동생도 그랬고."

"그러니까 동생을 마지막으로 본 게 70년대 중반이었다고 말씀하시는 겁니까?" 에를렌두르가 물었다.

"그 뒤로 연락이 없었습니다." 그녀가 다시 말했다.

"그동안 내내 한 번도 연락하지 않았다고요? 전화도 전혀 없었고? 전혀요?"

"네." 그녀가 말했다.

"왜 없었습니까?"

"그건 우리 집안 일이오." 노인이 말했다. "이번 사건과는 관계가 없소, 조금도. 이미 지나간 일이오. 당신 뭘 더 알고 싶은 거요?"

"그가 이 호텔에서 일하고 있는 걸 알고 있었습니까?"

"동생에 대한 얘기는 종종 들었어요." 여자가 말했다. "여기서 도어맨으로 일한다는 건 알고 있었어요. 바보 같은 제복을 입고 손님들에게 문을 열어주고 있었다죠. 그리고 크리스마스 파티에서 산타클로스 흉내를 냈다는 것도 알고 있습니다."

에를렌두르의 눈은 그 여자에게 고정되어 있었다. 그녀는 구드라우구르가 호텔 지하실에서 옷이 반쯤 벗겨져 살해당한 모습으로 발견된 사실만 빼면, 이제 더는 가문을 조롱거리로 만드는 짓을 할 수 없게 되었다는 투로 말했다.

"우리는 그에 대해서 많이 알지 못합니다." 에를렌두르가 말했다. "친구도 별로 없었던 것 같고, 이 호텔 지하실의 작은 방에서 지냈습니다. 사람들이 좋아했나 봅니다. 특히 아이들한테 인기가 있었다고 합니다. 당신 말대로 호텔 크리스마스 파티에서 산타 역할을 했었지요. 하지만 그는 장래가 유망했던 가수였다고 들었습니다. 어려서 음반도 두 장 냈다고 하던데, 물론 거기에 대해서는 당신들이 더 잘 알겠죠. 한 앨범 재킷에서 그가 스칸디나비아 공연 투어를 앞두고 찍은 사진을 볼 수 있었는데, 마치 세상을 자기 발아래 두고 있는 듯한 모습이더군요. 그런데 무슨 까닭인지 갑자기 사라져버렸습니다. 올드 레코드를 수집하는 몇몇 사람들을 제외하고는 그 소년이 지금 어떻게 지내는지 아는 사람이 없습니다. 왜 그렇게 됐죠?"

에를렌두르가 이야기를 하는 동안 매부리코는 더욱 낮아졌고 대구 눈은 초점을 잃어갔다. 노인은 넋이 나간 얼굴로 테이블을 내려다보고 있었고, 품위와 자존심을 지키려고 애를 쓰던 여인에게서는 더 이상 자신감을 찾아볼 수 없었다.

"무슨 일이 있었던 겁니까?" 에를렌두르는 문득 자기 방에 구드라우구르의 음반들이 있다는 사실을 기억해내며 다시 물었다.

"아무런 일도 없었소." 노인이 말했다. "목소리를 잃어버린 거요. 사춘기가 일찍 와서 열두 살의 나이에 목소리를 잃었고, 그걸로 끝난 거요."

"그 뒤에는 노래를 할 수 없었습니까?" 엘린보르그가 물었다.

"목소리가 아주 못쓰게 변한 거요." 노인이 짜증스럽게 말했다. "더 이상 그 아이를 가르칠 수가 없었소. 그 아이를 위해 해줄 게 아무것도 없었다는 말이오. 노래하기를 싫어했소. 반항심과 분노에 사로잡혀 모든 일에 부정적이었어. 나한테도 대들었고, 그토록 자기를 위해 최선을 다하려고 애쓰던 누나에게도 대들었지. 모든 게 내 탓이라며 원망했소."

"이제 다 말씀드린 것 같군요." 여자가 에를렌두르를 쳐다보며 말했다. "이걸로 충분하지 않은가요? 뭐가 더 알고 싶은 거죠?"

"구드라우구르의 방에서 찾아낸 게 별로 없습니다." 에를렌두르는 그녀의 말을 못 들은 척하며 자기 말만 했다. "레코드 몇 장과 열쇠 두 개가 나왔습니다."

그는 조사가 끝나는 대로 돌려달라고 감식반에 요청해놓았던 열쇠들을 주머니에서 꺼내 테이블 위에 올려놓았다. 열쇠들은 장식용 펜나이프가 달린 고리에 매달려 있었다. 핑크색 플라스틱으로 된 장식품 한쪽에는 애꾸눈에 목발을 하고 커틀래스*를 들고 있는 해적 그림이 있고, 그 밑에 영어로 '해적'이라는 글자가 적혀 있었다.

여자는 열쇠꾸러미를 흘낏 쳐다보고 나서 무슨 열쇠인지 모르겠다고 했다. 노인은 코에 걸쳐놓은 안경을 고쳐 쓰고 열쇠를 살펴본 뒤 고개를 저었다.

"하나는 문 열쇠인 것 같고 다른 하나는 찻장이나 무슨 라커 열쇠 같아 보입니다." 에를렌두르가 말했다. 두 사람을 살펴보았지만 기대했던 반응이 없자 그는 열쇠들을 다시 주머니에 넣었다.

---

* 과거에 선원이나 해적들이 쓰던, 칼날이 약간 휜 단검.

"동생 레코드를 발견했다고 했죠?" 여자가 물었다.

"두 장요." 에를린두르가 말했다. "다른 음반도 낸 적이 있습니까?"

"아니, 그게 전부요." 노인이 말하며 에를렌두르를 쏘아보았지만 곧바로 시선을 돌렸다.

"그 음반 우리가 가져가도 될까요?" 여자가 물었다.

"그가 남긴 건 모두 두 분께 상속되지 않을까 싶은데요." 에를렌두르가 대답했다. "조사가 끝나는 대로 두 분께 모두 넘겨드리겠습니다. 그에게 다른 가족은 없습니까? 혹시 자식들은? 이런 일들은 우리 마음대로 처리할 수 없어서요."

"동생은 혼자였다고 알고 있습니다." 여자가 말했다. "우리가 도와드릴 일이 더 있습니까?" 호텔에 불려오는 수고를 감수하면서까지 수사에 협조한 것에 대해 큰 자부심이라도 느끼는 듯이 여자가 물었다.

"사춘기를 겪고 목소리를 잃은 것은 모두 그의 잘못이었군요." 에를렌두르가 말했다. 그는 그들의 냉소적이고 오만한 태도를 더 이상 참을 수가 없었다. 아들이 죽은 것이다. 동생이 살해당한 것이다. 그런데도 아무런 일도 없었다는 듯한 태도라니. 구드라우구르의 삶은 두 사람의 인생에서 소멸되어 사라진 지 이미 오래였다. 그것이 에를렌두르를 참을 수 없게 만들었다.

여자가 에를렌두르를 쳐다보았다.

"더 하실 말씀이 없다면 이만." 그녀가 휠체어의 브레이크를 풀었다.

"또 뵙지요." 에를렌두르가 말했다.

"우리가 슬픈 내색을 보이지 않아서 그러시는 건가요?" 그녀가 불쑥 물었다.

"내 생각에 두 분은 전혀 슬퍼하시지 않는 것 같군요." 에를렌두르가 말했다. "하지만 그거야 제가 알 바 아니죠."

"그래요." 여자가 말했다. "그건 형사님이 상관할 문제가 아니에요."

"어째서 두 분이 고인에게 그런 감정을 갖게 되었는지 궁금하군요. 당신 동생인데 말이죠." 에를렌두르는 휠체어의 노인에게 고개를 돌렸다. "아들이지 않습니까?"

"우리에게는 남이었어요." 여자가 말하고는 자리에서 일어났다. 노인은 얼굴을 찡그렸다.

"당신들 기대대로 살지 못했기 때문에?" 에를렌두르가 따라 일어나며 말했다. "고작 열두 살 때 당신들을 실망시켰기 때문에? 어린아이였어. 당신들 무슨 짓을 한 거요? 당신들이 그를 내쫓은 거 아니요? 당신들이 그를 거리로 내쫓지 않았소?"

"당신이 어떻게 감히 나와 내 아버지에게 그런 식으로 말할 수 있죠?" 여자가 이를 악물며 말했다. "어떻게 감히……. 누가 당신더러 세상의 양심이 되라고 했나요?"

"당신들 양심은 개가 물어갔소?"

여자가 그를 노려보았다. 그리고 이내 포기한 듯 휠체어를 끌어당기더니 테이블 주위를 한 바퀴 돌아서 바를 빠져나가 회전문을 향해 로비를 가로질러 천천히 밀고 나갔다. 스피커에서는 아이슬란드 출신의 소프라노 가수가 애절한 목소리로 노래를 부르고 있었다.

'……그대 천상의 여신이여, 부디 나의 하프를 울려주오…….'

에를렌두르와 엘린보르그는 뒤에 남아 두 사람이 호텔을 떠나는 모습을 지켜보았다. 여자는 여전히 고개를 꼿꼿이 세우고 있었지만, 노인은 휠체어에 깊숙이 파묻혔는지 등받이 위로 흔들거리고 있는 머리밖에 보이지 않았다.

'……그리고 다른 이들은 영원히 작은 아이들로 남게…….'

12
Röddin

정오가 조금 지나 방으로 돌아온 에를렌두르는 프런트매니저가 오디오 시스템을 설치해 놓은 것을 보았다. 호텔에 있던 사용할 일이 거의 없어진 구형 턴테이블을 가져다 놓았는데, 마침 에를렌두르도 집에 하나 가지고 있던 터라 작동방법은 쉽게 알 수 있었다. 그는 CD 플레이어는 한 번도 사용해본 적이 없었고 최근 몇 년간은 음반을 단 한 장도 구입한 적이 없었다. 물론 요즘 음악도 듣지 않았다. 직장에서 사람들이 힙합에 대해 이야기하는 것을 듣고 한동안은 그것이 합스카치*의 일종인 줄로 알 정도였다.

엘린보르그는 하프나르피요르두르로 가고 있었다. 에를렌두르가 그녀에게 구드라우구르의 학창시절에 대해 알아보라고 했기 때문이었다. 그의 부친과 누나에게 물어볼 생각이었으나 그들과의 미팅이 예기치 않게 끝나버려 그럴 기회가 없었다. 나중에 다시 물어볼 수도 있었지만 구드라우구르가 스타이던 시절에 그를 알던 사람들과 학교친구들을 직접 만나서 알아보는 것도 괜찮을 것 같았다. 그렇게 어린

* hopscotch, 돌차기 놀이.

나이에 누렸던 유명세가 그에게 어떤 영향을 미쳤는지도 알고 싶었다. 또한 그의 학교 친구들은 당시의 구드라우구르에 대해 어떤 생각들을 하고 있었는지, 그가 목소리를 잃었을 때 일어난 일을 기억하고 있는 사람들이 있는지, 그런 일이 있은 후 처음 몇 년 동안 그가 어떻게 변했는지 등 알고 싶은 것들이 많았다. 그리고 그 당시 구드라우구르와 원한관계에 있던 사람은 없었는지도 궁금했다.

로비에서 엘린보르그를 잡아놓고 이러한 사항들을 설명하던 그는, 이런 세부사항들을 일일이 늘어놓는 것에 대해 그녀가 짜증스러워한다는 느낌을 받았다. 그녀도 이번 사건이 어떻게 전개될지 잘 알고 있었고, 또 맡은 일을 충분히 해낼 능력도 있는 요원인 것이다.

"그리고 가는 길에 아이스크림도 사먹으라고." 그는 그녀를 더 짜증나게 하려는 듯 한마디 덧붙였다. 남성 우월주의자들에 대해 속으로 저주를 퍼부으며 그녀는 문을 나섰다.

"그 여행객을 어떻게 알아보죠?" 뒤에서 들리는 목소리에 에를렌두르가 돌아보니 발게르두르가 샘플링 장비를 들고 서 있었다.

"왑쇼트요? 지난밤에 보셨잖아요. 소년성가대 음반을 수집하는, 누런 치아에 늙고 추레한 영국인입니다." 에를렌두르가 말했다.

그녀는 미소를 지었다.

"이가 누렇다고요?" 그녀가 말했다. "그리고 소년성가대 음반을 수집해요?"

"얘기가 깁니다. 때가 되면 말씀드릴 텐데, 아무튼 긴 이야기예요. 샘플에서 뭐 새로운 거라도 나왔습니까?"

그는 그녀를 다시 보게 된 것이 새삼 즐거웠다. 뒤에서 들리는 그녀의 목소리에 그는 가슴이 두근거렸다. 한순간에 근심이 사라지고 그의 목소리에 생기가 돌기 시작했다. 숨까지 조금 가빠졌다.

"일이 얼마나 진행되었는지 저도 잘 몰라요. 샘플이 보통 많은 게 아니라서요."

"어제는 제가, 그⋯⋯." 에를렌두르는 말까지 더듬으며 지난밤에 있었던 일에 대해 사과했다. "어젯밤에는 제가 정말 뭐에 씌었던 모양입니다. 죽음과 고난이라니. 제게 물으셨을 때 황무지에서 죽어가는 사람들에게 관심이 많다고 한 건 정말 사실이 아닙니다."

"더 이상 말씀하시지 않으셔도 돼요." 그녀가 말했다.

"알겠습니다. 하지만 그 부분은 꼭 말씀드리고 싶었습니다." 에를렌두르가 말했다. "저한테 다시 한 번 기회를 주시겠습니까?"

"아니⋯⋯." 그녀는 잠시 멈추었다가 다시 말을 이었다. "너무 마음 쓰지 마세요. 정말 즐거웠어요. 이젠 다 잊으세요. OK?"

"OK, 원하신다면 그렇게 해드려야죠." 에를렌두르는 품고 있는 생각과는 반대로 말했다.

"왑쇼트라는 분은 어디 있죠?"

에를렌두르는 함께 프런트로 가서 그녀에게 왑쇼트의 객실번호를 일러주었다. 악수를 나눈 후 그녀는 엘리베이터 쪽으로 걸어가서 등을 보인 채 잠시 엘리베이터를 기다렸다. 그는 달려가서 그녀가 엘리베이터를 타지 못하게 막고 싶었다. 엘리베이터 문이 닫히는 순간 그녀는 그를 돌아보며 보일 듯 말 듯 미소를 지어 보였다.

에를렌두르는 한동안 엘리베이터가 왑쇼트의 객실이 있는 층에 멈출 때까지 올라가는 숫자를 지켜보며 서 있었다. 그런 다음 버튼을 눌러 엘리베이터를 다시 불러 내렸다. 그의 객실이 있는 층으로 가는 동안 내내 발게르두르의 향수냄새가 감돌았다.

그는 소년성가대원 구드라우구르 에길손의 음반을 턴테이블에 올려놓고 속도들 45rpm에 정확히 맞추고 나서 침대에 길게 누웠다. 그 음반은 한 번도 듣지 않은 새것이었다. 그런데도 잡음이 났다. 긁힌 자국이나 먼지 한 점도 없는 새것인데도. 전주가 시작되는 처음 부분에서 약간 지직거리는 소리가 나더니 이윽고 순수하고 맑은 천상의 목소리가 보이 소프라노의 입을 통해 흘러나오기 시작했다. 곡명은 '아베마리아'였다.

그는 홀로 복도에 서 있었다. 조심스럽게 아버지 방의 문을 열자 침대 끝에 앉아 형언할 수 없는 비탄에 잠겨 허공을 응시하고 있는 아버지의 모습이 들어왔다. 예고도 없이 황무지에 불어 닥친 폭풍 속에서 두 아들의 행방을 잃은 뒤 농장에서 집으로 오는 내내 사투를 벌여야 했다. 아이들의 이름을 부르며 눈보라 속을 헤매고 다녔지만, 고함소리마저 집어삼키며 울부짖는 폭풍 때문에 한 치 앞도 내다볼 수가 없었다. 그 절망감을 어떻게 말로 표현할 수 있을까. 그는 아이들에게 양들을 둘러보고 우리로 몰고 오라고 시켰다. 겨울이었지만 아이들을 내보낼 때는 날씨가 좋을 것 같았다. 하지만 그것은 예측이고 예보일 뿐이었다. 폭풍은 예고 없이 찾아왔다.

에를렌두르는 아버지에게 다가가 그 옆에 멈춰 섰다. 그는 왜 아버지가 황무지 수색 무리에 합류하지 않고 침대에 앉아 있는지 이해할 수 없었다. 그의 동생은 아직 발견되지 않았다. 가능성은 낮지만 그래

153

도 동생이 살아 있을지도 몰랐다. 다시 수색을 시작하기 전에 잠시 음식과 휴식을 취하기 위해 집에 돌아온 사람들의 지친 얼굴에서 그는 절망감을 읽었다. 마을과 인근 농장에서 온 사람들이 저마다 임무를 띠고 개를 끌기도 하고, 긴 막대로 눈 속을 찌르기도 하며 수색에 참여하고 있었다. 그렇게 해서 사람들은 에를렌두르를 발견했다. 또 그런 방법으로 동생을 찾으려 하고 있었다.

사람들은 8~10명으로 한 팀을 이루어 황무지로 올라가서 막대로 눈 속을 뒤지고, 동생의 이름을 소리쳐 부르며 헤매고 다녔다. 에를렌두르가 발견된 지도 이틀이 지났다. 사흘간 계속된 폭풍은 세 사람을 갈라놓았다. 형제는 한참을 붙어 있었다. 그들은 눈보라 속에서 목이 쉬도록 소리쳤고, 아버지가 부르는 소리를 들으려 애썼다. 두 살 위인 에를렌두르는 동생의 손을 잡고 있었지만, 추위 속에서 손의 감각을 잃어버려 동생 손이 빠져나간 것도 느끼지 못했다. 그때까지도 그는 동생의 손을 잡고 있다고 생각했는데, 주위를 둘러보고 나서야 동생이 보이지 않는다는 것을 알았다. 나중에 그는 동생의 손이 빠져나가고 있는 것을 알고 있었다고 생각했지만, 그것은 순전히 지어낸 생각이었다. 그는 손이 빠져나가는 것을 전혀 느끼지도 못했다.

끊임없이 몰아치는 눈보라 속에서 열 살짜리 어린아이가 목숨을 부지할 가능성은 전혀 없었다. 몸을 할퀴고 찢어발기며 온 사방을 에워싸고 달려드는 눈보라 속에서 그는 길을 잃은 채 무자비한 추위에 시달렸다. 결국 그는 눈 위에 쓰러졌고 그 위로 눈이 쌓여갔다. 그렇게 누워서 황무지 어딘가에서 자기처럼 죽어가고 있을 동생을 생각했다.

어깨에 가해진 날카로운 타격이 그를 깨웠고 아무런 기척도 없이 불쑥 한 얼굴이 눈앞에 나타났다. 남자가 무슨 말을 하는지 들리지 않았다. 계속 잠을 자고 싶었다. 황무지에서 눈 속에 묻혀 있던 그를 그 남자가 찾아내 어깨에 둘러매고 돌아왔지만, 그는 어떻게 집에 왔는지 기억나는 것이 별로 없었다. 목소리들이 들렸다. 그를 간호하는 어머니의 목소리가 들렸다. 의사가 그를 진찰하고 있었다. 손과 발에 동상을 입었지만 그렇게 심하지는 않았다. 그는 아버지 방 안을 들여다보았다. 아버지는 아무런 일도 없었던 것처럼 침대 모서리에 홀로 앉아 있었다.

이틀 뒤 에를렌두르는 자리를 털고 일어났다. 그는 절망과 두려움에 빠져 아버지 옆에 서 있었다. 자리에서 일어나 기운을 차리기 시작하자 전에는 경험하지 못한 마음의 고통이 그를 괴롭혔다. 왜 그였나? 동생이 아니고 왜 그였나? 사람들이 그를 발견하지 못했다면 대신 동생을 발견할 수 있었을까? 그는 이걸 아버지에게 묻고 싶었다. 또 왜 수색에 참여하지 않는 거냐고 묻고 싶었다. 하지만 아무것도 묻지 않았다. 단지 지켜보기만 했다. 깊게 주름진 얼굴과 짧은 수염, 그리고 슬픔에 잠긴 검은 눈을.

한참이 지나도록 아버지는 그를 그냥 내버려두었다. 에를렌두르는 아버지 손에 자기 손을 얹으며 그것이 자기 잘못이냐고 물었다. 동생을 잃어버린 것이. 자기가 동생을 단단히 잡아주지 않았기 때문에, 좀 더 잘 돌보았어야 했는데, 사람들에게 발견되었을 때 옆에 동생도 함께 있었어야 했는데, 그렇게 하지 못한 것이. 처음에는 나지막하고 조심스런 목소리로 물어보다가 이내 자제심을 잃고 흐느껴 울기 시작했다. 에를렌두르의 눈에서 눈물이 넘쳐흐르자 아버지도 아들의 팔에 안겨 그 커다란 몸을 들썩이며 흐느껴 울었다.

　에를렌두르가 이런 생각에 잠겨 있는 동안 걸려 있던 레코드판이 다 돌아가 다시 직직거리는 소리를 내기 시작했다. 오랫동안 이처럼 깊은 생각에 빠져든 적이 없었는데 갑자기 마음속 깊은 곳에 잠들어 있던 기억들이 되살아나며, 살아 있는 동안은 결코 묻어버리거나 잊을 수 없을, 그 감당할 수 없는 슬픔을 다시 한 번 느끼게 되었다.
　그 소년성가대원의 힘이었다.

13

Röddin

테이블 위의 전화벨이 울려 에를렌두르는 침대에서 일어나 레코드판에서 바늘을 내리고 플레이어의 스위치를 껐다. 발게르두르의 전화였다. 왑쇼트가 방에 없다는 내용이었다. 호텔 직원까지 방으로 불러 그를 찾아보도록 했지만 찾을 수가 없었다.

"샘플 채취에 협조하려고 기다린다고 했는데요." 에를렌두르가 말했다. "체크아웃을 했다고 합니까? 내가 알기로는 오늘 저녁 비행기를 탄다고 했는데요."

"그건 물어보지 않았어요." 발게르두르가 말했다. "더 이상 기다릴 수가 없어서……."

"네, 저도 압니다. 아무튼 죄송하게 되었습니다." 에를렌두르가 말했다. "제가 그 사람을 찾는 대로 보내드리겠습니다. 다시 한 번 사과드립니다."

"OK, 그럼 이만 끊겠습니다."

에를렌두르는 잠시 망설였다. 무슨 말을 해야 좋을지 몰랐지만, 아무튼 이대로 그녀를 보내고 싶지 않았다. 침묵의 시간이 자꾸 흐르고 있는데 갑자기 문을 두드리는 소리가 들렸다. 에바가 찾아왔나 보다고 생각했다.

"다시 한 번 뵙고 싶은데요." 그가 수화기에 대고 말했다. "실례가 되지 않는다면 말입니다."

이번에는 좀 더 세게 문을 두드리는 소리가 들렸다.

"죽음과 고난에 얽힌 진짜 이야기를 들려드리고 싶습니다." 에를렌 두르가 말했다. "물론 듣고 싶으시다면요."

"무슨 말씀이신지?"

"정말 모르시겠습니까?"

그 자신도 자기가 무슨 말을 하는지 정확히 알지 못했다. 어째서 이 여인한테 자기 딸을 빼고는 아무에게도 하지 않았던 이야기를 하고 싶은 것인지. 왜 그는 그 문제를 매듭짓지 못하고 이토록 오랜 시간 시달리고 있는 것인지.

발게르두르는 바로 대답하지 않았고, 다시 문을 두드리는 소리가 났다. 에를렌두르는 수화기를 내려놓은 후 밖에 누가 있는지 살펴보 지도 않고 문을 열어주었다. 당연히 에바일 것이라 생각했기 때문이 었다. 다시 전화를 들었지만 수화기 저편에서는 아무 말이 없었다.

"여보세요, 여보세요?" 그가 불렀지만 대답이 없었다.

수화기를 내려놓고 돌아서자 한 번도 본 적이 없는 남자가 방 안에 들어와 있었다. 작은 키의 남자는 파란색 헌팅캡과 스카프를 두르고 두꺼운 군청색 겨울코트를 입고 있었다. 모자와 코트에 쌓인 눈이 녹 으면서 생긴 물방울들이 불빛에 반짝거렸다. 두툼한 입술이 자리한 제법 살찐 얼굴이었는데 작고 피곤에 절은 눈 밑에는 어둡고 커다란 살덩이가 늘어져 있었다. 그 모습이 에를렌두르에게 시인 오든*을 떠

158

올리게 했다. 물방울 하나가 그의 콧등에 매달려 있었다.

"에를렌두르 반장이십니까?" 그가 물었다.

"그렇습니다."

"이 호텔로 가서 반장님을 만나보라고 해서 왔습니다." 남자가 말했다. 그는 모자를 벗어 코트에 대고 탁탁 턴 다음 콧등의 물기를 닦았다.

"누가 보냈습니까?"

"마리온 브리엠이라고 하던데, 나도 잘 모르는 사람입니다. 구드라우구르 에길손 사건을 수사하는 데 필요한 일이라며 과거에 그를 알던 사람들을 모두 만나고 다니고 있다고 하더군요. 그를 안다고 하니까 그 마리온이라는 분이 반장님을 만나보라고 했습니다."

"그런데 누구신지요?" 에를렌두르는 그의 얼굴을 전에 어디서 본 적이 있는지 곰곰이 생각하며 물었다.

"가브리엘 헤르만손이라고 하는데, 전에 하프나르피요르두르의 어린이합창단을 지휘한 적이 있습니다. 침대에 앉아도 되겠습니까? 복도가 제법 길어서⋯⋯."

"가브리엘? 이거 실례했습니다. 이리 앉으십시오." 남자는 코트의 단추를 풀고 목에 두른 스카프를 느슨하게 했다. 에를렌두르는 구드라우구르의 레코드 재킷을 한 장 집어 들고 하프나르피요르두르 어린이합창단 사진을 보았다. 지휘자가 주의 깊게 카메라를 응시하고 있었다. "여기 이분이시죠?" 그가 앨범 재킷을 건네주며 물었다.

가브리엘이 그 재킷을 보며 고개를 끄덕였다.

---

* W. H. Auden, 1907~73. 영국 태생이나 2차대전 중 미국에 귀화했다. 실험적 시법의 개척으로 유명한 '1930년대 시인'의 중심인물.

"이걸 어디서 구하셨습니까?" 그가 물었다. "이 음반들은 수십 년간 구할 수가 없었는데요. 내가 가지고 있던 것은 그만 잃어버렸습니다. 누군가 빌려갔었는데. 다른 사람에게 빌려주거나 하지 마십시오."

"그건 구드라우구르 겁니다." 에를렌두르가 말했다.

"내가 스물여덟 살 때였죠." 가브리엘이 말했다. "이 사진을 찍었을 당시에 말입니다. 정말 세월이 빠르군요."

"마리온이 무슨 말을 하던가요?"

"별다른 말은 없었습니다. 내가 구드라우구르를 알고 있다고 하자 반장님을 만나보라고 하더군요. 그렇지 않아도 레이캬비크에 올 일이 있었는데 잘 되었다 싶었습니다."

가브리엘은 잠시 머뭇거렸다.

"목소리로는 잘 분간할 수가 없었습니다." 그가 말을 이었다. "남잔지 여잔지 잘 모르겠더군요, 마리온이라는 분 말입니다. 물어보는 게 실례인 것 같아서 그러지도 못했습니다. 일반적으로는 목소리로 구분이 가는데. 재미있는 이름이에요, 마리온 브리엠이라는 이름은."

에를렌두르는 그의 목소리에서, 그 일이 꼭 알아야 할 중요한 문제라도 되는 듯 거의 열망에 가까운 관심을 느낄 수 있었다.

"나는 그런 생각을 해본 적이 한 번도 없었는데요." 에를렌두르가 말했다. "그 마리온 브리엠이라는 이름이 그럴 수도 있다는 걸. 그 레코드를 듣고 있었습니다." 재킷을 가리키며 다시 말을 이었다. "정말 사람을 감동시키는 목소립니다. 이건 누구도 인정할 수밖에 없을 겁니다. 어린 소년의 목소리가 어떻게 그럴 수 있는지요."

"구드라우구르는 아마도 우리가 본 최고의 소년성가대원이었을 겁니다." 가브리엘이 재킷에 시선을 주며 말했다. "생각해보면 그때까지만 해도, 아니 그 뒤로도 오랫동안 우리가 얼마나 소중한 보물을 가지고 있었는지 깨닫지 못했던 것 같습니다."

"그를 언제 처음 알게 되었습니까?"

"그의 아버지가 저에게 데려왔습니다. 그때는 그의 가족들이 하프나르피요르두르에 살고 있었는데, 아마 지금도 거기 살고 있을 겁니다. 그의 모친이 돌아가신 지 얼마 안 되었고 부친 혼자 아이들을 키우고 있었지요. 구드라우구르와 그보다 몇 살 더 먹은 누나가 있었습니다. 그 부친은 내가 외국에서 음악공부를 마치고 막 귀국한 걸 알고 있었습니다. 당시 나는 음악을 가르치고 있었는데, 개인 레슨과 그 밖의 다른 일도 하고 있었지요. 합창단 지휘자로 단원들을 뽑기 위해 많은 아이들을 테스트했습니다. 늘 그렇듯이 대부분이 여자아이들이었죠. 우리는 특히 남자아이들이 절실히 필요했는데, 때맞춰 구드라우구르의 아버지가 어느 날 우리 집으로 그를 데려왔던 겁니다. 당시 열 살이었는데, 놀라운 목소리였습니다. 그건 정말 놀라운 목소리였죠. 거기다가 그는 노래 부르는 법을 알고 있었어요. 그의 아버지가 아이에게 대단한 기대를 걸고 있고, 또 엄하게 가르쳤다는 걸 곧바로 알수 있었습니다. 성악을 모두 자기가 가르쳤다고 하더군요. 나중에 알게 된 거지만, 아이를 밖에 나가 놀지도 못하게 하며 가혹할 정도로 엄하게 가르쳤던 거죠. 아무리 자식에게 거는 기대가 크다고 하더라도 그런 식으로 아이를 훈육하는 것은 옳지 않다고 생각합니다. 친구도 사귀지 못하게 하면서까지 말이죠. 그의 부친은 자기가 원하는 대로 자식들을 통제하고 훈육하는 부모의 전형이었습니다. 구드라우구르의 어린 시절은 그다지 행복하지 못했을 거라고 생각합니다."

가브리엘이 이야기를 끝냈다.

"이번 사건에 대해서 상당히 관심이 있으신가 보군요?"

"일어날 수 있는 일이 아닌가 싶었던 거죠."

"무슨 말씀인지?"

"엄한 처벌에 끊임없는 요구와 기대감은 아이들에게 끔찍한 영향을 미칠 수 있습니다. 아이들의 잘못된 행동을 교정하거나 아니면 자제나 근신이 필요할 때 행해지는 처벌을 말하는 게 아닙니다. 그건 완전히 다른 문제지요. 물론 아이들은 경우에 따라 처벌이 필요합니다. 내 말은 아이가 아이로서 하는 행동조차 허락하지 않는 것에 대한 겁니다. 아이들이 당연히 즐겨야 할 것을 금지당하고, 원하는 것을 하지 못하게 하면서 일방적으로 강요당하면서 만들어지는 것을 말하는 겁니다. 구드라우구르는 정말 아름다운 보이 소프라노였고, 그의 부친은 그런 아들의 인생에 커다란 역할을 하고자 했어요. 그는 이성적이고 지각 있는 교육에 서툴렀던 것이 아니라 아예 아들에게서 인생을 박탈했습니다. 아이의 어린 시절을 도둑질한 거죠."

에를렌두르는 좋은 태도를 가르쳐주고 깊은 애정을 보여준 것 말고는 다른 아무것도 없었던 아버지를 생각했다. 단 한 가지 기대는 그가 용감해지고 타인에게 좀 더 친절했으면 하는 것이었다. 그의 아버지는 원치 않는 것을 그에게 억지로 강요한 적이 없었다. 에를렌두르는 자기 자식을 폭행한 혐의로 판결을 기다리고 있는 그 아버지란 작자를 생각했고, 또 아버지의 기대에 부응하기 위해 끊임없이 노력하고 있는 구드라우구르를 그려보았다.

"이런 현상은 종교집단에서 좀 더 분명하게 볼 수 있습니다." 가브리엘이 말을 이었다. "어떤 종교집단에 속한 아이들은 부모들의 신앙을 따라가도록 강요받고, 그 영향에 따라 자신의 인생이 아닌 부모의 인생을 살게 되는 거죠. 결코 자유로울 수 없고, 그들이 태어난 세상 밖으로는 단 한 걸음도 내딛을 수 없으며, 자신의 인생에 대해 독립적인 결정을 내릴 기회도 갖지 못하는 겁니다. 물론 그 아이들은 나중에, 아니 어쩌면 영원히 그 사실을 깨닫지 못하는 수도 있죠. 하지만 가끔 나이가 들어 어른이 되면 이렇게 말합니다. '더 이상 이렇게 살고 싶지 않아.' 그리고 갈등이 생깁니다. 갑자기 아이는 부모의 삶에 맞춰 살기를 원치 않게 되고, 그것은 결국 커다란 비극을 야기하게 되는 거죠. 이런 일은 비일비재합니다. 의사들은 자기 자식이 의사가 되기를 바랍니다. 변호사도 그렇고요. 기업가, 비행사 다 마찬가집니다. 자식들에게 불가능한 목표를 요구하는 부모들이 온 세상에 널려 있습니다."

"그런 일이 구드라우구르에게도 일어났습니까? '여기까지가 내 한계야'라고 했나요? 아버지에게 대들었습니까?"

가브리엘은 대답을 잠시 미루었다.

"구드라우구르의 부친은 만나보셨습니까?" 그가 물었다.

"오늘 아침에요." 에를렌두르가 말했다. "그분 딸하고 같이 만났습니다. 무언가 몹시 불쾌한 듯 보였고 구드라우구르에 대해서는 눈곱만큼도 애정을 느끼지 않는 것 같았습니다. 눈물 한 방울 흘리지 않더군요."

"휠체어를 타고 있지요? 부친 말입니다."

"네."

"그건 몇 년 뒤에 일어난 사고였습니다."

"몇 년 뒤라니요?"

"그 공연이 있고 몇 년 뒤요. 스칸디나비아 콘서트 투어를 앞두고 열렸던 그 끔찍했던 공연 말입니다. 그건 전례가 없던 일이었어요. 아이슬란드 소년이 스칸디나비아에서 합창단과 함께 솔로 공연을 한다는 건 말이죠. 그의 부친이 첫 번째 음반을 노르웨이로 보냈는데, 한 레코드 회사가 관심을 갖고 스칸디나비아에서 발매되는 그의 앨범에 대한 판권을 갖기로 하고 콘서트 투어를 계획했던 겁니다. 한번은 그의 부친이 자기 꿈, 자기 꿈이라는 것을 주목하셔야 합니다, 구드라우구르의 꿈이 아니고. 꿈에 대해서 말한 적이 있는데, 그건 나중에 커서 빈소년합창단과 공연을 하게 되는 거라고 했지요. 그는 그럴 자격이 충분했습니다. 그건 의문의 여지가 없었어요."

"그런데 무슨 일이 있었던 겁니까?"

"보이 소프라노들에게는 피할 수 없는 일이 일어난 겁니다. 자연의 섭리죠." 가브리엘이 말했다. "구드라우구르의 생애에서 상상할 수 있는 최악의 사태가 일어난 겁니다. 리허설 중에 일어날 수도 있었고 집에 혼자 있을 때 일어날 수도 있었어요. 그런데 하필이면 거기서 그런 일이 일어났고, 불쌍한 그 소년은……."

가브리엘이 에를렌두르를 쳐다보았다.

"나는 그와 함께 무대 뒤에 있었습니다. 합창단은 공연을 위해 여러 곡을 준비하고 있었고 그 지역 어린이들과 레이캬비크에서 온 음악관계자들, 신문기자도 몇 명 있었어요. 콘서트는 대대적으로 홍보가 되었죠. 물론 그의 부친은 맨 앞줄 한가운데 자리를 잡고 있었습니다. 나중에, 아주 나중에 그가 집을 떠날 때, 나를 찾아와서 그 운명의 밤에 그가 느꼈던 걸 말해 준 적이 있었죠. 그 뒤로 가끔 나는 하나의 사건이 한 사람의 인생에 종지부를 찍을 수도 있구나 하는 생각을 하곤 했어요."

하프나르피요르두르 극장의 모든 좌석이 사람들로 채워졌다. 청중들은 웅성거리고 있었다. 이 멋진 건물에는 영화를 보려고 전에도 두 번이나 와본 적이 있었는데, 객석을 비추는 아름다운 조명과 높은 단 위에 설치된 무대 등 보이는 모든 것에 언제나 매료되곤 했다. 어머니하고는 '바람과 함께 사라지다'를 보러 왔었고 아버지와 누나와 함께 월트디즈니의 만화영화를 보러온 적도 있었다.

하지만 이 사람들은 은막의 주인공들을 보러온 것이 아니라 그의 노래를 들으러 온 것이었다. 그의 아름다운 목소리는 두 장의 앨범을 통해 널리 알려져 있었다. 지금은 수줍거나 떨리는 감정이 아니라 뭔가 정체를 알 수 없는 기운이 그를 감싸고 있었다. 전에도 그는 많은 청중들 앞에서 노래를 부른 적이 있었다. 하프나르피요르두르 교회와 학교 같은 곳에서. 종종 그는 수줍음을 타기도 했고 두려운 마음에 떨리기도 했었다. 나중에 자기가 사람들에게 인정을 받는다는 사실을 알게 되자, 그것은 소심한 성격을 극복하는 데 도움이 되었다. 사람들이 그의 노래를 들으러 왔고 그의 노래를 듣고 싶어 하는데 수줍음 따위는 아무것도 아니었다. 그의 목소리와 노래가 무기였다. 다른 어떤 것도 필요 없었다. 그는 스타였다.

아버지는 신문에 이렇게 광고를 냈다. '오늘 저녁 아이슬란드 최고의 보이 소프라노 공연이 있습니다.' 더 이상 좋은 것은 없었다. 아버지는 기쁨에 젖어 정신이 없었고 당사자인 자기보다 더 흥분해 있었다. 온종일 그 얘기뿐이었다. 엄마가 살아 있어서 네가 그곳에서 노래하는 모습을 볼 수 있다면 얼마나 좋아할까, 하고 아버지가 말했다. 그건 어머니에게 더할 나위 없이 기쁜 일이었을 것이다.

외국 사람들도 그의 노래에 감명을 받았고 따라서 자기 나라에서도 공연하기를 원했다. 음반도 발매하기를 바랐다. 그도 그걸 알고 있었다. 아버지는 그 말을 하고 또 했다. 그도 알고 있었다. 그는 콘서트 투어를 위한 모든 준비를 마친 상태였다. 하프나르피요르두르의 콘서트가 그 마지막 과정이었다.

무대감독이 그에게 사람들이 꽉 들어찬 객석을 한번 보라고 했다. 웅성거리는 소리가 들렸고 처음 보는 사람들도 보였다. 세 번째 줄 맨 끝에 지휘자의 부인이 아이들 셋을 데리고 앉아 있는 모습이 보였다. 부모와 함께 온 학교 친구들도 있었는데 그중에는 그를 괴롭히던 아이도 있었다. 아버지는 맨 앞줄 중앙에 큰고모와 나란히 앉아 천장을 응시하고 있었다. 외가 쪽 식구들도 있었다. 잘 모르는 이모들, 아저씨들이 손에 모자를 꼭 쥔 채 커튼이 열리기를 기다리고 있었다.

그는 아버지의 자랑이 되고 싶었다. 가수로 성공시키기 위해 아버지가 얼마나 큰 희생을 했는지 잘 알고 있었고, 이제 그 열매를 딸 시간이 된 것이었다. 그것은 정말 견디기 어려운 연습의 연속이었다. 불평은 용납되지 않았다. 그것은 아버지를 화나게 만들 뿐이었다.

그는 아버지를 완전히 신뢰했다. 그것이 그가 할 수 있는 전부였다. 자신의 바람과 달리 사람들 앞에서 노래할 때도 그것은 마찬가지였다. 아버지는 그를 계속 다그치고 격려하면서 결국 자기 뜻대로 했다. 처음으로 낯선 사람들 앞에서 노래한다는 것은 소년에게 있어 고문이나 마찬가지였다. 그러나 무대에 대한 공포, 사람들 앞에 나서기 부끄러워하는 소심함 같은 것을 아버지는 전혀 개의치 않았다. 그는 더 자주 사람들 앞에 서게 되었고, 학교와 교회, 못된 아이들, 별명을 부르거나 심지어는 그의 목소리까지 흉내 내며 놀려대는 여자아이들 앞에서도 노래를 불러야 했다. 그는 자기가 왜 놀림을 당해야 하는지 이해할 수 없었다.

그는 아버지의 화를 돋우고 싶지 않았다. 어머니가 돌아가신 뒤로는 마음을 둘 곳이 없었다. 백혈병에 걸린 어머니는 몇 달도 살지 못했다. 아버지는 밤낮으로 어머니를 지켰고 병원에서 먹고 자며 임종을 지켰다. 콘서트장으로 가기 전에 집에서 아버지가 한 마지막 말은 이것이었다. '엄마를 생각해. 너를 얼마나 자랑스럽게 여길지.'

합창단이 무대에 자리를 잡았다. 여자 단원들은 시의회에서 마련해준 프록코트를 똑같이 차려입었고, 남자 단원들은 흰 셔츠에 검정 바지를 입고 있었다. 그도 같은 복장이었다. 서로 소곤거리고 있던 그들은 자신들을 향한 청중들의 뜨거운 열기에 가슴이 벅차올랐다. 이제 최선을 다해야겠다는 다짐을 하고 있었다. 지휘자 가브리엘은 무대 감독과 이야기를 나누고 있었다. 사회자가 바닥에 담배를 비벼 껐다. 모든 것이 준비되었다. 이제 커튼이 올라갈 것이다.

가브리엘이 구드라우구르를 불렀다.

"준비됐지?" 그가 물었다.

"네, 문제없어요."

"사람들은 전부 너를 보러 왔어. 그걸 명심해라. 사람들은 너를 보기 위해, 네 노래를 듣기 위해 온 거야, 다른 그 누구도 아닌. 너는 자부심을 가져야 해. 너 스스로 즐기고 조금도 위축되지 마. 물론 지금 떨리기도 할 테지만 일단 노래를 부르기 시작하면 씻은 듯 없어질 거다. 알았지?"

"네."

"그럼 이제 시작할까?"

구드라우구르는 고개를 끄덕였다.

가브리엘은 소년의 어깨 위에 손을 얹었다.

"저 모든 사람들의 시선을 일일이 주목한다는 게 쉽지 않겠지만, 다른 건 다 필요 없고 오직 네 노래만 있으면 돼. 그러면 모든 게 잘될 거야."

"알았어요."

"첫 곡이 끝날 때까지 사회자는 나오지 않아. 리허설 때 전부 해본 거니까, 너는 그냥 노래를 시작해. 그러면 되는 거야."

가브리엘이 무대감독에게 사인을 주었다. 그가 합창단원들에게 손짓을 하자 이내 조용해지더니 나란히 줄을 맞추었다. 모든 준비가 완료되었다.

객석의 조명이 어두워지고, 웅성거림이 멈추었다. 그리고 커튼이 올라갔다.

엄마를 생각해.

객석이 눈앞에 펼쳐지기 전에 마지막으로 마음속을 스쳐가는 생각에 그는 잠시 집중이 흐트러졌다. 죽음을 앞두고 병상에 누워 있던 어머니의 마지막 모습을 떠올리며 잠시 정신을 딴 곳에 팔았던 것이었다. 그는 침대 한쪽에 아버지와 함께 앉아 있었고, 어머니는 거의 눈조차 뜨지 못할 정도로 쇠약해져 있었다. 눈을 감고 있는 모습이 잠이 든 것 같았는데, 그때 어머니가 천천히 눈을 뜨며 그에게 어렵사리 미소를 지어 보였다. 둘은 서로에게 어떤 말도 할 수 없었다. 작별인사를 하면서 어머니에게 키스를 해주지 않은 것이 그는 두고두고 후회가 되었다. 그것이 어머니와 함께한 마지막 시간이었기 때문이었다. 그는 그냥 일어서서 아버지와 함께 병실을 나섰고, 그들 뒤로 병실 문이 닫혔다.

커튼이 올라가자 그는 아버지의 시선을 마주보았다. 객석은 그의 시야에서 흐릿해졌고, 오로지 아버지의 쏘아보는 눈길만 남아 있었다.

객석에서 누군가가 웃기 시작했다.

그는 다시 정신을 차렸다. 합창단은 이미 노래를 시작했고, 지휘자가 사인을 보냈지만 그가 놓쳤던 것이다. 순간적인 실수를 자연스럽게 넘기기 위해 지휘자는 합창을 다른 소절로 이끌어갔고, 이제 그가 자기 부분을 찾아 다시 제대로 들어오기만 하면 되었다. 그러나 그가 노래를 부르기 시작한 바로 그때, 일이 벌어졌다.

그의 목소리에 사고가 난 것이었다.

"그건 늑대였어요." 에를렌두르의 차가운 호텔방에 앉아 있는 가브리엘이 말했다. "굳이 말하자면 그의 목소리에 늑대가 들어앉아 있었던 겁니다. 첫 곡이 시작되면서 바로, 그걸로 모든 게 끝나버렸죠."

14
Röddin

가브리엘은 침대에 앉아 미동도 없이 똑바로 전면을 응시하고 있었다. 그리고 곧 합창소리가 점점 잦아드는 하프나르피요르두르 극장 무대로 되돌아갔다. 자기 목소리에 무슨 일이 일어났는지 알 수 없는 구드라우구르는 목청을 가다듬고 노래를 계속하려고 했다. 그의 아버지가 자리에서 일어났고, 누나는 동생을 말리기 위해 무대 위로 뛰어올라갔다. 처음에는 서로 수군거리기만 하던 사람들은 거의 숨이 넘어갈 듯 웃음을 터뜨리기 시작했다. 소란은 걷잡을 수 없을 정도로 퍼져나갔고 그중 몇은 휘파람까지 불어댔다. 가브리엘이 구드라우구르를 데리고 나가려 했지만 소년은 바닥에 못 박히기라도 한 듯 꼼짝도 하지 않았다. 무대감독은 서둘러 커튼을 내리려고 했고, 손에 담배를 들고 있던 사회자는 영문도 모른 채 무대 위로 걸어 나왔다. 결국 가브리엘이 구드라우구르를 움직여 무대 뒤로 데려갔고, 함께 있던 그의 누나는 웃음을 그치라고 객석을 향해 소리쳤다. 그의 아버지는 벼락을 맞은 표정으로 맨 앞줄 그 자리에 그대로 얼어붙어 있었다.

현실로 돌아온 가브리엘이 에틀렌두르를 쳐다보았다.

"나는 아직도 그 생각만 하면 몸서리가 쳐집니다." 그가 말했다.

"그의 목소리에 늑대가 들어앉아 있었다고요?" 에를렌두르가 물었다. "도대체 그게 무슨 말인지……."

"목소리가 깨질 때 쓰는 말입니다. 사춘기에 성대가 늘어날 때 일어나는 현상인데, 그걸 모르고 예전처럼 발성을 하게 되면 한 옥타브 낮은 소리가 나오게 되는 거죠. 마치 요들송을 한 옥타브 내려서 부르는 것처럼 귀에 거슬리는 소리가 나게 됩니다. 이건 소년합창단원이라면 누구나 겪게 되는 일이죠. 2~3년 늦을 수도 있지만 구드라우구르에게는 사춘기가 일찍 찾아온 겁니다. 그의 남성호르몬이 너무 일찍 분비되기 시작한 거고, 그 결과 그는 자기 생애에서 가장 끔찍한 비극을 겪게 되었던 거죠."

"그 모든 일을 의논하기 위해 맨 처음 찾아간 분이 선생이셨다니, 그가 선생을 무척 따랐나 봅니다."

"그렇다고도 할 수 있겠죠. 그는 나를 진심으로 신뢰했습니다. 그 뒤로 점차 멀어졌지만 그건 당연한 거죠. 나는 할 수 있는 최선을 다해 그를 도우려고 했고, 그도 나와 함께 노래를 계속했습니다. 그의 부친은 결코 포기하려 하지 않았어요. 아들을 성악가로 키울 생각이었으니까요. 그를 이탈리아나 독일, 아니면 영국으로 유학 보내는 것에 대해 의논하기도 했지요. 그쪽에서 가장 많은 보이 소프라노를 길러내기도 하면서 한편으로 빛을 잃은 수백 명의 소년합창단 출신 유망주도 보유하고 있거든요. 어린이 스타처럼 수명이 짧은 것도 없지요."

"하지만 그는 성악가가 되지 못했죠?"

"그렇습니다. 끝난 거였죠. 더 이상 특별할 것도 없는, 그저 좀 괜찮은 성인 목소리를 갖게 되었지만 문제는 그가 흥미를 잃었다는 것이었습니다. 어린 시절을 다 바쳐서 노래에 쏟아 부었던 모든 노력이 그 날 저녁 한 줌의 먼지로 사라져버렸던 겁니다. 그의 부친은 아이를 다른 선생에게 데려갔지만 소용이 없었습니다. 이미 불씨가 꺼져버린 것이었죠. 오로지 아버지를 위해서 그 모든 노력을 해왔는데, 더 이상 그러고 싶지 않았던 겁니다. 정말 자기가 하고 싶어 했던 적은 한 번도 없었다고 하더군요. 성악가도 소년성가대원도 대중 앞에서 공연하는 것도 다. 그 모두가 부친의 희망사항이었다고요."

"몇 년인가 지나서 무슨 일이 있었다고 말씀하셨던 것 같은데." 에를렌두르가 말했다. "극장에서 콘서트가 있고 몇 년 뒤에 어떤 일이 일어났고, 그 일이 그의 부친이 휠체어 신세를 지게 된 것과 관련이 있었던 게 아닐까 싶은데, 내가 잘못 생각했습니까?"

"둘 사이가 점점 더 벌어졌다고 해요. 구드라우구르와 그의 부친 사이가 말입니다. 딸과 함께 반장님을 만나러 왔을 때 보여준 행동으로 봐서 그게 사실인듯 해요. 나도 자세히 알지는 못합니다. 여기저기서 조금씩 들어 알고 있을 뿐입니다."

"구드라우구르와 누나는 사이가 좋았다고 하셨던 것 같은데요?"

"그건 의심할 게 없었습니다." 가브리엘이 말했다. "그의 누나는 합창연습 때도 가끔 같이 왔고, 학교나 교회에서 공연할 때도 늘 함께했었어요. 동생에게 참 잘해줬는데, 자기 아버지에 대한 효심도 그에 못지않았지요. 그 아버지는 정말 강한 성격의 소유자였습니다. 한번 옳다고 생각하면 자기 주장을 결코 굽히는 법이 없었는데, 반면에 평상시에는 온화한 사람이었지요. 어쨌든 결국에 가서는 그녀는 아버지 편에 섰습니다. 그가 아버지에게 대들었을 때 말입니다. 나도 정확히 알 수는 없지만, 구드라우구르는 결국 자기 아버지를 증오했고 모든 게 아버지 탓이라고 원망했어요."

가브리엘은 잠시 이야기를 중단했다.

"마지막으로 그와 이야기했을 때 아버지가 자기에게서 어린 시절을 빼앗아갔다는 말도 했었습니다. 아버지가 자기를 괴물로 만들어버렸다면서요."

"괴물요?"

"분명히 괴물이라고 했는데, 나도 그게 정확히 무슨 뜻인지 모르겠습니다. 그 사고가 있고 얼마 지나지 않았을 때였습니다."

"사고요?"

"네."

"무슨 사고가 있었습니까?"

"구드라우구르가 아직 10대일 때였을 겁니다. 나중에 그가 하프나르피요르두르를 떠난 이후로는 한 번도 만난 적이 없지만 그 사고가 그의 반항심에서 비롯되었으리란 건 미루어 짐작할 수 있습니다. 그의 내부에 잔뜩 쌓여 있던 분노가 원인이었던 거죠."

"그 사고 이후 그가 집을 떠난 겁니까?"

"네, 그렇게 알고 있습니다."

"무슨 일이 있었던 겁니까?"

"그의 집에는 높고 가파른 계단이 있었습니다. 나도 한 번 가본 적이 있어요. 거실에서 2층으로 올라가는 상당히 좁은 계단이었죠. 2층 자기 방에서 공부를 하던 구드라우구르와 그의 부친 간에 언쟁이 있었던 것 같습니다. 두 사람은 계단 꼭대기에 있었는데 그때 구드라우

173

구르가 아버지를 밀쳐서 아래층으로 떨어졌다고 하더군요. 상당한 높이였으니 척추가 부러져 다시는 걷지 못하게 되었던 겁니다. 하반신이 마비된 거죠."

"그건 그냥 사고였던 게 아니었나요?"

"구드라우구르만 진실을 알겠죠. 그리고 그의 부친과. 그의 부친과 누나는 그를 완전히 내쫓았어요. 모든 관계를 정리하고 더 이상은 그와 어떤 일로도 엮이기를 바라지 않았던 겁니다. 그가 아버지한테 무섭게 대들었을 수도 있습니다. 단순한 사고가 아니었다는 거죠."

"어떻게 해서 그 일을 알게 된 겁니까? 그 사람들과는 전혀 왕래가 없었다면서요?"

"그가 자기 아버지를 계단에서 밀었다는 건 그 지역 사람들도 다 아는 사실입니다. 경찰에서 그 사건을 조사했거든요."

에를렌두르가 그를 쳐다보았다.

"구드라우구르를 마지막으로 본 게 언제입니까?"

"이 호텔에서였는데, 그건 정말 우연이었습니다. 그가 여기 있으리라고는 생각도 못 했죠. 저녁을 먹으러 왔다가 도어맨 유니폼을 입은 그의 모습을 얼핏 보았는데, 처음에는 알아보지 못했어요. 많은 시간이 흘렀으니까요. 5년인가 6년 전 일입니다. 그에게 가서 나를 기억하냐고 묻자, 조금은 반가워하더군요."

"그러고는요?"

"이런저런 얘기들을 나누었죠. 그동안 어떻게 지냈느냐 등. 자기 일에 대해서 별로 말이 없었습니다. 나한테 말하는 걸 그리 내키지 않아 하는 것 같았고, 옛날 일을 떠올리는 게 싫었는지 다시 찾아오는 것도 원치 않았어요. 도어맨 유니폼을 입고 있는 것에 수치심을 느끼는 것 같았습니다. 뭐 그럴 수도 있겠다 싶었죠. 아, 나도 잘 모르겠어요. 가족들 안부를 묻자 연락을 끊었다고 하더군요. 더 이상 나눌 말이 없어서 그냥 헤어졌습니다."

"혹시 누가 구드라우구르를 죽이고 싶어 했을지 짐작 가는 데는 없습니까?" 에를렌두르가 물었다.

"전혀요." 가브리엘이 말했다. "어떻게 살해당했습니까? 어떤 식으로?"

그는 애절한 눈빛으로 조심스럽게 물었다. 그의 죽음을 고소해한다든지 하는 기색은 전혀 없었고, 오로지 한때 자기가 가르쳤던 전도유망한 한 소년의 삶이 어떻게 종말을 맞이하게 되었는지 알고 싶어 하는 것뿐이었다.

"솔직히 말씀드려서 그 문제는 더 이상 알려드릴 수가 없군요." 에를렌두르가 말했다. "수사와 관련된 내용에 대해서는 비밀을 지켜야 해서요."

"네, 물론 그러실 테죠." 가브리엘이 말했다. "이해합니다. 범죄 수사라는 게……. 진척은 좀 있습니까? 물론 그것 역시 말해 주기 어려우실 테지요. 제가 계속 무례하게 구는군요. 도대체 누가 그를 죽이고 싶어 했을지 상상할 수가 없어요. 그토록 오래 소식을 모르다가 이제 겨우 그가 이 호텔에서 일하고 있는 걸 알게 되었는데."

"도어맨 말고도 여러 가지 잡일들도 하며 지냈다더군요. 이를테면 산타 역할 같은 것 말입니다."

가브리엘이 한숨을 쉬었다. "어쩌다가 그런."

"이 음반 말고 그의 방 한쪽 벽에 영화 포스터 한 장이 걸려 있었습니다. 1939년에 제작된 셜리 템플 주연의 '소공녀' 포스터죠. 왜 그가 그 포스터를 소중히 여겼는지 짐작되는 게 없습니까? 그것 말고는 눈에 띌 만한 게 전혀 없어서 말입니다."

"셜리 템플요?"

"아역 스타죠."

"연관이 있는 건 분명한데." 가브리엘이 말했다. "구드라우구르는 자기가 어린이 스타라는 걸 알고 있었고, 주위 사람들도 모두 그렇게 생각했으니까요. 하지만 그 외에 다른 주목할 사항이 있는지는 알 수가 없군요."

가브리엘은 자리에서 일어나 모자를 쓰고 코트 단추를 채운 다음 스카프를 목에 둘렀다. 두 사람 모두 더 이상 할 말이 없었다. 에를렌두르는 문을 열고 그와 함께 복도로 나갔다.

"이렇게 와주셔서 고맙습니다." 그가 악수를 하며 말했다.

"별일 아닙니다." 가브리엘이 말했다. "그저 내가 할 일을 했을 뿐입니다. 그리고 내가 사랑했던 제자 일이기도 하고요."

그는 뭔가 더 할 말이 있지만 어떻게 표현해야 좋을지 몰라 망설이는 것 같았다.

"그는 정말 순수한 아이였습니다." 이윽고 그가 말했다. "남에게 해가 될 일을 할 아이가 전혀 아니었어요. 누구와도 비교할 수 없었고, 명성을 얻어 세계를 발아래 둘 수 있으리라 믿어 의심치 않았던 아이였습니다. 빈소년합창단이 되어서요. 여기 아이슬란드는 별것 아닌 걸 갖고도 아주 난리를 치는데, 이게 예전보다 더 심해진 것 같아요.

패배주의에 사로잡힌 나라의 국민적 특징인가 봅니다. 특별한 목소리를 가진 그는 남들과 조금 다르다는 이유로 학교에서 따돌림을 당했고, 그 때문에 많은 고통을 겪었어요. 그런데 그가 일반 아이들과 다를 게 없다는 사실이 밝혀지자 하룻밤 새 그의 세계는 나락으로 떨어졌던 겁니다. 그에게는 그런 시련을 겪어낼 수 있는 강인함이 필요했어요."

작별인사를 나누고 가브리엘은 돌아서서 복도 저쪽으로 걸어갔다. 에를렌두르는 구드라우구르 에길손에 대한 이야기가 노 지휘자의 기운을 완전히 소진케 한 것 같다는 생각을 하며 그 뒷모습을 가만히 지켜보고 있었다.

에를렌두르는 문을 닫고 침대에 앉아 한 소년성가대원에 대한 생각에 잠겼다. 그는 어떻게 하다 산타 옷을 입고 바지는 발목까지 벗겨진 채로 발견된 것일까. 어떤 운명의 장난이 그를 그 작은 방으로 이끌어, 결국에는 실망으로 점철된 한 인생을 죽음에 이르게 한 것인지 알수가 없었다. 그리고 투박한 뿔테안경을 쓰고 이제는 하반신 마비로 휠체어 신세를 지게 된 구드라우구르의 아버지와 자기 동생을 그토록 혐오하는 매부리코 누나에 대해서도 생각했다. 또 그를 해고한 똥보 총지배인과 그에 대해 아는 게 없다고 우겨대는 프런트의 그 남자를, 구드라우구르에 대해 하나같이 잘 모른다고 하는 호텔 직원들을 생각해보았다. 그리고 그의 세계에서는 여전히 사랑스러운 목소리를 가진 소년성가대원으로 존재하는 구드라우구르를 찾아 여기까지 온 헨리 왑쇼트도 생각했다.

자신도 깨닫지 못한 사이에 그는 동생 생각을 하고 있었다.

에를렌두르는 음반을 턴테이블에 올려놓고, 길게 누워 눈을 감고 그 노래를 다시 들으며 어린 시절로 돌아갔다.

그것은 그를 위한 노래였다.

15

Röddin

저녁 무렵이 되어 하프나르피요르두르에서 돌아온 엘린보르그는 에를렌두르를 만나러 곧장 호텔로 왔다.

문을 두세 번 두드려도 아무 대답이 없어 마지막으로 문을 열어본 그녀는 에를렌두르가 안에서 들어오라고 손짓하는 모습을 보았다. 누운 채 생각에 잠겨 있던 그는 어느새 졸고 있었는데, 엘린보르그가 하프나르피요르두르에서 조사해온 내용을 이야기하기 시작하자 졸음이 더 심해지는 것 같았다. 구드라우구르가 다녔던 초등학교의 전 교장은 그를 잘 기억하고 있었고, 10년 전에 죽은 그의 아내도 소년 시절의 구드라우구르와 친한 관계였다고 했다. 그 교장 선생의 도움으로 엘린보르그는 아직도 하프나르피요르두르에 살고 있는 구드라우구르의 같은 반 친구 세 명을 찾을 수 있었다. 한 친구는 그 운명의 콘서트 현장에 있었다고 했다. 그녀는 구드라우구르 가족의 옛 이웃들, 그리고 당시에 그 가족과 알고 지내던 사람들도 만나보았다.

"그 조그만 동네에서는 누군가 자기들보다 잘나 보이는 걸 결코 용납하지 않는 것 같아요." 엘린보르그가 침대에 앉으며 말했다. "남보다 튀는 걸 두고 보지 못해요."

구드라우구르의 생활이 뭔가 특별했으리란 건 모두들 알고 있었다. 그는 자기 얘기를 한 적이 없었지만, 그에 대해서는 누구나 알고 있었다. 그는 피아노와 성악 레슨을 받았는데, 처음에는 아버지한테, 그 이후에는 독일에서 살다가 귀국한 유명한 성악가이자 어린이합창단을 맡은 지휘자에게 받았다. 사람들은 그를 하늘 높이 떠받들고 자랑스러워했으며, 부드럽고 세련된 태도와 흰 셔츠에 검은색 바지를 입은 모습을 칭송했다. 구드라우구르는 정말 아름다운 아이였다고 사람들은 하나같이 말했다. 음반도 두 장이나 냈다고 했다. 얼마 안 있어 외국에까지 유명해질 거라고 알고 있었다.

그는 하프나르피요르두르 태생이 아니었다. 그의 가족은 북부 출신으로 한동안 레이캬비크에서 살았다고 했다. 그의 부친은 젊은 시절 외국에서 성악을 공부한 오르가니스트의 아들로, 소문에 의하면 그는 전쟁 후 미군 무기거래로 돈을 번 부친의 유산을 물려받아 하프나르피요르두르에 저택을 장만했다고 한다. 안락한 여생을 보낼 수 있을 정도의 많은 유산이었다고 했다. 하지만 그는 부자라는 사실을 뽐내거나 하지는 않았다. 지역사회에서 늘 겸손한 모습을 보였다. 부인과 외출할 때 이웃을 만나면 항상 모자를 벗고 정중하게 인사하곤 했다. 부인은 저인망어선 선주의 딸로 알려졌는데, 어디 출신인지 아는 사람은 아무도 없었다. 친구들은 대부분 레이캬비크에 있고 그곳에는 아는 사람이 별로 없는 것 같았다. 그들을 찾아오는 손님도 별로 없어 보였다.

동네 아이들이나 구드라우구르의 같은 반 친구들이 놀러 가기라도 하면 언제나 듣는 말이 집에서 숙제해야 한다거나 노래와 피아노 연습을 해야 한다는 대답뿐이었다. 이따금씩 허락을 받고 친구들과 밖에 나가 놀게 되면 그들은 그가 자기들처럼 막 노는 게 아니라 왠지 이상하고 예민한 모습을 보였다고 했다. 진흙탕에 뛰어들거나 옷을 더럽히는 법도 없었고, 심지어 축구도 하기 싫어한 데다 말투는 아주 고리타분했다는 것이다. 슈베르트가 어쩌니 하며 가끔은 이상한 외국이름을 가진 사람들 얘기도 했고. 친구들이 최근에 읽은 만화책이나 영화 얘기를 하면 그는 자기가 읽었던 시에 대해 이야기했다. 당연한 말이지만 시는 그가 원해서 읽은 것이 아니라 교육상 필요하다고 생각한 그의 부친이 읽게 했을 것이다. 매일 저녁마다 시 한 편을 암송하도록 그의 아버지가 매우 엄하게 그를 다그치고 있는 것이라고 친구들은 생각했다.

그의 누나는 달랐다. 조금 성깔이 있었다. 부친은 그녀에 대해 아들에게처럼 큰 기대는 하지 않은 것 같았다. 그녀도 동생처럼 피아노를 배웠고 어린이합창단에 가입하기도 했었다. 그녀의 친구들 말에 의하면 부친이 동생을 자랑스럽게 여기고 어머니도 동생을 끔찍이 여기는 것에 대해 가끔 질투를 했다고 했다. 사람들은 구드라우구르와 어머니 사이가 유난히 각별했던 것으로 기억하고 있었다. 어머니는 그의 수호천사였다.

한번은 구드라우구르의 친구가 그의 집 거실에서, 그가 밖에 나가 놀아도 되는지 여부를 놓고 가족들이 논쟁하는 모습을 본 적이 있었다. 두꺼운 안경을 쓴 그의 부친은 계단 위에 서 있었고 구드라우구르는 아래층으로 내려오던 중이었다. 거실 문 옆에 있던 어머니는 아이가 밖에 나가 노는 게 무슨 문제가 되냐고 말했다. 그는 친구도 많지

181

않고 그나마 친구가 놀러 오는 일도 별로 없다며 연습은 나중에 해도 충분하다고 항변했다.

"연습이나 계속해!" 그의 부친이 소리쳤다. "네 실력을 끌어올릴 수 있는 방법은 그것밖에 없다는 걸 몰라? 그게 얼마나 중요한 일인지 정말 모르는 거야? 얼마나 더 잔소리를 해야 알아듣겠냐?"

"아직 어린아이예요." 그의 어머니가 말했다. "친구도 별로 없어요. 온종일 집 안에 가둬둘 수는 없잖아요. 다른 애들처럼 밖에 나가 놀 수도 있는 거예요."

"괜찮아요." 구드라우구르는 이렇게 말한 후 자기를 찾아온 친구에게 걸어갔다. "조금 있다가 나갈게. 먼저 집에 가. 나중에 갈게."

그 소년이 나가고 문이 닫히기도 전에 구드라우구르의 부친이 아래층을 향해 고함치는 소리가 들렸다. "다시는 남들 앞에서 나한테 말대꾸할 생각 마!"

시간이 갈수록 구드라우구르는 학교에서 따돌림을 당하게 되었고, 힘센 아이들한테 시달리기 시작했다. 처음에는 정말 별일이 아니었다. 아이들은 항상 서로를 못살게 굴기도 하고 운동장에서 싸우기도 하며 지내는데, 그건 어느 학교에나 다 있는 단순한 장난에 지나지 않았다. 그러나 열한 살의 구드라우구르는 그런 괴롭힘과 조롱을 견딜 수 없었다. 요즘처럼 현대화된 큰 학교가 아니었고, 구드라우구르가 남과 다르다는 것을 모두가 알고 있었다. 그는 집에만 틀어박혀 있는 힘없고 약한 아이였다. 아이들은 집에 찾아가서 그를 불러내는 대신 학교에서 괴롭혔다. 가방을 잃어버리거나 또는 가방 속의 물건들이 모두 없어지기도 했다. 아이들은 그를 넘어뜨리기 일쑤였고, 심지어 옷을 찢기도 했다. 두들겨 패거나 별명을 지어 부르며 놀림감으로 삼기도 했다. 아무도 그를 생일파티에 초대하지 않았다.

구드라우구르는 맞서 싸울 줄을 몰랐다. 더 이상 어떻게 해야 할지 알 수가 없었다. 그의 부친이 교장에게 가서 따졌고 교장은 다시는 그런 일이 없도록 하겠다고 약속했지만, 그건 교장이 어떻게 할 수 있는 일이 아니었다. 구드라우구르는 예전처럼 두들겨 맞으며 빈 가방을 움켜쥐고 학교와 집을 오갈 수밖에 없었다. 그의 부친은 아들을 퇴학시키거나 다른 도시로 이사할 생각까지 했지만, 어린이합창단에 들어가게 되면서 이런 외부환경에 굴복하지 않기로 마음먹었다. 그는 젊은 지휘자가 정말 마음에 들었고, 또 구드라우구르가 성악을 등한시하지 않고 결국 자기 자신에게 집중할 수 있도록 합창단이 도와줄 수 있을 것이라 생각했다. 집단괴롭힘 같은 것은 구드라우구르가 참고 견뎌내야 할 문제라고 여겼다. 당시에는 그런 아이들의 괴롭힘을 아이슬란드말로 표현할 적절한 단어조차 없던 것이라고 엘린보르그는 설명했다.

모든 걸 체념한 소년은 점차 혼자만의 세계에 빠져들기 시작했다. 그는 노래와 피아노에 전념했고 그것을 통해 마음의 평화를 얻는 것 같았다. 그쪽 분야에 있어서는 모든 것이 마음에 들었다. 그는 자기 능력을 확인할 수 있었다. 그러나 대부분의 시간은 그에게 있어 괴로움의 연속이었고, 어머니가 돌아가시자 자신이 마치 아무것도 아닌 존재가 된 것 같았다.

그는 항상 외로워 보였고 학교 친구를 만나기라도 하면 웃어 보이려고 애썼다. 음반을 냈고 신문에 기사가 실렸다. 그의 부친이 옳았다는 게 증명된 듯했다. 구드라우구르는 뭔가 특별한 존재가 되는 것 같았다.

하지만 철저히 감추어졌던 비밀이 새어 나가면서 그는 주변으로부터 새로운 별명을 얻게 되었다.

"뭐라고 불렸는데?" 에를렌두르가 물었다.

"교장은 모르고 있었어요." 엘린보르그가 말했다. "그리고 학교 친구들 역시 기억하기 싫어하거나 말하기 싫어하는 것 같았어요. 하지만 그게 소년에게 상당한 영향을 끼쳤던 건 사실이라고 다들 인정하더군요."

"그런데 지금 몇 시나 됐지?" 에를렌두르가 갑자기 낭패한 표정으로 허둥대며 물었다.

"7시는 지난 것 같은데." 엘린보르그가 말했다. "뭐 잘못된 거라도 있어요?"

"빌어먹을, 하루 종일 자빠져 잤나 봐." 에를렌두르가 벌떡 일어나며 말했다. "헨리 왑쇼트를 찾아야 하는데. 점심시간에 타액을 채취하러 갔더니 없어졌다고 했거든."

엘린보르그는 레코드플레이어와 스피커, 레코드판들을 쳐다보았다.

"어때요?" 엘린보르그가 물었다.

"정말 놀라워." 에를렌두르가 말했다. "자네도 들어봐야 해."

"집에 가야겠어요." 엘린보르그가 일어나며 말했다. "호텔에서 크리스마스를 보내실 거예요? 집에는 안 들어가요?"

"모르겠어." 에를렌두르가 말했다. "두고 보면 알겠지."

"우리랑 함께 보내요. 돼지 뒷다리 요리를 준비하고 있다는 거 아시죠? 그리고 소 혓바닥 요리도 있어요."

"너무 걱정 마." 에를렌두르가 문을 열어주며 말했다. "자넨 집에 가. 난 왑쇼트를 좀 알아봐야겠어."

"시구르두르 올리는 온종일 어디 갔대요?" 엘린보르그가 물었다.

"런던 경시청에 왑쇼트에 대해 알아볼 만한 게 있는지 조사하고 있었는데, 지금쯤은 집에 있겠군."

"방이 왜 이렇게 추워요?"

"라디에이터가 나갔어." 에를렌두르가 문을 닫으며 말했다.

로비에서 엘린보르그와 헤어진 에를렌두르는 사무실로 프런트매니저를 찾아갔다. 헨리 왑쇼트는 하루 종일 호텔에 보이지 않았다. 카드키도 프런트에 맡기지 않았고, 체크아웃을 한 것도 아니었다. 숙박비도 아직 계산하지 않은 상태였다. 에를렌두르는 그가 저녁 비행기로 런던에 돌아갈 예정이라는 것을 알고 있었고, 그도 이 나라를 떠나려 하는 사실을 굳이 감추려 들지 않았다. 시구르두르 올리로부터는 아직 아무런 이야기도 듣지 못했다. 그는 로비에서 잠시 서성거렸다.

"그의 방을 한번 살펴볼 수 없겠소?" 프런트매니저에게 물었다.

매니저는 고개를 저었다.

"비행기를 탔을지도 모르겠는데." 에를렌두르가 말했다. "오늘 밤 런던행 비행기 시간을 알고 있소? 몇 시죠?"

"오후 비행기는 제시간에 떴습니다." 매니저가 말했다. 직업상 그는 모든 항공편을 꿰뚫고 있었다. "저녁 비행기는 9시에 뜰 거라고 합니다."

에를렌두르는 몇 군데 전화를 걸어보고는 헨리 왑쇼트가 런던행 항

185

공편을 예약했다는 사실을 알아냈다. 그는 아직 탑승수속을 하지 않은 상태였다. 에를렌두르는 공항 출국장에서 그를 체포해 레이캬비크로 압송해오도록 조치를 취했다. 케플라비크 경찰이 그를 억류할 이유가 필요한데, 무슨 구실을 대야 할지 잠시 고민이 되었다. 사실대로 말하면 기자들이 벌떼처럼 몰려들 거란 걸 잘 알고 있었지만, 마땅히 떠오르는 그럴듯한 거짓말도 생각나지 않았다. 결국 왑쇼트가 살인사건의 용의자 중 한 사람이라고 사실대로 말해 버렸다.

"그의 방을 살펴볼 수 없겠소?" 에를렌두르가 프런트매니저에게 다시 부탁했다. "손을 대거나 하지는 않을 거요. 그가 정말로 도망친 것인지 확인할 필요가 있어서 그래요. 수색영장을 받아오려면 시간이 많이 걸릴 것 같아서 말이오. 문 열고 잠시 살펴보기만 해도 돼요."

"그 손님은 아직 체크아웃하지 않았습니다." 프런트매니저는 단호하게 말했다. "비행기 시간이 아직 남았으니까, 돌아와서 짐을 싸고 숙박비를 지불하고 체크아웃을 한 다음 셔틀버스를 타고 케플라비크 공항에 갈 시간은 충분합니다. 그동안 기다려주실 수는 없습니까?"

에를렌두르는 생각을 해보았다.

"청소할 사람을 보낼 때 내가 따라가서 잠시 들여다보면 안 될까요? 그렇게 하면 아무 문제가 없을 것 같은데."

"제 입장을 생각해 주셔야 합니다." 프런트매니저가 말했다. "손님들을 보살피는 것이 저희들의 최우선 임무입니다. 손님들이 프라이버시를 침해받지 않고 집에서처럼 편하게 지낼 수 있도록 해드리는 것 말입니다. 만약에 제가 그 룰을 깨서 말이 나가거나 불만사항이 접수되기라도 한다면 저희 고객들은 더 이상 우리를 신뢰하지 않게 될 겁니다. 이건 단순한 문제가 아닙니다. 부디 이해해주시기 바랍니다."

"우리는 이 호텔에서 일어난 살인사건을 조사하고 있어요." 에를렌두르가 말했다. "그러니 그놈의 신뢰니 평판이니 하는 건 이미 물 건너간 거 아니오?"

"수색영장을 가져오시면 문제될 게 없습니다."

에를렌두르는 한숨과 함께 프런트매니저의 사무실을 나왔다. 그러고는 휴대폰을 꺼내 시구르두르 올리에게 전화를 걸었다. 전화벨이 한참을 울리도록 받지 않더니 마침내 건너편에서 목소리가 들려왔다.

"자네 지금 어디야?" 에를렌두르가 물었다.

"빵에다 뭘 좀 하고 있어요." 시구르두르 올리가 말했다.

"빵에다 뭘 한다고?"

"웨이퍼 빵*에다 모양을 새기고 있어요. 베르그도라 가족과 함께 크리스마스에 쓰려고요. 우리 집 크리스마스 전통이죠. 댁에 계시는 겁니까?"

"헨리 왑쇼트에 대해 런던 경시청에서 알아낸 게 있어?"

"저도 기다리고 있어요. 내일 아침이면 알 수 있을 겁니다. 그런데 왑쇼트에게 무슨 일이 있습니까?"

"그가 타액 샘플 채취를 의도적으로 피하는 것 같아." 에를렌두르는 프런트매니저가 서류 한 장을 들고 오는 걸 지켜보며 말했다. "우리한테 작별인사도 없이 이 나라를 떠나려고 하는 모양이야. 내일 얘기하지. 아무튼 손가락이나 자르지 말라고."

* 살짝 구운 얇은 빵.

휴대폰을 주머니에 넣은 에를렌두르는 프런트매니저가 앞에 서 있는 것을 보았다.

"헨리 왑쇼트라는 분에 대해서 알아봐야겠다고 생각했습니다." 그가 들고 있던 서류를 에를렌두르에게 넘겨주며 말했다. "도움이 될까 해서요. 이런 일을 하면 안 되는데, 하지만……."

"이게 뭡니까?" 에를렌두르가 서류를 내려다보며 물었다. 거기에는 헨리 왑쇼트의 이름과 함께 날짜들이 적혀 있었다.

"그분은 지난 3년간 우리 호텔에서 크리스마스를 보냈습니다." 매니저가 말했다. "조금이나마 도움이 될지 모르겠습니다."

에를렌두르는 그 날짜들을 자세히 보았다.

"아이슬란드에는 이번이 처음이라고 했는데."

"그건 잘 모르겠습니다." 매니저가 말했다. "하지만 전에도 우리 호텔에 묵었던 건 분명합니다."

"그를 기억합니까? 정기적으로 이 호텔에 묵었던 거요?"

"기억은 나지 않습니다. 우리 호텔은 객실만 해도 200개가 넘고, 또 크리스마스 시즌에는 항상 붐벼서 손님들을 일일이 기억할 수는 없어요. 게다가 더 기억할 수 없는 게 고작 이틀 정도밖에 묵지 않아서요. 저도 이 서류를 보고 나서야 그 사실을 겨우 알게 되었습니다. 한 가지 점에서 반장님과 공통점이 있더군요. 그분은 반장님처럼 특별한 부탁을 했습니다."

"나와 공통점이라니, 그게 무슨 말이오? 특별한 부탁이라니?" 헨리 왑쇼트와 자기가 공통점이 있다니 에를렌두르는 전혀 상상이 가지 않았다.

"음악에 관심이 있어 보였습니다."

"무슨 말을 하는 거요?"

"여기 좀 보세요." 매니저가 말했다. "우리는 손님들의 특별한 요구가 있을 때는 기록을 해둡니다. 대부분의 경우에는 말이죠."

에를렌두르는 다시 서류를 내려다보았다.

"그분은 방에 레코드플레이어를 설치해 달라고 했습니다." 매니저가 말했다. "요즘 나오는 CD 플레이어가 아니라 옛날 거 말입니다, 반장님처럼."

"이런 빌어먹을 사기꾼." 에를렌두르는 흥분해서 휴대폰을 다시 꺼내 들었다.

16

Röddin

그날 저녁에 헨리 왑쇼트에 대한 체포영장이 발부되었다. 그는 런던행 비행기를 타려고 하다가 체포되었다. 왑쇼트는 흐베르피스가타의 경찰서 유치장에 수감되었고, 에를렌두르는 그의 방에 대한 수색영장을 손에 넣었다. 감식반이 호텔에 온 것은 한밤중이었고, 살인도구를 찾기 위해 방 안을 샅샅이 뒤졌지만 흉기 같은 건 전혀 나오지 않았다. 나온 것이라곤 그가 버리고 간 것이 분명한 옷가방과 욕실의 면도기세트, 그리고 에를렌두르의 방에 있는 것과 비슷한 구형 레코드플레이어, 비디오 겸용 TV, 영국 신문과 잡지 몇 권이 전부였다. '레코드 콜렉터'라는 잡지도 나왔다.

지문감식반은 구드라우구르가 그 방에 온 적이 있는지 알아내기 위해 테이블 모서리와 문틀에서 그의 지문을 찾고 있었다. 에를렌두르는 복도에서 감식반이 일하는 모습을 지켜보았다. 담배 생각이 났다. 크리스마스 시즌이니 샤르트뢰즈* 한 잔도 간절했다. 팔걸이의자와 책도 그리웠다. 그는 집에 가고 싶었다. 어째서 이 망할 호텔에

---

* chartreuse, 여러 가지 약초 등을 넣은 증류주로, 프랑스 샤르트뢰즈의 카르투지오회 수도원에서 개발했다.

서 지내고 있는지 정말 알 수가 없었다. 호텔에서 자기가 뭔 짓을 하고 있는 건지 스스로도 알 수가 없었다.

바닥에서 지문을 뜨기 위해 하얀 가루가 뿌려졌다.

호텔 총지배인이 복도를 온통 점령한 채 걸어오는 모습이 보였다. 총지배인은 손수건으로 연신 땀을 훔쳐내며 씩씩거리고 있더니, 감식반이 일하는 모습을 들여다보고 나서 얼굴 가득 미소를 지어 보였다.

"범인을 잡았다면서요?" 손수건으로 목을 훔치며 그가 말했다. "외국인이라고 하던데."

"그 얘기는 어디서 들었소?" 에를렌두르가 물었다.

"라디오에서요." 총지배인은 이 좋은 소식에 기쁜 기색을 감추지 못하며 말했다. 사건과 관련된 한 남자가 체포되었는데, 아이슬란드 사람이나 호텔 직원은 아니라고 했다. 총지배인이 헐떡거리며 말했다. "뉴스에서는 그자가 런던행 비행기를 타려다 케플라비크 공항에서 체포되었다고 하던데, 영국인인가요?"

에를렌두르의 휴대폰이 울렸다.

"우리가 찾고 있는 자인지는 아직 알 수 없소." 그가 휴대폰을 꺼내 들며 말했다.

"경찰서에는 안 오셔도 되겠습니다." 에를렌두르가 전화를 받자 시구르두르 올리가 말했다. "지금은 아닌 것 같습니다."

"크리스마스 빵 만드는 건 어떻게 하고?" 에를렌두르는 휴대폰을 들고 총지배인으로부터 몸을 돌리며 물었다.

"술을 마셨어요." 시구르두르 올리가 말했다. "헨리 왑쇼트 말입니다. 도저히 심문할 상태가 아닙니다. 오늘 밤은 재우고 아침에 심

191

문하는 게 좋을 것 같아요."

"무슨 말썽이라도 부렸나?"

"아니, 전혀요. 순순히 따라왔다고 하더군요. 여권심사대에서 붙잡아 신체검사실에 임시로 구금해뒀는데, 경찰이 도착해서 신병을 인도받고는 곧바로 밴에 태워 레이캬비크로 이송했답니다. 아무런 말썽도 피우지 않았대요. 입을 꼭 다물고는 시내로 오는 동안 밴에서 내내 잠만 잤다고 합니다. 지금도 유치장에서 자고 있어요."

"뉴스에 나왔다고 하더군." 에를렌두르가 말했다. "그가 체포됐다고." 그는 총지배인을 쳐다보았다. "우리가 제대로 범인을 잡았다고 생각하는 것 같아."

"큰 가방 하나만 들고 있었답니다."

"그 안에 뭐가 들어 있던가?"

"레코드판요. 오래된 음반들 말입니다. 그 지하실 방에서 발견된 것과 같은 건데 비닐 포장이 되어 있어요."

"구드라우구르 음반 말이야?"

"그런 것 같아요. 그리 많지는 않고, 그밖에 다른 것들도 있고요. 내일이면 전부 보실 수 있을 겁니다."

"왑쇼트는 구드라우구르의 음반을 수집하고 있었어."

"수집품을 추가하려고 했었나 보죠." 시구르두르 올리가 말했다. "내일 아침 여기 경찰서에서 뵐까요?"

"왑쇼트의 타액 샘플이 필요해." 에를렌두르가 말했다.

"그것도 알아보겠습니다." 시구르두르 올리가 말하고는 전화를 끊었다.

에를렌두르는 휴대폰을 다시 주머니에 넣었다.

"그자가 자백했습니까?" 총지배인이 물었다. "자백했나요?"

"전에 호텔에서 그를 본 적이 있소? 헨리 왑쇼트 말이오. 리버풀에서 왔다는데, 한 예순쯤 돼 보이는 남자요. 그의 말로는 아이슬란드 방문은 이번이 처음이라고 했는데, 전에도 이 호텔에 묵은 적이 있었다는 게 밝혀졌어요."

"그런 이름은 기억에 없는데요. 혹시 사진을 볼 수 없을까요?"

"나도 사진이 필요해요. 직원 중에서 그를 알아보는 사람이 있는지 조사해 봐야겠는데. 누군가 필시 있을 거요. 아주 작은 단서라도 중요하니까."

"아무튼 수사가 잘 되길 빕니다." 총지배인이 퉁명스럽게 말했다. "살인사건 때문에 벌써 예약이 취소되는 일이 생기고 있습니다. 대부분 아이슬란드 사람들이죠. 여행객들은 그 일을 잘 모르는 것 같습니다. 그런데도 뷔페는 손님이 별로 많지 않고 예약도 떨어졌어요. 지하실에서 살게 해주는 게 아니었어요. 쓸데없는 친절이 화를 부른 거죠."

"적극적으로 소문을 내보시오." 에를렌두르가 말했다.

총지배인은 에를렌두르가 자기를 놀리려고 하는 말인지 아닌지 의심스러운 표정을 지었다. 감식반 반장이 복도로 나와서 총지배인에게 인사를 하고는 에를렌두르를 한쪽으로 끌고 갔다.

"레이캬비크 호텔 더블룸에 투숙한 전형적인 여행객으로밖에는 달리 보이지 않습니다." 그가 말했다. "혹시 기대하고 계셨다면 안 된 일이지만, 흉기도 발견할 수 없고 옷가방 속에 피 묻은 옷가지도 들어 있지 않고, 정말 그 지하실 남자와 연결시킬 만한 게 전혀 없어요. 방 안은 온통 지문투성이구요. 하지만 분명한 것은 그가 달아나려고 했다는 거죠. 바에 내려가는 척하며 방을 떠났어요. 전기면도기가 플러그에 꽂혀 있거든요. 바닥에는 갈아 신을 신발도 한 켤레 있고. 슬리퍼도 몇 켤레 있는데 그가 가져온 겁니다. 지금까지 말씀드린 게 현재 우리가 알 수 있는 전부입니다. 그 사람은 뭔지 급했어요. 급히 달아난 겁니다."

감식반 반장이 다시 방 안으로 들어가자 에를렌두르는 총지배인에게 다가갔다.

"이 복도 청소 담당이 누구요?" 그가 물었다. "누가 이 방을 청소하죠? 층별로 청소 담당이 달라요?"

"여기 담당은 여자들로 알고 있는데요." 총지배인이 말했다. "남자들은 없어요. 다 그럴 이유가 있습니다."

청소 같은 건 남자가 할 일이 아니라는 듯 그는 빈정거리는 투로 말했다.

"그래 그게 누구요?" 에를렌두르가 다시 물었다.

"전에 반장님도 만나본 적이 있는 직원이지요."

"내가 만나본 적이 있는 직원?"

"그 지하실 말입니다." 지배인이 말했다. "시체를 발견한, 죽은 산타를 발견한 그 직원이 여기 청소 담당입니다."

에를렌두르가 두 층 위에 있는 자기 방으로 올라가자 에바가 복도에서 그를 기다리고 있었다. 그녀는 벽에 기댄 채 바닥에 앉아 있었

194

는데, 무릎 사이에 얼굴을 묻고 있는 모습이 잠이 든 것 같아 보였다. 그가 다가가자 고개를 들더니 옷매무새를 가지런히 했다.

"호텔로 찾아오는 것도 제법 재미가 있는데요." 그녀가 말했다. "집에는 언제 갈 거예요?"

"금방 갈 계획이었는데 말이야. 아무튼 여기 있는 것도 점점 지겨워지기 시작했어."

그가 카드키를 홈에 넣어 문을 열고 들어가자 에바가 일어나 따라 들어왔다. 문을 닫자마자 에바는 침대 위로 몸을 던졌다. 그는 책상 앞에 앉았다.

"뺑이 치는 건 진척이 있어요?" 에바는 바로 돌아누우며 잠을 자려는 듯 눈을 감은 채로 물었다.

"별로." 에를렌두르가 말했다. "그런 말은 좀 쓰지 마. '일'이라거나 '사건'이라고 하면 어디가 잘못되기라도 하니?"

"아유, 또 잔소리." 에바는 여전히 눈을 감은 채 말했다. 에를렌두르는 미소를 지었다. 침대에 누워 있는 딸을 보면서 자기는 어떤 부모였을지 생각해보았다. 딸에게 큰 기대를 걸었을까? 발레학원에라도 보냈을까? 작은 재능이라도 있기를 바랐을까? 만일 딸애가 샤르트뢰즈 병을 바닥에 떨어뜨렸다면 손찌검을 했을까?

"아빠, 거기 있어요?" 여전히 눈을 감은 채 그녀가 물었다.

"여기 있다." 에를렌두르가 피곤한 듯 대꾸했다.

"무슨 말이라도 좀 해보세요."

"무슨 말? 무슨 말을 하라는 거야?"

"뭐, 예를 들면 대체 왜 여기 호텔에 이러고 있나 하는 거 말이에요. 말해 보세요."

"나도 모르겠다. 그저 아파트에 들어가고 싶지 않았어. 뭔가 조금 바꾸고 싶었다."

"바꿔요? 이 방에서 혼자 뒹구는 거랑 집에서 뒹구는 거랑 무슨 차이가 있어요?"

"음악 한번 들어보지 않을래?" 에를렌두르는 어떻게 해서든 대화의 주도권을 쥐려고 하며 물었다. 그는 딸에게 사건의 개요를 들려주며, 지금까지 알아낸 사실들과 자신이 그려가고 있는 줄거리들을 하나씩 설명해주기 시작했다. 호텔 여직원이 칼에 가슴이 찔려 살해당한 산타를 발견했는데, 그가 한때는 장래가 촉망되는 소년성가대원이었고, 그가 취입했던 음반 두 장은 지금 수집가들 사이에서 대단한 인기를 끌고 있으며, 그의 목소리는 세상에 둘도 없는 천상의 목소리였다…….

그는 아직 듣지 않은 음반을 집었다. 찬송가 두 곡이 실려 있었는데, 크리스마스를 겨냥해서 제작된 것이 분명했다. 산타 모자를 쓴 구드라우구르가 새로 난 영구치를 보이며 활짝 웃고 있는 재킷 사진을 보며 에를렌두르는 새삼 운명의 아이러니를 느꼈다. 음반을 올려놓자 아름답고 달콤하면서도 애절한 소년성가대원의 노랫소리가 방 안에 울려 퍼졌다. 에바는 눈을 뜨고 침대에서 일어나 앉았다.

"이게 대체 뭐예요?" 그녀가 물었다.

"정말 놀랍지 않니?"

"이런 노래는 처음 들어봤어요." 에바가 말했다. "어쩜 사람 목소리에서 이렇게 아름다운 노래가 나올 수 있죠?"

둘은 말없이 앉아 노래를 끝까지 들었다. 에를렌두르는 음반을 뒤집어 다른 쪽의 찬송가를 틀었다. 노래가 끝나자 에바는 다시 틀어 달라고 했다.

에를렌두르는 딸에게 구드라우구르의 가족과 하프나르피요르두르 극장의 콘서트, 그의 아버지와 누나가 30년이 넘도록 그와 연락을 끊고 지낸 일, 그리고 오로지 소년성가대원에만 관심을 가진 영국인 수집가가 몰래 출국하려고 했던 일 등 그와 관련된 이야기들을 모두 다 해주었다. 구드라우구르의 음반이 요즈음 상당한 값어치가 나갈 거라는 것도 이야기해 주었다.

"그것 때문에 그런 짓을 했을 거라고 생각해요?" 에바가 물었다. "레코드판 때문에? 그게 지금 값이 많이 나가서 그랬을까요?"

"나도 잘 모르겠다."

"그 음반들을 지금도 시장에서 살 수 있을까요?"

"아니지." 에를렌두르가 말했다. "시중에서 살 수가 없으니까 수집가들이 그렇게 구하려고 애쓰는 거겠지. 엘린보르그 말이 수집가들은 세상에 하나밖에 없는 물건들을 구하는 족속들이라더군. 하지만 중요한 건 그게 아니야. 호텔에서 누군가가 그를 살해했다는 게 중요한 거야. 소년성가대원이 뭔지 전혀 알지도 못하는 자가 범인일 수도 있어."

에를렌두르는 구드라우구르가 어떤 모습으로 발견되었는지에 대해서는 딸에게 말해 주지 않기로 했다. 그 이야기를 들으면 그녀가 마약 때문에 매춘도 하고 결국 레이캬비크 병원에서 수술을 받게 된 일을 상기하게 될까 봐 걱정이 되었기 때문이었다. 아직은 그 문제

197

를 대놓고 거론하기가 내키지 않았다. 하지만 구드라우구르가 호텔에서 돈을 주고 성관계를 했을 가능성이 있다는 생각에 그는 혹시 이 호텔에서 이루어지고 있는 매춘행위에 대해 알고 있는지 물어보았다.

에바가 아버지를 쳐다보았다.

"불쌍한 놈." 그녀는 아버지의 질문에는 대답하지 않고 한마디 내뱉었다. 그녀의 마음속에는 아직도 소년성가대원이 자리하고 있었다. "우리 학교에도 그런 여자애가 있었어요. 초등학교 때 말예요. 그 애도 음반을 몇 장 냈어요. 이름이 발라 되그였는데, 아빠는 생각나는 게 없어요? 정말 난리도 아니었어요. 크리스마스 캐럴을 취입했는데, 정말 깜찍하고 예쁜 금발머리 계집애였어요."

에를렌두르는 고개를 저었다.

"어린이 스타였어요. 어린이 시간에 노래도 부르고 TV 쇼에도 출연했는데, 앙증맞고 달콤한 파이 같은 애였죠. 그 애 아빠는 이름 없는 대중가수였지만 엄마가 보통 극성이 아니어서 그 애를 팝스타로 만들려고 했어요. 애가 몹시 시달렸죠. 잘난 척하거나 으스대지 않는 정말 괜찮은 애였는데, 사람들이 그냥 내버려두지 않았어요. 우리나라 사람들은 자기보다 잘난 사람을 질투하고 괴롭히는 데 일가견이 있는 것 같아요. 주위 사람들한테 괴롭힘을 당해 결국 학교를 그만두고 직업을 갖게 되었어요. 마약할 때 자주 만났는데, 완전히 망가졌더라구요. 나보다 더했어요. 정말 철저히 망가졌어요. 그 애는, 그보다 더 끔찍한 일은 없을 거라고 하더군요."

"어린이 스타라는 것 말이냐?"

"그게 그 애를 망친 거예요. 결코 벗어날 수 없었던 거죠. 자신을 위해서는 아무것도 할 수 없었던 거예요. 그 애 엄마는 진짜 폭군이 었어요. 원하는 게 있어도 감히 엄마한테 말하지 못했대요. 노래하고 스포트라이트를 받고 하는 것들은 좋았지만, 그것 말고는 뭐가 어떻게 돌아가는지 도무지 아는 게 없었던 거예요. 어린이 시간에 나오는 깜찍한 소녀가 다였던 거죠. 그것만이 그 애에게 허락된 공간이었어요. 깜찍하고 예쁜 발라 되고. 그래서 계속 괴롭힘을 당했던 것인데, 나이가 들어 자기가 프록코트를 입은 노래하는 깜찍한 인형에 지나지 않았다는 걸 깨닫기 전까지는 사람들이 왜 자기를 괴롭히는지 이해하지 못했던 거예요. 그 애 엄마가 늘 얘기하던 세계적인 팝스타가 되지 못했던 이유가 바로 그거였어요."

에바는 말을 멈추고 아버지를 쳐다보았다.

"완전히 산산조각이 난 거죠. 자기가 당한 괴롭힘이 너무 끔찍해서 결국 마약에 손을 대게 된 거래요. 그런 시달림을 받게 되면 어쩔 수 없이 그렇게 되는 거예요."

"구드라우구르도 마찬가지였겠지." 에를렌두르가 말했다. "어려서 집을 나왔거든. 그런 어려움을 겪는다는 건 어린아이에게는 너무 힘든 일이지."

두 사람은 아무 말이 없었다.

"물론 이 호텔에도 몸 파는 여자들이 있어요." 에바가 침대에 몸을 던지며 갑자기 입을 열었다. "확실해요."

"너 거기에 대해 아는 게 있어? 그렇다면 나 좀 도와줄 수 있니?"

"몸 파는 여자가 없는 데는 없어요. 전화번호만 누르면 여자들이 호텔에서 기다려요. 고급 창녀들이죠. 하지만 자기들은 창녀가 아니래요. 사교모임 파트너를 빌려주는 '에스코트 서비스'라고 주장하거든요."

"이 호텔에서 그런 일을 하는 사람을 알고 있어? 아가씨든 아니면 누구라도?"

"꼭 아이슬란드 사람이 아닐 수도 있어요. 바다를 건너오기도 해요. 2~3주 여행하러 온 것으로 가장할 수도 있어 취업서류도 필요없죠. 한두 달 있다가 돌아가면 되니까."

에바는 아버지를 쳐다보았다.

"스티나하고 한번 얘기해보세요. 제 친군데 수완이 좋거든요. 그를 살해한 게 창녀라고 생각하세요?"

"그야 모르지."

두 사람은 다시 침묵에 빠졌다. 바깥에서는 어둠 속에서 내리는 눈이 불빛을 받아 반짝거리고 있었다. 에를렌두르는 성경에 눈, 즉 죄와 눈에 대해 언급한 구절이 있다는 걸 어렴풋이 떠올리고는 그 구절을 기억해내려고 애썼다.

'주홍빛 같은 네 죄, 눈과 같이 희게 되리라.'

"뭐가 뭔지 모르겠어요." 에바가 말했다. 그녀의 목소리에는 아무런 감정도 들어 있지 않았다. 아무런 열망도 없었다.

"그래, 혼자서 힘들 거야." 에를렌두르는 혹여 딸이 잔소리라도 하는 줄 알까 봐 조심스럽게 말했다. "나보다는 너한테 도움이 될 수 있는 다른 사람이 있어야 하는데."

"정신과 꼰대들을 붙여줄 생각은 마세요." 에바가 말했다.

"너 혼자 어떻게 해보려다가는 또다시 옛날로 돌아갈까 봐 걱정이 돼서 그러는 거야."

에를렌두르는 딸에게 큰소리로 야단치지도 못하고 말을 가려서 하느라고 몹시 애를 먹고 있었다.

"그저 잔소리, 또 잔소리." 에바는 바로 화를 내고는 자리에서 벌떡 일어났다.

그는 마음속에 있는 말을 다 토해내기로 작심했다.

"아기가 죽은 건 다 네 책임이야."

에바가 두 눈에 분노를 가득 담고 아버지를 쏘아보았다.

"결국 너의 잘못된 선택이 네 말대로 빌어먹을 인생을 살게 한 거고, 또 그런 고통을 겪게 만든 거야. 고통을 참아낸다는 것은 누구에게나 힘든 일이지만 그런 고통을 이겨내면서 삶의 즐거움과 행복도 찾을 수 있어. 우리가 살아 있는 한 이건 피할 수 없는 진리야."

"아빠 자신에 대해서 얘기해봐요! 집안 꼴이 그 지경이니까 크리스마스가 와도 집에도 못 들어가고 있잖아요! 그러니 나한테 헛소리 말아요. 집에 가봤자 반겨줄 사람 하나도 없고 삭막하기 그지없으니 집에 들어갈 생각이 들지 않는 거잖아요?"

"크리스마스 때는 늘 집에 있었어." 에를렌두르가 말했다.

에바가 어리둥절한 표정으로 쳐다보았다.

"무슨 말을 하려는 거예요?"

"크리스마스가 가장 나쁜 건 바로 그거야." 에를렌두르가 말했다. "내가 늘 집에 가야 한다는 거."

"도대체 무슨 말인지 모르겠어." 에바가 문을 열며 말했다. "난 아빠를 정말 이해할 수 없어요."

그녀는 문을 쾅 닫고 나갔다. 에를렌두르는 일어나 쫓아가려다가 그만 멈추었다. 그녀가 돌아오리란 걸 알고 있었다. 창가로 가서 반짝이는 눈송이와 어둠을 응시하며 한동안 유리창에 비친 자신의 모습을 바라보았다.

에바가 말한 대로, 삭막하기 그지없는 집에 들어갈 생각은 잊은 지 오래였다. 창가에서 돌아선 그는 구드라우구르의 찬송가 음반을 다시 틀어놓고 침대에 길게 누워 그의 노래를 들었다. 먼 훗날에 호텔 지하실의 작은 방에서 살해당한 채 발견된 그 소년의 노래를. 그리고 눈과 같이 희게 된 죄에 대해 생각해보았다.

넷
째

날

Aladdin

17

Röddin

일찍 잠이 깼다. 그는 옷을 입은 채 담요를 머리 꼭대기까지 뒤집어쓰고 있었다. 잠에서 깨어나기가 쉽지 않았다. 아직 깜깜한 어둑새벽까지 꿈속의 아버지가 그를 괴롭혔다. 여전히 젊고 단단한 체구, 삭막한 숲에서 그에게 미소를 짓고 있는 얼굴……. 단편적으로 떠오르는 아버지의 모습을 기억해내려고 그는 몹시 애를 썼다.

호텔방은 춥고 어두웠다. 태양이 떠오르기까지는 아직도 몇 시간이나 남았다. 그는 침대에 누워 그 꿈, 아버지와 잃어버린 동생에 대한 꿈을 생각했다. 견딜 수 없는 상실감이 그의 세계에 구멍을 만들었다. 구멍은 점점 커졌다. 그리하여 결국에는 그를 집어삼킬 정도로 커져버린 그 구멍 속을 들여다보기조차 두려워 뒤로 물러설 수밖에 없었다.

그는 이런 환상들을 떨쳐버리고 그날 할 일에 대해 생각했다. 헨리 왑쇼트는 무엇을 감추려던 것이었을까? 왜 거짓말을 했고, 잡힐 게 뻔한 도주를 시도했으며, 짐도 버려둔 채 술은 왜 마셨을까? 그의 행동은 에를렌두르에게 수수께끼였다. 그의 생각은 병원 침대에 누워 있는 소년과 그 아버지에서 멈추었다. 엘린보르그가 맡은 그 사건은 그도 내막을 잘 알고 있었다.

엘린보르그는 소년이 학대를 받아왔다고 의심하고 있었고, 폭행이 집에서 이루어졌다는 증거도 명백했다. 소년의 아버지에게 혐의가 갔다. 그녀는 조사를 계속하기 위해 그를 구속해야 한다고 주장했다. 그 아버지와 변호사의 격렬한 항의가 있었지만 법원으로부터 1주일 구속을 얻어냈다. 구속영장을 발부받은 엘린보르그는 제복경찰 네 명과 함께 그를 흐베르피스가타로 압송해서 유치장에 넣었다. 그녀 손으로 직접 유치장 문을 채웠다. 그녀는 유치장 문 해치를 잡아당기고는 그녀에게 등을 돌린 채 꼼짝 않고 서 있는 그 남자를 바라보았다. 인간사회로부터 격리되어 짐승처럼 우리에 갇힌 사람들이 그러하듯 그는 잔뜩 웅크리고 무기력하게 서 있었다.

그는 천천히 돌아서서 철창 너머로 그녀를 쳐다보았고, 엘린보르그는 그의 눈앞에서 해치를 닫았다.

그녀는 다음 날 아침 일찍부터 그를 조사하기 시작했다. 에를렌두르도 동석했지만 엘린보르그가 심문을 맡았다. 그들 사이에는 테이블이 하나 있었고, 그 위에 재떨이가 나사로 고정되어 있었다. 그는 구겨진 양복에 면도도 하지 않은 모습이었지만, 마지막 자존심을 지키기라도 하듯 더러워진 셔츠 단추를 목까지 채우고 넥타이도 단정하게 매고 있었다.

엘린보르그는 녹음기의 스위치를 켜고 심문 내용과 참석한 사람들의 이름, 사건번호 등을 녹음했다. 그녀는 모든 걸 철저히 준비한 상태였다. 아이가 학교에서 난독증과 주의력 결핍, 학습부진을 보인다고 진술해준 담임선생을 비롯해, 좌절과 스트레스 및 부정적 성격에 대해 조언을 해준 심리학자 친구, 아이의 친구들, 이웃, 친지들 등 아이와 그의 아버지에 대해 알고 있을 만한 사람들은 모두 만나보았다.

아이의 아버지는 순순히 시인하지 않을 것 같았다. 그는 오히려 경찰의 부당한 처사를 항의하며 고소하겠다고 자신의 입장을 밝히고 그들의 심문에 일절 대답하지 않았다. 엘린보르그가 에를렌두르를 쳐다보았다. 교도관이 와서 그를 다시 유치장으로 데려갔다.

이틀 뒤 다시 조사가 시작되었다. 이번에는 변호사가 집에서 좀 더 편한 옷을 가져다주어서, 청바지와 가슴 주머니에 디자이너의 라벨이 새겨진 고급 티셔츠를 입고 있었다. 라벨은 마치 비싼 옷을 사준 데 대한 감사의 메달처럼 보였다. 그는 태도가 완전히 달라져 있었다. 마치 의도하기라도 한 것처럼 사흘간의 구속은 그를 상당히 차분하게 만들어놓았다. 구속기간이 연장될지 여부가 그의 태도에 달려 있다는 사실도 알고 있는 것 같았다.

엘린보르그는 그를 맨발로 조사실에 들어오게 했다. 아무 설명도 없이 신발과 양말을 압수했던 것이다. 그들 앞에 앉자 그는 의자 밑으로 발을 감추려고 애썼다.

엘린보르그와 에를렌두르는 단호한 표정으로 그와 마주앉았다. 녹음기가 부드러운 소리를 내며 작동을 시작했다.

"당신 아들의 담임선생과 이야기를 해보았어요." 엘린보르그가 말했다. "물론 부모와 선생 간에는 서로가 처한 입장에 따라 보는 시각이 다를 수도 있겠지만 그 여선생은 그 문제, 즉 아이에게 도움이 되고 싶다는 것, 사건 해결에 도움을 주고 싶다는 데 대해서는 아주 확고한 신념을 갖고 계셨어요. 그 선생님 말이 자기 앞에서 아이를 때린 적이 한 번 있다고 하더군요."

"우리 애를 때렸다고! 뺨을 가볍게 톡톡 건드린 겁니다. 그걸 때렸다고 하는 건 말도 안 되는 소리요. 너무 산만해서 그랬던 겁니다. 가만히 있지를 못하고 정신없이 굴어서요. 다루기가 쉽지 않은 애예요. 그게 얼마나 힘든 일인지 모를 겁니다. 잠시도 한눈팔 수가 없어요."

"그래서 아이를 벌한 게 잘했다는 건가요?"

"우리는 사이가 좋아요, 우리 아들과 나는." 그 아버지가 말했다. "그 애를 정말 사랑합니다. 온전히 나 혼자서 아이를 돌보고 있어요. 아이 엄마는……."

"엄마에 대해서는 알고 있습니다." 엘린보르그가 말했다. "물론 혼자서 아이를 키운다는 게 쉽지 않을 거예요. 하지만 그렇다고 해도 어린아이한테 어떻게 그런 짓을……. 그건 도저히 말이 안 되는 짓이에요."

아이의 아버지는 한동안 아무 말 없이 앉아 있다가 입을 열었다.

"나는 아무 짓도 하지 않았습니다."

엘린보르그가 다리를 꼬다가 아이 아버지의 정강이를 건드렸다.

"죄송합니다." 엘린보르그가 말했다.

그녀가 일부러 그랬다고 생각했는지 그는 얼굴을 찌푸렸다.

"그 선생님은 당신이 아이에게 말도 안 되는 기대를 걸고 있다고 하더군요." 차분한 어조로 그녀가 물었다. "그게 사실인가요?"

"뭐가 말도 안 되는 기대라는 겁니까? 정상적인 교육을 받아 자기 힘으로 뭐든 해내기를 바랄 뿐인데."

"이해할 수 있어요." 엘린보르그가 말했다. "하지만 난독증에 경계성 과잉행동을 보이는 여덟 살짜리 어린애예요. 당신도 학교를 제대로 마치진 않았구요."

"나는 내 사업체를 운영하고 있습니다."

"파산했죠. 집과 멋진 차, 사회적 지위를 가져다준 부도 전부 잃게 생겼어요. 모두가 당신을 부러워하고, 동창회에 나가면 어깨에 힘을 주고, 친구들과 골프여행도 다녔죠. 그런데 당신은 이 모든 것들을 잃게 된 거예요. 화를 참을 수가 없었을 겁니다. 게다가 더 견딜 수 없는 건 부인은 정신병원에 있고, 하나 있는 아들은 학교생활에 적응도 못하고 있다는 거죠. 이런 것들이 쌓이고 쌓이다가 결국 터져버린 거예요. 우유를 엎지르고 바닥에 접시를 떨어뜨리는 등 말썽이 끊이지 않던 애디가 드람뷔 병을 거실 대리석 바닥에 내동댕이치자 솟구치는 화를 더 이상 참을 수가 없었던 거죠."

아이 아버지가 그녀를 쳐다보았다. 표정 변화가 전혀 없었다.

엘린보르그는 클레푸르 정신병원에 입원해 있는 그의 아내를 방문한 적이 있었다. 그녀는 정신분열증을 앓고 있었고, 가끔 환각 증세나 환청에 시달릴 때는 병원의 허락이 있어야 면담이 가능했다. 엘린보르그가 찾아갔을 때 그녀는 강한 약을 처방받은 상태여서 대화가 거의 불가능했다. 의자에 앉은 채 몸을 앞뒤로 흔들며 엘린보르그에게 담배를 달라고 했다. 찾아온 용건이 뭔지 관심도 없어 보였다.

"내가 할 수 있는 한 최선을 다해 애디를 키웠습니다." 아이의 아버지가 말했다.

"손등을 바늘로 찔러대며 말이죠."

"닥치시오!"

엘린보르그는 그의 누이도 만나보았다. 그녀는 아이를 너무 엄하게 키우는 것 같은 생각이 들 때가 있었다면서 그의 집을 방문했을 때 있었던 일을 들려주었다. 아이가 네 살 때였는데, 기분이 안 좋은 듯 투정을 부리며 칭얼거려서 그녀는 아이가 독감에 걸린 건 아닌가 하는 생각이 들었다. 한참이 지나도록 아이의 투정이 멈추지 않자, 동생은 참지 못하고 아이를 번쩍 집어 들어 꼼짝 못하게 했다.

"도대체 왜 그러는 거야?" 그가 아이에게 무섭게 다그쳤다.

"아니야." 애디가 체념한 듯 나지막하고 겁먹은 목소리로 말했다.

"울면 안 돼."

"응." 아이가 말했다.

"이제 괜찮으니까 그만 울어."

"응."

"그래, 이젠 괜찮지?"

"응."

"아무 문제 없는 거야, 알았지?"

"응."

"좋아. 더 이상 울면 안 돼."

엘린보르그는 이 이야기를 아이 아버지에게 그대로 들려주었지만 그의 표정은 여전히 변화가 없었다.

"내 누이와 나는 사이가 안 좋아요." 그가 말했다. "그런 일은 내 기억에 없소."

"당신이 아들을 때려서 병원에 입원시킨 거죠?" 엘린보르그가 물었다.

그가 그녀를 쳐다보았다.

엘린보르그가 같은 질문을 반복했다.

"아니요." 그가 말했다. "그런 적 없소. 어떤 아버지가 자기 자식한테 그런 짓을 할 수 있겠소? 그 애는 학교에서 당한 거요."

아이가 퇴원했다. 아동복지부가 아이를 맡아줄 가정을 찾아내서 엘린보르그는 조사를 끝내고 아이를 만나러 갔다. 그녀는 아이 옆에 앉아서 어떻게 지내는지 물어보았다. 아이는 처음 만났을 때부터 지금까지 그녀에게 단 한 마디도 하지 않았지만, 오늘은 뭔가 하고 싶은 말이 있는 것처럼 그녀를 쳐다보았다.

아이는 목청을 가다듬고는 더듬거리며 말했다.

"아빠가 보고 싶어요." 아이가 흐느껴 울며 말했다.

에를렌두르가 식당에서 아침을 먹기 위해 자리를 잡고 앉아 있는데, 시구르두르 올리가 헨리 왑쇼트를 앞세우고 들어오고 있었다. 같이 온 두 형사는 뒤에 있는 다른 테이블에 앉았다. 영국에서 온 수집가는 전보다 더 추레해져 있었다. 헝클어진 머리는 사방으로 뻗쳐 있었고, 온갖 고초를 겪은 얼굴에는 심한 굴욕감과 함께 지난밤 숙취와 감금에 시달린 흔적이 뚜렷이 나타나 있었다.

"뭘 하려는 건가?" 에를렌두르가 일어나며 시구르두르 올리에게 물었다. "왜 여기로 데려왔어? 그리고 왜 안 한 거야?"

"안 하다뇨?"

"수갑 말이야."

"수갑까지 채울 필요가 있을까요?"

에를렌두르가 왑쇼트를 쳐다보았다.

"반장님 기다리기가 싫어서요." 시구르두르 올리가 말했다. "오늘 저녁까지밖에 시간이 없으니까 가능한 한 빨리 구속 여부를 결정해야 합니다. 그리고 여기서 반장님을 만나야겠다고 해서. 나하고는 말하지 않겠답니다. 반장님이 옛 친구라도 되는 것처럼 굴던데요. 보석도 필요 없고, 변호사나 대사관 도움도 필요 없다고 했어요. 대사관에 연락할 수 있다고 했지만 거절하더군요."

"런던 경시청을 통해 알아낸 사실은 없나?" 고개를 떨군 채 시구르두르 올리 뒤에 서 있는 왑쇼트를 힐끗 쳐다보며 에를렌두르가 물었다.

"반장님한테 인계한 다음에 알아볼 생각이에요." 사실 그 일에 대해서는 완전히 손을 놓고 있던 시구르두르 올리가 말을 이었다. "무슨 정보든 입수되는 대로 바로 알려드릴게요."

시구르두르 올리는 왑쇼트에게 작별인사를 하고 나서 동행했던 두 형사와 잠시 이야기를 나눈 다음 식당을 나섰다. 에를렌두르가 왑쇼트에게 자리를 권하자 그 영국인은 의자에 걸터앉으며 바닥에 시선을 고정시켰다.

"내가 죽이지 않았습니다." 그가 나지막하게 말했다. "절대로 내가 죽인 게 아니에요. 나는 누굴 죽일 만한 위인이 못 됩니다. 파리 한 마리도 못 죽이는 사람입니다. 그 놀라운 소년성가대원을 죽인다는 건 더구나 있을 수 없는 일이에요."

"구드라우구르를 말씀하시는 겁니까?"

"네." 왑쇼트가 말했다. "물론이죠."

"그가 소년성가대원이었다는 건 이미 오래전 얘기요." 에를렌두르가 말했다. "구드라우구르는 이제 쉰이 다 되었고, 크리스마스 파티

211

에서 산타클로스 놀이나 하던 사람이요."

"반장님은 이해를 못 하시는군요." 왑쇼트가 말했다.

"솔직히 말해, 그렇소." 에를렌두르가 말했다. "내가 알아들을 수 있게 설명 좀 해주시오."

"그가 살해된 시간에 나는 호텔에 없었습니다." 왑쇼트가 말했다.

"어디 있었습니까?"

"레코드판을 찾고 있었습니다." 고개를 든 왑쇼트의 얼굴에 한 줄기 희미한 미소가 스쳐 지나갔다. "당신네 아이슬란드 사람들이 내다 버린 레코드판 같은 물건들을 살펴보고 있었죠. 그런 물건들은 재활용공장에 가면 볼 수 있습니다. 죽은 사람의 물건들이 들어왔는데, 축음기 레코드판도 있으니 와서 보라고 하더군요."

"누가요?"

"누가라뇨?"

"죽은 사람의 물건들이 들어왔다고 말해 준 사람이 누구냐고요?"

"아, 그쪽 직원들이 나한테 정보를 주고 수수료를 챙깁니다. 내 명함을 갖고 있지요. 이미 말씀드렸듯이, 콜렉터 숍에 가서 다른 수집가도 만나고 시장도 둘러보고 합니다. 그게 이름이 콜라포르티드*라고 하나요? 나도 다른 수집가들과 별반 다를 게 없습니다. 뭔가 값나가는 걸 손에 넣으려고 갖은 애를 쓰는 거죠."

"구드라우구르가 살해당한 시간에 누군가와 함께 있었습니까? 우리가 만나볼 수 있겠소?"

---

* 아이슬란드의 벼룩시장.

"아뇨." 왑쇼트가 말했다.

"하지만 그 장소에 당신이 있었다는 걸 기억하는 사람은 있을 텐데."

"물론입니다."

"그래, 뭐 괜찮은 물건이라도 건졌소?"

"전혀요. 이번 여행에서는 별 소득이 없었습니다."

"왜 우리한테서 달아나려 하셨소?"

"집에 가고 싶었을 뿐입니다."

"호텔방에 물건들을 그냥 놔두고?"

"네."

"게다가 구드라우구르의 레코드판도 두고?"

"네."

"왜 전에도 아이슬란드에 온 적이 있었다는 얘기를 하지 않은 거요?"

"나도 모르게 그만. 쓸데없이 주의를 끌고 싶지 않았습니다. 살인사건은 나와 전혀 관계가 없어요."

"당신 말이 거짓이라면 곧 들통이 날 거요. 전에도 거짓말을 했지만 내가 밝혀냈다는 걸 명심해야 할 거요. 당신이 전에도 이 호텔에 묵은 적이 있었다는 걸 알고 있어요."

"살인사건과 나는 아무런 관련이 없습니다."

"하지만 나는 당신이 뭔가 관련되었을 거라는 확신이 들기 시작하는데. 당신 스스로 더 의심받을 행동을 하지 않았소?"

"나는 그를 죽이지 않았습니다."

"구드라우구르와는 어떤 관계요?"

213

"내가 전에 말씀드렸던 건 거짓말이 아닙니다. 그의 노래와 그가 소년성가대원 시절에 녹음했던 옛 음반에 관심을 갖기 시작했는데, 마침 그가 아직 살아 있다는 말을 듣고 한번 만나보려고 했던 겁니다."

"왜 거짓말을 했던 거요? 당신은 전에도 아이슬란드에 온 적이 있고 또 이 호텔에 묵은 적도 있었으니까 틀림없이 구드라우구르와도 만난 적이 있을 텐데."

"나와 상관없는 일입니다, 그 살인사건은. 그 얘기를 듣고 내가 그를 알고 있었다는 사실이 밝혀질까 봐 두려웠습니다. 시간이 지날수록 점점 더 불안해졌고, 여기서 도망을 치면 바로 범인으로 지목당할 것이 분명해 당장이라도 도망치고 싶은 충동을 참느라고 얼마나 힘들었는지 모릅니다. 며칠만 견뎌보자고 했지만 더 이상 견딜 수가 없어 달아났던 겁니다. 더 이상 버틸 수가 없었어요. 하지만 나는 정말 죽이지 않았습니다."

"구드라우구르의 주변에 대해 얼마나 알고 있소?"

"아는 게 그리 많지 않습니다."

"음반 수집에 있어 필요한 정보를 모으는 것은 상당히 중요한 일 아니오? 당신은 그 정보를 얼마나 모았소?"

"별로 없습니다." 왑쇼트가 말했다. "내가 아는 거라고는 콘서트에서 목소리를 잃었고, 발매된 음반이 두 장밖에 없으며, 아버지를 밀어 떨어뜨렸다는……."

"잠깐만, 그가 살해당했다는 건 어떻게 알게 된 거요?"

"무슨 말인지?"

"호텔 손님들은 이게 살인사건이 아니라 사고나 심장마비로 알고 있을 텐데. 당신이 그가 살해당했다는 사실을 어떻게 알게 되었냐는 거요."

"내가 어떻게 알게 되었냐고요? 반장님이 말해 주지 않았습니까?"

"그렇지. 내가 당신한테 말해 주었고, 당신은 그 얘기를 듣고 무척 놀랐지. 그런데 지금 당신은 그 살인사건 이야기를 듣고 우리가 당신을 그와 연관 지을까 봐 두려웠다고 했소. 우리가 만나기 전에, 다시 말해 우리가 당신을 그와 연관 짓기 전에 말이오."

왑쇼트는 그를 말없이 응시했다. 에를렌두르는 시간이 필요하다는 것을 알고 왑쇼트가 충분히 생각할 수 있도록 기다렸다. 두 형사도 적당히 떨어져서 조용히 앉아 있었다. 아침을 먹기에는 늦은 시간이어서 홀에는 사람들이 별로 없었다. 에를렌두르는 타액 샘플을 채취한다고 하자 온통 난리를 쳤던 주방장을 흘깃 쳐다보았다. 그러자 갑자기 발게르두르 생각이 났다. 그녀는 지금 뭘 하고 있을까? 억지로 눈물을 참고 있는 아이들이나 아니면 발로 걷어차려는 아이들을 상대로 주사바늘을 찔러 넣으려고 애쓰고 있는 건 아닐까?

"나는 이번 사건에 연루되고 싶지 않았습니다." 이윽고 왑쇼트가 입을 열었다.

"무얼 숨기려는 거요? 왜 영국대사관에 도움을 청하지 않는 거요? 변호사는 또 왜 요청하지 않는 거요?"

"사람들이 이야기하는 걸 들었습니다. 호텔 손님이었는데, 누군가가 살해당했다는 말을 하고 있었어요. 미국 사람 같았습니다. 그래서 알게 된 겁니다. 우리 관계를 알게 되면 내 정체가 밝혀지게 되는 것도 시간문제였습니다. 그게 내가 도망칠 수밖에 없었던 이유입니다. 그게 다예요."

에를렌두르는 미국인 헨리 바틀렛과 그의 아내를 기억해냈다. 신디라는 그 여자는 시구르두르 올리에게 미소를 지어보였었다.

"구드라우구르의 음반은 값이 얼마나 나갑니까?"

"무슨 말씀이신지?"

"이 한겨울에 추운 북쪽나라를 일부러 찾아온 걸 보면 값이 상당히 나갈 게 자명하지 않소? 얼마나 나갈까, 음반 한 장에? 가격이 어떻게 됩니까?"

"이베이 같은 경매시장에 내놓으면 호가가 얼마나 올라갈지는 아무도 모릅니다."

"추측해볼 수는 있지 않소? 당신 생각에는 얼마에 팔릴 것 같소?"

"정말 모르겠습니다."

"구드라우구르가 죽기 전에 만난 적이 있소?"

잠시 망설이던 헨리 왑쇼트가 마침내 입을 열었다.

"네, 만났습니다."

"우리가 발견한 쪽지의 '18:30'이 두 사람이 만나기로 한 시간이었소?"

"그가 죽기 하루 전이었습니다. 그의 방에서 만나 잠시 이야기를 나누었습니다."

"무슨 이야기?"

"그의 음반에 대해서요."

"그의 음반에 대해 무슨 이야기를?"

"음반이 더 있는지 알고 싶었습니다. 그게 정말 오랫동안 궁금했거든요. 있다면 다른 것들도 전부 사들여 내 컬렉션을 세상에서 유일한 판본으로 만들고 싶었던 겁니다. 이유는 모르겠지만 그가 쉽게 응하지 않을 것 같았어요. 몇 년 전에 처음 편지로 의향을 물어본 적이 있었고, 직접 만나 제안한 것은 이번이 처음이었습니다."

"그래, 음반을 더 갖고 있다던가요?"

"대답을 피하더군요."

"자기 음반이 고가에 거래된다는 건 알고 있었소?"

"내가 솔직하게 이야기해 주었습니다."

"정말 얼마나 받을 수 있는 거요?"

왑쇼트는 바로 대답하지 않았다.

"마지막 미팅 때 비로소 말을 하더군요." 그가 말했다. "자기 음반에 대해서 이야기하고 싶다고. 나는……."

왑쇼트는 다시 뜸을 들이더니 고개를 돌려 자신을 감시하고 있는 두 형사를 보았다.

"50만을 주었습니다."

"50만?"

"크로나요. 일단 계약금으로……."

"별것도 아니라는 듯 말씀하시는군요."

왑쇼트는 어깨를 으쓱했고, 에를렌두르는 그가 속으로 미소를 짓고 있다고 생각했다.

"또 거짓말을 하는군." 에를렌두르가 말했다.

"좋으실 대로."

"무슨 계약금이었소?"

"그가 소유하고 있는 음반들에 대한 거죠. 가지고 있다면."

"마지막 미팅 때, 정말로 음반들을 가지고 있는지 확인도 하지 않고 그에게 돈을 주었다?"

"네."

"그런데?"

"그런데 그가 살해당한 겁니다."

"방에서 돈은 발견되지 않았는데."

"그건 나도 모르죠. 그가 죽기 전날 50만 크로나를 주었습니다."

에를렌두르는 시구르두르 올리에게 구드라우구르의 은행계좌를 체크하라고 한 것을 상기했다. 알아봤는지 물어봐야겠다고 다시 한 번 다짐했다.

"그의 방에서 그 음반들을 보았소?"

"아뇨."

"내가 어떻게 당신을 믿겠어? 지금까지 거짓말만 했는데 어떻게 당신 말을 믿으라는 거요?"

왑쇼트는 어깨를 으쓱했다.

"그렇다면 그가 살해당할 당시에 50만 크로나가 있었다는 건가?"

"그건 나도 모르겠습니다. 내가 아는 거라고는 틀림없이 그에게 돈을 주었고 그 뒤에 그가 살해당했다는 사실입니다."

"왜 당신은 우리가 처음 만났을 때 그 돈 얘기를 하지 않은 거요?"

"말려들고 싶지 않았습니다." 왑쇼트가 말했다. "돈 때문에 내가 그를 죽였다는 의심을 받고 싶지 않았어요."

"당신이 그랬소?"

"아닙니다."

잠시 침묵이 흘렀다.

"나를 구속하실 겁니까?" 왑쇼트가 물었다.

"난 아직도 당신이 뭔가 숨기고 있다고 생각해." 에를렌두르가 말했다. "저녁때까지 당신을 잡아둘 수 있소. 두고 봅시다."

"나는 결코 그 소년성가대원을 죽일 수 없어요. 얼마나 그를 숭배했는데……. 그건 지금도 마찬가집니다. 세상 어디에서도 그처럼 아름다운 목소리는 들어본 적이 없습니다."

에를렌두르는 헨리 왑쇼트를 쳐다보았다.

"그런 반응을 보이는 게 당신뿐이라는 게 이상하군." 그는 부지불식간에 그 말을 불쑥 내뱉었다.

"무슨 말입니까?"

"당신 혼자뿐이라고."

"나는 그를 죽이지 않았습니다." 왑쇼트가 말했다. "내가 죽인 게 아닙니다."

18
Röddin

두 형사가 왑쇼트를 데리고 호텔을 떠났다. 에를렌두르는 처음 시체를 발견한 외스프라는 여직원을 찾았는데, 그녀는 현재 4층 청소를 맡고 있었다. 그가 엘리베이터를 타고 4층에 도착했을 때 그녀는 객실 밖 복도에서 세탁물이 들어 있는 수레를 밀고 있었다. 그가 가까이 다가가서 이름을 부를 때까지 그의 존재를 알아채지 못하고 있다가 돌아보고는 즉시 그를 알아보았다.

"아, 또 오셨어요?" 그녀가 대수롭지 않게 말했다.

그녀는 직원용 커피룸에서 만났을 때보다 더 피곤하고 지쳐 보여서, 에를렌두르는 속으로 크리스마스가 그녀에게도 달갑지 않은 시즌인가 보다고 생각했다. 전에도 그녀에게 그 비슷한 말을 했던 게 기억났다.

"크리스마스가 아가씨를 힘들게 하나 보군?"

그의 말에 아무런 대꾸도 없이 그녀는 다음 객실 문 앞으로 수레를 밀고 가서는, 노크를 하고 잠시 기다린 다음 마스터키를 꺼내 문을 열었다. 사람이 안에 있을 경우를 대비해서 다시 한 번 확인한 다음 안으로 들어가 청소를 시작했다. 침대를 정리하고, 욕실 바닥에 떨어져 있는 수건들을 수거하고, 거울에 스프레이를 뿌려 깨끗이 닦았다. 에를렌두르는 그녀 뒤를 따라 방 안으로 들어가 일하는 모습을 지켜보았는데, 그녀는 한참이 지나서야 그가 아직도 있다는 사실을 눈치 챈 것 같았다.

"방에 들어오시면 안 돼요." 그녀가 말했다. "이건 프라이버시 침해예요."

"아래층에 있는 312호실도 아가씨 담당인가?" 에를렌두르가 물었다. "그 방에 헨리 왑쇼트라는 수상한 영국인이 묵고 있는데, 혹시 그 방에서 뭔가 이상한 걸 본 적이 없었소?"

그녀는 무슨 말을 하는지 금방 이해가 가지 않는 듯 그를 흘낏 쳐다보았다.

"예를 들자면 피 묻은 칼 같은 거 말이지."

"아뇨." 외스프가 말했다. 그러고는 생각을 하는 듯 잠시 멈추었다가 물었다. "무슨 칼요? 그가 산타를 죽였나요?"

"나도 잘 기억이 나지 않는데, 아가씨가 전에 말했지 왜, 어떤 손님들이 아가씨들 몸을 더듬는다고 했던가? 내 생각에는 그게 성희롱에 대한 말이었던 것 같은데, 그 사람도 그런 손님이었나?"

"아뇨, 난 그 사람을 한 번밖에 본 적이 없어요."

"그리고 그 방에는 그런 게 없었다?"

"나한테 화를 벌컥 낸 적이 있어요." 그녀가 말했다. "내가 그 방에 들어가니까요."

"화를 벌컥 내?"

"자기를 방해했다고 나를 쫓아냈어요. 어떻게 된 일인지 알아보려고 카운터에 갔더니 그 방은 치우지 말라고 특별히 요구해놨다고 하더라구요. 그런데 이 멍청한 사람들이 아무도 나한테 그 얘길 안 해준 거예요. 그러니 내가 불쑥 들어가자 그 사람이 난리를 친 거죠. 나한테 난리를 치다니, 늙은 변태 같으니. 내가 이 호텔 책임자이기라도 한 것처럼 말예요. 그런 건 총지배인에게 따져야죠."

"좀 이상한 데가 있기는 하지."

"밥맛이에요."

"왑쇼트 말이요."

"알아요. 둘 다 똑같아요."

"그래 그 방에 다른 수상한 건 없었고?"

"정말 지저분했지만 수상한 물건은 없었어요."

외스프는 하던 일을 잠시 멈추고는 슬픔에 잠긴 눈빛으로 에를렌두르를 쳐다보았다.

"뭐 알아내신 거라도 있나요? 산타 사건에 대해?"

"아주 약간." 에를렌두르가 말했다. "그건 왜?"

"여긴 수상한 호텔이에요." 외스프가 목소리를 낮추고 복도 쪽을 내다보며 말했다.

"수상해?" 에를렌두르는 그녀가 갑자기 약간 소심해진 것 같다는 느낌이 들었다. "마음에 걸리는 거라도 있나요? 이 호텔에 무슨 문제라도?"

외스프는 대답하지 않았다.

"직장을 잃을까 봐 걱정이 돼서 그러나?"

그녀가 에를렌두르를 쳐다보았다.

"네, 이런 직장을 잃고 싶지는 않아요."

"자, 뭐가 어떻다는 건지 말해 봐요."

외스프는 잠시 망설이다가 이내 마음을 정한 것 같았다. 기왕에 말하고 싶었던 거 더 고민해봤자 이로울 게 없다는 생각이었다.

"사람들이 주방에서 물건을 훔쳐요." 그녀가 말했다. "훔칠 수 있는건 뭐든지요. 아마 몇 년 동안 쇼핑하러 가지 않아도 될 거예요."

"물건을 훔쳐?"

"바닥에 붙어 있는 것만 빼고 뭐든지 다요."

"그 사람들이 누군데요?"

"내가 말했다고 하면 안 돼요. 그 주방장, 그 사람이 주동자예요."

"그걸 어떻게 알았소?"

"굴리가 말해 주었어요. 그는 이 호텔에서 일어나는 모든 일을 알고 있었어요."

에를렌두르는 뷔페에서 그가 소 혓바닥 한 점을 슬쩍하는 걸 보고 주방장이 야단치던 일이 생각났다. 주방장의 목소리에 담겨 있던 분노의 기색도 기억하고 있었다.

"그가 언제 그런 이야기를 했지?"

"두 달쯤 전에요."

"그리고 또? 그 일에 대해 걱정하던가? 누구한테 말하겠다고 하지는 않았고? 어째서 아가씨한테 말했을까? 아가씨는 그를 잘 알지 못했을 텐데."

"나는 그를 잘 몰랐어요." 외스프는 잠시 숨을 돌렸다. "그 사람들이 주방에서 나를 어떻게 한번 해보려고 했대요." 그녀는 계속 말을

223

이었다. "더러운 소리들을 지껄여대면서, '거기 아래 어때?' 그런 말들 있잖아요. 온통 역겹고 추잡하고 지저분한 소리들요. 굴리가 그걸 듣고 나한테 말해 줬어요, 걱정하지 말라고 하면서. 그자들은 모두 도둑놈들이고 자기가 마음만 먹으면 전부 잡아넣을 수 있다고 했어요."

"그가 그들을 잡아넣겠다고 협박했나?"

"그는 누구를 협박할 사람이 아니에요." 외스프가 말했다. "다만 내 기분을 풀어주려고 그랬던 거예요."

"그들이 뭘 훔쳤는데?" 에를렌두르가 물었다. "그가 특별히 언급한 거라도 있어요?"

"그 사람 말이, 지배인도 알고 있으면서 아무런 조치도 취하지 않았대요. 오히려 그들과 한패였대요. 지배인은 암시장 물건을 취급해요. 바에서 쓰는 물건들 말예요. 굴리가 말해 줬어요. 수석웨이터도 거기 끼어 있고요."

"구드라우구르가 그런 이야기를 했다는 거지?"

"딴 주머니를 차고 남는 건 자기들이 갖는 거예요."

"우리가 처음 만났을 때는 왜 그런 얘기를 하지 않았던 거지?"

"그게 관련이 있나요?"

"있을 수도 있지."

외스프가 어깨를 으쓱했다.

"관련이 있을 줄은 몰랐고, 또 그를 발견하고 나서는 너무 놀라 정신이 없었어요. 구드라우구르가, 콘돔을, 거기다 칼에 찔려서……."

"그 방에서 돈은 못 봤나?"

"돈요?"

"살해당할 당시 그 돈을 가지고 있었는지는 확실치 않지만, 아무튼 최근에 큰돈을 받은 일이 있었거든."

"돈은 못 봤어요."

"그래요?" 에를렌두르가 말했다. "아가씨가 가져가지는 않았고? 그를 발견했을 때?"

외스프는 하던 일을 멈추고 두 손을 가지런히 했다.

"그러니까 내가 그 돈을 훔쳤다는 거예요?"

"그럴 수도 있다는 거지."

"형사님은 내가……."

"아가씨가 그 돈을 가져갔나?"

"아뇨."

"기회가 있었는데."

"그를 죽인 사람이 가져갔겠죠."

"맞는 말이야." 에를렌두르가 말했다.

"돈은 한 푼도 보지 못했어요."

"그래요, 알았어요."

외스프는 다시 청소를 시작했다. 변기에 소독약을 뿌리고 솔로 문지르는 등 마치 에를렌두르가 거기 없기라도 한 것처럼 행동했다. 그는 그녀가 일하는 모습을 좀 더 지켜보다가 인사를 하고 돌아섰다.

"자기를 방해했다고 했는데, 무슨 방해를 했다는 거지?" 문간에서 걸음을 멈추고 그가 물었다. "헨리 왑쇼트 말이요. 누가 들어와서 사람이 있는지 확인하는 소리도 못 들을 정도로 멀리 떨어져 있는 것도 아니었을 텐데?"

목소리

"내 소리를 듣지 못했어요."

"뭘 하고 있었는데?"

"그런 걸 말해도 될지 모르……."

"문제 생기지 않도록 할 테니 말해 봐요."

"TV를 보고 있었어요." 외스프가 말했다.

"그 사실이 알려지는 걸 원치 않았나 보군." 에를렌두르가 무슨 모의라도 하듯 작은 소리로 말했다.

"아니면 비디오를 보고 있었거나." 외스프가 말했다. "포르노였어요, 아주 저질스런."

"호텔에서 포르노 비디오를 틀어주나?"

"그런 일은 없어요. 그건 절대 금지예요."

"어떤 포르노였소?"

"아동 포르노였어요. 지배인한테 말했어요."

"아동 포르노? 어떤 종류의 아동 포르노?"

"어떤 종류라뇨? 그것까지 자세하게 말해야 해요?"

"그날이 언제였소?"

"정말 구역질나는 변태들이에요!"

"그게 언제였지?"

"내가 굴리를 발견한 바로 그날이었어요."

"지배인은 무슨 조치를 취했소?"

"아무런 조치도 없었어요." 외스프가 말했다. "그 일에 대해 입을 다물라고 했어요."

"굴리가 어떤 사람이었는지 알고 있소?"

"무슨 말씀이세요? 도어맨이었잖아요. 그것 말고 뭐 다른 게 있나요?"

"그래요, 어렸을 때 그는 소년성가대원이었소. 그것도 정말 아름다운 목소리를 가진. 나도 그의 음반을 들어봤지."

"소년성가대원요?"

"어린이 스타, 정말로. 어쩌다 보니 인생이 이렇게 잘못 풀리게 되었던 거고. 어른이 되면서 모두 하룻밤의 꿈이 된 거지."

"그건 정말 몰랐어요."

"구드라우구르에 대해서 제대로 아는 사람은 아무도 없어요." 에를렌두르가 말했다.

그들은 말없이 각자의 생각에 빠져들었다. 그렇게 몇 분이 흘렀다.

"크리스마스 때문에 힘들지?" 에를렌두르가 다시 물었다. 영혼의 친구라도 찾은 것 같았다.

그녀가 그를 돌아보았다.

"크리스마스는 행복한 사람들을 위한 거예요."

에를렌두르는 외스프를 바라보며 희미한 미소를 지어 보였다.

"아가씨는 우리 딸하고 잘 어울릴 것 같군." 이렇게 말하며 그는 휴대폰을 꺼내들었다.

시구르두르 올리는 구드라우구르의 방에 돈이 있었을지도 모른다는 말을 듣고 상당히 놀랐다. 그들은 살인사건이 있었던 시간에 음반시장을 돌아보고 있었다는 왑쇼트의 주장을 확인할 필요가 있는지에 대해 의견을 나누었다. 에를렌두르가 전화를 했을 때, 시구르두르 올리는 왑쇼트가 수감된 유치장 앞에 있었다. 그는 왑쇼트의 타액 샘플을 채취하고 있는 상황을 자세히 들려주었다.

그 유치장은 수많은 불쌍한 인생들이 거쳐 가는 곳으로, 가엾은 부랑자에서 강도와 살인범에 이르기까지 다양한 군상들이 자신들의 비참한 수감시절에 대해 적어놓은 온갖 낙서와 그림들로 벽이 온통 뒤덮여 있었다.

유치장 안에는 변기 하나와 바닥에 고정된 침대 하나가 있고, 그 위에 얇은 매트리스와 딱딱한 베개가 놓여 있었다. 창문은 없고 천장 한가운데 밝은 형광등 하나가 스위치도 없이 높다랗게 걸려 빛을 발하면서 수감자들로 하여금 밤낮을 구별하지 못하게 하고 있었다.

헨리 왑쇼트는 무거운 철문을 마주하고 벽에 기대어 단단히 버티고 있었다. 교도관 두 명이 그를 붙잡고 있었다. 엘린보르그와 시구르두르 올리는 타액 채취 집행영장을 들고 유치장 안에 들어가 있었고, 발게르두르 역시 샘플을 채취할 만반의 준비를 한 채 한 손에 면봉을 들고 있었다.

왑쇼트는 그녀가 자신을 지옥불 입구로 끌고 가려는 악마의 화신이기라도 한 듯 쏘아보고 있었다. 두 눈은 거의 튀어나올 듯 붉어진 채 그녀로부터 최대한 멀리 몸을 젖히고 있어, 사람들이 아무리 애써보아도 그의 입을 벌리게 할 수 없었다.

결국 그들은 그를 바닥에 눕히고 코를 붙잡아 그가 숨을 참지 못해 어쩔 수 없이 항복하게 만들었다. 발게르두르는 그 기회를 살려 면봉을 입에 집어넣고 그가 헛구역질을 할 때까지 입 안을 휘저은 다음, 기절할 듯 널브러진 그를 남겨두고 급히 유치장을 빠져나왔다.

19
Röddin

로비로 내려가 주방으로 가는 길에 에를렌두르는 프런트 앞에 서서 낡은 코트 차림에 모자를 만지작거리고 있는 마리온 브리엠을 보았다. 그의 옛 보스는 마지막 헤어진 이후로 별로 늙어 보이지도 않고, 여전히 탐색하는 듯 예리한 눈초리에 격식을 따지느라 시간을 낭비하는 일도 없던 예전 모습 그대로였다.

"꼴이 그게 뭔가?" 마리온이 자리에 앉으며 말했다. "뭣 때문에 그렇게 처져 있나?" 그는 코트 어딘가에서 여송연과 성냥갑을 꺼내 들었다.

"여기는 금연구역일 텐데요." 에를렌두르가 말했다.

"요새는 마음대로 담배를 피울 곳이 없어." 마리온이 불을 붙이며 말했다. 주름지고 처진 얼굴은 다소 힘든 표정을 짓고 있었고, 창백한 입술은 여송연을 무느라 주름이 잡혀 있었다. 앙상한 손가락에 붙은 핏기 없는 손톱은 다시 한 번 담배연기를 폐 속 가득 채워 넣기 위해 여송연을 잡으려 하고 있었다.

오랫동안 함께 일하며 많은 일을 겪었지만, 마리온과 에를렌두르는 특별히 잘 지낸 적이 없었다. 마리온은 에를렌두르의 예전 보스로 그를 전문적인 형사로 키우기 위해 애를 많이 썼다. 그런데도 에를렌두르는 누가 가르치는 걸 달가워하지 않았기에 여전히 퉁명스러웠다. 그는 누가 자기 머리 위에 있는 걸 용납하지 않았고 그런 태도는 지금도 변함이 없었다. 마리온은 그것이 마음에 들지 않아 두 사람은 종종 마찰을 일으켰지만, 에를렌두르보다 더 좋은 형사 재목을 찾기란 힘들다는 걸 잘 알고 있었다. 에를렌두르는 가족에 매여 있지 않아 그로 인해 어쩔 수 없이 들여야 하는 시간낭비가 없기 때문이었다.

"뭐 새로운 소식 없나?" 마리온이 여송연 연기를 뿜어내며 물었다.

"전혀요." 에를렌두르가 말했다.

"크리스마스가 성가시지?"

"나는 이놈의 크리스마스 소동을 정말 이해할 수 없어요." 에를렌두르는 모자 쓴 주방장의 모습을 찾기 위해 주방 쪽을 살펴보며 얼버무렸다.

"맞아." 마리온이 말했다. "너무들 들떠서 난리를 치는 것 같거든. 어째서 애인 하나 만들지 못하는 거야? 자네 정도면 아직 청춘인데. 자네 같은 늙은 오빠들에 환장하는 여자들이 세상에 널렸다고."

"그만해요." 에를렌두르가 말했다. "그래 알아보신 건 어떻게……."

"자네 부인은 잘 있나?"

에를렌두르는 자기 사생활 문제로 시간을 허비하기 싫었다.

"거기까지만, 아셨죠?"

"내가 듣기로는……."

"그만하자구요." 에를렌두르가 화를 내며 말했다.

"그러지." 마리온이 말했다. "자네가 어떻게 살든 내가 상관할 일은 아니니까. 하지만 외로움이란 느리고 고통스러운 죽음이야." 마리온은 잠시 말을 멈추었다. "물론 자네야 자식들이 있으니까, 그렇지?"

"이런 얘기들은 이제 그만두시죠?" 에를렌두르가 말했다. "선배님은……." 그는 말을 잇지 못했다.

"내가 뭘?"

"여기는 무슨 일로? 전화로는 안 되는 일입니까?"

마리온은 에를렌두르를 쳐다보며 늙은 얼굴에 한 가닥 미소를 지어 보였다.

"자네가 이 호텔에서 지낸다고 들었어. 집에서 크리스마스를 보내지 않을 생각인가 보군. 무슨 일이 있나? 어째서 집에 안 들어가는 거야?"

에를렌두르는 대답하지 않았다.

"자네 자신한테 질려버려서 그러나?"

"다른 얘기를 하면 안 될까요?"

"나도 그 기분 잘 알지. 자기 자신한테 염증을 느끼는 거. 그놈이 한번 자리를 잡으면 좀처럼 떨쳐버릴 수가 없지. 어떻게 잠시는 벗어날 수도 있겠지만, 이내 다시 자리를 잡고 앉아 예전처럼 청승을 떨게 만들거든. 벗어나려고 술도 마시고 환경도 바꿔보지만 다 부질없어. 호텔에서 지내는 건 그중에서도 최악의 선택이지."

"마리온 선배, 제발." 에를렌두르가 사정했다. "이제 그만합시다."

"구드라우구르 에길손의 음반을 갖고 있으면 돈방석에 앉은 거나 마찬가지야." 마리온이 갑자기 본론을 말하기 시작했다.

"그건 어째서죠?"

231

"요즘에는 그런 게 보물이거든. 가진 사람도 별로 없고 또 아는 사람도 드물지만, 그 가치를 아는 사람들은 그런 물건을 손에 넣는 일이라면 말도 안 되는 거액도 서슴지 않는다네. 구드라우구르의 음반은 수집가들 세계에서 희소가치가 있는 대단한 인기 품목이지."

"말도 안 되는 거액이라면, 수만 크로나?"

"수십만 크로나는 될 거야." 마리온이 말했다. "싱글 한 장에."

"수십만 크로나? 헛소리 마세요." 에를렌두르가 자세를 고쳐 앉았다. 그는 헨리 왑쇼트를 생각했다. 그는 구드라우구르의 음반을 찾아 아이슬란드까지 왔다. 왑쇼트 말대로 순전히 그토록 열광해 마지않는 소년성가대원을 보기 위해 온 것만은 아니었다. 단지 계약금으로 그가 구드라우구르에게 50만 크로나를 지불했던 것이 이제 이해가 갔다.

"내가 알아낸 건 그 소년이 단 두 장의 음반만 취입했다는 사실이야." 마리온 브리엠이 말했다. "그 음반의 가치를 높여주는 건 그의 믿을 수 없이 아름다운 목소리 말고도 또 있네. 그 음반은 찍어낸 수량이 극히 적었고, 또 시중에 팔린 것도 거의 없었다는 사실이지. 그 음반들을 소유한 사람이 거의 없다지 아마."

"노래 자체가 좋고 나쁘고는 문제가 안 됩니까?"

"물론 음악 자체의 수준, 그 음반의 음악적 수준도 중요하다고 볼 수 있지만, 보다 더 중요한 건 아까 말한 그런 조건들이야. 음악은 별로라도 가수나 노래, 레이블, 취입시기 등 조건만 맞는다면 부르는 게 값일 수도 있어. 예술적 가치 하나만 따지는 사람은 아무도 없다네."

"그때 찍어낸 음반들은 어떻게 된 겁니까? 혹시 알고 계세요?"

"사라졌다는군. 시간이 지나 없어졌거나 아니면 바로 폐기처분했거나, 그렇게 되지 않았겠나. 아마 처음에 찍어낸 게 몇 백 장 되지 않을 거야. 그 음반이 그렇게 값이 나가는 가장 큰 이유는 수량이 많지 않기 때문인 듯싶어. 그의 짧은 경력도 한몫했고. 내가 알기로는 목소리를 잃은 뒤 다시는 노래를 부르지 않았다고 하더군."

"콘서트에서 그런 일이 있었다고 해요." 에를렌두르가 말했다. "가엽게도. 목소리 속에 늑대가 들어 있었다는군요. 목소리가 깨지는 걸 그렇게들 표현한대요."

"그러고는 수십 년 뒤에 살해당한 모습으로 발견된다……."

"그 음반들이 수십만 크로나의 가치가 있다면?"

"있다면?"

"그것이 그를 살해할 동기로 충분하지 않을까요? 방에서 그의 음반이 한 장씩 나왔어요. 그게 다였습니다."

"그렇다면 그를 살해한 자는 그 음반들의 가치를 몰랐다는 것인데." 마리온 브리엠이 말했다.

"그게 아니라면 그 음반들을 훔쳐갔겠죠?"

"음반 상태가 어떻던가?"

"처음 출시된 상태 그대로였죠." 에를렌두르가 말했다. "재킷에 흠집 하나 없는 게 누가 손을 댄 흔적이 없어……."

그는 마리온 브리엠을 쳐다보았다.

"구드라우구르가 나머지 판들을 전부 가지고 있었던 게 아닐까요?" 그가 말했다.

"가능하지." 마리온이 말했다.

"그의 방에서 용도를 알 수 없는 열쇠가 몇 개 나왔어요. 혹시 다른 곳에 보관했던 게 아닐까요?"

"전부는 아니고 그중 일부일 수도 있지." 마리온이 말했다. "구드라우구르 말고 다른 누군가가 갖고 있을 가능성은?"

"그건 모르겠는데요." 에를렌두르가 말했다. "영국에서 구드라우구르를 만나러 온 수집가를 한 사람 잡아두고 있어요. 왠지 수상쩍은 중늙은인데, 사건이 나자 영국으로 도망치려고 했죠. 자기 말로는 오로지 소년성가대원에만 관심이 있다고 하더군요. 이 주변에서 구드라우구르 음반의 가치를 제대로 알고 있는 사람은 그자밖에 없는 것 같아요."

"수집광인가?" 마리온 브리엠이 물었다.

"시구르두르 올리가 알아보고 있어요." 에를렌두르가 말했다. "구드라우구르는 이 호텔에서 산타 일을 했어요." 그는 마치 산타가 공식 직함이라도 되는 듯 한마디 덧붙였다.

마리온의 칙칙한 늙은 얼굴에 미소가 한 줄기 지나갔다.

"구드라우구르의 방에서 헨리라는 이름과 '18:30'이라는 시간이 적힌 메모를 발견했는데, 그게 미팅시간을 가리키는 것인지 아니면 그 시간에 외출하려 한 것인지는 확실치 않아요. 헨리 왑쇼트는 사건 전날 6시 반에 그를 만났다고 진술했고요."

에를렌두르는 말없이 깊은 생각에 빠졌다.

"무슨 생각을 그렇게 해?"

"왑쇼트는 자기 목적이 사업에 있었다는 걸 강조하려는지 아무튼 구드라우구르에게 50만 크로나를 지불했다고 했어요. 그 음반을 구입하는 조건으로요. 그 말이 맞다면 그가 공격을 당했을 때 그 돈이 방에 있었을 가능성이 있거든요."

"누군가 왑쇼트와 구드라우구르 간의 거래를 알고 있었다는 건가?"

"아마도."

"다른 수집가?"

"글쎄요, 모르겠어요. 왑쇼트, 수상한 자예요. 그자가 뭔가 숨기고 있어요. 그게 자신에 대한 건지 아니면 구드라우구르에 대한 건지는 알 수 없지만요."

"물론 그가 발견되었을 때 돈은 사라진 상태였을 테고."

"네."

"이제 가봐야겠네." 마리온이 자리에서 일어나며 말했다. 에를렌두르도 따라서 일어났다. "이제는 반나절을 버티는 것도 힘에 부치니." 마리온이 말했다. "완전히 진이 다 빠졌어. 자네 딸 에바는 잘 지내나?"

"모르겠어요. 기분이 썩 좋아 보이지는 않아요."

"크리스마스는 그 애랑 보낼 거지?"

"아마 그럴 겁니다."

"그리고 자네 연애생활은?"

"내 연애생활에 대해서는 신경 끄세요." 에를렌두르는 발게르두르를 떠올리며 말했다. 그녀에게 전화를 하고 싶었지만 용기가 나지 않았다. 무슨 이야기를 했어야 했나? 그의 과거가 그녀의 관심사였을까? 누가 그의 인생에 관심을 가질까? 우습지만 그녀한테 그런 걸 물어봤어야 했을까? 자신에게 무슨 일이 일어나고 있는지 알 수가 없었다.

"자네 여기서 어떤 여자와 저녁식사를 했다고 하던데?" 마리온이 말했다. "우리가 최고로 잘나갈 때도 그런 일은 없었는데 말이야."

"그 얘기는 누구한테 들었어요?" 에를렌두르가 화를 내며 물었다.

"누구야, 그 여자?" 마리온이 그의 질문에는 대답도 없이 다시 물었다. "상당히 매력적이라던데?"

"여자는 무슨, 그런 거 없어요." 에를렌두르는 거칠게 한마디하고는 짐짓 으스대며 걸어 나갔다. 마리온 브리엠은 그 모습을 지켜보다가 낄낄대며 천천히 호텔을 나왔다.

로비로 가는 중에 에를렌두르는 그 도둑 주방장을 점잖게 추궁해보려고 마음먹었으나, 마리온이 그의 성질을 건드렸다. 주방장을 주방 한쪽으로 끌고 가서는 그만 완전히 이성을 잃고 말았다.

"당신 도둑이지?" 그가 거두절미하고 물었다. "주방에 있는 건 모두 당신 거라며? 바닥에 붙어 있는 거 말고는 모두 훔쳐 간다며?"

"무슨 말을 하는 겁니까?"

"내 말은 그 산타가 칼에 찔려 죽은 게 이 호텔에서 벌어지고 있는 대규모 도둑질에 대해서 알고 있었기 때문일지도 모른다는 거지. 그 도둑놈이 누구인지 알기 때문에 칼에 찔렸을 수도 있다 이 말이야. 혹시 당신이 그 비밀이 알려질까 봐 지하실 쪽방에 몰래 내려가서 그를 칼로 찔러 죽인 거 아냐? 내 이론을 어떻게 생각해? 그러면서 그의 돈도 슬쩍했고."

주방장이 에를렌두르를 쏘아보았다. "당신 미쳤어?" 그가 으르렁거리며 말했다.

"당신, 주방에서 물건 훔치지?"

"어떤 작자가 그런 소리를 해?" 주방장이 잡아먹을 듯 노려보며 따져 물었다. "누가 당신 머릿속에 그딴 거짓말을 심어 넣었소? 이 호텔에서 일하는 작자요?"

"감식반이 당신 타액 샘플 채취했었지?"

"누가 그런 소릴 했냐구?"

"그때 당신은 왜 그렇게 샘플 채취하기를 거부했나?"

"결국엔 했지 않았소. 당신들은 모두 멍청이야. 호텔 전 직원의 샘플을 채취하다니! 우리 모두를 변태성욕자로 만들려고 하잖아. 게다가 이제는 아예 나를 도둑놈으로 취급하고. 나는 이 주방에서 양배추 대가리 하나도 훔친 적이 없어, 절대로! 어떤 인간이 그 따위 거짓말을 지껄여대는 거야?"

"만약에 산타가 당신 약점, 그 절도에 대한 약점을 잡고 당신한테 협박편지를 보내 뭔가 은밀한 요구를 했다면? 그런 거 있잖아, 은근한……."

"닥치시오!" 주방장이 소리쳤다. "어떤 놈이 그따위 헛소리를 해?"

에를렌두르는 주방장이 그에게 달려들지도 모른다고 생각했다. 둘은 거의 얼굴이 맞닿을 정도로 달라붙었다. 주방장 모자가 앞으로 기울었다.

"그 망할 놈의 호모가 그랬소?" 주방장이 으르렁대며 물었다.

"누가 호모라는 건가?"

"망할 놈의 뚱보 지배인 말이오." 주방장이 이를 악물고 내뱉었다.

237

에를렌두르의 휴대폰이 주머니 속에서 울리기 시작했다. 둘은 서로를 죽일 듯 노려보면서 누구도 먼저 물러서려고 하지 않았다. 이윽고 에를렌두르가 휴대폰을 꺼내 들었다. 주방장은 화를 참지 못하고 왔다 갔다 했다.

감식반 반장의 전화였다.

"콘돔에 묻었던 타액 문제로 전화드렸습니다."

"그래요?" 에를렌두르가 말했다. "누구 것인지 결과가 나왔소?"

"아뇨, 아직은 좀 더 기다려야 할 것 같습니다." 반장이 말했다. "그런데 성분을 자세히 분석해 보니 그 속에서 담배 성분이 검출되었습니다."

"담배? 파이프 담배 말이오?"

"글쎄요. 그보다는 씹는담배 같습니다." 전화기 너머의 목소리가 말했다.

"씹는담배요? 무슨 말인지 모르겠군."

"화학성분이 그렇다는 겁니다. 담뱃가게에서 구입할 수도 있겠지만 주변에서 쉽게 구할 수 있을 것 같지가 않아서요. 혹 과자가게에서나 팔까, 아직도 그런 걸 팔게 하는지는 잘 모르겠군요. 그 점을 확인해볼 필요가 있습니다. 입술 안쪽에 넣거나 아니면 각설탕이나 거즈에 싸서 사용하는데, 반장님도 들어보았을 겁니다."

주방장이 찻장 문을 발로 차며 악담을 퍼부었다.

"씹는담배를 얘기하는 건 콘돔에 묻은 타액에서 그 성분이 나왔다는 거죠?" 에를렌두르가 물었다.

"그렇습니다." 목소리가 말했다.

"그렇다면 그건?"

"산타와 함께 있던 사람은 씹는담배를 애용한다는 거죠."

"그 사실로 우리가 확인할 수 있는 게 뭘까요?"

"아직은 아무것도 없습니다. 다만 반장님은 아셔야 할 것 같아서
요. 그리고 다른 결과도 하나 더 있습니다. 타액 속에 코르티솔이 있
는지 물어보셨죠?"

"네."

"그리 많지 않은 양인데, 그 정도면 정상수준으로 볼 수 있습니다."

"그걸로 뭘 알 수 있죠? 그런 상황에서도 극히 침착했다?"

"혈액 속의 코르티솔 수치가 높다는 것은 흥분이나 스트레스를 받
았다는 걸 의미합니다. 도어맨과 함께 있었던 사람은 당시 저수지처
럼 고요한 상태를 유지했다는 거죠. 스트레스나 흥분이 전혀 없었고,
공포심 따위도 없었다는 겁니다."

"무슨 일이 일어나기 전까지는 말이죠." 에를렌두르가 말했다.

"그렇죠." 감식반 반장이 말했다. "무슨 일이 일어나기 전까지는."

전화를 끊고 에를렌두르는 휴대폰을 주머니에 넣었다. 주방장이 그
를 쏘아보며 서 있었다.

"이 호텔에서 누가 씹는담배를 애용하는지 알고 있소?"

"꺼지기나 해!" 주방장이 비명을 질렀다.

에를렌두르는 깊은 숨을 몰아쉬며 두 손으로 얼굴을 감싸고 문질렀
다. 순간, 갑자기 검게 변색된 이를 보이며 미소를 짓던 헨리 왑쇼트
의 얼굴이 머릿속을 스치고 지나갔다.

20
Röddin

에를렌두르는 프런트로 가서 지배인을 찾았다. 그러나 방금 어디론가 튀어나갔다는 대답만 돌아왔다. 주방장은 '망할 놈의 뚱보 지배인'을 언급하며 그를 왜 호모라고 했는지에 대해서는 설명을 거부했다. 에를렌두르는 그처럼 쉽게 흥분하는 사람은 별로 보지 못했다. 주방장은 그렇게 흥분해서는 쓸데없이 자기 약점만 노출시킬 수도 있다는 걸 깨달은 것 같았다. 에를렌두르는 억지주장과 협박 등 모든 걸 동원해서 주방장을 몰아붙였지만, 전혀 진전이 없었다. 주방은 주방장의 홈그라운드였다. 대등한 조건에서 싸우고 좀 더 주방장을 몰아세우려면 제복경찰 네 명 정도는 호텔로 출동시켜 그를 흐베르피스 가타 경찰서로 연행해야 할 것 같다고 생각했다.

그런 어린애 장난 같은 생각을 한 뒤 에를렌두르는 그 일을 잠시 뒤로 미루기로 했다.

그는 헨리 왑쇼트의 방으로 올라가 감식반이 아무도 손대지 못하게 조치해놓은 봉인을 뜯고 안으로 들어갔다. 에를렌두르는 한참 동안 구석구석을 세심하게 살펴보았다. 씹는담배 봉지를 뜯을 때 나오는 띠지 같은 걸 찾아보려는 것이었다. 싱글 침대가 둘 있는 트윈룸이었는데, 왑쇼트가 둘 다 사용한 것인지 아니면 간밤에 손님이 있었던 것인지 모두 흐트러져 있었다. 한 테이블 위에는 앰프와 작은 스피커 두 개가 연결된 낡은 레코드플레이어가 있고, 다른 테이블 위에는 비디오플레이어가 연결된 14인치 텔레비전이 놓여 있었다. 그 옆에 테이프 두 개가 있었다. 에를렌두르는 테이프 하나를 플레이어에 넣고 텔레비전을 틀었다가 영화가 시작되자마자 스위치를 꺼버렸다. 외스프 말대로 포르노 영화였다.

테이블 옆의 옷장을 열고 왑쇼트의 옷가방을 꼼꼼히 살펴본 뒤, 벽장과 욕실까지 조사해보았지만 어디에서도 씹는담배는 찾을 수 없었다. 휴지통도 뒤졌지만 비어 있었다.

"엘린보르그가 옳았어요." 시구르두르 올리가 그 방에 불쑥 나타나며 말했다.

에를렌두르가 돌아섰다.

"무슨 말이야?" 그가 물었다.

"런던경시청에서 왑쇼트에 대한 정보를 보내왔어요." 시구르두르 올리가 방 안을 둘러보며 말했다.

"씹는담배를 찾고 있는 중이야. 콘돔에서 그 성분이 검출되었대."

"왑쇼트가 왜 대사관이나 변호사의 도움을 구하지 않고 그냥 넘겨보려고 했는지 알 것 같아요." 시구르두르 올리가 런던경시청에서 보내온 그 레코드 수집가에 대한 정보를 늘어놓기 전에 말했다.

독신인 헨리 왑쇼트는 제2차 세계대전 중이던 1938년 리버풀에서 태어났다. 그의 부친 집안은 리버풀 중심가에 상당한 부동산을 소유하고 있었다. 전쟁 중에 폭격을 맞았지만 고급 주택지와 사무실 부지로 재개발되어 상당한 부를 축적하게 되었다. 왑쇼트는 돈을 벌 필요가 없었다. 독자인 그는 이튼스쿨과 옥스퍼드에서 최고의 교육을 받았지만 학위를 따지는 못했다. 부친이 죽고 사업을 물려받았지만, 부친과 달리 재산관리에는 별로 관심이 없어 대부분의 중요한 회의에는 그저 형식적으로 참석하다 전문 관리인들에게 관리를 완전히 맡긴 뒤로는 그마저 그만두었다.

그는 줄곧 부모님의 집에서 살았는데, 이런 그를 이웃에서는 별난 외톨이라며 괴상하다고 생각했다. 점잖고 친절했지만 사람들은 그를 낯설어 하고 꺼려했다. 그의 유일한 취미는 레코드 수집으로 죽은 사람의 유품이나 시장에서 구입한 앨범들이 집 안에 가득했다. 그는 취미활동을 위한 여행에 많은 시간과 돈을 투자했고 그 결과 영국 최대 규모의 개인 레코드 컬렉션을 보유하게 되었다.

그는 두 번 범법행위로 적발되어 런던경시청에 성범죄 전과자로 등록되어 있었다. 첫 번째는 12세 소년을 성폭행한 죄로 감옥에 갔는데, 소년은 왑쇼트의 이웃에 살고 있었다. 두 사람은 레코드 수집이라는 공통의 관심사를 통해 서로를 알게 되었다. 그 일은 왑쇼트의 집에서 벌어졌는데, 자기 아들이 한 짓을 알게 된 왑쇼트의 어머니는 신경쇠약에 걸렸다. 그 사건은 영국 언론, 그중에서도 타블로이드 신문에 대대적으로 보도되었다. 왑쇼트의 사진이 실리고, 부유층 출신 짐승이라는 등의 비난이 쏟아졌다. 경찰조사에서 성행위에 대한 대가로 소년들과 잘생긴 청년들에게 돈을 지불했다는 사실이 밝혀졌다.

형기를 마칠 때쯤 모친이 사망하자 그는 부친이 물려준 저택을 팔고 다른 곳으로 이사했다. 그리고 몇 년이 지나 그는 다시 언론의 1면을 장식하게 되었다. 왑쇼트가 10대 초반의 소년 둘을 집으로 불러들여 옷을 벗으면 돈을 주겠다고 유혹하고는 또 다시 성폭행을 한 사실이 밝혀진 것이었다. 그 일이 세상에 알려졌을 때 독일의 바덴바덴에 있던 왑쇼트는 '브렌너 호텔 & 스파'에서 체포되었다.

그러나 두 번째 성폭행 사건은 증거가 부족해 혐의를 입증할 수 없었다. 왑쇼트는 태국으로 이주했지만, 영국시민권을 유지한 채 영국의 레코드 컬렉션을 계속 관리하기 위해 수집관련 업무차 가끔씩 귀국하곤 했다. 당시 그는 어머니 성인 왑쇼트를 사용했는데, 진짜 이름은 헨리 윌슨이었다. 영국을 떠난 뒤로는 범법행위로 적발된 적이 없었지만, 그가 태국에서 무슨 일을 하는지에 대해서는 거의 알려진 게 없었다.

"그렇다면 신분노출을 꺼려했던 것이 새삼스러울 것도 없겠군." 시구르두르 올리가 보고를 마치자 에를렌두르가 말했다.

"그야말로 최고의 성도착자가 아닌가 싶어요." 시구르두르 올리가 말했다. "태국을 택한 이유를 알겠어요."

"지금 그에게 뭔가 혐의를 씌우지는 못할까?" 에를렌두르가 물었다. "런던경시청 말이야."

"그럴 수도 있겠죠. 하지만 결국은 풀어줄 수밖에 없을 겁니다. 이건 장담할 수 있어요." 시구르두르 올리가 말했다.

그들은 1층으로 내려가 식당의 조그만 바에 자리를 잡았다. 뷔페석은 손님들로 만원이었다. 호텔에 숙소를 잡은 여행객들은 분위기에 흠뻑 취해 온통 웃고 떠들며 여행의 즐거움을 만끽하고 있었다. 모두가 하나같이 아이슬란드풍의 스웨터 차림에 상기된 얼굴을 하고 있었다.

"구드라우구르 이름으로 된 은행계좌를 알아보는 일은 어떻게 됐어?" 에를렌두르가 물었다. 담배에 불을 붙였으나 아무리 주위를 둘러봐도 술집에서 흡연자는 자기 혼자뿐이었다.

"그건 계속 알아보고 있어요." 시구르두르 올리가 대답하고는 맥주를 한 모금 들이켰다.

엘린보르그의 모습이 입구에 보이자 시구르두르 올리가 그녀를 손짓해 불렀다. 그녀는 고개를 끄덕이고는 사람들을 밀쳐내며 카운터로 가서 맥주 큰잔을 사들고 와 그들과 합류했다. 시구르두르 올리가 런던경시청이 보내준 왑쇼트에 대한 자료에 대해서 말해 주자, 엘린보르그는 활짝 미소를 지어 보였다.

"내 진즉에 알아봤지." 그녀가 말했다.

"뭘 알아봐?"

"소년성가대원에 대한 그의 관심이 성적인 데 있었다는 걸. 구드라우구르에 대한 관심이 너무 도에 지나친 것 같았거든요."

"그 말은 그가 구드라우구르와 지하실 방에서 그 짓을 즐겼다는 거야?" 시구르두르 올리가 물었다.

"구드라우구르가 강제로 당했을 수도 있고." 에를렌두르가 말했다. "누가 칼을 들이대는데 어떻게 할 수 없잖겠어?"

"크리스마스 시즌에 이런 지저분한 수수께끼나 맞추며 시간을 보내고 있어야 하니." 엘린보르그가 한숨을 쉬었다.

"식욕을 돋울 만한 얘기는 못 되지." 에를렌두르가 말하고는 샤르트뢰즈 잔을 마저 비웠다. 그는 한 잔 더 마시고 싶어 시계를 보았다.

사무실에 있었다면 지금쯤 일을 마칠 시간이었다. 바가 조금 덜 붐비는 것 같아 그는 웨이터를 손짓해 불렀다.

"그와 같이 있던 자가 최소한 둘은 되어야 하는 게, 무릎을 꿇은 자세로 상대방을 위협한다는 게 말이 안 되거든." 시구르두르 올리는 엘린보르그를 힐끗 쳐다보고 나서 얘기가 너무 앞서가는 게 아닌가 생각했다.

"그래도 지금까지 중에서 제일 그럴듯해."

"크리스마스 과자 맛 다 버려놓는구만." 에를렌두르가 말했다.

"좋아요. 그렇다면 왜 구드라우구르를 칼로 찌른 거죠?" 시구르두르 올리가 말했다. "그것도 한 번이 아니라 여러 번씩. 마치 제정신이 아닌 것처럼."

에를렌두르가 술을 더 시키라고 했지만 두 사람은 사양하고 시계를 보았다. 크리스마스가 코앞에 다가오고 있었다.

"틀림없이 여자가 있었을 겁니다." 시구르두르 올리가 말했다.

"콘돔에 묻었던 타액 속의 코르티솔 수치가 정상으로 나왔어." 에를렌두르가 말했다. "그 말은, 여자가 있었다 해도 그가 살해당할 시점에는 이미 그 자리를 떠나 거기에 없었다는 뜻이야."

"시체가 발견된 당시 상황으로 미루어 볼 때, 그건 있을 수 없는 일인 것 같아요." 엘린보르그가 말했다.

"그와 함께 있던 자가 누구였든 어쩔 수 없이 그런 짓을 했던 게 아닌 건 확실해. 강제는 아니야. 몸이 흥분하거나 긴장했다면 그 징표로 코르티솔 수치가 일정 수준 이상이 되어야 하거든."

"그렇다면 창녀가 막 자기 일을 하려던 참이었다는 말인데." 시구르두르 올리가 말했다.

"우리 좀 더 고상한 대화를 나눌 수는 없을까요?" 엘린보르그가 말했다.

"누군가 호텔에서 도둑질을 하고 있고 산타가 그 사실을 알았다는 말이 있어." 에를렌두르가 말했다.

"그렇다면 그 때문에 살해당했다는 건가요?" 시구르두르 올리가 물었다.

"모르겠어. 지배인이 관련된 은밀한 매춘이 이루어지고 있다는 얘기도 있어. 모든 게 뭐 하나 확실한 게 없지만 아무튼 다 조사해볼 필요가 있어."

"구드라우구르가 어떤 식으로든 그 일에 관련되어 있었다는 건가요?" 엘린보르그가 물었다.

"그가 발견되었던 당시의 상황으로 보아 그 점을 간과할 수 없지." 시구르두르 올리가 말했다.

"자네가 맡은 그 친구는 어떻게 되고 있나?" 에를렌두르가 물었다.

"지방법원에서도 전혀 동요가 없었어요." 엘린보르그가 맥주를 마시며 대답했다.

"아이는 아직도 자기 아버지가 한 짓이라고 증언하지 않고?" 역시 그 사건에 대해 잘 알고 있는 시구르두르 올리가 물었다.

"아무 말도 없어, 불쌍한 녀석." 엘린보르그가 말했다. "그 개자식은 자기 주장을 전혀 굽히지 않고 자기 아들을 폭행한 사실을 시종일관 부인하고 있지. 거기다 유능한 변호사들도 있고."

"그렇다면 아이를 다시 돌려받게 되는 거야?"

"그렇게 되겠지."

"아이는 뭐래?" 에를렌두르가 물었다. "그 아이도 아버지한테 가는 걸 원해?"

"그 점이 제일 이해할 수 없는 부분이에요." 엘린보르그가 말했다. "아이는 여전히 자기 아버지를 사랑하고 있어요. 그게 당연하다는 듯 말이에요."

잠시 침묵이 흘렀다.

"호텔에서 크리스마스를 보내실 거예요, 반장님?" 엘린보르그가 물었다. 그녀의 목소리에 힐난하는 기색이 어려 있었다.

"아니, 나도 집에 들어갈까 해." 에를렌두르가 말했다. "에바와 함께 보내야지. 훈제 양고기 요리도 하고."

"에바는 잘 지내고 있나요?" 엘린보르그가 물었다.

"그럭저럭. 잘 지내는 것 같아." 에를렌두르는 자기가 거짓말을 하고 있다는 걸 두 사람이 이미 눈치 채고 있다고 생각했다. 그들도 그가 딸 문제로 고민이 많다는 걸 알고 있었지만, 될수록 그 얘기는 꺼내지 않으려고 했다. 에를렌두르가 가능한 한 그들과는 그 문제에 대해 이야기하지 않으려 한다는 걸 잘 알고 있었고, 그래서 세세하게 물어본 적도 없었다.

"내일이 성 토르락* 축일인데." 시구르두르 올리가 물었다. "준비는 다 했어, 엘린보르그?"

"전혀." 그녀는 한숨을 쉬며 대답했다.

---

* 토르락 토르할손Thorlac Thorhallsson(1133~93)은 아이슬란드 출신의 성인으로 티크비보에르 수도원을 설립했고 스칼홀트 교구의 주교를 지냈다. 축일은 12월 23일.

247

"그 음반 수집이라는 게 대체 뭐하는 건지 궁금해." 에를렌두르가 말했다.

"뭐가 궁금해요?" 엘린보르그가 물었다.

"그런 취미들은 애들 때 시작하잖아?" 에를렌두르가 말했다. "그런 일에 대해서는 영 문외한이라서. 나는 도대체 뭘 수집한 적이 없었거든. 카드나 모형비행기 그리고 우표수집도 있고, 또 극장 프로그램이나 레코드판 등을 모으는 건 다 어릴 때나 해보는 취미생활 아닌가? 어른이 되면 대부분 시들해지기 마련인데, 죽을 때까지 책이나 레코드판 수집을 계속하는 사람들도 있다니."

"무슨 말을 하시려는 거예요?"

"왑쇼트 같은 음반 수집가들에 대해 생각해봤는데, 물론 그들이 전부 왑쇼트 같은 변태성욕자는 아닐 테지만 혹시 그런 수집활동이 잃어버린 어린 시절에 대한 일종의 보상심리와 관련이 있는 건 아닐까 싶어서. 잡으려고 하면 할수록 그들의 인생에서 점점 더 멀어지는 무언가를 붙잡고 놓지 않으려는 욕구와 관련이 있다는 거지. 수집이란 것이 젊은 날의 무언가를 지키려는 시도는 아닐까? 추억과 함께 하면서, 그것이 사라지도록 내버려두지 않고 오히려 이런 강박관념에 사로잡혀 더 개발하고 키워나가려 한다는 거야."

"그렇다면 왑쇼트가 소년성가대원의 음반을 수집하는 것이 젊은 날에 대한 노스탤지어의 일종이라는 거예요?" 엘린보르그가 물었다.

"그런데 어느 날 그 젊은 날의 향수가 바로 이 호텔에서 번쩍하고 그의 앞에 나타나 내면에 잠들어 있던 무언가를 일깨웠다?" 시구르두르 올리가 말을 받았다. "그 소년은 중년의 나이가 되어 있었다? 대충 이런 얘긴가요?"

"나도 모르겠어."

에를렌두르는 바에 있는 여행객들을 멍하니 쳐다보았다. 아시아계로 보이는데 미국식 영어를 하는 중년의 남자가 신형 비디오카메라를 들고 친구들을 찍고 있었다. 갑자기 에를렌두르의 머릿속에 호텔 보안카메라에 대한 생각이 떠올랐다. 호텔 총지배인이나 프런트매니저는 보안카메라에 대한 얘기를 하지 않았다. 그는 시구르두르 올리와 엘린보르그를 쳐다보았다.

"자네들 이 호텔에 보안카메라가 설치되어 있는지 알아봤나?"

둘은 서로의 얼굴을 쳐다보았다.

"그거 알아본다고 하지 않았어?" 시구르두르 올리가 물었다.

"깜빡했네." 엘린보르그가 말했다. "크리스마스가 뭔지, 정말 까맣게 잊고 있었어."

프런트매니저는 에를렌두르를 보고 고개를 저었다. 그 문제에 대한 호텔의 방침은 아주 확고하다고 했다. 객실은 물론이고 로비나 엘리베이터, 복도 및 객실 등 호텔 내 어디에도 보안카메라는 설치하지 않았다고 했다.

"그랬다가는 손님들이 다 떨어져나갈 겁니다." 프런트매니저가 진지하게 말했다.

"그래요, 나도 그럴 거라고 생각했어요." 에를렌두르가 실망하며 말했다. 잠시 지금까지 밝혀진 여러 가지 사실과 진술들과는 다른 무언가가 카메라에 잡혔을지도 모른다는 가느다란 희망을 가졌던 것이다.

그가 프런트를 떠나 바로 되돌아가고 있을 때 매니저가 소리쳐 불렀다.

"건물 남쪽 끝에 은행과 기념품점이 있는데 그쪽에 있는 출입구를 통해서도 호텔에 들어올 수 있어요. 이용하는 사람은 많지 않지만요. 그 은행에는 보안카메라가 설치되어 있습니다. 하지만 그 카메라에 찍힌 사람들은 거의 은행고객일 겁니다."

에를렌두르는 은행과 기념품점이 있다는 걸 듣고 바로 가보았지만 은행문은 이미 닫혀 있었다. 고개를 들자 거의 눈에 띄지 않게 설치되어 있는 카메라가 문 위에 보였다. 은행 안에는 아무도 없는 것 같았다. 유리문이 흔들릴 정도로 두드려보았지만 아무런 응답이 없었다. 결국 에를렌두르는 휴대폰을 꺼내 은행지점장을 데려오라고 했다.

기다리는 동안 에를렌두르는 상점에 진열된 기념품들을 살펴보았다. 모두 엄청난 가격에 팔리고 있었다. 굴포스*와 게이시르 간헐천**이 그려진 접시, 해머를 들고 있는 토르 상***, 여우 모피로 만든 열쇠고리, 아이슬란드 연해에 서식하는 고래들의 유영하는 모습이 담긴 포스터, 에를렌두르의 한 달 월급은 족히 들어갈 물개가죽 재킷 등이 보였다. 이런 아이슬란드 특산품들은 돈 많은 외국인 여행자들이나 관심을 둘까, 그로서는 선뜻 지갑을 열 만큼 만만한 물건은 찾아볼 수가 없었다.

은행지점장은 40대 여성으로 크리스마스 파티를 방해받아 무척 화

---

* Gullfoss, 아이슬란드 남서부 흐비타 강 협곡에 있는 폭포.
** Geysir, 수도 레이캬비크의 동쪽 론귀클 빙하 남단에 있는 간헐천으로 땅속에서 끓고 있던 온천이 최대 80m의 분수를 만들며 솟아오르고 있다.
*** 토르Thor는 북유럽 신화에 나오는 천둥의 신으로, 이 신을 형상화하여 금속이나 도자기로 만든 조각상.

가 나 있었다. 처음에는 은행에 강도라도 든 줄 안 모양이었다. 두 명의 제복경찰이 찾아와 문을 두드리더니 아무런 설명도 없이 함께 가줄 것을 요청한 것이다. 그녀는 은행의 보안카메라를 조사해야겠다고 말하는 에를렌두르를 노려보았다. 피우고 있던 담배를 비벼 끄고 다시 새 담배에 불을 붙이는 모습을 보고 에를렌두르는 그녀 같은 골초는 수년 내 처음 보는 것 같다고 생각했다.

"아침까지 기다려주실 수는 없었나요?" 그녀가 마치 얼음물이 뚝뚝 떨어지듯 차갑기 그지없는 목소리로 말하자, 에를렌두르는 이런 여인에게 빚을 진다는 건 그리 추천할 만한 일이 아니라는 생각이 들었다.

"그렇게 피우시다가는 오래 못 사실 겁니다." 에를렌두르가 담배를 가리키며 말했다.

"아직은 괜찮아요." 그녀가 말했다. "그런데 무슨 일로 여기서 저를 보자고 하신 거죠?"

"살인사건 때문입니다." 에를렌두르가 말했다. "호텔에서 발생한."

"그런데요?" 그녀가 살인사건이라는 말에도 별로 놀라지 않는 표정으로 물었다.

"신속한 수사를 위해 노력하고 있습니다." 그가 미소를 지으며 말했지만 소용없는 짓이었다.

"정말 웃기는 짓이로군요." 그녀는 이렇게 말하며 에를렌두르에게 안으로 따라오라고 했다. 오는 동안 내내 그녀에게 얼마나 시달렸는지, 뒤에 남게 된 두 경찰관은 그녀로부터 해방되어 다행이라는 표정을 감추지 못하고 있었다. 그녀는 그를 직원용 출입구로 데려가서 개인식별카드를 댄 다음 문을 열고 빨리 들어오라고 재촉했다.

이 작은 지점의 지점장실 내부에는 네 대의 모니터가 보안카메라와 연결되어 있었다. 현금지급기 두 대 뒤에 각각 하나씩, 손님 대기구역에 하나, 그리고 정문 입구 위에 하나가 설치되어 있었다. 그녀는 모니터를 켜고 카메라들이 24시간 작동되고 있으며, 녹화테이프는 3주간 보관했다가 재사용된다고 설명했다. 녹화장치들은 은행 지하의 작은 방에 별도로 설치되어 있었다.

벌써 세 개비째 담배를 피워 문 그녀는 그를 지하실로 데려가서 녹화테이프들을 보여주었다. 테이프에는 각각 녹화 날짜와 해당 카메라의 위치가 적힌 라벨이 붙어 있었다. 테이프들은 잠금장치가 되어 안전하게 보관되어 있었다.

"보안담당이 매일 내려와서 봅니다." 그녀가 말했다. "정상적으로 작동되고 있는지 점검해요. 이걸 어디다 쓰려고 하시는지 모르겠지만, 아무튼 쓸데없는 일로 괜히 시간낭비하지 않으시길 바랍니다."

"고맙습니다." 에를렌두르가 공손하게 말했다. "살인사건이 났던 날부터 검토하고 싶습니다."

"좋으실 대로 하세요." 그녀는 바닥에 떨어진 담배꽁초를 알뜰하게 발로 비벼서 껐다.

그는 '입구'라는 라벨이 붙은 것부터 살펴보기로 하고 그 테이프를 작은 모니터와 연결된 비디오플레이어에 넣었다. 현금지급기 감시카메라에 녹화된 테이프는 살펴볼 필요가 없을 것 같았다.

지점장이 자신의 금시계를 보았다.

"각 테이프의 녹화 길이는 24시간이에요." 그녀가 신음소리를 내며 말했다.

"어떻게 참으시죠?" 에를렌두르가 물었다. "근무시간 중에 말입니다."

"어떻게 참다니, 무슨 말씀이시죠?"

"담배요. 일하실 때는 어떻게 하시느냐는 거죠."

"그게 이 일과 상관이 있습니까?"

"아닙니다, 그런 건 전혀 없습니다." 에를렌두르가 서둘러 말을 마쳤다.

"테이프를 가져가시면 안 되나요?" 그녀가 말했다. "이러고 있을 시간이 없어서요. 언제 것부터 보시든 내 알 바 아니지만 그동안 여기서 계속 지키고 있을 생각은 전혀 없거든요."

"네, 맞습니다." 에를렌두르가 말했다. 그는 선반 위에 놓여 있는 테이프들을 쳐다보았다. "살인사건 전 2주일간의 테이프를 가져갈 생각입니다. 모두 14개가 되겠군요."

"살인범이 누군지 아시나요?"

"아직 모릅니다." 에를렌두르가 말했다.

"나도 그 사람을 알고 있어요." 그녀가 말했다. "도어맨 말예요. 여기 지점장으로 근무한 지 7년 됐거든요." 그녀는 말이 나온 김에 한마디 덧붙였다. "아주 괜찮은 사람 같았는데."

"최근에 그와 이야기를 나누신 적이 있습니까?"

"이야기를 나눈 적은 없었어요, 한 번도."

"그도 이 은행을 이용했습니까?" 에를렌두르가 물었다.

"아뇨, 우리 지점에 계좌를 개설한 일은 없어요, 내가 알기로는. 우리 지점에서 한 번도 본 적이 없습니다. 그 사람 돈이 제법 있었나요?"

에를렌두르는 테이프 14개를 방으로 가져와 텔레비전과 비디오플레이어를 켰다. 사건 전날 밤에 녹화된 테이프부터 막 검토하기 시작하려는 순간 휴대폰이 울렸다. 시구르두르 올리였다.

"욉쇼트를 계속 잡아둘 건지 아니면 풀어줄 건지 이제 결정해야 해요." 그가 말했다. "더 이상 알아낼 게 없어요."

"항의라도 하던가?"

"한마디도 없어요."

"변호사를 불러달라고는 하지 않고?"

"아뇨."

"아동 포르노 혐의를 씌워."

"아동 포르노요?"

"그의 방에 아동 포르노 테이프들이 있었어. 그런 테이프를 소지하는 건 불법이거든. 그가 그 지저분한 테이프를 감상하고 있는 걸 본 증인도 있어. 일단 포르노 혐의를 씌운 다음 계속 조사해보자고. 아직은 그자를 태국으로 돌아가게 하고 싶지 않아. 구드라우구르가 살해된 그날 시내에 있었다는 그의 진술을 확인해볼 필요가 있어. 유치장에서 좀 더 고생하라고 하고, 그동안 상황을 지켜보자고."

21
Röddin

에를렌두르는 거의 밤새도록 테이프를 검토했다.

카메라 앞을 지나가는 사람이 없는 부분에서는 테이프를 빨리 돌리는 방법도 곧 익힐 수 있었다. 예상대로 은행 앞이 가장 붐비는 시간은 오전 9시에서 오후 4시 사이였고, 그 시간 이후로는 사람 수가 급격히 줄다가 기념품 가게가 문을 닫는 6시에는 거의 발길이 뚝 끊겼다. 호텔로 들어가는 출입문은 24시간 개방되어 있었고 현금자동지급기 앞은 다소 붐볐지만 밤이 되면 그곳도 인적이 끊겼다.

구드라우구르가 살해된 날의 테이프에서는 건질 만한 게 하나도 없었다. 로비를 지나치는 사람들의 얼굴을 선명하게 확인할 수 있었지만 그가 알고 있는 사람은 아무도 없었다. 밤 녹화부분까지 빨리 돌려보기를 하자 사람들이 문을 통해 쏟아져 나왔다가 현금자동지급기 앞에서 잠시 머물고는 다시 튀어나가는 모습을 볼 수 있었다. 대부분의 사람들은 호텔 안으로 들어갔지만, 아무리 꼼꼼하게 살펴봐도 구드라우구르와 관계가 있어 보일 만한 사람은 찾을 수가 없었다.

그는 호텔 직원들이 은행 출입구를 사용한다는 사실을 알게 되었다. 프런트매니저, 뚱보 지배인과 외스프가 급하게 지나는 모습이 보였는데, 일을 마치고 퇴근하는 그녀의 심정이 전해지는 듯 왠지 마음이 편해지는 기분을 느꼈다. 구드라우구르가 로비를 지나가는 장면에서 그는 테이프를 멈췄다. 살해되기 사흘 전의 모습이었다. 구드라우구르 혼자였는데, 카메라 앞을 천천히 지나가며 은행 안을 들여다보다가 고개를 돌려 기념품 가게도 둘러보고는 호텔로 돌아가고 있었다. 에를렌두르는 되감기를 해서 구드라우구르가 나오는 장면을 보고 또 보고 네 번이나 다시 보았다. 살아 있는 그를 본다는 것이 참으로 기이한 느낌이 들었다. 구드라우구르가 은행 안을 들여다보는 장면에서 테이프를 정지시키고 화면에 고정된 그의 얼굴을 찬찬히 뜯어보았다. 살찐 소년성가대원이었다. 한때는 그토록 사랑스러운 목소리를 가진, 사람들의 심금을 울리던 보이 소프라노가 저 남자라니. 그의 노래를 들으며 자신도 모르게 지난날의 가장 고통스러운 기억들을 떠올리며 깊은 사색에 잠기게 했던, 바로 그 소년이다.

문을 두드리는 소리가 나 비디오를 끄고 문을 열자, 에바가 문 앞에 서 있었다.

"주무셨어요?" 그녀가 그를 스치듯 지나가며 물었다. "이 테이프들은 뭐예요?"

"이번 사건과 관계가 있는 것들이야." 에를렌두르가 말했다.

"소득은 있어요?"

"아니, 아직은 없어."

"스티나와 얘기해보셨어요?"

"스티나?"

"일전에 말씀드렸잖아요. 스티나! 아빠가 창녀들과 호텔에 대해 물어본 적이 있었잖아요."

"아니, 아직 만나보지 못했다. 그리고 이건 좀 다른 얘긴데, 너 혹시 이 호텔에서 일하는 네 나이 또래의 외스프라는 아가씨 몰라? 어쩐지 너랑 잘 어울릴 것 같아서."

"그게 무슨 말이에요?" 에바는 아버지에게 담뱃불을 붙여주고 침대에 털썩 주저앉았다. 에를렌두르는 책상 앞에 앉아 창문을 통해 칠흑 같은 어둠 속을 내다보았다. 크리스마스가 이틀 앞으로 다가왔다. 그때는 우리 모두 정상적인 생활로 돌아가겠지.

"아주 부정적인 아가씨거든." 그가 말했다.

"내가 정말 부정적이라고 생각해요?" 에바가 물었다.

에를렌두르가 아무 대답이 없자 에바는 코웃음을 치며 코로 담배연기를 뿜어냈다.

"그런데 어쩐지 즐거워 보인다?"

에를렌두르가 미소를 지어보였다.

"외스프라는 애는 몰라요." 에바가 말했다. "이번 사건과 무슨 관계라도 있어요?"

"그 아가씨는 이번 사건과 아무 관계도 없어." 에를렌두르가 말했다. "최소한 내 생각에는 그래. 그 아가씨가 처음 시체를 발견했어. 그리고 이 호텔에서 벌어지고 있는 몇 가지 일에 대해 알고 있는 것 같아. 아주 영리한 아가씨야. 한마디 더하자면 생활력이 강하다고나 할까. 아무튼 이상하게 네 생각이 나게 하더구나."

"나는 걔 몰라요." 에바가 말했다. 그러고는 말없이 허공을 응시했다. 에를렌두르도 그냥 에바를 쳐다보며 그렇게 시간이 흘러갔다. 가끔씩 그들은 서로에게 아무런 말도 하지 않고 있을 때가 있었다. 그들은 사소한 이야기들을 나눈 적이 없었다. 날씨라든가 물건값, 정부정책, 스포츠나 옷에 대한 이야기, 또는 흔히 사람들이 그저 시간을 보낼 목적으로 하는 소소한 일상 이야기 같은 건 해본 적이 한 번도 없었다. 오로지 그들 둘에 관한 이야기, 그들의 과거와 현재에 대한 이야기, 에를렌두르가 집을 나간 이후로 가족이면서 결코 가족인 적이 없었던 이야기, 에바와 오빠 신드리가 비극적으로 살아온 이야기, 그들 남매의 어머니가 품고 있는 에를렌두르에 대한 끝없는 원망……, 그런 것들만 중요한 문제였다. 둘 사이에는 언제나 그런 대화뿐이었다.

"크리스마스 선물로 뭘 받고 싶어?" 에를렌두르가 갑자기 침묵을 깨며 물었다.

"크리스마스 선물?" 에바가 되물었다.

"그래."

"별로 받고 싶은 게 없어요."

"뭔가 있을 거야."

"아빠는 크리스마스 때 무슨 선물을 받았어요? 어릴 때 말예요."

에를렌두르는 생각해보았다. 벙어리장갑이 생각났다.

"별거 아니었어." 그가 말했다.

"나는 엄마가 항상 나보다 신드리 오빠한테 더 좋은 선물을 준다고 생각했어요." 에바가 말했다. "그런데 엄마가 선물을 안 주기 시작했어요. 그걸 팔아서 약을 샀다고 말했거든요. 엄마가 한번은 반지를 선물해줬는데, 내가 팔아버렸어요. 삼촌이 아빠보다 좋은 선물을 받았어요?"

에를렌두르는 에바가 조심스럽게 그를 자극하고 있다고 느꼈다. 보통은 핵심을 바로 찔렀고, 그런 그녀의 대책 없는 솔직함에 그는 충격을 받곤 했었다. 드문 경우지만, 아주 조심스럽게 접근하려 하는 것을 느낄 때도 있었다.

유산을 하고 의식불명 상태에 빠진 이후 에바는 그 어느 때보다도 극진한 보살핌이 필요했다. 의사는 에를렌두르에게 가능한 한 많은 시간을 딸과 함께 보내고, 함께 있는 동안에는 많은 대화를 나누라고 했다. 그때 에를렌두르가 에바에게 해준 이야기 가운데 하나가 동생이 실종되고 자기가 황무지에서 구출된 이야기였다. 나중에 에바가 기운을 차리고 나서 함께 이사를 한 뒤 자기가 해준 이야기를 기억하고 있는지 물어보았지만, 그녀는 한마디도 기억하지 못했다. 그녀의 호기심은 점점 커졌고 자기에게 들려주었던 그 이야기를, 그전에는 누구에게도 해준 적이 없는, 누구도 알지 못하는 그 이야기를 다시 해달라고 끈질기게 졸라댔다. 그는 딸에게 자신의 과거에 대해 말한 적이 없었다. 그 이야기를 기필코 들어야겠다고 지치지도 않고 졸라대는 에바는, 아버지를 완전히 이해하기까지는 아직도 먼 길이 남았지만, 그래도 그것이 아버지에게 좀 더 다가가는 길이고 아버지를 단편적이나마 좀 더 알게 되는 길이라고 생각했다. 에바를 짓누르고 있는 한 가지 의문이 아버지에 대한 미움과 원망을 키웠고, 그 때문에 결국 둘 사이 관계의 골이 깊어졌던 것이다. 부모가 이혼할 수도 있다는 건 그녀도 충분히 이해했다. 부부가 이혼하는 건 흔한 일이었고, 그런 이혼 중에서도 안 좋은 경우는 부부가 갈라선 뒤 다시는 대화가 없는 경우였다. 이것을 알고 있는 에바도 그 점에 대해서는 불만이 없었다. 하지만 아버지가 자기들까지 버린 건 도저히 이해할 수가 없었다. 자기들을 버려두고 떠난 다음 어째서 단 한 번도 관심을 보인 적이 없었던 것인지, 침침한 아파트에서 혼자 궁상떨며 살고 있는 그를 에바가 스스로 찾아올 때까지 그렇게 내버려두고 있었던 이유가 뭔지, 그녀는 이런 의문들에 대해 아버지에게 따져보았지만 그는 딸의 질문에 답변할 준비가 전혀 되어 있지 않았다.

"더 좋은 선물?" 그가 말했다. "선물은 항상 똑같았어. 옛날부터 내려오는 크리스마스 노래 내용과 정말 똑같아. 초 한 자루와 카드 한 장. 때로는 뭔가 색다른 선물을 기대하기도 했지만, 그러기에는 집이 너무 가난했거든. 그 시절에는 모두가 가난했어."

"삼촌이 돌아가신 뒤에는 어떻게 됐어요?"

에를렌두르는 말이 없었다.

"아빠?" 에바가 대답을 재촉했다.

"네 삼촌과 함께 크리스마스도 사라졌다." 에를렌두르가 말했다.

구세주 예수의 생일은 동생이 죽은 뒤 더 이상 축복받은 기념일이 아니었다. 동생이 실종된 후 한 달이 지나면서 집 안에는 즐거움도 기쁨도 다 사라졌고 찾아오는 사람도 없었다. 예전에는 크리스마스 캐럴이 온 세상에 울려 퍼지는 이브에는 에를렌두르의 외가 식구들이 방문했다. 작은 집에 모두 모여 앉아 서로의 체온을 나누곤 했었다. 그러나 어머니는 그해 크리스마스에는 손님들의 방문을 일절 거부했다. 아버지는 깊은 시름에 잠겨 대부분의 시간을 침대에서 보냈다. 아

버지는 마치 모든 게 부질없고 결국 실패할 거란 걸 미리 알기라도 한
듯 아들을 수색하는 일에 더 이상 참여하지 않았다. 아들은 이미 죽었
고, 따라서 더 이상 해줄 게 아무것도 없으며, 아무도 그걸 대신해줄
수 없고, 모든 게 자신의 잘못 때문이라고 여겼다.

그러나 어머니는 포기하지 않았다. 에를렌두르가 충분히 간호를 받
았다는 확신이 들자 수색팀을 다시 독려했고 자신도 수색에 참여했
다. 어둠이 내리고 수색이 실패로 끝나 모두들 지쳐버리면 그때서야
맨 마지막으로 황무지에서 내려왔고, 다시 날이 밝으면 제일 먼저 황
무지로 돌아갈 준비를 했다. 어머니는 아들이 죽은 게 확실해진 다음
에도 포기하지 않고 수색을 계속했다. 계절이 완전히 겨울에 접어들
어 눈이 너무 깊이 쌓이고 날씨마저 변덕스러워 그녀로서도 어쩔 수
없이 포기할 수밖에 없게 될 때까지 그것은 계속되었다. 냉혹한 황무
지에서 아들이 도저히 살아남을 수 없으리라는 사실을 어쩔 수 없이
받아들여야 했던 어머니는 아들의 시신이라도 찾고자 봄이 오기만을
기다렸다. 어머니는 매일같이 산 쪽을 돌아보고, 가끔씩 저주를 퍼부
었다. "내 아들을 데려간 네 놈을 트롤*이 모두 먹어 치울 거다!"

동생의 시신이 저 황무지 어디엔가 누워 있으리라는 생각은 에를렌
두르를 너무도 힘들게 했고, 결국 그를 밤마다 악몽에 시달리게 했다.
폭풍과 맞서 싸우며, 눈 속에 파묻혀 가며 그 작은 몸으로 무섭게 몰
아치는 바람을 등지고 있으면, 어느새 죽음의 사신이 옆에 와 있었다.
그는 꿈속에서 비명을 지르다가 잠에서 깨어나곤 했다.

* Troll, 동굴이나 산에 사는 북유럽 신화 속의 거인.

다른 사람들은 모두 열심히 일하고 있는데 아버지는 어떻게 그토록 무기력하게 집에만 들어앉아 있을 수 있는지 에를렌두르는 이해할 수가 없었다. 그 사건이 아버지를 완전히 무너뜨려 좀비로 만들어버린 것 같았다. 아버지가 얼마나 강하고 활기찬 사람이었는지 잘 알고 있는 에를렌두르는 슬픔의 힘이 얼마나 큰 것인지 실감할 수 있었다. 아들을 잃은 슬픔은 그에게서 살아갈 의지를 빼앗아가 다시는 회복하지 못하게 했다.

훗날 그 일도 다 잊어갈 무렵, 부모님들이 처음으로 어떻게 해서 그런 일이 일어나게 되었는지에 대해 딱 한 번 다툰 적이 있었다. 어머니는 그날 아버지가 황무지에 올라가지 않기를 바랐지만, 아버지가 어머니 말을 듣지 않았다는 것을 에를렌두르도 그때 알게 되었다. "알았어요. 정 당신이 올라가겠다면 애들은 집에 두고 가세요." 어머니는 이렇게 말했다고 했다. 하지만 아버지는 그 말도 귀담아 듣지 않았다.

그리고 예전 같은 크리스마스는 다시는 돌아오지 않았다. 시간이 지나면서 부모님 사이에는 일종의 묵시적 합의 같은 것이 이루어졌다. 어머니는 아버지가 자기 말을 새겨듣지 않았던 사실을 다시는 언급하지 않았다. 또 아버지도 가지 말라던, 또는 아이들은 데려가지 말라던 어머니의 말을 무시하고 그토록 자기고집을 부렸던 일을 절대 입 밖에 내지 않았다. 날씨도 괜찮았고, 아버지 생각에 그건 어머니의 잔소리에 지나지 않았던 것이다. 그들은 마치 그 묵계가 깨지면 그들이 함께하는 삶도 더 이상 유지되지 않을 거라고 생각하는 듯 둘 사이에 있었던 일에 대해 다시는 거론하지 않았다. 이런 침묵 속에서 에를렌두르는 혼자 살아남은 자가 겪는 죄의식에 몸부림쳐야 했다.

"방이 왜 이렇게 추워요?"

에바가 코트를 더 바싹 죄어 입으며 물었다.

"라디에이터가 문제야." 에를렌두르가 말했다. "따듯해지질 않는구나. 너는 뭐 별다른 일은 없니?"

"없어요. 엄마가 어떤 놈이랑 바람이 났어요. 윌베르의 고전댄스교실에서 만났다나 봐요. 그 꼬락서니가 얼마나 가관일지 상상도 못 하겠어요. 아직도 브라일크림*을 바르고, 곱슬한 앞머리는 이마에 딱 붙이고, 울긋불긋 요란한 색깔의 셔츠를 입고, 라디오에서 옛날 노래라도 나오면 손가락을 딱딱 치는 그런 놈이겠지. '내 사랑 보니는 바다에 누워……' 어쩌고저쩌고 하면서 말예요."

에를렌두르는 미소를 지었다. 에바가 자기 엄마의 '놈'에 대해 얘기할 때만큼 성질이 고약해지는 일은 없는데, 그 '놈들'이란 것이 시간이 갈수록 점점 더 형편없어지는 모양이었다.

그러고 나서 다시 침묵이 흘렀다.

"여덟 살 때 내가 뭘 좋아했는지 곰곰이 생각해봤어요." 에바가 갑자기 입을 열었다. "생일날 내가 무슨 선물을 바랐는지 정말 기억이 안 나요. 그게 내 생일이었는데 생일파티를 기억할 수 없어요. 나는 길가에 주차된 차 안에서 기다리고 있었고, 그날이 내 여덟 살 생일이란 걸 알고 있었는데, 어찌된 일인지 이런 기억들이 여러 장면들과 마구 뒤섞여 있어요. 바로 그날이 내가 여덟 살이 되는 생일날이었어요."

그녀가 에를렌두르를 쳐다보았다.

---

* 영국제 남성용 헤어크림.

"그때 삼촌이 여덟 살이었다고 했죠, 돌아가셨을 때."

"그해 여름이 생일이었지."

"어째서 찾지 못했어요?"

"나도 몰라."

"어쨌든 황무지에 있었을 거 아닌가요?"

"그렇지."

"유골이라도."

"그래."

"여덟 살 어린아이가……."

"그래."

"아빠 잘못이었어요? 삼촌이 돌아가신 게?"

"그때 난 열 살이었다."

"그래요, 하지만……."

"그건 누구의 잘못도 아니었어."

"하지만 아빠는 아빠가……."

"어째서 그런 생각을 하게 되었니, 에바? 뭘 알고 싶은 거냐?"

"어째서 아빠는 헤어진 다음 오빠와 나를 한 번도 찾지 않았던 거예요?" 에바가 물었다. "어째서 우리랑 함께 있으려고 하지 않았던 거죠?"

"에바……."

"우리가 그렇게 하찮은 존재였나요?"

에를렌두르는 말없이 창밖을 내다보았다. 눈이 다시 내리기 시작하고 있었다.

"언제까지 그런 얘기를 계속할 거니?" 이윽고 그가 입을 열었다.

"한 번도 그 일에 대한 해명을 듣지 못했어요. 내 생각에는……."

"그건 내 동생과의 일이야. 그 애가 죽은 건. 너는 그 일과 네 일을 연관 짓고 싶은 거니?"

"모르겠어요." 에바가 말했다. "나는 아빠를 정말 모르겠어요. 아빠를 다시 만난 지 겨우 2년밖에 되지 않았고, 또 아빠를 찾아온 것도 나였어요. 삼촌 일이 아빠가 경찰이라는 사실 말고 내가 아빠에 대해 알고 있는 전부예요. 어떻게 오빠와 나를 버려둘 수 있었는지 난 아무래도 정말 이해할 수가 없어요. 자기가 낳은 자식들인데."

"네 엄마 결정에 따르기로 했던 거야. 물론 내가 너희들 양육권에 대해 좀 더 고집을 부려야 했을지도 모르지만, 그러나……."

"아빠는 관심이 없었어요." 에바가 그의 말을 중간에서 잘랐다.

"그건 사실이 아냐."

"그게 틀림없어요. 조금이라도 관심이 있었다면 어떻게 자기 자식을 그렇게 내팽개칠 수가 있겠어요?"

에를렌두르는 아무 말 없이 방바닥만 내려다보았다. 에바는 벌써 세 개비째 담배를 비벼 끄고 나서 자리에서 일어나 문을 열었다.

"스티나가 내일 아빠를 만나러 호텔로 찾아올 거예요. 점심시간에요. 유방 성형수술을 해서 알아보기 쉬울 거예요."

"만나게 해줘서 고맙다."

"별거 아녜요." 에바가 말했다.

그녀는 문간에서 잠시 머뭇거렸다.

"원하는 게 뭐니?" 에를렌두르가 물었다.

"잘 모르겠어요."

"아니, 크리스마스 선물."

에바가 자기 아버지를 쳐다보았다.

"내 소원은 우리 아기를 한번 안아볼 수 있었으면 하는 거예요." 에바가 말하고 조용히 문을 닫았다.

에를렌두르는 깊은 숨을 몰아쉬고는 침대 모서리에 한참 동안 앉아 있다가 다시 테이프를 보기 시작했다. 크리스마스로 바쁜 사람들이 화면 속에서 분주하게 지나치고 있었는데, 대부분이 가방과 크리스마스 쇼핑 꾸러미들을 들고 있었다.

그가 그 여자를 본 것은 구드라우구르가 살해되기 닷새 전의 녹화 테이프를 돌릴 때였다. 처음에는 무심코 넘어갔지만, 머릿속에 뭔가 섬광이 번쩍 비친 느낌이 들어 비디오를 멈추고 테이프를 되감아 그 장면으로 다시 돌아갔다. 에를렌두르의 관심을 끈 것은 그 여자의 얼굴이 아니라 그 행동거지, 당당한 걸음걸이와 오만한 자세였다. 플레이 버튼을 다시 누르고 호텔로 들어가는 그녀의 모습을 확실하게 보았다. 그는 다시 빨리보기를 했다. 30분쯤 지나자 그녀는 다시 화면에 모습을 보였는데, 호텔을 나와 고개를 돌리는 일도 없이 은행과 기념품 가게 앞을 지나가고 있었다.

그는 침대에서 일어나 화면을 뚫어지게 보았다.

구드라우구르의 누나였다.

수십 년간 한 번도 동생을 찾지 않은 여인이었다.

다섯째 날

Róddin

22
Röddin

　다음 날 아침 느지막이 에를렌두르는 소음에 잠을 깼다. 꿈조차 꾸지 않고 깊은 잠에 빠졌던 그는 잠에서 깨어나기까지 상당한 시간이 걸렸다. 처음에는 방 안에서 쉬지 않고 울려대는 그 끔찍한 소음의 정체가 무엇인지 깨닫지 못했다. 밤새도록 테이프를 돌려 보았지만 구드라우구르의 누나가 나오는 장면이 녹화된 테이프는 그날분 하나밖에 없었다. 그녀가 호텔에 온 것이 순전히 우연의 일치로, 그녀 말대로 수십 년간 왕래가 없었던 동생을 만나러 온 것이 아니라 다른 볼 일이 있어서 온 것이라고는 도저히 믿을 수가 없었다.

　에를렌두르는 거짓을 밝혀냈고, 그것은 사건수사에 대단히 중요한 열쇠가 될 것임이 분명했다.

　그 소음은 그칠 생각을 하지 않았고, 그때서야 에를렌두르는 그것이 전화벨 소리라는 것을 깨달았다. 수화기를 들자 총지배인의 목소리가 들려왔다.

　"주방으로 내려와 보셔야겠습니다." 총지배인이 말했다. "여기 반장님이 만나보셔야 할 사람이 있어서요."

　"그게 누구요?" 에를렌두르가 물었다.

"구드라우구르가 발견된 날 몸이 아파서 일찍 집에 들어갔던 친구입니다." 총지배인이 말했다. "한번 내려와 보시죠."

에를렌두르는 침대에서 나왔다. 옷을 입은 채로 잠이 들었던 모양이었다. 욕실로 들어가 거울에 얼굴을 비춰 보니 며칠간 손대지 않은 수염이 텁수룩하게 자라 있었다. 손으로 문지르자 나무에 사포질하는 것 같은 소리가 났다. 그의 수염은 아버지를 닮아 거칠고 조밀했다.

내려가기 전에 그는 시구르두르 올리에게 전화를 걸어 조사할 일이 있으니 엘린보르그와 함께 하프나르피요르두르로 가서 구드라우구르의 누나를 데려오라고 지시했다. 이유는 말해 주지 않았다. 비밀이 새나가기를 원치 않았다. 그녀가 자신의 거짓말이 탄로 났다는 걸 알았을 때 과연 표정이 어떻게 바뀔지 궁금했다.

주방으로 내려간 에를렌두르는 총지배인 옆에 서 있는 상당히 날씬한 체격의 20대 청년을 볼 수 있었다. 총지배인이 그의 눈에 무슨 장난이라도 쳤는지, 그 옆에 있으면 모든 사람들이 다 날씬하게 보이는 것 같았다.

"오셨군요." 총지배인이 말했다. "아시겠지만, 혹 이번 사건에 도움이 될까 해서 나름대로 증인이나 그런 것들을 알아보고 있었거든요."

총지배인이 그 직원을 쳐다보았다.

"자네가 알고 있는 사실을 말씀드리게."

젊은이가 진술을 시작했다. 그는 자세한 부분까지도 상당히 꼼꼼하게 묘사하며 지하실 방에서 구드라우구르의 시체가 발견된 날 오후무렵 몸살기운을 느꼈던 일부터 이야기를 시작했다. 결국 구토를 참지 못하고 주방에서 쓰레기통을 붙잡고 주저앉을 지경에까지 이르게

269

되었다고 했다.

그가 총지배인에게 겁먹은 눈길을 보냈다.

결국 조퇴를 허락받고 집으로 가서 심한 열과 몸살에 시달렸다. 혼자 살고 있었기 때문에 소식을 전해 듣지 못했고, 오늘 아침 출근해서야 구드라우구르가 살해되었다는 이야기를 듣게 되었다. 이제 호텔에서 근무한 지 1년밖에 안 되어서 죽은 사람을 잘 알지는 못했지만 그런 일이 있었다는 얘기를 듣고 놀라지 않을 수 없었다. 그는 가끔 그 사람과 이야기도 나누었고 방에 가본 적도 있었다.

"알았어, 그래, 그런 얘기는 이제 됐고." 총지배인이 참지 못하고 끼어들었다. "우리가 궁금한 건 그런 얘기가 아니야, 데니. 그 얘기 좀 하라고, 어서."

"그러니까 조퇴하던 날 아침, 굴리가 주방으로 찾아와서 칼 좀 쓸 수 있냐고 물었어요."

"그가 주방에서 칼을 빌려달라고 했다?" 에를렌두르가 물었다.

"네. 처음에는 가위를 달라고 했지만 보이지 않자 칼을 빌려달라고 했어요."

"왜 가위나 칼이 필요했는지는 말하지 않았고?"

"산타 옷을 손봐야 한다나 그랬어요."

"산타 옷을 손봐?"

"자세한 얘기는 없었고, 무슨 실밥인가를 뜯어야 된다고 그랬어요."

"그가 그 칼을 돌려줬나?"

"아뇨, 빌려주고 나서 그날 오후에 저는 일찍 들어갔고, 그 다음은 모르겠어요. 제가 아는 건 이게 다예요."

"그게 어떤 종류의 칼이었나?"

"날이 잘 들어야 한다고 했어요." 데니가 말했다.

"이것과 같은 종류였습니다." 총지배인이 서랍장에서 나무 손잡이가 달리고 날이 잘 선 작은 스테이크용 칼을 꺼내들며 말했다. "티본 스테이크를 주문하는 손님들을 위해 준비해두고 있지요. 써보신 적이 있죠? 아주 잘 들어요. 두꺼운 스테이크도 버터 자르듯 할 수 있어요."

에를렌두르는 그 칼을 받아들고 자세히 살펴보며, 구드라우구르가 살인자를 위해 자기를 살해할 훌륭한 무기까지 준비해두었다는 생각을 했다. 정말 단순히 산타 옷의 실밥을 뜯기 위해 칼을 빌렸던 것일까. 아니면 누군가가 자기 방에 올 것을 미리 예상하고 칼을 준비해두었던 것일까. 혹은 산타 옷을 수선하려고 칼을 책상 위에 올려놓았던 것인데, 갑자기 전혀 예상치 못했던 공격을 받아서 일이 그렇게 되고 말았던 것일까. 그런 경우였다면 범인은 비무장 상태로 구드라우구르의 방을 방문했던 것이고, 당연히 처음의 목적은 그를 살해하는 게 아니었을 것이다.

"이 칼을 가져가야겠소." 에를렌두르가 말했다. "날의 형태와 크기가 상처와 일치하는지 알아봐야겠는데, 괜찮겠소?"

총지배인은 고개를 끄덕였다.

"그 영국인이 범인 아닙니까?" 그가 물었다. "달리 혐의가 있는 사람이 또 있습니까?"

"여기서 데니와 잠깐 이야기를 나누었으면 좋겠는데, 괜찮겠소?" 에를렌두르가 그의 질문에는 일언반구도 없이 말했다.

총지배인은 다시 고개를 끄덕이고 나서 잠깐 머뭇거리다가, 에를렌두르의 말뜻을 이해하자 불쾌한 듯 그를 쳐다보았다. 그는 모든 일이 자기를 중심으로 돌아가는 데 익숙해져 있는 사람이었다. 이제 자기가 더 이상 필요 없다는 눈치를 받자 그는 짐짓 자기 사무실에 중요한 볼일이라도 있는 것처럼 요란을 떨며 그곳을 떠났다. 윗사람이 사라져줌으로써 찾아온 데니의 안도감은 곧 부질없는 것이 되고 말았다.

"자네가 지하실로 내려가 그를 찔렀나?" 에를렌두르가 물었다.

데니는 사형선고라도 받은 듯한 표정으로 그를 쳐다보았다.

"아뇨." 그는 마치 자기 자신도 그다지 확신이 없다는 듯 우물대며 대답했다. 다음에 이어지는 질문은 그를 더욱 혼란스럽게 했다.

"자네 씹는담배를 애용하나?" 에를렌두르가 다시 물었다.

"아뇨." 그가 말했다. "씹는담배라뇨? 대체 그게 무슨……."

"자네 타액 채취는 했지?"

"네?"

"콘돔은 사용하나?"

"콘돔요?" 이제는 완전히 넋이 나간 데니가 되물었다.

"애인은 없어?"

"애인요?"

"콘돔을 쓰면 피임할 수 있다고 확신하나?"

데니는 아무 말도 할 수 없었다.

"저는 애인이 없습니다." 이윽고 데니가 입을 열었고, 에를렌두르는 아쉬움을 느꼈다. "저에게 이런 질문을 하시는 의도가 뭡니까?"

"괜히 겁먹고 그럴 필요 없어." 에를렌두르가 말했다. "자네는 구드

272

라우구르를 알고 있어. 자네가 보기에 그는 어떤 사람이었나?"

"좋은 사람이었습니다."

데니 말에 의하면 구드라우구르는 호텔에서 지내는 것을 상당히 편안해하는 것 같았고, 해고된 다음에는 거처를 새로 마련해야 하는 데 대해 많이 걱정하는 듯했다. 그는 호텔의 모든 편의를 누릴 수 있었고, 그 긴 세월 동안 나가지 않고 남아 있는 유일한 멤버였다. 싼값에 호텔 음식을 즐겼고 호텔 세탁실에서 빨래를 해결했으며, 지하실의 작은 방은 집세 한 푼 내지 않고 살았다. 정리해고는 그에게 충격이었지만, 지출을 줄이면 되고 또 굳이 생활비를 벌기 위해 애쓰지 않아도 될 정도는 되기 때문에 그런대로 견딜 수 있을 거라고 했다.

"그게 무슨 뜻이지?" 에를렌두르가 물었다.

데니는 어깨를 으쓱했다.

"모르겠어요. 가끔은 정말 알 수 없는 사람이라는 생각이 들곤 했어요. 제가 알아들을 수 없는 말들을 종종 했거든요."

"어떤 말을?"

"저도 잘 모르는 말이었어요. 음악에 대한 얘기도 했고, 가끔씩요, 술을 마셨을 때 말예요. 물론 평상시에는 다른 사람들이나 별반 다를 게 없었지만요."

"술을 많이 마셨나?"

"아뇨, 그렇지 않았어요. 주말에나 가끔 마셨어요. 근무 중에는 한 번도 그런 적이 없었어요. 비록 하는 일이 별로 내세울 게 없는 일이었지만 나름대로 자부심을 갖고 있었어요. 도어맨과 다른 일들에 대해서요."

"음악에 대해서 자네한테 무슨 얘기를 했나?"

"아름다운 음악을 좋아했어요. 그게 무슨 얘기였는지 잘 기억은 나지 않아요."

"그가 왜 생활비를 더 벌 필요가 없다고 말한 것 같은가?"

"수중에 돈이 있는 것 같았어요. 그리고 돈을 벌기만 했지 무슨 일에 돈 쓰는 걸 본 적이 없어요. 그래서 그랬던 것 같아요. 제법 많은 돈을 모았을 거예요."

에를렌두르는 시구르두르 올리에게 구드라우구르의 은행계좌를 체크해보라고 지시했던 걸 기억해내며 다시 확인해야겠다고 생각했다. 씹는담배와 콘돔 그리고 애인에 대해서 생각하느라 혼란에 빠져 있는 데니를 그대로 두고 에를렌두르는 주방을 나왔다. 로비를 지나갈 때 한 젊은 여인이 프런트매니저와 큰 소리로 다투고 있는 모습이 보였다. 프런트매니저는 그녀를 호텔에서 내보내려 하고 있고 그녀는 그럴 수 없다고 버티고 있는 것 같았다. 에를렌두르가 저 여인이 그날 밤 프런트매니저를 유혹해 함정에 빠뜨렸던 그 여자가 아닐까 하는 생각을 하며 지나가고 있을 때, 그 여인이 그를 발견하고 찬찬히 살펴보았다.

"경찰 아저씨 맞죠?" 그녀가 소리쳤다.

"어서 여기서 나가!" 프런트매니저가 평상시와 다르게 거칠게 말했다.

"에바가 말한 거랑 정말 똑같이 생겼네요." 그녀가 에를렌두르를 아래위로 훑어보며 말했다. "제가 스티나예요. 에바가 아저씨랑 얘기해보라고 해서 왔어요."

두 사람은 바로 내려갔다. 에를렌두르가 커피를 주문했다. 그는 그녀의 가슴을 무시하려고 애썼지만, 고역도 그런 고역이 없었다. 여태껏 살아오면서 그처럼 날씬하고 예쁜 몸매에 그렇게 거대한 유방을 가진 여자는 처음 보았다. 그녀는 모피 깃을 두른, 발목까지 오는 베이지색 롱코트를 입고 있었다. 코트를 벗어 의자 등받이에 걸쳐놓자 배를 간신히 가린 타이트한 빨간색 탱크탑과 엉덩이 사이의 계곡이 적나라하게 드러나 보이며 번들번들 윤기가 나는 검은색 바지가 눈에 확 들어왔다. 그녀는 짙은 화장과 립스틱을 바른 얼굴에 아름다운 치아를 드러내며 환하게 미소를 지어보였다.

"30만 크로나 들었어요." 가려운 듯 오른쪽 가슴 밑을 조심스럽게 문지르며 그녀가 말했다. "가슴을 보고 이상하다고 생각하셨죠?"

"아니, 뭐 그냥. 괜찮아요?"

"조금 가려워서 그래요." 그녀가 한쪽 눈을 찡긋했다. "마음대로 긁을 수도 없어요. 정말 조심해야 되거든요."

"뭘?"

"새 실리콘요." 스티나가 그의 말을 중간에 가로채며 말했다. "며칠 전에 유방확대수술을 했거든요."

에를렌두르는 그녀의 새 가슴을 쳐다보기조차 조심스러웠다.

"에바는 어떻게 알지?"

"에바도 그걸 물어볼 거라며 굳이 알려드릴 필요는 없다고 했는데, 에바 말이 맞아요. 그냥 저를 믿으세요. 그리고 아저씨가 저를 조금 도와주실 거고, 그러면 나도 뭔가 도움이 되어드릴 수 있을 거라고 했는데, 제 말 무슨 뜻인지 아시죠?"

"아니." 에를렌두르가 말했다. "스티나 말이 무슨 뜻인지 나는 모르겠는데?"

"에바가 그렇게 말했는데."

"에바가 거짓말 한 거야. 무슨 말을 하려고? 조금 도와주다니, 무슨 일을 도와달라는 거지?"

스티나가 한숨을 쉬었다.

"제 남자친구가 케플라비크 공항에서 마리화나를 소지한 혐의로 체포됐어요. 양도 많지 않았는데, 그래도 감옥에서 3년은 썩어야 할 거예요. 살인범이나 강간범도 그 정도밖에 살지 않을 거예요. 겨우 마리화나 한 봉지 소지했다고. LSD*도 몇 알 있었어요. 그게 전부예요. 근데 3년은 감옥에서 썩을 거래요. 3년! 어린애들을 성폭행하는 놈들도 3개월밖에 안 사는데, 정말예요. 얼어 죽을 변태들!"

에를렌두르는 그녀를 어떻게 도와주어야 할지 난감했다. 세상과 거래를 하는 것이 얼마나 어렵고 복잡한 일인지 전혀 모르는 그녀는, 정말 어린아이나 다름없었다.

"공항에서 붙잡혔나?"

"네."

"그렇다면 내가 어떻게 손을 써볼 수가 없겠는데." 에를렌두르가 말했다. "그리고 그런 일로 스티나를 도와주고 싶은 생각도 없고. 스티나 친구는 그리 좋은 사람 같지 않군. 마약밀매와 매춘이라니. 그 친구 진짜로 하는 일이 뭐야?"

* 환각제.

276

"좀 도와주실 수 없어요?" 스티나가 말했다. "담당자한테 한번 말이라도 해주세요. 3년이나 썩게 할 수는 없어요!"

"이건 완전히 현행범이야." 에를렌두르가 고개를 저으며 말했다. "스티나도 매춘업에 종사하고 있지?"

"매춘, 매춘이라." 어깨에 걸친 까만 핸드백에서 담배를 꺼내며 스티나가 입을 열었다. "난 후작 각하처럼 높으신 양반 앞에서 춤을 춰요." 그녀는 앞으로 몸을 기울이고는 에를렌두르와 무슨 음모라도 꾸밀 듯 속삭였다. "하지만 그게 다른 사업보다 돈을 더 많이 벌거든요."

"이 호텔에 스티나 고객들이 있어?"

"몇 명요." 스티나가 말했다.

"그러면 이 호텔에서 영업도 해?"

"여기서 일한 적은 없어요."

"내 말은 그러니까 여기서 손님들을 픽업하거나 아니면 시내에서부터 동행하거나 하지 않느냐 하는 거야."

"가격만 맞으면요. 뚱보가 저를 내쫓기 전까지는 여기 있어도 그냥 내버려둬요."

"그건 왜?"

스티나는 다시 젖가슴 아래가 가려워져서 조심스럽게 긁었다. 그녀는 이마를 찡그리며 에를렌두르에게 억지로 미소를 지어보였지만 기분이 썩 좋아보이지는 않았다.

"제가 알고 있는 어떤 여자가 유방확대수술을 받았는데, 그게 잘못되었대요." 그녀가 말했다. "유방이 빈 콩깍지처럼 쭈그러들었다나 봐요."

"정말 그런 가슴이 꼭 필요한가?" 에를렌두르가 그만 참지 못하고 물었다.

"제 가슴이 마음에 안 드세요?" 그녀가 가슴을 쑥 내밀며 말했지만, 그녀도 자기 가슴이 마음에 안 드는 듯 얼굴을 찡그렸다. "이 망할 실밥 때문에 정말 죽겠어요." 그녀가 씩씩대며 덧붙였다.

"글쎄, 그게 그러니까…… 에, 크기는 해." 에를렌두르가 인정했다.

"그리고 밑으로 처지지 않고 탱탱하게 서 있기도 하죠." 스티나가 자랑스레 말했다.

에를렌두르는 호텔 총지배인이 프런트매니저와 함께 바 안으로 들어와 그들 쪽으로 거들먹거리며 걸어오는 것을 보았다. 그는 바 안을 둘러본 다음 다른 사람들이 없는 것을 확인하자 아직 몇 미터나 떨어져 있는데도 불구하고 스티나를 향해 큰 소리로 으르렁거리며 소리쳤다.

"나가! 이 여자가 여기가 어딘 줄 알고. 당장 여기서 나가!"

스티나는 어깨 너머로 호텔 총지배인을 힐끗 본 다음 다시 에를렌두르를 쳐다보며 눈동자를 굴렸다.

"맙소사!" 그녀가 말했다.

"우리 호텔은 당신 같은 창녀가 발을 들여놓을 곳이 아니야." 총지배인이 큰 소리로 말했다.

그는 스티나를 집어던지기라도 할 듯 움켜잡았다.

"내 몸에 손대지 말아요." 스티나가 말했다. "나는 지금 이분하고 얘기를 나누고 있어요."

"그 젖가슴 조심하라고." 에를렌두르가 자기도 모르게 소리쳤다.

호텔 총지배인은 얼빠진 표정으로 에를렌두르를 쳐다보았다. "그거 새로 한 거란 말이요." 에를렌두르가 설명이라도 한답시고 덧붙였다.

에를렌두르는 얼른 일어나 총지배인의 앞을 가로막고 밀어내려 했지만 소용이 없었다. 스티나는 가슴을 보호하려고 갖은 애를 쓰고 있었고, 그동안 프런트매니저는 멀리 떨어져서 그 소동을 지켜보고만 있었다. 이윽고 그도 에를렌두르와 합세해 극도로 흥분한 총지배인을 스티나에게서 떼어놓으려고 했다.

"전부 다…… 저 여자 말은…… 나에 대한 얘기는…… 모두…… 말도 안 되는 거짓말이라구!" 그가 헐떡거리며 말했다. 이렇게 옥신각신하는 일에 온 힘을 쏟아 부은 듯 그의 얼굴은 온통 땀에 젖어 있었고, 몹시 가쁜 숨을 몰아쉬고 있었다.

"당신에 대한 얘기는 한마디도 하지 않았어요." 에를렌두르가 그를 진정시키며 말했다.

"내가 바라는 건…… 저 여자가…… 없어져 주는 거요…… 우리 호텔에서." 총지배인은 의자에 털썩 주저앉으며 손수건을 꺼내 얼굴에 흐르는 땀을 닦기 시작했다.

"진정해요, 파트소." 스티나가 말했다. "이 사람이 정육업자라는 걸 아세요?"

"정육업자?" 에를렌두르는 바로 그 의미를 파악하지 못하고 물었다.

"이 호텔에서 일하는 우리들한테 전부 한 조각씩 거두거든요." 그녀가 말했다.

"한 조각씩?" 에를렌두르가 다시 물었다.

"한 조각씩요. 일종의 커미션이죠. 우리한테서 자기 몫을 챙기는 거예요."

"말도 안 되는 소리!" 총지배인이 소리쳤다. "꺼져, 이 망할 년!"

"자기랑 수석웨이터 몫으로 절반도 더 요구했어요." 스티나가 가슴을 조심스럽게 매만지면서 말했다. "그런데 내가 거절하니까 나보고 여기서 꺼지고 다시는 나타나지 말라고 했어요."

"저 여자가 거짓말 하는 겁니다." 총지배인이 조금 진정이 된 어조로 말했다. "나는 항상 저런 여자들을 발도 못 붙이게 했고, 그건 저 여자도 마찬가지였어요. 우리 호텔은 창녀들이 드나드는 걸 원치 않습니다."

"수석웨이터?" 그 가느다란 콧수염을 떠올리며 에를렌두르가 말했다. 로산트. 이름이 그랬지.

"우리를 내쫓기는 했죠." 스티나가 콧방귀를 뀌며 에를렌두르를 돌아보았다. "저 사람이 우리한테 전화를 해요. 손님 중에 그걸 원하거나 돈 있는 사람이 있는 것 같으면 우리한테 전화를 걸어 바에서 대기하도록 해놓는 거죠. 그래야 호텔에 손님이 몰리거든요. 무슨 협회나 회의 같은 데 참석하려고 온 사람이나 외국 손님들, 외로운 노인네들이 주로 대상이죠. 규모가 큰 회의가 있으면 저 사람이 전화로 알려주곤 해요."

"스티나 같은 아가씨들이 많은가?" 에를렌두르가 물었다.

"우리처럼 에스코트 서비스를 제공하는 아가씨는 그리 많지 않아요." 스티나가 말했다. "저희는 정말이지 이 업계에서도 최고 수준이거든요."

스티나의 말은 마치 새로 만든 풍만한 가슴도 없이 매춘을 하는 것은 자부심을 느낄 만한 일이 아니라는 느낌을 주었다.

"무슨 놈의 얼어 죽을 에스코트 서비스." 총지배인이 다시 침착한 어조로 말했다. "호텔 주변을 어슬렁거리다가 어떻게든 손님을 낚아채서 방으로 올라가려는 수작이나 하는 거요. 내가 자기들한테 전화를 한다니, 말도 안 되는 거짓말입니다. 이 더러운 창녀 같으니!"

바에서 스티나와 대화를 계속하는 게 바람직하지 않다고 생각한 에를렌두르는 프런트매니저의 사무실을 잠시 빌려 달라고 했다. 그게 안 되면 모두 함께 경찰서로 갈 수밖에 도리가 없다고 하며. 호텔 총지배인은 신음소리를 내며 스티나를 죽일 듯이 노려보았다. 에를렌두르는 스티나를 따라 바에서 나와 사무실로 들어갔고, 총지배인은 뒤에 남았다. 예상치 못했던 날벼락을 맞아 정신이 혼미해진 총지배인은 프런트매니저가 걱정스런 얼굴로 다가오자 신경질을 내며 쫓아 버렸다.

"그 여자가 거짓말 하는 거요, 에를렌두르 반장!" 그가 뒤에서 소리쳤다. "전부 다 거짓말이라고요!"

바를 제외하고는 호텔 전체가 금연구역이지만, 그래도 여기는 괜찮겠다 싶었는지 스티나가 담배를 피워 물었다. 에를렌두르는 매니저의 책상에 앉아 잠시 기다려주었다.

"이 호텔 도어맨, 스티나도 알고 있지?" 에를렌두르가 물었다. "구드라우구르 알지?"

"정말 좋은 사람이었어요. 그 사람은 파트소가 우리한테 돈을 갈취하는 걸 알고 있었어요. 그래서 살해된 거예요."

"그가……."

"반장님은 파트소가 그 사람을 죽였다고 보세요?" 스티나가 그의 말을 중간에 끊고 계속 말을 이었다. "그자는 이 동네에서 제일 쓰레기 같은 인간이에요. 내가 왜 이 쓰레기 같은 호텔에 출입금지를 당했는지 아세요?"

"아니."

"그자는 아가씨들한테서 돈만 뜯어내는 게 아니라, 아실 테지만……."

"뭐지?"

"우리한테 잠자리까지 요구했어요, 개인적으로 말예요. 아시겠지만……."

"그래서?"

"나는 못 하겠다고 했어요. 그 짓만은 절대로 하고 싶은 생각이 없었거든요. 그런 비곗덩어리와 뒹군다니. 그자는 정말 돼지예요. 구드라우구르도 그 인간이 죽였을 거예요. 그런 짓을 하고도 남을 자예요. 틀림없어요."

"그런데 스티나는 구드라우구르와 어떤 사이였나? 그도 고객이었어?"

"아뇨, 그런 일은 절대로 없었어요. 그 사람은 그런 일에는 관심도 없었다고요."

"그렇지는 않았을걸." 지하실의 작은 방에서 발목까지 바지가 벗겨진 채 발견된 구드라우구르의 시체를 머릿속에 그리며 에를렌두르가 말했다. "전혀 관심이 없었던 것 같지는 않은데."

"아무튼 저한테는 눈곱만큼의 관심도 보인 적이 없었어요." 스티나가 가슴을 위로 밀어 올리며 말했다. "나뿐만 아니라 우리 아가씨들한테는 전혀 관심이 없었어요."

"수석웨이터도 지배인과 한통속이 되어서 그런 짓을 한다고 했지?"

"로산트요? 그럼요."

"프런트매니저는 어떤 사람이지?"

"그 사람은 우리 아가씨들을 필요로 하지 않아요. 은밀하게 포주 노릇을 하는 자들은 아까 말한 그 두 사람이에요. 프런트매니저는 로산트를 내쫓으려고 하지만, 파트소한테는 그가 큰 돈줄이니 자르도록 내버려둘 리가 없죠."

"그밖에 또 알고 있는 다른 얘기들은 없어? 스티나는 혹시 씹는담배 해본 적은 있나? 거즈 같은 데나 아니면 작은 티백에 들어 있는 담배 말이야. 입술 안쪽에 넣고 껌 대신 씹는다고 하던데."

"어머나, 세상에." 스티나가 말했다. "미쳤어요? 내가 치아를 얼마나 아끼는데요."

"혹시 아는 사람 중에 씹는담배 하는 사람 없나?"

"없어요."

그들은 더 이상 나눌 말이 없었고, 에를렌두르는 결국 스티나에게 고리타분한 설교를 늘어놓게 되지나 않을까 하는 생각이 들었다. 그의 마음속은 에바에 대한 생각으로 가득 찼다. 어쩌다가 마약에 손을 대게 되어서, 마약 값을 대려고 매춘까지 하게 되었을까. 아마도 싸구려 호텔 같은 데서 그랬을 텐데. 한 여성이 자신의 소중한 몸을 냄새나는 늙은이에게 판다는 것은 그 이유나 시간, 장소를 불문하고 정말 너무나 끔찍한 일이었다.

"스티나는 왜 이런 일을 하는 거지?" 가능하면 나무라는 듯한 표정을 감추려고 애쓰며 그가 물었다. "가슴에는 실리콘을 넣고, 회의 참석차 온 손님들과 호텔방에서 잠을 자고, 왜 그러는 거지?"

"에바가 그런 말도 할 거라고 했어요. 굳이 이해하려 들지 마세요." 스티나가 담배를 바닥에 비벼 끄며 말했다. "애쓰실 필요 없어요."

열려 있는 사무실 문틈으로 로비 쪽을 힐끗 내다보던 그녀는 외스프가 지나가는 것을 발견했다.

"외스프가 아직도 호텔에서 일하고 있네?"

"외스프? 외스프를 알아?" 에를렌두르의 주머니에서 휴대폰이 울리기 시작했다.

"그만둔 줄 알았는데. 여기 올 때면 가끔 그녀와 이야기를 나누곤 했어요."

"외스프는 어떻게 알게 되었지?"

"우리가 함께 지낸 건……."

"외스프도 매춘한 건 아니지?" 에를렌두르가 휴대폰을 받으려고 하면서 물었다.

"물론이죠." 스티나가 말했다. "외스프는 자기 남동생이랑 달라요."

"남동생?" 에를렌두르가 물었다. "외스프한테 남동생이 있었어?"

"우리 업계에서 그 애랑 비교하면 나는 댈 것도 아니에요."

23
Röddin

애를렌두르는 외스프의 동생에 대해서 스티나가 한 말이 무슨 뜻인지 알 수 없어 한참 동안 곤혹스런 표정으로 그녀를 쳐다보았다.

"왜요?" 그녀가 말했다. "뭐가 잘못됐어요? 전화 안 받으세요?"

"왜 외스프가 그만뒀을 거라고 생각했지?"

"형편없는 일자리잖아요!"

에를렌두르는 멍한 표정으로 전화를 받았다.

"전화 좀 빨리 받아요." 엘린보르그가 수화기 저쪽에서 말했다.

그녀와 시구르두르 올리는 구드라우구르의 누나에게 레이캬비크 경찰서까지 동행해줄 것을 요청했지만, 그녀는 그들의 요구를 거부했다. 한마디 설명도 없이 경찰서로 연행하려는 그들에게 그녀는 휠체어 신세를 지고 있는 아버지를 돌봐줄 사람이 없어 곤란하다고 했다. 부친을 돌볼 사람도 불러줄 수 있고 필요하다면 변호사도 부르라고 했지만, 그녀는 문제의 심각성을 깨닫지 못하는 것 같았다. 그녀가 경찰서에 출두할 의향이 전혀 없어 보이자, 엘린보르그는 시구르두르 올리의 바람과는 반대로 한 가지 타협안을 제시했다. 일단 그녀를 에를렌두르가 있는 호텔로 데려가서 심문하도록 한 뒤에 다음 행동을 결정하자고 했다. 시구르두르 올리가 더 이상 참지 못하고 구드라우구르의 누나를 끌어내리려고 마음을 먹는 찰나에 그녀가 동의했다. 그녀는 그전부터 필요할 때 신세를 지곤 했던 이웃에게 전화를 걸어 아버지를 부탁했다. 그리고 나서는 다시 갈 수 없다고 버티기 시작해 시구르두르 올리는 화가 머리끝까지 솟구쳐 올랐다.

"시구르두르가 그 여자를 데려갈 거예요." 엘린보르그가 전화로 말했다. "그 여자를 완전히 설득하려면 시간이 좀 더 필요해요. 자기한테 무슨 할 말이 더 있냐고 계속 따지면서, 자세한 내용은 우리도 모른다고 해도 그 말을 도무지 믿으려 들지 않아요. 어째서 그 여자한테 아무 말도 해주지 말라는 거예요?"

"그 여자는 동생이 살해되기 며칠 전 호텔에 온 적이 있는데, 우리한테는 수십 년간 동생을 본 적이 없다고 했거든. 무슨 이유로 그 여자가 그런 거짓말을 한 건지 정말 궁금해. 그 여자 면전에서 그걸 확인해보고 싶어서 그래."

"정말 성질나게 하는 여자예요." 엘린보르그가 말했다. "시구르두르 올리는 그 여자 때문에 꼭지가 돌 지경이었다고요."

"무슨 일이 있었는데?"

"시구르두르가 직접 얘기할 거예요."

에를렌두르는 전화를 끊었다.

"아까 그게 무슨 말이지? 업계에서는 그가 스티나와는 비교도 안 된다고 했던 거?" 담배를 한 대 더 피울까 고민하며 가방 속을 들여다보고 있는 스티나에게 그가 물었다. "외스프의 동생 말이야. 대체 그게 무슨 소리지?"

"네?"

"외스프 남동생. 업계에서는 그가 스티나와는 비교도 안 된다고 했 잖아."

"외스프한테 물어보세요." 그녀가 말했다.

"그러면 되지. 하지만 내 말은, 그러니까…… 외스프의 동생이라고 했지?"

"네. 그 애는, 음…… 뭐랄까, 바이 바이 베이비예요."

"바이 바이 베이비라니, 그게 무슨?"

"양성애자를 말하는 거예요."

"그런데, 그가 매춘도 한다?" 에를렌두르가 물었다. "스티나처럼?"

"맞아요. 또 마약중독자예요. 빚을 많이 지고 있어서 늘 두들겨 맞 고 살아요."

"그런데 외스프는 어떻게? 외스프는 어떻게 알게 되었어?"

"같은 학교를 다녔어요. 그 애 동생도요. 외스프보다 한 살 어려요. 우린 나이가 같고 같은 반이었는데, 이게 별로였어요." 스티나가 자 기 머리를 가리켰다. "열다섯에 학교를 그만뒀고, 되는 일이 없었죠. 난 그래도 다닐 건 다 다녔다고요. 중학교도 마쳤어요."

스티나가 활짝 웃어 보였다.

에를렌두르는 그녀를 아래위로 훑어보았다.

"스티나는 우리 딸 친구이고 또 오늘 많은 도움을 준 것도 사실이 야." 그가 말했다. "하지만 외스프하고 비교할 수는 없어. 우선 외스 프는 가슴을 손대거나 하지는 않잖아."

스티나는 묘한 미소를 지으며 그를 쳐다보다가, 한마디 말도 없이 사무실을 나가 로비를 가로질러 갔다. 모피 깃이 달린 코트자락을 휘날리며 걸어가고 있었지만, 그녀의 모습에서는 우아함을 찾아볼 수가 없었다. 그녀가 호텔을 나가려는 참에 구드라우구르의 누나를 대동하고 로비에 막 들어서는 시구르두르 올리와 맞닥뜨렸는데, 스티나의 가슴을 보고 눈이 휘둥그레진 시구르두르 올리의 모습이 에를렌두르의 눈에 들어왔다. 결국은 스티나가 헛돈을 쓴 건 아니라는 생각이 들었다. 호텔 총지배인은 에를렌두르의 미팅이 끝나기만 기다렸는지 근처에서 대기하고 있었다. 엘리베이터 옆에서는 외스프가 호텔을 나서는 스티나를 지켜보고 있었다. 그녀도 스티나를 알아본 것이 틀림없었다. 프런트매니저는 데스크에 앉아서 스티나가 프런트 앞을 지나쳐 호텔 밖으로 나갈 때까지 눈을 떼지 않았다. 그러고 나서 주방 쪽으로 어슬렁거리며 걸어가는 총지배인에게 눈길을 주었다가 엘리베이터 안으로 사라지는 외스프를 보았다.

"이런 말도 안 되는 짓거리를 왜 해야 되는지 여쭤봐도 될까요?" 구드라우구르의 누나가 에를렌두르에게 다가오며 하는 소리가 들렸다. "이렇게 뻔뻔하고 무례한 짓을 하는 저의가 뭐죠?"

"뻔뻔하고 무례하다고요?" 에를렌두르가 비꼬는 목소리로 되물었다. "그거 어디서 많이 들어본 소리 같군요."

"여기 이 사람." 시구르두르 올리의 이름을 모르고 있는 게 확실한 구드라우구르의 누나가 말했다. "이 사람이 나한테 무례하게 군 건 꼭 사과를 받아야겠어요."

"말도 안 되는 소리예요." 시구르두르 올리가 말했다.

"나를 밀치고 무슨 범죄자 다루듯 집 밖으로 끌어내려고 했어요."

288

"제가 수갑을 채웠어요." 시구르두르 올리가 말했다. "그리고 결코 사과할 일은 없을 겁니다. 깨끗이 포기해야 할걸요. 나를 아무렇게나 막 불렀다고요, 엘린보르그에게도 마찬가지구요. 거기다가 저항하기까지 했어요. 공식 업무를 수행중인 경찰의 공무집행을 방해한 거라고요."

스테파니아 에길스도티르는 에를렌두르를 쳐다보며 아무 말도 하지 않았다.

"그런 취급을 당하는 건 처음이었어요." 이윽고 그녀가 말했다.

"경찰서로 압송해." 에를렌두르가 시구르두르 올리에게 말했다. "헨리 왑쇼트 옆방에 수감시켜. 거기서 내일 다시 시작하자고." 그가 여인을 쳐다보았다. "아니면 내일모레 하든가."

"당신들 이럴 수는 없어요." 스테파니아가 말했고, 에를렌두르는 그녀가 몹시 당황하고 있다는 걸 알 수 있었다. "내가 이런 취급을 당할 까닭이 없어요. 어째서 나를 범죄자 다루듯 하는 거죠? 도대체 내가 무슨 잘못을 했다고 이래요?"

"당신은 거짓말을 했소." 에를렌두르가 말했다. "그럼 다음에 봅시다." 그리고 나서 시구르두르 올리에게 지시했다. "그만 가보게."

그들에게서 몸을 돌린 에를렌두르는 호텔 총지배인이 사라진 쪽으로 향했다. 시구르두르 올리가 스테파니아를 끌고 가려 했지만, 그녀는 그 자리에 뿌리라도 내린 듯 버티고 서서 에를렌두르의 멀어지는 뒷모습을 뚫어지게 쳐다보았다.

"좋아요." 그녀가 그를 소리쳐 불렀다. 그녀는 시구르두르 올리를 떨쳐내려고 애를 썼다. "굳이 이렇게 안 하셔도 돼요." 그녀가 말했다. "차분히 앉아서 이성적으로 대화를 나눌 수도 있잖아요."

에를렌두르는 걸음을 멈추고 돌아섰다.

"내 동생, 그걸 바라시는 것 같은데, 내 동생에 대해서 말씀드리죠." 그녀가 말했다.

그들은 구드라우구르의 작은 방으로 자리를 옮겼다. 그녀가 그걸 원했다. 에를렌두르는 그녀에게 와본 적이 있는지 물었고, 그녀는 없다고 했다. 그 오랜 세월 동안 동생을 만난 적이 없었는지 묻자, 동생과는 전혀 접촉이 없었다고 한 예전의 말을 되풀이했다. 에를렌두르는 그녀가 거짓말을 하고 있다는 걸 확신했다. 구드라우구르가 살해되기 5일 전에 그녀가 호텔에 일을 보러 왔다는 것은 어떤 식으로든 그와 연관된 것으로, 그건 절대로 단순한 우연의 일치로 볼 수가 없었다.

그녀는 조금의 표정변화나 단 한 마디의 말도 없이 셜리 템플의 '소공녀' 포스터를 쳐다보았다. 그러고는 옷장을 열고 동생의 도어맨 유니폼을 살펴보았다. 시구르두르 올리는 구드라우구르의 옛 동창들과 만날 약속이 되어 있어서 함께 지하실로 내려오지 않고 따로 남았다.

"동생이 여기서 죽었군요." 슬픈 기색 하나 없는 목소리로 그녀가 말하자, 에를렌두르는 그들이 처음 만났을 때와 똑같이 무슨 이유로 이 여자는 자기 동생의 죽음에 대해 아무런 감정도 보이지 않는 것인지 궁금하기만 했다.

"칼에 심장을 찔렸소." 에를렌두르가 말했다. "주방에서 가져온 칼이었을 거요." 그가 한마디 덧붙였다. "침대에 피가 흥건했소."

"정말 초라하군요." 그녀가 방 안을 둘러보며 말했다. "지난 세월을 어떻게 여기서 지낼 수 있었을까요, 대체 무슨 생각으로?"

"그 점에 대해서 나도 알고 싶은데, 도와주시기 바랍니다."

그녀는 아무 말 없이 에를렌두르를 쳐다보았다.

"글쎄요." 에를렌두르가 계속 말을 이었다. "이 정도면 족하다고 여겼을지도 모르죠. 물론 500평방미터는 되는 저택에서 살아야 사는 거라고 여기는 사람들도 있을 테지만, 내 생각에는 그가 호텔에서 지내며 일할 수 있는 것만으로도 충분히 만족을 느꼈을 것 같은데요. 나름대로 충분한 행복을 누렸을 거요."

"살인 흉기는 찾았나요?" 그녀가 물었다.

"아직, 하지만 짐작이 가는 무기는 있어요." 에를렌두르가 말했다. 그러고 나서 그녀가 입을 열기를 기다렸지만, 그녀는 한참이 지나도록 아무 말이 없다가 침묵을 깨고 한마디 했다.

"무슨 이유로 내가 거짓말을 한다고 하시는 거죠?"

"그게 어떤 거짓말인지 나도 정확히는 모르지만, 아무튼 당신이 우리한테 모든 걸 솔직히 털어놓지 않고 있다는 건 알고 있소. 당신은 나한테 진실을 말하지 않고 있소. 물론 나한테 당신이 뭔가를 감추고 있다는 것 말고도 정말 내가 화가 나는 건 구드라우구르의 죽음에 대한 당신과 당신 부친의 그 태도요. 그가 당신들한테는 아무런 존재가치도 없는 모양이오."

그녀는 에를렌두르를 한동안 쳐다보다가 이윽고 마음의 결정을 내린 것 같았다.

"우리는 세 살 차이가 났어요." 그녀가 갑자기 입을 열었다. "내가

291

아주 어렸을 때였는데, 동생을 처음 집에 데려온 날 기억이 아직도 나요. 아마도 그게 내 생애 최초의 기억일 거예요. 동생은 그날부터 아버지에게 보석 같은 존재가 되었던 거죠. 아버지는 그 애한테 늘 헌신적이었고, 처음부터 아버지 마음속에는 동생에 대한 기대로 가득 차 있다는 걸 나도 느낄 수 있었어요. 그건 자연스럽게 형성된 것이 아니라 어느 정도는 의도된, 구드라우구르가 커가면서 큰 계획을 마음속에 품게 되었던 게 아닌가 싶어요."

"당신은 어떻고요?" 에를렌두르가 물었다. "당신한테서는 재능을 발견하지 못했던 거요?"

"아버지는 나한테도 늘 자상했지요." 그녀가 말했다. "하지만 구드라우구르에게는 모든 걸 다 바쳤어요."

"그러고는 그가 좌절해 날개가 꺾일 때까지 밀어붙였던 거고요."

"모든 걸 단순화시키려는 경향이 있는 것 같군요." 그녀가 말했다. "세상일이라는 게 그렇게 단순하지가 않아요. 당신 같은 경찰도 있다는 걸 진즉에 깨달았어야 했는데."

"이 문제만 늘 마음속에 품고 있는 건 아니니까요." 에를렌두르가 말했다.

"물론 그러실 테죠." 그녀가 말했다.

"어째서 구드라우구르가 이 작은 방에서 외롭게 생을 마감하게 되도록 내버려둔 거요? 왜 그를 그렇게 미워하는 겁니까? 구드라우구르가 자신을 다치게 한 대가라고 한다면 당신 부친의 태도는 상식적으로 이해가 가지만, 당신이 그에 대해서 그처럼 악의를 품고 있다는 건 이해할 수 없군요."

"아버지를 다치게 한 대가라고요?" 그녀가 놀란 눈으로 에를렌두르를 쳐다보며 물었다.

"그가 부친을 계단 아래로 밀었다고 하던데." 에를렌두르가 말했다. "나는 그렇게 알고 있소."

"누구한테 그런 얘기를 들었나요?"

"누구한테 들었는지가 중요한 게 아니라, 그게 사실 아니오? 그가 당신 부친을 불구로 만든 게 아니오?"

"그 일은 당신들과는 상관없는 일이에요."

"꼭 그렇다고 볼 수만은 없지요." 에를렌두르가 말했다. "사건수사에 있어서는 그 어느 것도 소홀히 할 수 없는 거요. 내가 걱정하는 건 그게 단지 두 사람만의 일이 아니라 더 많은 사람들이 관계된 일일 수도 있다는 거요."

스테파니아는 아무 말도 없이 침대 위의 핏자국을 바라보고 있었고, 그동안 에를렌두르는 왜 그녀가 동생이 살해된 이 방에서 이야기하자고 했는지 곰곰이 생각해보았다. 그녀에게 직접 물어볼까 하는 생각도 들었지만 그냥 마음속에 담아두기로 했다.

"수사라는 게 그런 식으로 진행될 수는 없는 거요." 그는 속에 품고 있는 말 대신 이렇게 말했다. "당시 지휘자 말이 그날 당신 동생이 목소리를 잃고 곤경에 빠졌을 때 당신이 그를 도우러 갔다고 하더군요. 그런 점에서 보면 당신 둘은 친구였고, 또 둘도 없는 남매지간이었던 거죠."

"그때 일을 어떻게 알게 된 거죠? 그런 얘기들은 어디서 들은 거예요? 누가 당신한테 그런 얘기들을 해준 거죠?"

"우리는 여기저기서 정보를 모으고 있소. 하프나르피요르두르 사람들은 그 당시의 일을 잘 기억하고 있더군요. 그때의 당신은 동생에게 지금처럼 하지 않았지. 당신들이 어렸을 때는 말이오."

스테파니아는 다시 침묵 속으로 빠져들었다.

"그건 정말 악몽이었어요." 이윽고 그녀가 입을 열었다. "정말 끔찍한 악몽이었어요."

그들은 하프나르피요르두르의 집에서 곧 극장에서 열릴 공연을 기다리고 있었다. 모두가 온종일 들뜬 마음이었다. 그녀는 아침 일찍 일어나 마치 엄마라도 된 기분으로 아침식사를 준비했다. 그녀는 자신이 주부 역할을 하는 것을 당연하게 생각했으며, 한편으로는 자랑스럽기까지 했다. 아버지는 어머니가 세상을 뜬 뒤 한 번도 그녀에게 자기들의 뒷바라지를 하라고 한 적이 없었다. 그저 나이가 들면서 책임감에 자기가 할 수 있는 모든 걸 했을 뿐이었다. 아버지는 그녀에게 무언가를 요구한 적이 없었다. 그냥 무시했다. 늘 그랬듯이.

그녀는 어머니를 그리워했다. 그녀가 기억하고 있는 어머니와의 마지막 추억 중 하나는, 병원에 있는 어머니가, 이제부터 아버지와 동생을 돌보는 일을 맡아야 한다고 그녀에게 말하던 모습이었다. 어머니는 그들을 그렇게 버려둘 수가 없었던 것이다. "나하고 한 약속 꼭 지켜야 해." 그녀의 어머니가 말했다. "정말 쉽지 않은 일이란다. 엄마도 결코 쉽지 않았어. 네 아버지가 어쩌면 그렇게 완고하고 엄격할 수 있는지, 또 구드라우구르가 그걸 어떻게 견뎌낼 수 있는 건지 엄마도 잘 모르겠다. 하지만 그것이 언제든 네가 항상 구드라우구르 옆에서

그 애를 지켜주어야 해. 그것도 약속해라, 꼭." 어머니가 말했고, 그
녀는 고개를 끄덕이며 꼭 약속한다고 했다. 그녀는 어머니가 잠들 때
까지 손을 놓지 않고 있다가 어머니의 머리카락을 쓰다듬으며 이마
에 키스를 했다.

이틀 뒤 어머니는 세상을 떠났다.

"구드라우구르는 좀 더 자도록 놔두자." 그녀의 아버지가 주방으로
내려오며 말했다. "그 애한테 중요한 날이니까."

동생한테 중요한 날.

그녀에게도 중요했던 날이 있었는지 도무지 기억에 없었다. 모든
일이 동생을 중심으로 돌아갔다. 동생의 노래, 녹음작업, 두 장의 앨
범 발표, 스칸디나비아 공연 투어 초청, 하프나르피요르두르 콘서트,
오늘밤의 콘서트, 동생의 목소리. 동생이 연습을 하고 있을 때는 그
들에게 방해가 안 되게 발꿈치를 들고 조심조심 집 안을 다녀야 했
다. 동생은 피아노 옆에 서 있고 아버지는 반주를 했다. 아버지는 지
도와 격려를 보내기도 하고 한없는 애정을 보이며 동생이 잘하고 있
다고 느낄 수 있도록 칭찬을 아끼지 않기도 했지만, 조금이라도 연습
에 성의가 없어 보이면 그냥 지나치는 법이 없었다. 가끔은 이성을
잃고 심하게 야단치기도 했고, 또 꼭 안아주며 훌륭하다고 칭찬을 하
기도 했다.

동생에게 아낌없이 주어지는 그 관심의 작은 한 부분만이라도 받아
보았으면, 그 아름다운 목소리로 인해 매일매일 받는 격려를 단 한 번
만이라도 받아보았으면……. 그녀는 자신이 쓸모없는, 아버지의 관심
을 끌 만한 어떤 재능도 없는 무가치한 존재라고 느꼈다. 아버지는 가

끔 그녀의 평범한 목소리가 창피하다고 말하곤 했다. 물론 기대를 했던 것은 아니지만, 그래도 그녀에게 노래공부를 시켜볼 생각이 있었다는 아버지의 말이 사실이 아니라는 것은 그녀도 알고 있었다. 별 볼일 없는 목소리를 가진 그녀에게 쓸데없이 에너지를 낭비할 아버지가 아니라는 걸 모르는 그녀가 아니었다. 그녀에게는 동생 같은 타고난 재능이 없었다. 그녀도 합창단에서 노래를 부르고 피아노 건반을 두드릴 수도 있었지만, 그건 모두 아버지가 가르친 게 아니라 피아노 선생한테 맡겨서 배우게 했던 것이다. 음악에 재능도 없는 그녀에게 쓸데없이 관심을 기울일 시간이 없었기 때문이었다.

그러나 아름다운 목소리와 풍부한 음악적 감성을 타고난 동생은, 평범한 소녀였던 그녀와는 달리 평범한 소년으로 살아갈 재목이 아니었다. 그것이 그들 둘을 그토록 차이가 나게 할 줄은 몰랐다. 그녀가 보기에는 자기와 별반 다를 바가 없었는데 말이다. 더구나 그녀는 동생을 양육하는 책임까지 맡게 되었다. 어머니가 병에 걸린 뒤로는 책임이 더 무거워졌다. 동생은 그녀를 따랐고, 그녀가 하라는 것을 했으며, 누나를 존경했다. 마찬가지로 그녀 역시 동생을 사랑했지만, 그가 받는 총애에 질투를 느끼기도 했다. 그녀는 그런 느낌이 드는 것을 마음속으로 경계했고, 아무에게도 그 사실을 말하지 않았다.

구드라우구르가 내려오는 소리가 들리더니 곧 그가 주방에 나타나 아버지 옆에 앉았다.

"정말 엄마 같아." 누나가 아버지 잔에 커피를 따르는 모습을 지켜보며 그가 말했다.

구드라우구르는 종종 어머니에 대한 이야기를 했고, 그녀도 동생이 어머니를 무척 그리워한다는 걸 알고 있었다. 무슨 일이 잘못되거나, 다른 아이들이 괴롭히거나, 아버지가 화가 많이 났거나, 또는 뭔가 잘한 일에 대한 보상을 바라는 게 아니라 그냥 자기를 포근히 안아줄 누군가가 필요할 때면 그는 누나를 찾곤 했다.

흥분과 기대가 하루 종일 집 안에 넘쳤고, 저녁 무렵 그들이 제일 좋은 옷을 차려입고 극장에 갈 준비를 마쳤을 때는 그 기분이 최고조에 달했다. 부녀는 구드라우구르와 함께 무대 뒤로 가서 지휘자와 인사를 나눈 다음 사람들이 자리를 잡기 시작하고 있는 관객석을 향해 조용히 걸음을 옮겼다. 객석의 조명이 어두워지고 커튼이 천천히 올라갔다. 그의 생애에서 아주 중요한 순간에, 다시 한 번 마음을 가다듬고 당당한 모습으로 무대에 선 구드라우구르는 이윽고 보이 소프라노의 그 애절한 목소리로 노래를 부르기 시작했다.

그녀는 숨을 멈추고 두 눈을 꼭 감았다.

다음 순간 옆에 앉아 있던 아버지가 그녀를 아프게 움켜잡는 것이 느껴지더니, 비명처럼 내뱉는 소리가 들려왔다. "오, 세상에! 안 돼!"

놀란 눈으로 창백해진 아버지의 얼굴을 본 그녀는 곧바로 고개를 돌려 무대 위에서 노래를 하려고 애쓰고 있는 구드라우구르를 보았다. 동생의 목소리가 뭔가 이상했다. 그것은 노래가 아니라 괴상한 요들송 같았다. 그녀는 자리에서 일어나 뒤쪽 관객석을 둘러보았다. 사람들이 미소를 짓기 시작하고 있었고, 그중 일부는 큰 소리로 웃음을 터뜨리고 있는 모습이 눈에 들어왔다. 그녀는 급히 무대 위로 뛰어 올라가 동생을 끌고 나가려고 했다. 지휘가 그녀를 도와주어서 그들은 간신히 구드라우구르를 무대 뒤로 데리고 나갈 수 있었다. 아버지는 못이라도 박힌 듯, 맨 앞줄 그 자리에 버티고 서서 마치 번개의 신이라도 된 양 그녀를 뚫어지게 바라보고 있었다.

그날 밤 집에 돌아와 침대에 누운 그녀는 그 끔찍했던 순간에 자신의 마음속을 스치고 지나갔던 생각을 떠올려보았다. 그것은 당시 벌어졌던 일이나 동생이 겪었을 심적 고통과 당혹감에 대한 걱정이나 공포의 감정이 아니라 말로는 설명할 수 없는, 마음속 깊은 곳에 억눌려 있던 사악한 미소가 고개를 내미는 듯한 기묘한 기쁨의 감정이었다.

"그런 생각이 든 데 대해 죄의식이라도 느낀 겁니까?" 에를렌두르가 물었다.

"그런 건 나로서는 정말 생소한 감정이었어요." 스테파니아가 말했다. "그전에는 단 한 번도 그런 생각을 해본 적이 없었어요."

"다른 사람의 실수를 즐기는 것이 꼭 비정상적인 행동이라고 볼 수만은 없어요." 에를렌두르가 말했다. "자기와 가까운 사이라고 해도 그렇죠. 그건 본능과도 같은 것으로, 심한 충격을 받았을 때 일어나는 일종의 자기방어 메커니즘이라고 할 수 있소."

"이런 이야기까지 자세하게 늘어놓을 필요는 없었는데." 스테파니아가 말했다. "나 자신이 추해지는 것 같아서요. 아마 반장님 말이 맞을 거예요. 우린 모두 엄청난 충격을 받았어요. 상상할 수 없을 정도로 엄청난 충격을."

"그 사건 이후로 둘 사이의 관계는 어떻게 되었소?" 에를렌두르가 물었다. "구드라우구르와 부친의 관계 말입니다."

스테파니아는 그의 질문을 무시했다.

"관심을 받지 못한다는 것이 어떤 기분인지 아세요?" 그녀가 오히려 되물었다. "지극히 평범해서 아무런 관심도 끌지 못하는 그런 느낌이요. 자신이 존재하지 않는 것이나 다름없어요. 그런데 누구는 늘인정과 사랑을 받으며 특별한 관심 속에서 자라는 거죠. 태어날 때부터 부모와 온 세상에 더 없는 기쁨을 가져다줄 유일한 존재로 인정받으면서요. 관심과 기대는 세월이 갈수록 줄어들기는커녕 더욱 커져가기만 하고, 결국에는 거의……. 거의 존귀한 존재로 떠받들어지기까지 하게 되죠."

그녀는 에를렌두를 쳐다보았다.

"내게 남은 건 질투심밖에 없었어요." 그녀는 계속 말을 이었다. "거의 인간이라고 볼 수도 없을 지경까지 이르게 된 거예요. 그 뒤로는 질투심을 극복하려는 대신 오히려 더욱 키워가게 되는데, 그렇게 함으로써 뭔가 알 수 없는 만족감을 느끼게 되죠."

"그걸로 동생의 불행에 기쁨을 느꼈던 당신의 태도가 설명이 됩니까?"

"모르겠어요." 스테파니아가 말했다. "그런 감정을 통제할 수가 없었어요. 얼굴을 한 대 맞은 것 같았고, 그런 감정을 떨쳐내려고 애를 써봤지만 소용이 없더군요. 어떻게 해서 그리된 것인지 나도 알 수가 없어요."

잠시 침묵이 흘렀다.

"동생이 부러웠던가 보군요." 이윽고 에를렌두르가 말했다.

"아마 그랬나 봐요, 한동안은. 하지만 나중에는 동생이 가엾어지기 시작했죠."

"그리고 결국에는 동생을 증오하게 된 거고."

그녀가 에를렌두르를 쳐다보았다.

"당신이 증오에 대해서 뭘 알기나 해요?" 그녀가 말했다.

"잘은 몰라도 그것이 위험한 결과를 불러올 수 있다는 건 알고 있소. 어째서 당신은 거의 30년 동안 한 번도 동생과 접촉한 적이 없다고 한 거요?"

"그게 사실이니까요." 스테파니아가 말했다.

"그건 사실이 아니오. 당신은 거짓말을 하고 있어요. 왜 그런 거짓말을 하는 거요?"

"나를 거짓말 죄로 잡아넣으실 생각인가요?"

"필요하다면 그럴 수도 있어요." 에를렌두르가 말했다. "우리는 당신이 구드라우구르가 살해되기 5일 전 이 호텔에 온 일이 있다는 사실을 알고 있소. 당신은 수십 년간 동생을 본 일도 연락한 일도 없다고 말했지만, 우리는 당신이 그가 죽기 며칠 전 이 호텔에 왔었다는 사실을 알아냈어요. 무슨 볼일이 있었던 거요? 그리고 우리한테는 왜 거짓말을 한 거고?"

"내가 꼭 동생을 만나기 위해서만 이 호텔에 올 수 있는 건 아니에요. 여긴 큰 호텔입니다. 고작 그런 이유로 나를 이렇게 의심하고 있는 건가요?"

"그건 당연한 의심이오. 그가 살해되기 전에 당신이 이 호텔에 왔다는 걸 순전히 우연의 일치로 보기는 어렵지."

그녀는 얼버무려 넘기려 하고 있었다. 다음에는 어떤 식으로 대응

300

해야 할지 고민하고 있는 모습이 역력히 보였다. 이번에는 그녀도 충분한 준비를 해왔고, 이제 준비해온 그 패를 내보여야 할지 결정할 순간이 온 것이었다.

"동생은 열쇠를 갖고 있었어요." 그녀의 목소리가 너무 작아서 에를렌두르는 겨우 알아들을 수 있었다. "지난번 우리에게 보여줬던 그 열쇠요."

에를렌두르는 구드라우구르의 방에서 발견된 핑크색 펜나이프가 달린 열쇠고리를 기억했다. 펜나이프에는 해적 그림이 그려져 있었다. 열쇠 두 개가 달려 있었는데, 하나는 현관문 열쇠 같았고 다른 하나는 보관용 상자나 찻장 열쇠로 보였다.

"그 열쇠가 어떻다는 거요?" 에를렌두르가 물었다. "무슨 열쇠인지 알아냈소? 어디에 쓰는 열쇠인지 알고 있어요?"

스테파니아가 미소를 지었다.

"나한테도 똑같은 열쇠가 있어요."

"그게 어디에 쓰는 열쇠죠?"

"그건 하프나르피요르두르의 우리 집 열쇠예요."

"당신 집 열쇠라고?"

"네." 스테파니아가 말했다. "나와 우리 아버지가 살고 있는. 그건 집 뒤에 있는 지하실로 통하는 문의 열쇠예요. 지하실에 좁은 계단이 있는데, 그리로 해서 응접실로 올라와 거실과 주방으로 갈 수 있어요."

"그 말은?" 에를렌두르는 그녀가 하는 말이 무엇을 암시하는지 알아내려고 애썼다. "그 말은 그가 집에 왔었다는 뜻인가요?"

"그래요."

"하지만 당신들은 서로 왕래가 없었다고 했지 않았소? 수십 년간 그가 어떻게 살아왔는지 아는 바가 없다면서. 왜 거짓말을 한 거요?"

"아버지는 모르는 일이라서 그랬어요."

"뭘 모른다는 거요?"

"동생이 집에 왔었다는 사실을 말예요. 구드라우구르는 우리를 그리워했을 거예요. 물어보지는 않았지만, 그랬던 게 틀림없어요. 그렇게 몰래 찾아왔던 걸 보면 말이죠."

"당신 부친이 그 사실을 몰랐을 거란 걸 어떻게 확신하는 거요?"

"구드라우구르는 가끔씩 우리에게 들키지 않게 밤에 몰래 찾아와서는, 조용히 거실에 앉아 있다가 우리가 일어나기 전에 돌아가곤 했어요. 몇 년을 그렇게 했는데 우리는 그런 사실을 전혀 몰랐어요."

그녀는 침대 위의 핏자국을 바라보았다.

"언젠가 한밤중에 내가 잠에서 깨어 동생을 보기 전까지는."

24
Röddin

에를렌두르가 스테파니아를 지켜보고 있는 동안, 그의 머릿속에서는 그녀가 하는 말들이 빠른 속도로 스쳐 지나가고 있었다. 그녀를 처음 보았을 때 자기 동생에 대한 연민의 정을 전혀 보이지 않아 그토록 에를렌두르를 화나게 만들었던 그 도도한 태도를 더 이상 볼 수가 없어, 그는 그녀에 대한 판단이 너무 빨랐던 게 아닌가 생각했다. 그녀의 태도나 이야기가 그의 기고만장한 콧대를 꺾어주려고 의도적으로 한 것은 아닐 거라는 생각이 들자, 그녀를 양심도 없는 인간으로 취급했던 자신이 갑자기 부끄러워졌다. 그 의도와 목적이 무엇이었든 간에 그는 앞에 앉아 있는 이 여인, 갑자기 가련하고 너무도 외로운 모습을 보여주고 있는 이 여인에 대해 정말 아는 것이 하나도 없었다. 그는 그녀의 인생이 결코 장밋빛 인생이 아니었음을 깨달았다. 어려서는 동생의 그늘에 가려 지냈고, 어머니가 없는 10대를 보냈으며, 결국에는 아버지 곁을 떠나지 못하고 자신을 희생해가며 불구가 된 아버지를 보살필 수밖에 없었던 가엾은 인생이었던 것이다.

두 사람이 각각 자신만의 생각에 잠긴 채 제법 시간이 흘러갔다. 문이 열려 있어서 에를렌두르는 복도로 나가보았다. 그는 문득 누가 밖에서 엿듣고 있는 건 아닌지 확인하고 싶은 생각이 들었다. 불빛이 약해 침침한 복도를 살펴보았지만 아무도 없었다. 돌아서서 저쪽 끝까지 다시 한 번 눈길을 주었지만 칠흑 같은 어둠밖에 없었다. 혹시 누군가가 지하실로 내려와 문 앞을 지나간다면 그 기척을 쉽게 알아차릴 수 있을 것 같았다. 복도에는 아무도 없었다. 그럼에도 불구하고 다시 방으로 돌아왔을 때는 그 지하실에 있는 사람이 자신들 둘뿐만이 아닌 것 같은 기분이 강하게 들었다. 복도에는 그가 처음 내려왔을 때 나던 냄새가 여전히 맴돌고 있었는데, 뭔지 정체를 알 수 없는 무엇인가를 태우는 듯한 냄새였다. 그는 마음이 편치 않았다. 시체를 처음 보았을 때의 느낌이 마음속에 깊이 각인되어 있는 데다가, 그 산타 옷을 입고 있던 사람에 대해 알면 알수록 점점 더 가엾은 생각이 드는 걸 어찌할 수가 없었다.

"밖에 수상한 자라도 있었나요?" 스테파니아가 의자에 앉은 채로 물었다.

"아니요, 별일 없어요." 에를렌두르가 말했다. "왠지 이상한 기분이 들어서요. 복도에 누군가가 있다는 느낌이 들어서 그랬던 거요. 다른 데로 자리를 옮기죠? 커피 괜찮겠소?"

그녀는 방 안을 한 번 둘러보고 나서 고개를 끄덕이고는 자리에서 일어났다. 그들은 말없이 복도를 지나 위로 올라가서 로비를 지나 식당으로 들어갔다. 에를렌두르가 커피를 두 잔 주문했다. 두 사람은 다른 손님들로부터 멀리 떨어져서 한쪽 구석에 자리를 잡았다.

"이제 나는 아버지를 볼 낯이 없어요." 스테파니아가 말했다. "집안일을 남에게 떠들고 다니는 걸 아주 못마땅하게 여기시거든요. 프라이버시를 침해받는 걸 참지 못하시는 분이에요."

"건강은 어떠신지?"

"연세에 비해 상당히 건강하신 편이에요. 그렇지만 알 수는 없는 거죠……." 그녀는 말끝을 흐렸다.

"일단 경찰이 개입하게 되면 더 이상 프라이버시를 지킬 수는 없는 거죠. 더구나 살인사건과 관계가 있을 경우에는 말할 것도 없고."

"나도 이제야 그걸 깨닫게 되었어요. 이 일은 우리와는 상관없는 일이라고 떨쳐버리려고 했지만, 이처럼 끔찍한 상황에서는 그게 누구든 아무리 결백하다고 주장해봐야 소용이 없다는 걸 알게 됐어요. 적당히 타협하고 끝낼 일이 아니라는 사실도요."

"당신 말대로라면, 당신과 부친은 구드라우구르와 모든 연락을 끊고 살아왔는데, 그가 밤에 몰래 집에 들어왔다 가곤 했었다는 거죠? 왜 그런 행동을 했을까요? 무슨 특별한 이유가 있었을까요?" 에를렌두르가 물었다.

"나도 동생으로부터 만족할 만한 대답을 듣지 못했어요. 그 애는 그냥 한두 시간 거실에 앉아 있다가 돌아가곤 했을 뿐이었어요. 어쩌면 내가 동생을 좀 더 일찍 발견했을 수도 있었어요. 내가 발견하기 전부터 1년에 몇 번씩 집에 들르곤 했다고 했거든요. 2년 전 어느 날 밤이었어요. 잠을 잘 수가 없어서 새벽 4시까지 침대에 누워 뒤척이고 있는데, 아래층 거실에서 삐걱거리는 소리가 들렸어요. 당연히 나는 놀라지 않을 수가 없었죠. 아버지 방은 아래층에 있었고 밤새 문을 열어놓고 계신데, 다급히 나를 깨우려고 하시는 게 아닌가 싶었던 거예요. 그때 삐걱대는 소리가 다시 들렸고, 나는 도둑인가 하는 생각이 들어서 아래층으로 살금살금 내려갔어요. 아버지 방을 살펴보고 나서 막 응접실로 들어가던 중 누군가가 계단 아래로 사라지는 모습을 보고 소리를 질렀어요. 내가 놀라서 소리치자 그는 내려가다 멈추고는 돌아서서 다시 올라왔어요."

스테파니아는 이야기를 멈추고는 마치 시공간을 초월하기라도 한 듯 멍하니 허공을 응시했다.

"나는 그가 나를 공격하려는 줄 알았어요." 그녀가 다시 이야기를 이었다. "주방 입구에 있던 내가 불을 켜자 바로 내 앞에 그 애가 있었어요. 젊을 때 헤어지고 나서 한 번도 만난 적이 없어서 처음에는 동생 얼굴을 못 알아볼 뻔했지요."

"그때 당신은 어떻게 했나요?" 에를렌두르가 물었다.

"너무 당황해서 어찌할 바를 몰랐어요. 무섭기도 했고요. 만약에 도둑이라면 공연히 소란을 피울 것이 아니라 바로 경찰에 신고를 해야 했거든요. 두려움에 떨며 불을 켜고 막 비명을 지르려는 순간 그 애 얼굴을 봤어요. 내가 그렇게 겁에 질려 떨고 있는 모습이 재미있었는지 그 애가 웃기 시작했어요."

"아버지를 깨우지 마." 그가 손가락을 입술에 대며 말했다.

그녀는 자기 눈을 믿을 수 없었다.

"너야?" 그녀는 거의 숨이 넘어가는 소리로 말했다.

그의 모습은 그녀가 기억 속에 간직하고 있는 젊은 시절의 모습과는 많이 달라져 있었고, 얼마나 나이가 들었는지도 잘 알 수가 없었다. 눈 밑에는 주름이 늘어졌고, 얇은 입술은 창백했으며 머리카락은

온 사방으로 뻗친 채 한없이 슬픈 눈으로 그녀를 쳐다보고 있었다. 그
녀는 비로소 동생도 이제 많이 늙었다는 사실을 깨닫기 시작했다. 그
는 상당히 나이가 들어 보였다.

"너 여기서 뭘 하고 있었어?" 그녀가 속삭이듯 물었다.

"아무것도." 그가 말했다. "아무것도 하지 않아. 가끔씩 그냥 집에
오고 싶어서 그런 거야."

"그 말이 그 애가 아무에게도 들키지 않으려고 밤에 몰래 거실에
들어오곤 한 데 대한 유일한 설명이었어요." 스테파니아가 말했다.
"가끔씩 집에 오고 싶었대요. 나도 그 말이 무슨 뜻인지 잘 몰라요.
어린 시절의 추억이 그리웠던 것인지, 엄마가 아직 살아 계셨을 때의,
아니면 아버지를 계단 아래로 밀치기 전의 시간으로 돌아가고 싶었
던 것인지, 나도 알 수가 없어요. 그냥 집이라는 존재 자체에 대해 그
리워했는지도 모르죠. 동생은 달리 자기 집을 가져본 적이 없었을 테
니까요. 여기 호텔 지하의 그 더러운 방 말고는요."

"어서 가." 그녀가 말했다. "아버지 깨실라."

"그래, 알았어." 그가 말했다. "어떠셔? 아버지는 괜찮아?"

"잘 지내고 계셔. 누군가 옆에서 끊임없이 보살펴드려야 하긴 하지
만. 식사하고 씻고 옷 갈아입고 텔레비전도 보시고 해야 하니까. 영화
를 좋아하셔."

"누나는 내가 얼마나 힘들어 했는지 모를 거야." 그가 말했다. "그
오랜 세월 동안. 일이 이 지경이 되길 바랐던 게 아니야. 그건 모두 정

307

말 끔찍한 실수였어."

"그래, 그랬어." 그녀가 말했다.

"나는 유명해지고 싶지 않았어. 그건 아버지의 꿈이었지. 나는 그 꿈을 실현시키는 도구에 지나지 않았던 거야."

그들은 잠시 말이 없었다.

"아버지가 나에 대해서 물어보기나 하셔?"

"아니." 그녀가 말했다. "전혀. 네 얘기를 해보려고도 했지만, 아버지는 네 이름조차 듣기 싫어하셨어."

"아버지는 아직도 나를 증오하시는군."

"아버지 사고방식으로는 도저히 받아들일 수 없을 거야."

"내가 사는 방식 때문이지. 아버지는 이런 나를 참아낼 수 없으신 거고……."

"그게 너하고 아버지 사이에 넘을 수 없는……."

"나는 아버지를 위해 뭐든 했어. 누나도 알잖아."

"그래."

"늘 그랬어."

"맞아."

"끊임없이 압박하셨지. 지긋지긋한 연습, 또 연습, 콘서트, 레코딩 작업. 그건 모두 아버지 꿈이었지 내 꿈이 아니었어. 아버지만 행복하면 만사 OK였지."

"나도 알아."

"그런데 아버지는 왜 날 용서할 수 없는 거지? 왜 나를 받아주지 않는 거야? 아버지가 보고 싶어. 누나가 얘기 좀 해볼래? 함께 지냈을 때가 너무 그리워. 아버지를 위해 노래하던 그때가. 우리는 가족이잖아."

"내가 아버지한테 말해 볼게."

"그래 주겠어? 내가 아버지를 보고 싶어 한다고 말해 주겠어?"

"그래, 내가 말할게."

"아버지는 내가 사는 방식을 견뎌낼 수 없으실 거야."

스테파니아는 아무 말이 없었다.

"어쩌면 아버지에 대한 반항이었을 수도 있어. 정말 모르겠어. 나도 숨기려고 해봤지만, 그런다고 지금과 전혀 다른 내가 될 수는 없는 거야."

"그만 가봐." 그녀가 말했다.

"알았어."

그는 잠시 머뭇거렸다.

"누나는 어때?"

"내가 뭘?"

"누나도 나를 증오해?"

"어서 가. 아버지 깨시겠어."

"모두 내 잘못이야. 누나가 이렇게, 평생 아버지를 돌보며 혼자 지내야 한다니. 누나는 정말……."

"어서 가." 그녀가 말했다.

"미안해."

"그 사고가 있고, 그가 떠난 뒤에 무슨 일이 있었나요?" 에를렌두르

309

가 물었다. "이 세상에 더 이상 존재하지 않는 것처럼 그냥 지워져버린 겁니까?"

"그렇다고도 할 수 있어요. 아버지가 동생의 음반을 가끔 듣곤 한다는 걸 알고 있었어요. 나한테는 내색을 안 하셨지만, 가끔 일을 마치고 집에 오면 알 수 있었어요. 앨범 재킷이나 레코드판 치워놓는 걸 잊어버리실 때가 있었거든요. 우린 때때로 그 애 소식을 듣기도 했고, 또 몇 년 전에는 어떤 잡지에 실린 동생의 기사를 읽은 적도 있었어요. '그들은 지금 어디에 있는가?'라는 헤드라인으로 소개된, 예전의 어린이 스타에 관한 기사였어요. 그 잡지가 동생을 찾아냈고, 동생도 자신의 옛 명성에 대해 이야기하는 걸 별로 꺼리지 않았던 것 같아요. 동생이 무슨 이유로 자신을 노출시켰는지는 잘 모르겠어요. 당시에 많은 사람들의 주목을 받는 것이 즐거웠단 말 이외에는 달리 한 말이 없더군요."

"그렇다면 누군가는 그를 기억하고 있었던 거군요. 사람들한테서 완전히 잊힌 건 아니었나 봅니다."

"어떤 경우든 사람이 완전히 잊힐 수는 없는 거겠죠."

"학교에서 괴롭힘을 당했다든가 아버지의 지나친 기대, 어머니의 죽음과 자신이 바랐던 것들, 또는 부친이 동생을 능력 이상으로 추켜세우고 너무 몰아붙여서 결국에는 집을 떠날 수밖에 없었던 일 등에 대해서는 잡지에서 언급하지 않았소?"

"동생이 학교에서 괴롭힘을 당한 건 어떻게 알게 되셨나요?"

"우리는 그가 남들과 다르다는 이유로 괴롭힘을 당했다고 알고 있는데, 사실이 아닌가요?"

"나는 우리 아버지가 터무니없는 기대감으로 동생을 추켜세우거나 하지는 않았다고 생각해요. 아버지는 그야말로 현실적인 분이세요. 무슨 이유로 그렇게 말씀하시는 건지 모르겠군요. 그 당시 동생은 성악가로 성장할 잠재력을 충분히 갖추고 있었고, 조그만 도시긴 했지만 당당히 주목을 받고 있는 데다가 해외에까지 이름을 알리려던 참이었어요. 물론 많은 노력과 헌신 그리고 재능이 요구되는 일이었고, 또 그 꿈을 이루기까지는 아직도 갈 길이 멀기는 했지만, 아버지도 그점을 동생에게 충분히 설명했을 거라고 생각하고 있어요. 아버지는 결코 어리석은 분이 아니에요. 당신 말대로 그렇게만 생각할 게 아니에요."

"나도 꼭 그렇게 생각하는 건 아닙니다."

"알겠어요."

"구드라우구르는 그 후로 다시는 두 분과 연락을 취하려 하지 않았나요? 당신한테만이라도? 그 뒤로 한 번도?"

"전혀요. 그 질문에 대한 대답은 이미 드렸을 텐데요. 우리들 몰래 집에 다녀간 것 말고는 한 번도 없었어요. 벌써 몇 년째 그랬다고 하더군요."

"동생을 찾아볼 생각은 하지 않았나요?"

"안 그랬어요."

"동생은 어머니와 가까웠나요?" 에를렌두르가 물었다.

"어머니는 동생에게 있어서 온 세상이나 마찬가지였어요." 스테파니아가 말했다.

"그렇다면 어머니의 죽음은 그에게 큰 비극이었겠군요."

"어머니의 죽음은 우리 모두에게 비극이었어요."

스테파니아는 무거운 한숨을 토해냈다.

"어머니가 세상을 떠났을 때 나는 우리들 내부의 커다란 무엇인가가 함께 죽어버린 것 같았어요. 우리를 한 가족으로 이어주는 무언가가 말이에요. 사실 어머니가 돌아가신 뒤 한동안은 어머니가 우리를 한 울타리로 묶어주고 그 안에서 균형을 잡아주는 소중한 존재였다는 사실을 깨닫지 못했어요. 어머니와 아버지는 구드라우구르에 대해서는 한 번도 의견이 같았던 적이 없었고, 특히 아버지의 양육방식에 대해서 그걸 말다툼이라고 할 수 있을지 모르겠지만 아무튼 종종 다투곤 하셨지요. 어머니는 동생이 아름다운 노래를 하든 말든 상관없이 동생이 원하는 대로 살기를 바라셨어요."

그녀가 에를렌두르를 쳐다보았다.

"아버지는 동생을 단순한 아이로 생각하지 않은 것 같아요. 자식에 대한 양육의 의무 그 이상을 생각하셨던 거죠. 동생을 당신 혼자서 가꾸어 뭔가 새로운 인물로 창조해내려 하셨던 거예요."

"당신은? 당신의 견해는 어땠나요?"

"저요? 저는 생각해본 적이 없는데요."

그들은 대화를 멈추고 식당 안에서 들려오는 웅성거림과 여행객들이 웃고 즐기는 모습들을 잠자코 지켜보았다. 에를렌두르는 건드리면 깨질 것 같은 연약한 가족의 삶 속으로, 그리고 자신의 내면으로 다시 숨어들려고 하는 스테파니아를 가만히 쳐다보았다.

"혹시 당신 동생의 죽음에 일부라도 관련이 있거나 한 건 아닙니까?" 에를렌두르가 조심스럽게 물었다.

그녀가 자기 말을 듣지 못했나 싶어 같은 질문을 다시 던지자, 그녀가 그를 쳐다보았다.

"그런 일은 절대로 없어요." 그녀가 말했다. "나는 지금도 동생이 살아 있기를 바라고 있어요. 살아 있다면……."

스테파니아는 말을 다 마치지 못했다.

"그래서요?" 에를렌두르가 물었다.

"모르겠어요, 할 수만 있다면 나는……."

그녀는 다시 말끝을 흐렸다.

"너무 끔찍한 일이었어요. 정말 끔찍했어요. 처음에는 그저 그러려니 했는데, 점점 심해져서 나중에는 통제할 수가 없게 되었어요. 동생이 아버지를 아래층으로 밀어 떨어뜨린 일을 결코 잊을 수가 없어요. 사람이 한번 마음이 기울게 되면 그걸 바꾸기가 좀처럼 쉽지 않아요. 스스로가 그걸 원치 않기 때문이죠. 그게 의도했던 것이든 아니면 우연한 일이었든 어쨌거나 잘못된 선택이었다는 사실을 잊고 살다가, 시간이 지나고 세월이 흘러 그런 감정들이 저절로 잊히게 되면, 그때서야 갑자기 모든 걸 되돌리기에는 너무 늦어버렸다는 걸 알게 되는 거죠. 너무 많은 세월이 흘러 이제는……." 그녀는 끝내 말을 잇지 못했다.

"그날 주방에서 동생을 보고 나서 어떻게 했나요?"

"아버지한테 말씀드렸어요. 하지만 아버지는 굴리에 대해서는 알고 싶지 않다고 했고, 그걸로 끝이었어요. 동생이 밤에 찾아오곤 했다는 사실은 말씀드리지 않았어요. 몇 번이나 나는 둘을 화해시키려고 했어요. 길에서 우연히 굴리를 만났는데 아버지를 몹시 보고 싶어 한

313

다고 말씀드렸지만, 정말 요지부동이었죠."

"그 뒤로 동생이 다시 집에 찾아온 적은 없었나요?"

"내가 아는 한 없었어요."

그녀는 에를렌두르를 쳐다보았다.

"그게 2년 전이었고, 동생을 마지막으로 본 것이었어요."

25
Röddin

스테파니아는 자리에서 일어나 가려고 했다. 이제 할 말을 다했다는 듯이. 하지만 에를렌두르는 아직도 그녀가 뭔가를 감추어놓고 마저 털어놓을지 말지 망설이고 있는 것 같다는 느낌을 떨쳐버릴 수가 없었다. 그도 따라 일어나며 그 정도로 만족하고 보내줄지 아니면 그녀를 좀 더 압박할지 생각해보았다. 선택은 그녀에게 맡기기로 했다. 전보다 협조적인 그녀의 태도가 그의 마음을 한결 부드럽게 만들었다. 하지만 여전히 그녀가 설명하지 않고 남겨둔 한 가지 의문점에 대해 물어보지 않을 수가 없었다.

"내 생각으로는 그 사고 때문에 당신 부친께서 그토록 오랜 세월 동안 그를 용서하지 않고 있는 게 아닌가 싶은데요." 에를렌두르가 말했다. "그 사고로 하반신마비가 되어 여생을 휠체어에 의지할 수밖에 없게 되었다면 당연히 그를 용서할 수 없을 테지요. 하지만 나는 당신을 정말 이해할 수 없군요. 어째서 당신은 부친과 같은 반응을 보였던 거죠? 무슨 이유로 아버지 편에 섰던 겁니까? 왜 당신마저 동생한테 등을 돌리고 그 오랜 세월을 연락 한 번 없이 지낸 거요?"

"그 점에 대해서는 이미 충분히 설명을 드렸다고 생각하는데요."

315

스테파니아가 말했다. "동생의 죽음은 우리와는 아무런 상관이 없는 일이에요. 그건 동생이 선택한 삶이었고, 아버지와 내가 왈가불가할 게 못 되는 거죠. 나로서는 수사에 도움을 드리려고 최대한 솔직하게 이야기했다는 사실을 알아주셨으면 해요. 이제 더 이상 우리를 괴롭히지 말았으면 합니다. 이제 그만 집에 갈 수 있게 해주세요."

그녀는 마치 앞으로는 더 이상 자신들을 괴롭히지 않겠다는 협정서에 도장이라도 받으려는 듯 손을 내밀었다. 에를렌두르는 그녀의 손을 잡고 애써 미소를 지어 보였다. 그 협정은 조만간 깨질 것이라는 걸 그는 알고 있었다. 의문점은 너무나 많은데 밝혀진 사실은 별로 없었다. 그는 아직 그녀에 대한 의심을 풀고 싶지 않았고, 여전히 그녀가 거짓말을 하고 있거나 아니면 최소한 진실을 은폐하려 하고 있다고 생각했다.

"동생이 죽기 며칠 전에 동생을 만나러 호텔에 온 적이 없소?"

"아뇨, 난 여기 식당에서 친구를 만났어요. 함께 커피를 마셨어요. 믿지 못하시겠다면 제 친구에게 물어보세요. 동생이 여기서 일하고 있다는 생각을 미처 하지 못했고, 또 그날 동생을 보지 못했어요."

"한번 확인해 봐야겠군요." 에를렌두르는 이렇게 말하고 그 여성의 이름을 받아 적었다. "그리고 알아볼 것이 하나 더 있는데, 혹시 헨리 왑쇼트란 사람을 알고 있습니까? 영국인인데 당신 동생과 접촉이 있었습니다."

"왑쇼트?"

"음반수집가예요. 당신 동생의 음반에 관심이 있는. 합창 음악과 특히 소년성가대원들의 음반을 주로 수집한다고 하더군요."

"전혀 들어본 적이 없는 사람이에요." 스테파니아가 말했다. "소년 성가대원 전문가라고요?"

"세상에는 그 사람보다 더 이상한 수집가들도 있다더군요." 에를렌 두르가 말했지만, 항공사 구토용 봉지를 모으는 사람도 있다는 얘기는 차마 하지 못했다. "그 사람 말로는 당신 동생의 음반이 요즘 상당히 고가에 거래된다고 하던데, 혹시 그런 사실을 알고 있습니까?"

"아뇨, 금시초문이에요." 스테파니아가 말했다. "그 사람이 왜요? 무슨 말인가요, 그건?"

"나도 확실히는 모릅니다." 에를렌두르가 말했다. "하지만 그 음반들이 왑쇼트라는 사람에게는 여기 아이슬란드까지 일부러 당신 동생을 만나러 올 만큼 가치가 있는 물건이라는 뜻이죠. 구드라우구르가 자기 음반들을 갖고 있었나요?"

"그건 나도 알 수 없어요."

"그때 찍어낸 음반들이 어떻게 됐는지 알고 있습니까?"

"그때 다 팔렸을 텐데요." 스테파니아가 말했다. "아직도 시중에 유통되고 있다면 값이 상당히 나가겠군요?"

에를렌두르는 그녀의 목소리에서 어떤 열망을 느낄 수 있었는데, 그게 좀 더 많은 정보를 알고 싶어 하는 것인지 아니면 단순히 사실을 확인하고 싶어 하는 것인지는 알 수 없었다.

"아마 그럴 겁니다." 에를렌두르가 말했다.

"그 영국 사람 아직도 우리나라에 있나요?" 그녀가 물었다.

"경찰에 구금되어 있습니다." 에를렌두르가 말했다. "당신 동생과 죽음에 대해서 우리에게 털어놓지 않은 얘기들이 더 있을 거라고 보고 있어서요."

"그가 동생을 죽였다고 보세요?"

"뉴스를 듣지 못했나요?"

"듣지 못했어요."

"용의자 중 한 사람이죠, 그 이상도 그 이하도 아닌."

"그 사람 정체가 뭐죠?"

에를렌두르는 런던경시청에서 보내준 자료와 왑쇼트의 방에서 발견된 아동 포르노테이프에 대해 말해 줄까 생각했다. 그러나 대신에 왑쇼트가 소년성가대원에 관심이 있는 수집가라는 사실을 다시 말해주고, 그가 이 호텔에 묵고 있었으며, 구드라우구르와 만난 적이 있어서 구속될 만한 충분한 혐의를 받고 있는 거라고만 말했다.

두 사람은 작별인사를 나누었고, 에를렌두르는 그녀가 식당을 나가 로비로 향하는 모습을 지켜보았다. 그때 휴대폰이 울려서 그는 주머니 속을 뒤져 전화를 받았다. 놀랍게도 전화기 저쪽에서 나는 소리는 발게르두르의 목소리였다.

"오늘 밤에 뵐 수 있을까요?" 거두절미하고 그녀가 물었다. "호텔에 계실 거죠?"

"물론입니다." 에를렌두르는 뜻밖이라는 기색을 감출 생각도 없이 바로 대답했다. "마침 저도 그런 생각을⋯⋯."

"8시 어때요, 그 바에서요."

"좋습니다." 에를렌두르가 말했다. "그렇게 하죠. 무슨?"

그는 발게르두르에게 무슨 성가신 일이라도 생겼냐고 물어보려 했지만 그녀는 이미 전화를 끊은 상태였고, 전화기 저쪽에는 침묵만 흐르고 있었다. 그는 전화기를 보며 그녀가 원하는 게 무얼까 생각해보았다. 그는 이미 그녀를 알 수 있는 기회를 한 번 날려버렸다. 여자와 관계된 일이라면 도무지 정신을 못 차리고 허둥대는 머저리임이 분명했다. 그런데 그녀에게서 전화가 걸려온 것이고 이것은 다시없는 기회일 텐데, 도무지 그녀의 의중을 짐작할 수가 없었다.

점심때가 훨씬 지난 관계로 에를렌두르는 심한 허기를 느꼈지만, 식당에서 식사를 하지 않고 방으로 올라가 룸서비스를 요청했다. 그리고 식사를 기다리는 동안 아직 체크하지 못한 테이프들을 하나씩 비디오플레이어에 넣고 돌려보기 시작했다.

얼마 지나지 않아 에를렌두르는 집중력을 잃고, 마음은 화면을 떠나서 스테파니아가 했던 말들을 곰곰이 생각하기 시작했다. 왜 구드라우구르는 밤중에 몰래 집에 숨어들었던 것일까? '가끔씩 그냥 집에 오고 싶어서 그런 거야.' 그 말에 무슨 뜻이 숨어 있을까? 그의 누나는 알고 있었을까? 구드라우구르의 마음속에서 집이란 존재는 무엇이었을까? 그는 무엇을 그리워했던 것일까? 그는 더 이상 가족의 일원이 아니었고, 그를 그토록 아껴주던 어머니는 세상을 떠난 지 오래되었다. 그는 아버지와 누나 몰래 집을 드나들었다. 그는 보통 사람들처럼 낮에 찾아가지 않았다. 일반적으로 사람들은 가족과의 사이에 형성된 불화나 갈등, 또는 쌓인 한을 풀기 위해서라면 낮에, 그것도 식구들이 알 수 있도록 찾아간다. 그런데 그는 한밤중에, 식구들이 알아차리지 못하도록 조심스럽게, 누구의 눈에도 띄지 않게 몰래 다녀가곤 했다. 화해나 용서를 바란 것이 아니라 그에게 더 중요한 무엇인가를, 오직 그만이 이해할 수 있는 무엇인가를, 굳이 설명하지 않아도

319

그 한마디의 말만으로 알 수 있는 무엇인가를 찾기 위한 행동이었으리라.

집.

과연 그것은 그에게 어떤 존재였을까?

그의 인생이 그토록 난해하게 꼬이고, 알 수 없는 운명의 장난이 그를 험한 세상 속으로 내동댕이치기 전에 부모님의 고향집에서 보내던 어린 시절의 추억을 느끼게 해주었던 것이 아닐까? 세상을 떠돌 때도 그의 기억 속의 집에는 그를 아끼고 사랑해주던 아버지와 어머니 그리고 누나가 살고 있었다. 결코 잃어버리고 싶지 않은 기억의 단편들을 주워 담기 위해서라도, 인생의 무게에 눌려 지치고 힘들 때 다시 버티고 일어날 힘을 얻기 위해서라도 그는 집에 돌아가야 했으리라.

그가 집을 찾은 것은 어쩌면 거부할 수 없는 숙명이었으리라. 끊임없이 몰아치는 아버지의 기대감, 남들과 다르다고 해서 가해지는 괴롭힘, 그 어느 것보다 소중했던 어머니의 사랑, 그리고 언제나 그를 지켜주었던 누나. 하프나르피요르두르 극장에서 콘서트를 망치고 집에 돌아왔을 때 그가 받았던 충격은 그의 세계를 파멸로 이끌었고, 아버지의 희망은 산산조각이 나버렸다. 그처럼 어린 소년에게 이제 더 이상 아버지의 기대대로 살지 못하게 된 것보다 더 절망스러운 일이 있었을까? 소년은 자신이 할 수 있는 모든 노력을 기울였고, 아버지는 모든 정열을 기울여 뒷바라지했고, 가족 모두가 그를 위해 헌신했음에도 불구하고 결과는 그토록 참혹했던 것이다. 그가 받아들이고 통제하기에는 너무 과한, 그리고 그 모든 노력이 실패로 돌아갔을 때의 충격을 감당하기에는 너무 거대한 과제에 그의 어린 시절은 온전히 희생되고 말았다. 아버지는 그의 어린 시절을 두고 게임을 했고, 그 결과로 그는 자신의 유년기를 박탈당했다.

에를렌두르는 한숨을 쉬었다.

가끔씩 집에 돌아가고 싶지 않은 사람이 어디 있을까?

죽은 듯 침대에 누워 있던 에를렌두르는 갑자기 방 안 어디선가 이상한 소리가 나는 것을 들었다. 처음에는 어디서 나는 소린지 알 수가 없었다. 계속 켜져 있던 턴테이블의 바늘이 레코드판을 벗어나면서 내는 소린가 생각했다.

그는 자리에서 일어나 레코드플레이어를 살펴보았지만 스위치는 꺼져 있었다. 그러나 계속해서 소음이 들리자 그는 방 안을 둘러보았다. 방은 어두웠고, 뭐 하나 제대로 보이는 것이 없었다. 길 건너 가로등 불빛이 희미하게 방 안을 비추고 있었다. 침대 옆의 전등 스위치를 켜려고 하자 소리는 조금 전보다 더 크게 났다. 그는 꼼짝할 수가 없었다. 그리고 그 소리를 전에도 들었던 적이 있다는 것을 기억해냈다.

그는 침대에서 일어나 문 쪽을 쳐다보았다. 침침한 불빛 속에서, 문 옆 구석에 웅크리고 앉아 추위에 창백해진 몸을 떨고 있는 조그마한 그림자 하나를 보았다. 끊임없이 코를 훌쩍이는 그것은 온몸을 사시나무 떨듯 떨면서 그를 쳐다보고 있었다.

에를렌두르가 들었던 소음은 그 훌쩍거리는 소리였다.

그가 그림자를 바라보자, 그 그림자도 추위에 얼어붙어 지어지지도 않는 미소를 지어 보이려 애쓰며 그를 마주보았다.

"너야?" 에를렌두르가 숨이 넘어갈 듯한 목소리로 물었다.

순간 그림자의 모습이 구석에서 사라지고, 에를렌두르는 잠에서 깨어나기 시작했다. 그는 침대에서 반쯤 빠져나와 문 쪽을 노려보았다.

"너였어?" 그는 꿈속에서 본 털장갑과 모자, 방한 재킷, 스카프 등을 떠올리며 신음하듯 내뱉었다. 그것은 그들이 집을 나설 때 갖추고 있던 차림새였다.

동생은 그런 옷차림을 하고 있었다.

그 동생이 차가운 방 안에서 떨고 있었던 것이다.

26
Röddin

그는 한참 동안 창가에 서서 말없이 눈 내리는 모습을 지켜보았다.

그리고 다시 녹화테이프를 보기 위해 자리에 앉았다. 구드라우구르의 누나가 등장하는 화면은 더 이상 나오지 않았고, 그가 알고 있는 호텔 직원들이 분주하게 오가는 모습 말고는 이제 관심을 끌 만한 사람들이 녹화된 장면은 없었다.

객실 전화벨이 울렸다.

"왑쇼트가 한 말이 사실이었어요." 엘린보르그가 말했다. "컬렉트 상점과 벼룩시장 상인들이 그를 잘 알고 있던데요."

"그의 주장대로 그 시간에 그곳에 있었다는 말이지?"

"사진을 보여주고 당시 시간을 물어봤는데 상당히 일치했어요. 구드라우구르가 살해될 무렵에 호텔에 있었다고 보기는 어려울 것 같아요."

"아무래도 살인자라는 인상이 풍기지는 않거든."

"아동성애자이기는 해도 살인자는 아닐 거예요. 이제 그 사람은 어떻게 하실 생각이세요?"

"영국으로 돌려보내야겠지."

아무런 결론도 내리지 못한 채 대화를 끝낸 에를렌두르는 구드라 우구르의 죽음에 대해 곰곰이 생각해보았다. 엘린보르그를 떠올리자 생각은 곧 그와 엘린보르그를 그토록 화나게 만든 장본인인 그 소년의 아버지 사건으로 옮겨갔다.

"당신 같은 사람이 없는 게 아니에요." 엘린보르그가 소년의 아버지에게 말했다. 그녀는 그를 배려해줄 생각이 전혀 없었다. 그에게 자기 자식을 학대하는 많은 사디스트 중 하나일 뿐이라는 사실을 주지시키기라도 하려는 듯 그녀의 어조에는 신랄함이 배어 있었다. 그녀는 그가 한 짓이 무엇인지를 똑바로 알려주고 싶었다. 그것은 가학성 변태성욕자나 할 짓이었다고.

그녀는 가학성 변태성욕에 대해 조사한 적이 있었다. 아동병원에서는 1980~99년까지의 기간 동안 학대를 받은 것으로 의심되는 아동 300명의 사례를 조사했다. 그중 232건은 성추행과 관련이 있어 보였고, 43건은 육체적인 학대를 받은 것으로 나타났다. 육체적 학대에는 독극물 투여행위도 포함되어 있었다. 엘린보르그는 '독극물 투여와 고의적인 방치를 포함해서'라는 말을 강조해서 되풀이했다. 그녀는 한 장의 문서를 차분한 어조로 또박또박 읽어 내려갔다. 머리 부상, 골절, 화상, 자상, 타박상……. 그리고는 그 리스트를 다시 읽어주며, 그 아버지의 눈을 똑바로 노려보았다.

"그 12년간 아이 두 명이 과도한 폭행으로 인해 사망한 것으로 의심되고 있어요." 그녀가 말했다. "그런데도 단 한 건도 법의 심판을 받지 않았죠."

전문가들은 이것은 장막 뒤에 가려져 있는 문제로, 세상에 드러나지 않은 사건은 이보다 훨씬 많을 것으로 보고 있다고 엘린보르그는 말했다.

"영국에서는 매주 네 명의 아이들이 아동학대로 목숨을 잃고 있다고 해요. 네 명의 아이들이, 매주." 그녀가 말했다.

"당신은 그 이유가 뭔지 알고 싶지 않나요?" 그녀가 말을 이었다. 에를렌두르도 조사실에 같이 있었지만 먼저 나서지는 않았다. 필요할 경우 엘린보르그를 도와주기 위해 함께 있었던 것인데 그녀는 어떤 도움도 필요 없어 보였다.

자신의 무릎만 뚫어지게 보고 있던 소년의 아버지가 녹음기를 쳐다보았다. 녹음기는 스위치가 꺼져 있었다. 그것은 제대로 된 조사가 아니었다. 변호사도 보이지 않았지만 소년의 아버지는 아직까지 어떤 항의나 불평도 없었다.

"이제 그 이유들을 읽어드리죠." 엘린보르그는 부모들이 자기 자식을 폭행한 이유들을 읽어 내려가기 시작했다. "스트레스, 재정적인 문제, 병, 실업, 고립, 배우자의 무능력과 일시적인 정신착란."

엘린보르그가 소년의 아버지를 쳐다보았다.

"당신의 경우에는 이 중에서 어떤 것이 적용된다고 생각하나요? 일시적인 정신착란?"

그는 대답하지 않았다.

"사람들은 가끔 자신에 대한 통제력을 잃을 때가 있고, 또 누군가가 알아차리기를 바라는 죄의식에 사로잡혀 혼란을 겪게 되는 일도 많지요. 들어보셨죠?"

그는 여전히 묵묵부답이었다.

"그 부모들은 아이를 의사에게 데려갑니다. 아이가……. 아이가 떨어지지 않는 지독한 감기에 걸렸다면서 말이죠. 그러나 그 부모가 의사에게 간 건 감기 때문이 아니죠. 아이를 의사에게 데려가는 진짜 이유는 의사가 아이의 상처를 주목해주기 바라기 때문이에요. 그들은 자신의 행위가 드러나기를 바라는 거죠. 왜 그런지 아세요?"

그는 계속 침묵을 지켰다.

"왜냐하면 그걸로 상황을 종결짓고 싶기 때문이에요. 다른 사람을 끌어들여서 말이죠. 다른 사람이 개입하게 되면 더 이상 자신이 상황을 통제할 수가 없게 되니까요. 자기 스스로는 어떻게 해볼 도리가 없자 제삼자인 의사가 이 사태를 살펴봐 주기를 바라는 거죠."

그녀는 소년의 아버지를 쳐다보았다. 에를렌두르는 말없이 지켜보기만 했다. 그는 엘린보르그가 너무 앞서 나가는 게 아닌가 싶어 걱정이 되었다. 그녀는 냉정한 자세로 사건에 임하고 있다는 걸 보여주기라도 하는 듯 전문가적인 태도를 보이기 위해 모든 에너지를 짜내고 있는 것처럼 보였다. 그러나 그것은 희망이 없는 싸움 같았고, 그녀도 그것을 잘 알고 있는 것 같았다. 그녀는 너무 감정적이었다.

"의사와 얘기해봤어요." 엘린보르그가 말했다. "그는 아이의 상처에 대해 두 번이나 아동복지국에 보고했다고 하더군요. 아동복지국은 두 번 다 조사를 했지만 어떤 결론을 내릴 증거를 찾지 못했고요. 아이가 아무 말도 하지 않았고 당신도 인정하지 않아서 아무 소용이 없었다더군요. 그 두 번의 경우에서도 역시 아이에게 폭력이 행해진 사실이 밝혀지기를 바랐던 게 확실해요. 나도 그 보고서를 읽었어요.

두 번째의 경우, 아이에게 당신과의 사이가 어떠냐는 질문을 했지만 아이가 질문을 이해하지 못하는 것 같아서 같은 질문을 되풀이했더 군요. '너는 누구를 가장 믿고 있니?'라고 묻자 아이는 '아빠요. 우리 아빠를 세상에서 제일 믿어요'라고 했다고 되어 있어요."

엘린보르그는 잠시 말을 멈추었다.

"당신은 섬뜩한 느낌이 안 듭니까?"

그녀의 시선이 에를렌두르를 향했다가 다시 소년의 아버지에게로 돌아갔다.

"당신 아들의 말에 정말 섬뜩한 느낌이 안 들어요?"

에를렌두르는 자신도 그와 똑같은 대답을 한 적이 있었다는 생각을 했다. 그는 아버지를 떠올렸다.

봄이 되어 눈이 녹자 에를렌두르의 아버지는 잃어버린 아들을 찾기 위해 산으로 올라가, 그를 발견한 장소부터 시작해서 그가 폭풍 속을 헤치고 지나왔을 길을 역으로 추적해나갔다. 아버지는 어느 정도 충격에서 벗어난 듯 싶었지만 끊임없이 죄의식에 시달리고 있었다.

그는 황무지와 산을 헤매고 다니면서 아들의 힘으로는 도저히 갈 수 없어 보이는 험준한 지역까지 수색했지만, 어디서도 죽은 아들을 찾을 수가 없었다. 그는 그곳에 텐트를 치고 지냈다. 에를렌두르와 어머니도 올라와 수색에 참여했고, 가끔씩 동네사람들도 그들을 도와 줬지만 소년은 결국 발견되지 않았다. 시체를 찾는 일은 중요한 일이 었다. 시체가 발견되기 전까지 가족들에게 그는 정말로 죽은 것이 아니라 단지 실종된 것에 지나지 않기 때문이었다. 그 상처는 영원히 아

327

물지 않을 것이고, 그로 인한 측량할 수 없는 슬픔은 한없이 계속될 것이다.

에를렌두르는 혼자서 그 슬픔과 싸웠다. 그가 힘들었던 것은 동생을 잃었기 때문만은 아니었다. 자신이 구조되어서 다행이라는 생각보다는 어린 동생 대신에 자기가 구조되었다는 데서 오는 생경한 죄의식의 감정이 그를 지배하고 있었다. 폭풍 속에서 동생의 손을 놓치지만 않았다면 하는, 차라리 자신이 죽는 게 나았을지도 모른다는 생각이 그를 사로잡고 있었다. 나이가 많은 그가 동생을 책임지는 것은 당연했다. 언제나 그랬다. 그는 늘 동생을 보살폈다. 어떤 놀이를 해도 그건 당연한 일이었다. 아이들만 집에 있어야 할 때도, 심부름을 다녀올 때도 그랬다. 그는 그런 기대 속에서 자랐다. 그런데 이번에는 그 기대를 저버렸고, 이제 동생이 죽은 이상 다시는 만회할 기회가 없었다. 왜 자신이 살아남았는지 알 수가 없었다. 가끔씩 황무지에 버려져 홀로 누워 있는 존재가 자신이었으면 더 좋을 뻔했다는 생각을 하곤 했다.

그러나 이런 생각들을 한 번도 부모님께 말해 본 적이 없었다. 부모님도 자신에 대해 틀림없이 같은 생각을 하고 있을 거라는 느낌이 외로움 속에서 종종 들곤 했다. 아버지는 자신의 죄책감에 깊이 빠져 혼자 있고 싶어 했다. 어머니는 슬픔을 이겨내지 못했다. 두 사람은 사고의 책임이 자신들에게 있다고 여겼다. 둘 사이에는 그 어떤 고함소리도 잠재울 수 있는 무거운 침묵만이 흘렀고, 그 사이에서 에를렌두르는 책임감과 비난, 행운에 대해 곱씹으며 자신만의 고독한 전쟁을 치르고 있었다.

사람들이 그를 찾아내지 못했다면 대신 동생이 구조되었을까?

　호텔 창가에 서서 그는 동생의 죽음이 자신의 인생에 어떤 흔적을 남겼는지 돌이켜보았다. 자신이 알고 있는 이상으로 큰 영향을 끼쳤던 것이 아닐까 하는 생각이 들었다. 에바가 질문을 할 때마다 그는 예전에 있었던 일들을 곰곰이 되짚어보았다. 간단한 대답으로 끝낼 질문은 하나도 없었지만, 그 해답들이 저 아래 깊은 곳에서 발견되기를 기다리고 있다는 건 알고 있었다. 에바가 그의 과거에 대해 알아내고자 집요하게 파고들며 물었던 것들을 그는 종종 스스로에게 자문하곤 했다.

　에를렌두르는 문을 두드리는 소리를 듣고 창가에서 몸을 돌렸다.

　"들어와요!" 그가 소리쳤다. "열려 있어요."

　시구르두르 올리가 문을 열고 들어왔다.

　그는 하루 종일을 하프나르피요르두르에서 보내며 구드라우구르를 알고 있는 사람들을 만나보고 다녔다.

　"뭐 새로운 사실이라도 알아냈나?" 에를렌두르가 물었다.

　"당시에 그를 부르던 별명을 알아냈어요. 모든 게 끝장이 난 그날 이후에 그를 부르던 별명 말입니다."

　"그래, 누구한테 들었어?"

　시구르두르 올리는 한숨을 내쉬며 침대에 걸터앉았다. 그의 아내 베르그도라는 크리스마스가 코앞에 닥쳤는데 어떻게 출장을 갈 수 있냐고, 이제 혼자서 모든 준비를 하게 되었다고 불평을 늘어놓았다. 그는 크리스마스트리를 사들고 집에 갈 생각이었지만, 우선 에를렌

329

두르에게 보고를 먼저 해야 했다. 호텔로 오는 도중 그녀에게 전화를 걸어 이런 사정을 설명하고 일을 마치는 대로 서둘러 집에 가겠다고 했지만, 믿어주기에는 너무 자주 들었던 핑계였다. 그녀는 찬바람이 일 정도로 콧방귀를 뀌며 전화를 끊어버렸다.

"이 방에서 크리스마스 내내 보내실 작정이세요?" 시구르두르 올리가 물었다.

"그럴 생각 없어." 에를렌두르가 말했다. "자네가 하프나르피요르두르에서 알아낸 게 뭔지나 들어보자고."

"이 방, 왜 이렇게 추워요?"

"라디에이터가 문제야." 에를렌두르가 말했다. "도대체 따뜻해지지를 않아. 자네가 한번 살펴봐주지?"

시구르두르 올리가 미소를 지었다.

"크리스마스트리 사셨죠? 크리스마스인데."

"크리스마스트리를 샀다면 크리스마스에 이러고 있겠나."

"좀 헤매다가 한 사람을 만났는데, 예전의 구드라우구르에 대해서 잘 안다고 하더군요." 시구르두르 올리가 말했다. 올리는 그가 수사의 방향을 바꿀 수 있는 정보를 갖고 있다는 걸 알았고, 잠시 동안 에를렌두르가 안달하는 모습을 보며 즐기고 싶었다.

시구르두르 올리와 엘린보르그는 구드라우구르의 동창이나 어린 시절의 그를 알고 있는 사람은 모두 만나보기로 계획을 세웠다. 대부분은 그를 기억하고 있었고, 가수로 명성을 얻어가고 있던 것과 그 명성 때문에 괴롭힘을 당하던 그의 모습을 희미하나마 떠올릴 수 있었다. 그를 잘 기억하고 있던 몇 사람은 무슨 일로 그가 아버지를 다치

게 해서 집을 떠나게 되었는지도 알고 있었다. 그중 한 사람은 시구르
두르 올리가 기대했던 것 이상으로 구드라우구르와 가까운 사이였다.

구드라우구르의 여자 동창생이 시구르두르 올리에게 알려준 그 사
람은 하프나르피요르두르의 신시가지에 있는 저택에 살고 있었다.
그는 그날 아침 그녀에게 전화를 걸었다. 그를 기다리고 있던 그녀는
그를 반갑게 맞아주며 집 안으로 인도했다. 남편이 파일럿인 그녀는
책방에서 파트타임으로 일하고 있었고 아이들은 다 자라서 독립해
나갔다고 했다.

그녀는 구드라우구르와의 친분관계에 대해 자세하게 얘기해주었
지만 단편적인 것들에 지나지 않았고, 그의 누나에 대해서도 많은 것
을 기억해내지 못했다. 그가 목소리를 잃은 사실은 기억이 나는 것 같
았지만 학교를 떠난 뒤에 그에게 무슨 일이 있었는지는 알지 못했는
데, 호텔 지하실의 작은 방에서 살해당한 채 발견된 사람이 구드라우
구르라는 기사를 보고 충격을 받았다.

시구르두르 올리는 이런 얘기들을 건성으로 들었다. 대부분 구드라
우구르의 다른 동창들로부터 들은 이야기였다. 그녀가 말을 끝내자
그는 구드라우구르가 어린 시절에 불렸던 별명이 하나 있었고 그 때
문에 괴롭힘을 당했다는데, 그 사실을 알고 있는지 물어보았다. 잘 기
억이 나지 않는다던 그녀는 시구르두르 올리가 그만 자리에서 일어
나려고 하자 한마디 덧붙였다. 구드라우구르에 대해 오래 전에 들은
이야기가 있는데, 아직 모르고 있다면 틀림없이 경찰이 흥미를 가질
만한 이야기라고 했다.

"어떤 일입니까?" 시구르두르 올리가 자리에서 일어나며 물었다.

그녀는 일의 전말을 얘기했고, 자기 말에 올리가 관심을 보이는 것이 기뻤다.

"그런데 그 사람은 아직 살아 있나요?" 시구르두르 올리가 묻자 그 여인은 자기가 알고 있는 건 그게 다라고 하며 그의 이름을 알려주었다. 그녀는 전화번호부를 가져와 시구르두르 올리에게 그의 이름과 주소를 보여주었다. 레이캬비크에 살고 있었고 이름은 발두르였다.

"이 사람이 확실합니까?" 시구르두르 올리가 물었다.

"내가 아는 한 확실해요." 여인은 자기의 협조가 수사에 도움이 되기를 바라며 미소를 지었다. "그 얘기는 인근에서 모르는 사람이 없었어요."

시구르두르 올리는 그 사람이 집에 있을지도 모른다고 생각하고 즉시 그곳으로 가보기로 했다. 오후 늦은 시각이라 레이캬비크의 교통 정체가 심했다. 가는 길에 베르그도라에게 전화를 걸었다.

"주변 얘기는 생략하고 본론으로 좀 들어가자고." 에를렌두르가 조바심을 내며 시구르두르 올리의 말을 중간에서 잘랐다.

"아니, 이건 반장님과 관계된 일이에요." 시구르두르 올리가 고소한 표정을 지으며 말했다. "제가 크리스마스이브에 반장님을 초대한다는 말을 전했는지 어떤지 베르그도라가 알고 싶어 해서 말이죠. 전하기는 했는데 아직 확답을 받지 못했으니까요."

"크리스마스이브는 에바와 함께 지낼 생각이야." 에를렌두르가 말했다. "그게 내 대답일세. 자 이제 부디 본론으로 들어가 주겠나?"

"그러죠." 시구르두르 올리가 말했다.

"그 '그러죠' 소리 좀 그만하지."

"그러죠."

　직업이 건축가인 발두르는 시내에서 가까운 싱홀트 거리의 아담한
목조주택에 살고 있었는데, 마침 집에 있었다. 시구르두르 올리는 벨
을 누르고 구드라우구르 에길손 살인사건 담당형사라고 자신을 소개
했다. 그 남자는 전혀 놀라지 않은 것 같았다. 그는 시구르두르 올리
를 위아래로 훑어보고 나서 안으로 들어오라고 했다.

　"솔직히 말씀드리지만, 나도 예상하고 있었습니다." 발두르가 말했
다. "경찰에서 찾아올 거라고요. 어쩌다가 내가 그런 일에 말려들게
된 건지 알 수 없지만, 아무튼 그건 이미 지나간 일이에요. 경찰에 말
하기에는 결코 유쾌한 이야기라고 할 수 없지요." 그는 미소를 지어
보이며 시구르두르 올리의 코트를 받아들었다.

　집 안은 모든 게 산뜻하고 깔끔하게 정리되어 있었다. 거실에는 촛
불이 밝혀져 있었고 크리스마스트리가 장식되어 있었다. 그는 시구르
두르 올리에게 마실 것을 권했지만 올리는 사양했다. 평균 이상의 키
에 마르고 유쾌한 얼굴을 한 그는 붉은색으로 염색한 얼마 남지 않은
머리카락을 단정히 빗어 넘기고 있었다. 시구르두르 올리는 그의 모
습에서 스피커에서 흘러나오는 프랭크 시내트라의 노래를 연상했다.

　"왜 우리가 찾아올 것을 예상하고 계셨던 겁니까?" 시구르두르 올
리가 커다란 붉은색 소파에 앉으며 물었다.

　"굴리 때문이죠." 그 남자가 맞은편에 앉으며 말했다. "그 일을 알
아낼 게 분명하니까요."

　"그 일이라니요?" 시구르두르 올리가 물었다.

"예전에 내가 굴리와 함께 지냈던 것 말입니다." 남자가 대답했다.

"그게 무슨 말이야? 그 사람이 예전에 구드라우구르와 함께 지냈다니?" 에를렌두르가 다시 끼어들며 물었다. "그게 도대체 무슨 말이야?"

"그가 말한 그대로예요." 시구르두르 올리가 말했다.

"굴리와 함께 지냈다고?"

"네."

"그러니까 그게 무슨 소리냐고?"

"그들이 함께 살았다는 말입니다."

"자네 말은 구드라우구르가?" 구드라우구르의 누나와 휠체어에 앉아 있던 그의 부친이 보여준 그 냉혹한 표정들이 떠오르며 수많은 생각들이 에를렌두르의 머릿속을 스치고 지나갔다.

"발두르라는 사람이 말한 게 바로 그겁니다." 시구르두르 올리가 말했다. "구드라우구르는 다른 사람이 그 사실을 알기를 원치 않았던 거고요."

"그들의 관계를 다른 사람이 알기를 원치 않았다?"

"자기가 게이라는 사실을 숨기고 싶었던 거죠."

27

Röddin

목수리

싱홀트의 그 남자는 자기와 구드라우구르의 관계가 시작된 것은 25세 무렵이었다고 했다. 디스코가 한창 유행하던 시절로 발두르는 보가르 가에 아파트 한 채를 임대해서 살고 있었고, 그들 둘 다 호모라는 사실을 숨기고 있었다. "당시만 해도 게이에 대한 사람들의 인식이 요즘과 같지 않았지요." 그가 미소를 지으며 말했다. "인식이 막 바뀌기 시작한 때였다고나 할까."

"그리고 우리가 실제로 함께 산 건 아니었어요." 발두르가 계속 말을 이었다. "그때는 남자들끼리 같이 산다는 건 다시 생각해볼 것도 없이 있을 수도 없는 일이었지요. 그 당시 아이슬란드에서 게이로 살아간다는 것은 정말 견디기 어려운 일이었습니다. 우리 같은 사람들 대다수는 어쩔 수 없이 외국으로 나가 살아야 되는 게 아닌가 생각했죠. 아마 잘 아실 겁니다. 굴리는 나를 종종 찾아왔고, 우리는 앞으로 어떻게 해야 할지 고민하곤 했어요. 우리는 함께 밤을 보냈어요. 그는 서부지역에 방을 얻어 살고 있어서 몇 번인가 내가 가기도 했는데, 나한테 자기 사는 모습을 보이는 걸 별로 달가워하지 않는 것 같아 주로 우리 집에서 지냈습니다."

"두 분은 어떻게 만나게 되셨는지요?" 시구르두르 올리가 물었다.

"당시에는 게이들이 모이는 장소가 있었어요. 그중 하나가 시내 중심가를 조금 벗어난 곳인데, 여기 싱홀트에서 그리 멀지 않은 곳이었죠. 클럽 같은 곳은 아니고 누군가의 집을 만남의 장소로 이용했어요. 때로 다른 남자들과 춤을 추거나 하는 그런 클럽들을 예상했다면 잘 모르시는 말씀입니다. 이런 집은 커피숍, 여관, 나이트클럽, 상담소와 은신처 등 그야말로 다용도로 사용되었지요. 어느 날 저녁 그가 친구 몇 명과 함께 그곳에 왔는데, 그때 그를 처음 만났습니다. 이런 정신하고는, 죄송합니다, 커피 한 잔 드릴까요?"

시구르두르 올리는 시계를 보았다.

"몹시 바쁘신가 보군요." 그 남자가 몇 가닥 남지 않은 염색한 머리카락을 조심스레 매만지며 말했다.

"아니, 뭐 그렇지는 않습니다. 정 그러시다면 차 한 잔 부탁합니다." 베르그도라를 생각하며 시구르두르 올리가 말했다. 그녀는 시간 약속 어기는 걸 정말 싫어했다. 시간엄수라는 관념이 철저해서 그의 귀가시간이 늦어지기라도 하면 오랫동안 잔소리를 해대곤 했다.

그 남자는 차를 준비하러 주방으로 들어갔다.

"그는 끔찍할 정도로 억눌려 있었어요." 그는 주방에서 시구르두르 올리가 잘 들을 수 있도록 목소리를 높여 말했다. "자신의 성적 욕망을 끔찍해하는 것 같았습니다. 스스로도 자신의 정체성을 완전히 인정하지 않는 듯했어요. 나와의 관계를 자신의 길을 찾는 데 일정 부분 이용하고 있다는 생각도 들었지요. 그 나이에도 여전히 자신의 길을 찾지 못하고 방황하고 있었다고나 할까. 하지만 그건 뭐 그다지 대단한 일이 아닙니다. 40대가 되어서야 커밍아웃을 하기도 하거든요. 이미 결혼해서 아이가 넷쯤 딸린 상태에서 말입니다."

"그렇죠, 모든 게 뒤죽박죽이지요." 자신이 지금 무슨 이야기를 나누고 있는지 이해하지도 못한 채 시구르두르 올리가 말했다.

"네, 맞습니다. 차는 적당히 우려낸 걸 좋아하세요?"

"그하고는 오래 지내셨습니까?" 시구르두르 올리가 되묻고는 진한 맛을 좋아한다고 덧붙였다.

"한 3년인가 지냈는데, 결국 헤어지게 될 수밖에 없었지요."

"그 뒤로는 만난 적이 없었습니까?"

"네, 하지만 어떻게 지내는지는 알고 있었습니다." 그 남자가 거실로 돌아오며 말했다. "게이 사회라는 게 손바닥만 하거든요."

"그가 어떤 식으로 억눌려 있던가요?" 그 남자가 찻잔을 테이블 위에 내려놓는 걸 지켜보며 시구르두르 올리가 물었다. 쿠키를 한 접시 들고 나왔는데, 베르그도라가 크리스마스 때마다 구워주던 것과 같은 과자 같았다. 과자 이름은 잘 생각이 나지 않았다.

"그는 도무지 속을 알 수 없는 사람으로, 술 마셨을 때를 제외하고는 거의 입을 열지 않았어요. 아버지와 관련된 게 아닌가 싶은데, 가족들과 등지고 나서는 완전히 연락을 끊고 살았지만 그래도 너무나 가족을 그리워했지요. 그의 어머니는 우리가 만나기 훨씬 전에 돌아가셨는데, 다른 가족들보다 어머니 이야기를 더 많이 했어요. 어머니 얘기만 나오면 끝이 없었는데, 듣는 사람 입장에서는 사실 짜증이 나는 일이기도 했지요."

"그의 누나는 어떻게 해서 그와 등지게 되었습니까?"

337

"오래된 일인데 사실 그도 자세하게 말한 적이 없었습니다. 내가 아는 거라고는 그가 자신의 처지에서 벗어나려고 애를 썼다는 겁니다. 무슨 뜻인지 아시죠? 뭔가 정상적인 생활이 아니라고 생각한 거죠."

시구르두르 올리는 고개를 저었다.

"불결한 짓이라고 생각했던 겁니다. 이건 뭔가 자연스러운 것이 아니라고 여긴 거죠. 게이로 산다는 게."

"그래서 그걸 이겨내려고 애를 썼다는 거고요?"

"글쎄요. 그는 마음을 잡지 못했어요. 어떻게 해야 좋을지 갈피를 못 잡은 것 같았습니다. 정말 안된 일이죠. 자신에 대한 믿음이 너무 부족했어요. 때로는 자신을 혐오하기까지 했으니까요."

"그의 과거에 대해 알고 계셨습니까? 어린이 스타였다는 사실을?"

"네." 그 남자는 주방으로 가서 물이 끓고 있는 주전자를 들고 와 컵에 차를 따르고는 다시 주전자를 주방에 갖다놓고 왔다. 두 사람은 차를 마시기 시작했다.

"자네 이야기 좀 빨리 진행할 수 없나?" 에를렌두르는 호텔방의 책상 앞에 앉아 지루한 이야기를 듣고 있어야 하는 데 조바심을 내며 시구르두르 올리를 재촉했다.

"가능하면 자세히 말씀드리려고 애쓰는 중이라고요." 시구르두르 올리가 손목시계를 흘낏 쳐다보며 말했다. 베르그도라와 약속한 시간은 이미 45분이나 지나 있었다.

"그래, 알았으니까 어서 계속해."

"그가 이야기한 적이 있었습니까?" 시구르두르 올리가 찻잔을 내려 놓고 과자를 집어 들며 물었다. "그의 어린 시절이 그 유명세와 함께 묻혀 지나갔다는 것을?"

"목소리를 잃었다고 하더군요." 발두르가 말했다.

"그 일에 대해 가슴 아파 하던가요?"

"끔찍할 정도로요. 그에게 있어서는 정말 끔찍한 일이 일어났던 거 죠. 하지만 그 일에 대해서는 말하고 싶지 않았던 것 같아요. 유명하다 는 이유로 학교에서 괴롭힘을 당했고, 그래서 많이 힘들었다고 하더군 요. 그런데 그는 자신이 유명했다고 하지는 않았습니다. 그 스스로는 자기가 유명했는지에 대해 별 신경을 쓰지 않았던 것 같아요. 그걸 원 했던 건 그의 아버지였고, 남들이 보기에 상당히 이름을 날렸던 것도 사실이었고요. 그러나 그는 행복하지 못했고, 그런 상태에서 이런 감 정들, 게이로서의 속성들이 나타나기 시작했던 겁니다. 그는 이런 얘 기 하는 걸 상당히 꺼려했어요. 가족에 대한 이야기는 될수록 하지 않 으려고 했죠. 과자 좀 더 드세요."

"아니, 괜찮습니다." 시구르두르 올리가 말했다. "그를 죽이고 싶어 할 만한 사람이 있을까요? 그에게 앙심을 품은 사람은 없을까요?"

"전혀, 아마도 없을 겁니다. 아주 귀여운 고양이 같은 사람이었어요. 파리 한 마리도 죽이지 못했을 겁니다. 누가 그런 짓을 했을지 도무지 짐작이 안 돼요. 그렇게 가다니, 정말 불쌍한 사람입니다. 수사는 좀 진 전이 있습니까?"

"전혀요." 시구르두르 올리가 말했다. "혹시 그의 음반을 들어보셨습 니까? 아니면 그의 음반을 갖고 계신가요?"

"물론이죠." 발두르가 말했다. "정말 놀라운 목소리였어요. 어린아이가 어떻게 그런 놀라운 노래를 부를 수 있는지, 정말 믿기 어려워요."

"두 분이 서로 알게 되었을 때, 그가 자기 노래에 대해 자랑하던가요?"

"한 번도 그런 적이 없었습니다. 자기 음반을 듣고 싶어 하지 않았어요. 전혀요. 내가 별 수를 다 써봐도 소용이 없었죠."

"왜 그랬을까요?"

"그 일에 대해서는 요지부동이었습니다. 한 마디 설명도 없이 그냥 자기 음반을 듣지 않으려 하더군요."

발두르는 거실 장식장에서 구드라우구르의 음반 두 장을 가져와 시구르두르 올리 앞에 있는 테이블 위에 내려놓았다.

"거처 옮기는 걸 도와줬더니 이걸 나한테 주더군요."

"거처를 옮기다뇨?"

"서부지역에 얻었던 방에서 나와야 할 상황이 되자 나한테 도움을 요청했어요. 그러고는 방을 하나 구해서 거기에다 짐을 전부 들여놓았죠. 음반들 말고는 정말 살림살이라고는 아무것도 없더군요."

"많던가요?"

"몇 톤은 되었을 겁니다."

"그가 특별하게 여기던 것은 없었나요?"

"없었습니다." 발두르가 말했다. "전부 다 같은 종류의 음반들이었죠. 여기 있는 것과 같은 것들요." 그가 구드라우구르의 음반 두 장을 가리키며 말했다. "전부 다요. 당시 찍어낸 판을 전량 가지고 있다고 했어요."

"여기 이 음반으로 가득한 박스들을?" 시구르두르 올리가 놀라움을 감추지 못하고 물었다.

"네."

"그 음반들이 어디 있는지 아십니까?"

"내가요? 아뇨, 내가 그걸 어떻게 알겠습니까? 그 음반들이 요즘 꽤 인기가 있나요?"

"그걸 얻기 위해서라면 사람도 죽일 수 있을 만큼은 되는 것으로 알고 있습니다." 시구르두르 올리가 말했다.

이제 발두르의 얼굴에는 몹시 의문스러워하는 기색이 역력했다.

"무슨 뜻입니까?"

"아무것도 아닙니다." 시구르두르 올리가 손목시계를 보며 말했다. "이제 가봐야겠습니다. 혹시 궁금한 점이 생기면 나중에 다시 찾아뵙도록 하겠습니다. 아무리 사소한 일이라도 뭔가 기억이 나시면 전화로 말씀해주시면 고맙겠습니다."

"사실 말씀드리자면 그 당시 우리들은 선택의 폭이 넓지 못했어요." 발두르가 말했다. "인구의 절반이 게이고 나머지 절반이 아닌 척하는 요즘과는 사정이 달랐죠."

차를 마시다 사래가 걸린 시구르두르 올리를 보며 그가 미소를 지어 보였다.

"죄송합니다." 시구르두르 올리가 말했다.

"차가 조금 진했나 봅니다."

시구르두르 올리가 자리에서 일어나자 그가 따라 일어나며 문까지 배웅했다.

"구드라우구르가 학교에서 괴롭힘을 당했다고 들었는데요." 시구르두르 올리가 현관에서 말했다. "그를 부르던 별명이 있었다고 하더군요. 혹시 그가 그런 얘기를 한 적이 있습니까?"

"합창단에, 아름다운 목소리를 가졌고, 축구도 못했고, 조금 계집애 같이 굴었다는 것 때문에 괴롭힘을 당한 건 분명한 사실이었어요. 사람들에게 다소 숫기가 없어 보이기도 했고요. 사람들이 왜 자기를 괴롭히는지 이유를 알 수 없었다고 했어요. 그런데 자기한테 무슨 별명이 있었다고 한 기억은 없는데……."

발두르는 잠시 주저했다.

"말씀하십시오." 시구르두르 올리가 말했다.

"그러니까, 우리가 같이 있을 때……."

시구르두르 올리는 멍한 표정으로 고개를 저었다.

"침대에서……."

"그래서요?"

"가끔씩 자기를 '나의 소공녀'라고 불러달라고 했어요." 발두르가 입가에 미소를 떠올리며 말했다.

에를렌두르가 시구르두르를 쏘아보았다.

"나의 소공녀라고?"

"그렇게 말했어요." 시구르두르 올리가 에를렌두르의 침대에서 일어나며 말했다. "이젠 정말 가야겠습니다. 베르그도라한테 맞아 죽게 생겼어요. 크리스마스는 집에서 보내실 겁니까?"

"그런데 음반 박스들이 있었다고 했지?" 에를렌두르가 물었다. "그건 지금 어디에 있을까?"

"그 사람은 전혀 모르는 눈치였어요."

"소공녀? 셜리 템플이 주연했던 그 영화? 어떻게 그렇게 딱 들어맞을 수가 있는 거지? 그 사람이 그 이유를 설명하던가?"

"아뇨, 그게 무슨 의민지 모르던걸요."

"특별한 의미가 없을 수도 있지." 에를렌두르가 대단한 생각이라도 해낸 듯 말했다. "게이들의 말을 우리 같은 사람이 이해할 수는 없겠지. 뭐 더 이상 새로울 것도 없고. 그건 그렇고, 그가 자신을 혐오했다고 했지?"

"자신에 대한 믿음이 너무 부족했다고 했어요. 우유부단했다면서."

"동성애자라는 사실에 대해서? 아니면 다른 일로?"

"그건 모르겠습니다."

"물어는 봤고?"

"언제고 그 사람과는 다시 이야기해볼 수는 있겠지만, 그 사람도 구드라우구르에 대해서 알고 있는 게 별로 없어 보였어요."

"우리도 마찬가지지." 에를렌두르가 힘없이 말했다. "이삼십 년 전에 자기가 게이라는 사실을 숨기고자 했다면 그 이후로도 그 사실을 계속 숨겨왔을 거라고 봐야 하는 게 맞지 않을까?"

"꼭 그렇다고만 볼 수는 없는 일이죠."

"그가 게이라는 사실을 언급한 사람이 아무도 없었어."

"그렇죠. 아무튼 이제 정말 가봐야겠어요." 시구르두르 올리가 문 쪽으로 걸어가며 말했다. "내일 뭐 특별히 해야 할 일이 있습니까?"

"아니." 에를렌두르가 말했다. "별 일 없어. 아무튼 오늘 고생했네.

베르그도라한테 안부 전해주고. 잘 좀 대해주라고."

"항상 잘해주고 있어요." 시구르두르 올리는 서둘러 말을 끝내고 밖으로 나갔다. 에를렌두르는 손목시계를 보고 발게르두르와 만나기로 한 시간이 되었다는 걸 알았다. 은행에서 가져온 마지막 테이프를 비디오플레이어에서 꺼내 테이프 더미 맨 위에 올려놓자마자 휴대폰이 울렸다.

엘린보르그였다. 그녀는 아들을 폭행한 혐의를 받고 있는 그 아버지 사건에 대해 주 검사 사무실에서 있었던 일을 그에게 보고했다.

"검찰은 그가 어떻게 될 거라고 하던가?" 에를렌두르가 물었다.

"곧 풀려날 거라고 보고 있어요." 엘린보르그가 말했다. "그가 완강히 버티는 한 유죄를 입증할 수 없을 거라면서요. 그가 자신의 혐의를 부인하면 단 1분도 잡아둘 수 없을 거라는데요."

"무슨 증거가 더 필요한 거지? 계단에 난 발자국은? 드람뷔 병은 또? 모든 정황이 그걸 뒷받침하는데……."

"나도 우리가 왜 고민해야 하는지 모르겠어요. 어제 한 폭행사건에 대한 선고공판이 있었는데, 한 사람이 수차례나 칼에 찔린 사건이에요. 직접 찌른 자는 징역 8개월을 선고받았고, 나머지 넷은 집행유예를 받았어요. 그것만 봐도 그자가 감옥에서 길어야 두 달밖에 살지 않을 거라는 걸 알 수 있어요. 도대체 정의는 어디에 있는 거죠?"

"아들도 돌려받게 되나?"

"그렇게 되겠죠. 다만 한 가지 긍정적인 점은, 그것도 긍정적이라고 할 수 있는지 모르겠지만요, 아무튼 아이가 자기 아버지를 정말로 사랑하고 있는 것 같다는 거죠. 난 정말 그 점이 이해가 안 돼요. 아버지한테 그토록 무자비하게 폭행을 당한 것이 사실이라면 어떻게 그런 아버지에게 애정을 느낄 수 있는 걸까요? 이번 사건은 정말 감을 잡을 수가 없어요. 뭔가 중요한 것을 놓치고 있는 게 틀림없어요. 우리가 간과하고 있는 게 있을 거예요. 그래야 말이 되거든요."

"나중에 다시 얘기하자고." 에를렌두르가 시계를 보며 말했다. 발게르두르와 약속한 시간이 벌써 지났던 것이다. "자네 나 대신 한 가지 알아봐 줄 수 있겠나? 스테파니아 에길스도티르가 며칠 전에 이 호텔에서 친구를 만난 적이 있다는데, 그 친구라는 여자와 통화해서 사실인지 확인해봐." 에를렌두르는 그 여인의 이름을 알려주었다.

"집에는 안 들어가실 거예요?" 엘린보르그가 물었다.

"나한테는 이제 신경 좀 끄라고." 에를렌두르는 전화를 끊었다.

28
Röddin

에를렌두르는 로비에서 수석웨이터 로산트를 보았다. 그는 잠시 갈등을 느꼈다. 발게르두르는 좀 더 기다려줄 수 있을 것이다. 에를렌두르는 시계를 보고는 인상을 쓰며 수석웨이터 쪽으로 향했다. 오래 끌일은 아니었다.

"매춘부들에 대해서 물어볼 게 있소." 그가 거두절미하고 말했다. 로산트는 공손한 자세로 호텔 손님 두 명과 이야기를 나누고 있었다. 깜짝 놀라며 그를 쳐다보는 게, 손님들은 아이슬란드 사람들이 분명했다.

로산트는 콧수염을 말아 올리며 미소를 지어 보였다. 그는 손님들에게 정중히 사과를 드리고 나서 에를렌두르를 한쪽으로 끌고 갔다.

"호텔은 곧 사람이고 당신들이 하는 일은 그 사람들을 편하게 해주는 거라 했었지. 그런데 그게 다 헛소리였소?" 에를렌두르가 물었다.

"헛소리 아닙니다. 학교에서 그렇게 가르쳤습니다."

"수석웨이터한테 포주 노릇 하는 것도 가르쳤고?"

"무슨 말씀을 하시는지 모르겠습니다."

"그럼 내가 사실을 말해 주지. 당신 이 호텔에서 은밀하게 여자장사를 하고 있잖아?"

로산트는 미소를 지었다.

"여자장사라뇨?"

"구두라우구르와 관련해서 당신이 포주 노릇을 하고 있었던 거 아 냐?"

로산트가 고개를 저었다.

"구드라우구르가 살해되었을 때 같이 있던 사람이 누구야?"

두 사람은 한동안 서로 상대를 노려보았지만, 결국 로산트가 시선 을 깔고 바닥을 내려다보았다.

"나는 모릅니다." 이윽고 그가 말했다.

"모른다고?"

"경찰에서 제 진술을 받아갔습니다. 저에게는 알리바이가 있어요."

"구드라우구르가 매춘에 관련되어 있었나?"

"아뇨. 그리고 내가 매춘부들을 거느리고 있다니 말도 안 되는 소립 니다. 주방에서 도둑질을 한다느니, 매춘부를 부린다니 하는 이야기 를 어디서 들으셨는지 몰라도 저로서는 금시초문입니다. 있을 수도 없는 일입니다. 나는 포주가 아니에요."

"하지만……."

"우리는 단지 고객들에 대한 정보를 갖고 있을 뿐입니다. 협회 참석 차 방문한 외국손님들과 우리나라 사람들에 대해서 말입니다. 친구를 원하는 분들에게 도움을 드리는 겁니다. 호텔 바에서 예쁜 여성과 만 나 마음에 들어 하시면……."

"그 다음에는 모두가 만족하게 되는 거고. 참 고마운 손님들이군?"

"정말 고마운 분들이죠."

"그러니까 당신은 에스코트 서비스를 제공하는 사람일 뿐이다, 이 말이군."

"나는⋯⋯."

"당신 그 일을 아주 그럴듯하게 표현하는군. 총지배인도 당신과 한통속이고, 프런트매니저 일은 어떻게 된 거지?"

로산트는 우물쭈물했다.

"프런트매니저 일은 어떻게 된 거냐고?" 에를렌두르가 다시 물었다.

"그 사람은 고객들의 다양한 욕구를 충족시켜주려는 우리의 일에 동참하지 않았습니다."

"고객들의 다양한 욕구라." 에를렌두르가 그의 말을 흉내 냈다. "그런 말은 어디서 배웠나?"

"학교에서 배웠죠."

"프런트매니저의 생각은 어떻게 돌릴 생각이었나?"

"갈등은 늘 있게 마련입니다."

에를렌두르는 호텔에서 매춘은 있을 수 없는 일이라고 주장하던 프런트매니저의 모습이 떠올랐고, 아마도 그가 호텔의 명성을 지키려고 노력하는 유일한 간부진이 아닐까 하는 생각이 들었다.

"당신은 이런 갈등요소를 아예 제거해 버리려고 하지 않았나?"

"무슨 말씀을 하시는지 모르겠습니다."

"그가 당신들이 쳐놓은 덫에 걸려들었잖아?"

로산트는 대답하지 않았다.

"그를 잡으려고 매춘부를 준비해뒀지? 그가 당신들 일을 누설할 것에 대비해 약간의 경고를 한 거지. 시내에 나가서 기다리고 있다가 그가 나타나자 당신들이 데리고 있는 창녀 하나를 그에게 슬쩍 접근시킨 거야."

로산트는 여전히 발뺌했다.

"무슨 말씀을 하시는지 모르겠습니다." 그가 같은 말을 반복했다.

"천만에, 당신은 내 말이 무슨 뜻인지 잘 알고 있을걸."

"그는 너무 고지식했어요." 로산트가 신경질적으로 콧수염을 말아 올리며 말했다. "이런 일은 우리가 직접 관리하는 게 우리에게도 득이 된다는 걸 그는 도무지 이해하려 들지 않았어요."

발게르두르는 바에서 에를렌두르를 기다리고 있었다. 먼젓번에 만났을 때처럼 자신의 모습을 더욱 돋보이게 하는 옅은 화장을 한 채, 가죽코트 안에는 흰색 실크 블라우스를 받쳐 입고 있었다. 악수를 나누며 그녀는 수줍게 미소를 지어 보였다. 그는 이번 만남으로 그들의 관계가 새롭게 시작되는 게 아닐까 하는 생각을 했다. 로비에서 만났을 때 두 사람의 우정에 대해 분명하게 말한 적이 있기는 하지만, 그녀가 자기한테 뭘 원하는 것인지는 알 수가 없었다. 그녀가 미소를 지으며 바에서 한잔 사겠다고 했고, 그는 아마도 근무 중이라고 대답했던 것 같았다.

"영화에서 보면, 경찰들은 근무 중이라 술을 마실 수 없다고 하잖아요." 그녀가 말했다.

"나는 영화를 보지 않아서요." 에를렌두르가 미소를 지었다.

"물론 그러시겠죠." 그녀가 말했다. "고난과 죽음에 관한 책을 읽으신다고 하셨죠."

두 사람은 바 한쪽 구석에 조용히 자리를 잡고 앉아 사람들이 이리 저리 바쁘게 돌아다니는 모습을 지켜보았다. 크리스마스가 가까워져서 그런지 사람들의 목소리가 더 높아졌고, 스피커에서는 끊임없이 캐럴이 흘러나오고 있었다. 여행객들은 세계에서는 몰라도 유럽에서는 가장 비쌀 거라는 사실을 깨닫지 못한 듯 번쩍거리는 선물보따리를 사들고 다녔다. 그리고 맥주를 마셔대고 있었다.

"왑쇼트한테서 샘플을 채취하실 때 보니까 아주 능숙하시더군요." 그가 말했다.

"그런 사람들은 어떻게 다루어야 하는지 아세요? 바닥에 눕히고 강제로 입을 벌리게 할 수밖에 없어요. 입 안에서 세포를 떼어낸다는 것이 굉장히 겁이 났던 모양이에요."

"그 사람은 정말 알 수가 없어요." 에를렌두르가 말했다. "무슨 일로 여기에 왔는지, 또 뭘 숨기고 있는 건지 제대로 알아낸 것이 없어요."

그는 왑쇼트에 대해서 자세히 알려주고 싶지 않았다. 아동 포르노와 영국에서 성범죄 혐의로 형을 산 적이 있었다는 사실을 굳이 이야기하고 싶은 생각이 없었다. 발게르두르와 나눌 대화의 주제로는 어울리지가 않는다고 생각했고, 게다가 그에게도 보호받을 권리가 있다. 만나는 사람한테마다 그의 사생활에 대해서 떠벌리고 싶은 생각이 에를렌두르는 추호도 없었다.

"이런 일은, 저보다는 좀 더 익숙하실 테죠." 발게르두르가 말했다.

"사람을 강제로 바닥에 눕혀서 비명을 지르게 하고 그 사이에 타액 샘플을 채취한 적은 한 번도 없었는데요."

발게르두르가 웃음을 터뜨렸다.

"제 말은 그게 아니에요." 그녀가 말했다. "제 말은 남편 말고는, 한 30년은 된 것 같은데요, 다른 남자와 이런 자리에 앉아본 적이 없었다는 얘기예요. 그러니까 제 행동이……. 다소 어색해도 이해해주십사 하고 드린 말씀이었어요."

"저도 서툴기는 마찬가지입니다." 에를렌두르가 말했다. "저도 그리 경험이 많지 않거든요. 아내와 이혼한 지 거의 25년이 다 되어가는데, 그동안 만나본 여인이라고는 세 손가락으로 꼽을 정도밖에 없었거든요."

"저도 남편하고 이혼할 생각이에요." 발게르두르가 에를렌두르를 쳐다보며 우울하게 말했다.

"그게 무슨 말씀이세요? 남편과 이혼하신다니?"

"우리 사이는 이미 끝난 거나 다름없어요. 당신한테 사과드리고 싶었어요."

"저한테요?"

"네, 당신한테요." 발게르두르가 말했다. "나는 정말 바보예요." 그녀는 신음소리를 삼켰다. "당신을 제 개인적인 복수에 이용하려고 했어요."

"이해가 잘 되지 않는데요." 에를렌두르가 말했다.

"저도 정말 어떻게 해야 좋을지 모르겠어요. 그걸 알고부터는 하루하루 지내기가 끔찍했어요."

"무얼 말입니까?"

"그이가 바람을 피우고 있어요."

그녀는 이 말을 마치 자기의 삶과는 무관한 듯 말했고, 그녀가 어떤 감정 상태인지 도무지 파악할 수가 없는 에를렌두르는 다만 여자의 말 뒤에 숨어 있는 공허함만을 느낄 뿐이었다.

"언제부터 그런 것인지, 또 어째서 그런 일이 일어난 것인지 알 수가 없어요." 그녀가 말을 이었다.

그녀의 말이 끝나자 에를렌두르는 무슨 말을 해야 좋을지 몰라 한참을 가만히 있었다.

"바람을 피우셨어요?" 갑자기 그녀가 물었다.

"아뇨." 에를렌두르가 말했다. "그런 일은 없었습니다. 우리는 너무 어렸고 서로 맞지가 않았어요."

"서로 맞지가 않다." 발게르두르가 그의 말을 나직하게 되뇌었다. "그게 무슨 말일까?"

"그래서 남편과 이혼하시려는 건가요?"

"내가 어떤 입장을 취해야 좋을지 고민 중이에요." 그녀가 말했다. "남편이 어떻게 나오느냐에 달려 있을 테지만요."

"어떤 종류의 바람인가요?"

"어떤 종류라뇨? 바람에도 차이가 있나요?"

"수년 동안 계속해온 것인지 아니면 이제 막 피우기 시작한 건지, 한 번이 아니라 여러 번 피운 건지 말입니다."

"한 여자와 2년 동안 관계를 가져왔다고 하더군요. 나는 용기가 없어서 과거에 또 무슨 짓을 했는지 묻지도 못했어요. 그래서 아는 게 아무것도 없어요. 아무것도 모른 채 무조건 남편만 믿고 살았어요. 그런데 어느 날 이혼에 대해서 이야기하기 시작하더니 한 여자를 알고 있다면서 벌써 2년이나 된 일이라고 하니, 나는 완전히 바보가 된 거죠. 남편이 무슨 이야기를 하는 건지 알 수가 없었어요. 그런데 그들이 이렇게 호텔에서 만나고 있는 것이 드러나서…….”

발게르두르는 말을 맺지 못했다.

“결혼한 여자인가요?”

“이혼했다고 하더군요. 남편보다 다섯 살 아래래요.”

“남편이 무슨 변명을 하던가요? 왜 자기가 바람을 피웠는지…….”

“혹시 나한테 문제가 있어서 그런 게 아니냐는 말씀이신가요?” 발게르두르가 그의 말을 가로채며 물었다.

“아니, 제 말은 그게 아니라…….”

“아마도 제 잘못일 거예요.” 그녀가 말했다. “모르겠어요. 아무런 변명도 없었어요. 그냥 화가 나고 이해가 안 될 뿐이에요.”

“두 아들은?”

“아이들한테는 말하지 않았어요. 둘 다 독립해 나갔는데요, 뭐. 애들이 나가 산 지 그렇게 오래 되었는데도 우리 부부는 둘만의 시간이 부족했나 봐요. 서로에게 무관심했던 거죠. 지난 세월 동안 이방인으로 살아왔던 거예요.”

그들은 말이 없었다.

“저한테 사과하지 않으셔도 됩니다.” 이윽고 에를렌두르가 그녀를 쳐다보며 말했다. “당치도 않습니다. 당신한테 솔직하지 못했던 제가 오히려 사과를 드려야 마땅합니다. 당신한테 거짓말을 했으니까요.”

“저한테 거짓말을?”

“왜 산과 폭풍, 황무지에서의 죽음에 대해 관심을 갖고 있느냐고 물으셨을 때 당신한테 진실을 털어놓지 않았어요. 그 일에 대해 다른 사람에게 말한 적이 거의 없었고, 또 그 이유가 뭔지 스스로도 잘 알 수가 없었기 때문이었습니다. 그 일은 다른 사람과 상관없는 거라고 생각했고, 그건 내 자식들한테도 마찬가지였지요. 딸이 사경을 헤매고 있을 때 나는 딸애가 죽을지도 모른다고 생각했고, 그래서 그때 딸한테만은 사실을 말해 줘야겠다는 생각이 들었어요. 그래서 그 아이한테 사실을 말해 줬죠."

"어떤 말을 해주셨나요?" 발게르두르가 물었다. "무슨 일이 있었던 건가요?"

"동생이 얼어 죽었어요." 에를렌두르가 말했다. "동생이 여덟 살 때였어요. 시체조차도 찾지 못했죠."

그는 그 오랜 세월 동안 자기 가슴을 짓누르고 있던 이야기를 호텔 바에서 전혀 낯선 한 여인에게 털어놓았다. 아마도 그건 그가 오랫동안 꿈꿔왔던 것이리라. 아마도 더 이상 그 힘겨운 전쟁을 계속해나가기가 싫어진 까닭이리라.

"내가 늘 읽는 비극적인 사건들을 다룬 책이 한 권 있는데, 거기에 우리 이야기가 실려 있어요." 그가 말했다. "어떻게 해서 내 동생이 죽었고, 당시의 수색활동과 우리 집을 삼켜버린 슬픔과 우울한 그림자에 대한 이야기죠. 당시 수색팀의 리더 중 한 사람이었던 우리 아버지의 친구가 기술한 것인데, 모든 상황이 아주 상세하게 묘사되어 있어요. 우리 이름과 가족사항에 대해서도 자세하게 나와 있고, 다른 사람들이 모든 노력을 기울여 동생을 찾는 동안 아무런 희망도 없이 방에 틀어박혀 멍하니 허공만 응시하고 있는 아버지의 모습도 그려져 있지요. 우리는 아무도 그 책이 출판되도록 허락한 적이 없었고, 부모님은 그 일로 엄청난 혼란을 겪으셨어요. 원하신다면 언제고 그 책을 보여 드릴 수 있습니다."

발게르두르는 고개를 끄덕였다.

에를렌두르가 이야기를 시작하자 가만히 앉아 그의 말에 귀를 기울이던 그녀는 마침내 이야기가 끝나자 의자에 등을 기대며 깊은 한숨을 내쉬었다.

"결국 동생을 찾지 못했군요?" 그녀가 물었다.

에를렌두르는 고개를 끄덕였다.

"그 일이 일어난 게 언제인데 나는 아직까지도 이따금씩 동생이 죽지 않았다는 상상을 하곤 합니다. 황무지에서 살아 돌아온 동생이 그 험악한 날씨에 시달려 모든 기억을 잃고 방황하는데, 먼 훗날 그 동생과 내가 만나게 되는 거죠. 혹시라도 사람들 속에서 동생을 찾을 수 있을까 싶어 지금은 어떤 모습으로 변했을지 늘 머릿속으로 동생 모습을 그려보곤 합니다. 이건 시체를 찾지 못한 남은 가족들에게 흔히 발생하는 현상이라고 해요. 나도 경찰이기 때문에 잘 알고 있죠. 아무런 흔적도 발견하지 못하면 오히려 살아 있을 거라는 희망을 버리지 못하게 되는 겁니다."

"사이가 좋으셨나 봐요." 발게르두르가 말했다. "당신과 동생이."

"우린 좋은 친구였어요." 에를렌두르가 말했다.

두 사람은 사람들이 저마다 떠들어 대는 소리로 시끌시끌한 호텔의 모습을 말없이 지켜보고 앉아 있었다. 그들의 잔은 이미 비어버렸지만 아무도 추가 주문을 하지 않았다. 상당한 시간이 흐른 뒤에 에를렌두르는 목청을 가다듬고 그녀에게 몸을 기울여, 그녀가 남편의 배신 이야기를 할 때부터 머릿속을 떠나지 않고 맴돌던 질문을 조심스럽게 끄집어냈다.

"아직도 남편께 복수하고 싶으세요?"

발게르두르는 그를 쳐다보고 고개를 끄덕였다.

"그렇지만 아직……, 어떻게 할 수가……." 그녀가 말했다.

"아닙니다." 에를렌두르가 말했다. "당신이 옳아요. 그래요."

"실종자 이야기를 해주세요. 즐겨 읽으신다는 그 책에 나와 있는 얘기 말예요."

에를렌두르는 미소를 짓고 잠시 생각해보았다. 그리고 사람들의 눈 앞에서 사라져버린 한 남자, 스카가피요르두르 출신의 절도범 존 베르그토르손에 대한 이야기를 시작했다.

그는 전날 얼음구멍에 던져놓았던 상어를 꺼내오기 위해 스카기 해안으로 떠내려온 빙산으로 갔다. 그런데 갑자기 남풍이 불어오며 비가 내리기 시작했고, 빙산이 갈라져 그 위에 있던 존은 바다로 떠내려갔다. 보트로 그를 구조하려던 노력은 심한 폭풍으로 허사가 되었다. 빙산은 피오르드를 벗어나 북쪽으로 표류하기 시작했고, 남풍을 받아 떠내려가는 속도는 점점 더 빨라졌다.

북쪽 수평선 너머로 빙산 위에서 허둥대는 모습을 망원경으로 본 것이 그의 마지막 모습이었다.

29

Röddin

바 안에 흐르는 부드러운 음악으로 나른해진 두 사람은 침묵 속에 한참을 앉아 있었다. 그때 발게르두르가 손을 내밀어 가만히 그의 손을 잡았다.

"이제 가봐야겠어요." 그녀가 말했다.

에를렌두르는 고개를 끄덕이고 자리에서 일어났다. 그녀는 그의 뺨에 입을 맞추고는 잠시 동안 그에게 안긴 채 서 있었다.

두 사람 모두 에바가 바 안으로 들어와 멀리서 둘의 모습을 보고 있을 줄은 생각지도 못했다. 나란히 일어나서 그녀가 그의 뺨에 입을 맞추고 다정하게 그의 품에 안겨 있는 모습을 고스란히 들킨 것이었다. 에바는 진저리를 치며 빠른 걸음으로 다가왔다.

"이 늙은 암소는 누구예요?" 에바가 그들을 노려보며 물었다.

"에바." 에를렌두르가 갑자기 바에 나타난 딸의 모습에 놀라며 꾸짖었다. "무례하게 굴지 마."

발게르두르가 손을 내밀자 에바는 그녀의 내민 손과 얼굴을 번갈아 가며 쳐다보았다. 에를렌두르는 두 여인을 차례로 돌아보다가 결국 에바에게 시선을 고정했다.

"이분은 발게르두르라고 하는데 내 친한 친구야." 그가 말했다.

에바는 아버지와 발게르두르를 번갈아 쳐다보았지만 끝내 그녀가 내민 손을 잡아주지 않았다. 발게르두르는 어색한 미소를 지으며 돌아섰고, 에를렌두르는 그녀를 따라 바에서 나가 로비를 가로질러 멀어져 가는 그녀의 모습을 지켜보았다. 에바가 그에게 다가왔다.

"누구예요?" 그녀가 물었다. "이제는 대놓고 바에서 창녀를 사려는 거야?"

"도대체 왜 그렇게 무례하게 구는 거야?" 에를렌두르가 말했다. "어떻게 그런 행동을 할 수 있어? 너하고는 아무 상관도 없는 일이야. 제발 나 좀 그만 괴롭혀!"

"그래요! 아빠는 내가 일곱 살부터 망할 놈의 스물네 살이 될 때까지 코빼기도 디밀지 않고 살 수 있었는지 모르지만, 난 아빠가 이 호텔에서 아무나 붙잡고 뒹구는 꼴을 보고도 못 본 체 할 수는 없단 말예요!"

"그 돼먹지 못한 소리 그만해! 도대체 무슨 생각으로 아빠한테 그 따위 말을 지껄이고 있어?"

에바는 입을 다물었지만 여전히 화난 표정으로 아버지를 노려보았고, 그 역시 분노한 시선으로 그녀를 쏘아보았다.

"그래, 나한테서 뭘 기대하는 거야?" 그는 에바의 얼굴에 대고 소리치고는 발게르두르의 뒤를 쫓아갔다. 그녀는 이미 회전문을 통해 호텔을 나가 택시에 올라타고 있었다. 호텔을 벗어나 도로에 들어서자 멀어져가는 택시에서 반짝이는 미등의 붉은 불빛이 보였다. 이윽고 그 불빛마저 모퉁이를 돌아 사라져버렸다.

에를렌두르는 멀어져가는 불빛을 지켜보며 분통을 터뜨렸다. 에바가 기다리고 있을 바로 돌아가고 싶은 마음이 조금도 없었던 그는 자신도 모르게 발걸음을 돌려 지하실로 향하는 계단을 내려가고 있었다. 문득 정신을 차리고 보니 구드라우구르가 살았던 방의 복도에 서 있었다. 전등스위치를 올리자 얼마 남지 않은 전등에 불이 들어와 침침한 불빛을 복도에 던져주었다. 손으로 더듬어 방 앞에 도착한 그는 문을 열고 스위치를 올렸다. 셜리 템플의 포스터가 반갑게 그를 맞이했다.

'소공녀.'

복도를 걸어오는 가벼운 발자국 소리가 들리더니 에바가 문간에 나타났다.

"위층의 아가씨가 지하실로 내려가는 걸 봤다고 해서요." 에바가 방 안을 들여다보며 말했다. 그녀의 시선이 침대 위의 핏자국에 머물렀다. "여기가 그 사건이 일어난 곳이에요?" 그녀가 물었다.

"그래." 에를렌두르가 말했다.

"저 포스터는 뭐죠?"

"정말 알 수가 없구나. 이따금씩 보이는 네 행동은 도무지 이해가 안 돼. 그녀를 늙은 암소라 부르고 내민 손마저 뿌리친 네 행동은 있을 수 없는 일이야. 그 여자가 너한테 무슨 잘못을 했다고."

에바는 아무 말도 하지 않았다.

"부끄러운 줄 알아야 해." 에를렌두르가 말했다.

"죄송해요." 에바가 말했다.

에를렌두르는 아무 대꾸 없이 포스터를 바라보며 서 있었다. 컬러

359

사진 속에서 머리에 리본을 맨 셜리 템플은 예쁜 여름 정장을 입은 모습으로 미소를 짓고 있었다. 소공녀, 1939년 제작, 프랜시스 호지슨 버넷 원작. 템플은 아버지가 외국으로 나가게 되자 냉혹한 여교장이 운영하는 런던의 기숙학교에 보내지게 되는 사랑스런 소녀 역할을 했다.

시구르두르 올리는 인터넷에서 그 영화의 줄거리를 알아냈다. 구드라우구르가 무슨 이유로 그 포스터를 방 안에 걸어두었는지는 여전히 의문으로 남아 있었다.

소공녀라, 에를렌두르는 생각에 잠겼다.

"엄마 생각이 나서 나도 모르게 그랬어요." 에바가 그의 뒤에서 말했다. "그 여자가 바에서 아빠와 함께 있는 걸 보고, 아빠한테 아무런 관심도 받지 못했던 신드리와 내 생각이 났어요. 그러고는 우리 식구 모두에 대한 생각으로 넘어간 거고요. 우린 한 가족인데도 아빠는 그런 관심을 한 번도 보인 적이 없어요. 그래서 그랬던 거예요."

그녀는 말을 멈추었다.

에를렌두루가 그녀를 돌아보았다.

"아빠의 무관심은 정말 이해가 안 돼요." 그녀는 계속 말을 이었다. "특히 나와 신드리에 대한 무관심은 더 그래요. 난 그걸 받아들일 수가 없어요. 아빠는 아무런 도움도 안 돼요. 아빠 일에 대해서는 한마디도 해주실 생각이 없잖아요? 단 한 번도, 단 한 번도요. 담벼락에 대고 이야기하는 것 같아요."

"왜 모든 걸 설명해야 한다고 생각해?" 에를렌두르가 물었다. "설명할 수 없는 일들도 있어. 또 굳이 설명할 필요가 없는 일들도 있고 말이야."

"경찰답게 말씀하시네요!"

"사람들은 너무 말이 많아." 에를렌두르가 말했다. "생각 이상으로 침묵을 지켜야 할 때가 많단다. 그래야 스스로를 지킬 수 있는 거야."

"아빠 말은 범죄자들한테나 할 소리예요. 아빠는 모든 걸 범죄와 결부시켜서 생각해요. 우린 아빠의 가족이에요!"

두 사람은 침묵 속으로 빠져들었다.

"내가 잘못한 것 같구나." 이윽고 에를렌두르가 입을 열었다. "네 엄마와 같이 살지 않아서 그랬나 보다. 아무튼 나도 잘 모르겠다. 이혼하는 사람들도 많고, 또 네 엄마와 사는 게 너무 힘들었어. 하지만 너와 신드리를 생각하면 확실히 내가 잘못한 거야. 네가 나를 찾아오기 시작했을 때, 가끔은 네 오빠를 끌고 오기 시작했을 때까지 난 너희들을 잊고 산 것 같아. 정말 깨닫지 못하고 있었지. 나한테도 어린 시절 내내 한 번도 찾지 않은 자식이 둘이나 있고, 그 아이들이 너무 일찍 잘못된 길로 접어들었다는 사실을. 그때부터 내가 당연한 내 권리를 제대로 챙기지 못했던 게 아닌가 생각하기 시작했어. 내가 왜 그랬던 것인지 정말 많은 생각을 했단다. 너처럼 말이다. 왜 법정에 나가서 부모로서의 권리를 지키기 위해, 너희들과 함께 살기 위해 모든 수단을 동원해 싸우지 않았는지. 아니면 너의 엄마를 좀 더 강하게 설득해서 합의를 받아내려고 노력하지 않았는지. 그것도 아니면 학교 밖에서 기다리다가 너희들을 납치라도 하지 않았는지."

"아빠는 그냥 우리한테 관심이 없었던 거예요." 에바가 말했다. "내 말이 맞죠?"

에를렌두르는 대답하지 않았다.

"내 말이 틀렸나요?" 에바가 다시 물었다.

에를렌두르는 고개를 저었다.

"그렇지 않아." 그가 말했다. "네 말처럼 그게 그렇게 단순한 문제였으면 좋겠다."

"단순해요? 그게 무슨 말이죠?"

"그러니까……."

"뭐가요?"

"이걸 어떻게 설명해야 좋을지 모르겠구나. 그러니까……."

"어서 말씀하세요."

"그러니까 내 삶도 황무지에 올라갔을 때 같이 실종된 게 아닌가 싶어."

"삼촌이 돌아가셨을 때 말인가요?"

"그걸 어떻게 말로 설명해야 할지 정말 모르겠구나. 모든 걸 다 얘기해줄 수도 없고, 또 어떤 것들은 그냥 묻어두는 편이 나을 수도 있단다."

"아빠의 삶도 실종되었다는 건 무슨 말이에요?"

"나는 없어……. 내 일부도 죽었단다."

"제발……."

"구조되었어도 죽은 거나 마찬가지였어. 내 안에 있던 무언가가, 그전에 가지고 있던 무언가. 그게 무엇인지는 나도 확실히 알 수 없지만. 동생이 죽었을 때 내 안에 있는 무엇인가도 함께 죽은 거야. 내가 동생을 책임져야 했는데 내 실수로 동생이 죽은 거라는 생각을 떨쳐버릴 수가 없었단다. 살아오면서 그 생각을 잊을 수가 없었어. 살아남은 게 동생이 아니고 나였다는 사실에 죄책감을 느꼈던 거야. 그 후로는 무슨 일이 닥치기만 하면 일단 피하고 보자는 생각이 들게 되었지. 그걸 정확히 책임회피라고 볼 수는 없겠지만, 그래도 너와 신드리에 대해 내가 취한 행동은 부모로서의 당연한 의무를 저버린 거였어. 그래서 그냥 모른 체하고 너희들을 내버려두었던 거지. 뭐가 뭔지 모르겠고 앞으로도 결코 깨닫지 못하겠지만, 황무지에서 돌아오자마자 난 그걸 느꼈고 그 뒤로 계속 그런 느낌 속에서 살아왔어."

"그 오랜 세월을요?"

"느낌이란 것은 시간으로 가늠할 수 없는 거란다."

"삼촌이 아니고 아빠가 살아남았기 때문에."

"네 엄마를 만났을 때 나는 그런 절망감을 극복하기 위해 노력하는 대신 그런 느낌을 즐기려 했고, 점점 더 자신을 그 속으로 밀어 넣으려고 했어. 거기서는 편안함을 느낄 수 있었고, 누구도 범접할 수 없는 피난처로 여겨졌기 때문이었어. 네가 마약에 빠진 것과 같은 거야. 그게 더 편안하거든. 자신만의 피난처인 셈이지. 너도 알겠지만, 내가 다른 사람에게 피해를 주고 있다는 걸 알더라도 내 문제를 해결하는 게 우선일 수밖에 없어. 네가 마약에서 손을 떼지 못하는 이유가 바로 그거지. 내가 그 눈 더미 속으로 자꾸만 기어들려고 하는 것도 바로 그 때문이야."

에바는 물끄러미 아버지를 바라보았다. 비록 아버지의 말을 완전히 이해한 것은 아니었지만, 그녀를 늘 혼란스럽게 만들고 그때마다 어떻게 해서든 알아내려고 졸라대던 그 문제에 대해서 아버지가 정말 솔직하게 설명해 주려고 했다는 걸 그녀도 알 수 있었다. 아버지의 내면에 어느 누구도, 심지어는 아버지 본인조차도 건드린 적이 없이 오롯이 남겨져 있던 공간이 존재하고 있음을 그녀가 알아차리게 된 것이다.

"그런데 아까 그 여자는 어떻게 아빠 마음속에 들어올 수 있었던 거죠?"

에를렌두르는 어깨를 으쓱해 보이고는 조금 열려 있던 문을 닫으려고 했다.

"글쎄다."

에바가 다시 죄송하다고 말하고 그 자리를 뜰 때까지 두 사람은 한동안 침묵 속에 서 있었다. 어느 방향인지는 분명치 않지만 어둠에 묻힌 복도 끝을 응시하고 있던 그녀가 갑자기 강아지처럼 허공에 대고 킁킁거리기 시작했다.

"무슨 냄새 안 나요?" 그녀가 공기 중으로 코를 들이밀며 말했다.

"무슨 냄새?" 에를렌두르가 말했다. "뭐가 어떻다는 거냐?"

"마리화나요." 에바가 말했다. "마약 말예요. 아빠는 마리화나 냄새를 맡아본 적이 한 번도 없어요?"

"마리화나?"

"그 냄새 안 나요?"

에를렌두르는 복도로 나가 킁킁대며 공기 중의 냄새를 맡아보기 시작했다.

"이게 그 냄새야?" 그가 물었다.

"아빠는 지금 전문가에게 의견을 묻고 계신 거라고요."

그녀는 여전히 허공에 대고 콩콩거렸다.

"누군가가 여기서 마리화나를 피웠고, 그리 오래된 일이 아니에
요."

에를렌두르는 시체를 치울 때 감식반이 복도 끝까지 불빛을 비추어
보았다는 걸 기억했지만, 정말 샅샅이 조사했는지 의심스러웠다.

그는 에바를 쳐다보았다.

"마리화나라고?"

"결정적인 단서를 잡은 거라고요." 그녀가 말했다.

그는 방으로 돌아와서 불이 켜져 있는 전구 아래 의자를 놓고 올라
가 전구를 돌려 빼냈다. 전구가 너무 뜨거워서 재킷 소매를 끌어서 잡
을 수밖에 없었다. 그러고는 어둠 속에서 복도 끝의 불이 나간 전구를
찾아 갈아 끼웠다. 갑자기 환하게 불이 밝혀지자 에를렌두르는 의자
에서 뛰어내렸다.

처음에는 아무런 이상도 찾아내지 못하다가 결국 에바가 복도 끝
의 한쪽 구석이 다른 곳에 비해서 얼룩 한 점 없이 깨끗한 것을 지적
했다. 에를렌두르는 고개를 끄덕였다. 바닥은 물론 벽까지 얼룩 한 점
없이 깨끗하게 청소가 되어 있었던 것이다.

에를렌두르는 카드놀이를 할 때처럼 몸을 숙이고 바닥을 샅샅이 조
사했다. 난방용 배관이 바닥에 붙어 벽을 따라 이어지고 있어서 배관
아래쪽을 살피기 위해서는 배관을 따라 기어야 했다.

에바는 그가 동작을 멈추고 배관 아래로 손을 넣어 뭔가를 끄집어
내는 모습을 볼 수 있었다. 이윽고 몸을 세운 그가 그녀에게로 다가와

배관 밑에서 찾아낸 것을 보여주었다.

"처음에는 쥐똥인 줄 알았다." 그는 손가락으로 작은 갈색 덩어리를 조심스럽게 잡고 있었다.

"그게 뭐예요?" 에바가 물었다.

"거즈야."

"거즈요?"

"그래, 씹는담배가 들어 있는 거즈. 누군가가 여기서 담배를 씹고 뱉어버린 거지."

"하지만 누가요? 누가 이 복도에 있었던 거죠?"

에를렌두르가 에바를 쳐다보았다.

"그게 누구냐 하면, 누구는 명함도 못 내밀 거물 매춘부야." 그가 대답했다.

Aladdin

크
리
스
마
스
이
브

30
Röddin

에를렌두르는 외스프가 그의 방 위층에서 일하고 있다는 것을 알고, 뷔페식당에서 커피와 토스트로 아침을 먹은 다음 위층으로 올라갔다.

그는 몇 가지 필요한 정보가 있어서 시구르두르 올리와 통화를 한 다음 엘린보르그에게 전화를 걸었다. 스테파니아가 은행 보안카메라에 찍힌 그날 호텔에서 만났다고 주장하는 그 여인을 확인해보라고 한 것을 기억하고 있는지 알아보려고 했지만, 그녀는 외출 중이었고 휴대폰도 받지 않았다.

에를렌두르는 침대에 누워 칠흑 같은 어둠 속에서 아침이 될 때까지 거의 뜬눈으로 밤을 보냈다. 마침내 침대에서 일어난 그는 창밖을 내다보았다. 올해는 화이트 크리스마스가 될 것 같았다. 눈이 제법 쌓이고 있었다. 가로등 불빛으로 눈이 내리는 모습을 볼 수 있었다. 불빛 사이로 풍성하게 내려 쌓인 눈이 크리스마스이브의 풍경을 연출하고 있었다.

에바와는 지하실 복도에서 헤어졌다. 그녀는 저녁에 집으로 오겠다고 했다. 두 사람은 훈제 양고기를 삶기로 했다. 그는 일어나자마자 그녀에게 줄 크리스마스 선물로 뭘 준비해야 좋을지 궁리하기 시작했다. 그녀와 크리스마스를 보내기 시작한 뒤로 그는 늘 작은 선물을 준비했다. 그녀는 훔친 거라고 하며 양말을 선물하기도 했고, 한번은 자기가 사온 거라며 장갑을 선물한 적도 있었는데 얼마 안 가서 그만 잃어버리고 말았다. 그녀는 그걸 어떻게 했냐고 물은 적이 한 번도 없었다. 아마 그녀의 성격 중에서 그가 제일 마음에 들어 했던 것은, 대수롭지 않은 일에 대해서는 전혀 물어보거나 한 적이 없다는 점일 것이다.

시구르두르 올리가 전화로 몇 가지 정보를 알려줬지만 그것으로는 부족했다. 에를렌두르 스스로도 자신이 무얼 찾고 있는 것인지 정확히 알 수가 없었지만, 아무튼 테스트해볼 가치가 충분한 가설이라고 생각했다.

그는 그전에 했던 것처럼 그녀가 자기 기척을 알아차릴 때까지 일하는 모습을 지켜보고 있었다. 그녀는 그를 보고도 특별히 놀라거나 하지 않았다.

"일어나셨어요?" 그녀는 마치 그가 호텔에서 제일 게으른 손님이기라도 한 듯 말했다.

"내 나이가 되면 잠이 많아져요." 그가 말했다. "사실은 밤새도록 외스프 생각을 했는데."

"나를요?" 외스프가 빨래바구니에 수건 뭉치를 던져 넣으며 말했다. "음탕한 생각이 아니길 바랍니다. 이 호텔의 음탕한 늙은이들만으로도 충분하거든요."

"천만에. 추호도 음탕한 생각은 한 적이 없어."

"반장님한테 일러바쳤냐고 파트소가 나를 다그쳤어요. 반장님을 빌어먹을 놈이라고 하면서요. 그리고 주방장은 내가 뷔페식당에서 도둑질이라도 한 것처럼 나한테 소리를 질렀고요. 우리가 이야기를 나눈 사실을 그들은 다 알고 있어요."

"이 호텔 사람들은 다른 사람들에 대해서 얼마간은 서로 알고 있어." 에를렌두르가 말했다. "하지만 다른 사람에 대한 진짜 이야기는 결코 하지 않는다는 거지. 그런 사람들은 정말 다루기가 힘들어. 예를 들자면, 바로 외스프 같은 사람 말이야."

"내가요?" 외스프가 객실 안으로 들어가자 예전처럼 에를렌두르도 그녀를 따라 안으로 들어갔다.

"자네는 나한테 모든 걸 말해 주었고, 또 솔직하고 진실하게 이야기하는 것으로 보여서 나도 믿을 수밖에 없었지만, 사실은 다 알고 있으면서 한쪽은 숨기고 다른 한쪽 면만 말해 주었지. 그런 짓은 거짓말을 하는 거나 다름없는 일이거든. 우리 같은 경찰로서는 쉽게 넘어갈 일이 아니야. 그것도 거짓말의 일종이니까. 내가 무슨 말을 하는지 알고 있지?"

외스프는 아무 대답 없이 분주하게 침대보를 갈고 있었다. 에를렌두르는 계속 그녀를 지켜보았다. 그녀가 무슨 생각을 하고 있는지 알 수가 없었다. 그녀는 마치 그가 방에 없는 것처럼 행동했다. 그냥 그의 존재를 무시하는 것으로 그의 마음을 동요시킬 수 있다고 여기는 것 같았다.

"예를 들면, 남동생이 있다는 말을 하지 않았지." 에를렌두르가 말했다.

"내가 왜 그런 것까지 말씀드려야 하나요?"

"왜냐하면 바로 그가 문제니까."

"동생은 아무 문제도 없어요."

"내가 볼 때는 아니야, 자네 동생은." 에를렌두르가 말했다. "내가 동생을 곤란하게 하겠다는 게 아니야, 그가 지금 곤란한 상황에 있다는 거지. 그리고 그는 도움이 필요할 때마다 누나를 찾아오고 말이야."

"무슨 말씀이신지 모르겠어요." 외스프가 말했다.

"내가 한번 말해볼까? 두 번 감옥에 갔는데, 주거침입과 절도죄로 단기형을 선고받았지. 이건 혐의가 입증된 경우였고, 그밖에도 여러 가지 밝혀지지 않은 다른 혐의도 받고 있어. 대충 이런 정도야. 대부분이 전형적인 경범죄라고 할 수 있지. 빚 독촉에 시달리는 마약중독자가 저지르는 전형적인 범죄라고나 할까. 동생은 이제 가장 비싼 마약에 손대고 있는데, 그의 수입으로는 감당할 수가 없겠지. 그렇다고 해서 공급업자들이 약값을 반으로 깎아주지는 않거든. 그자들한테 붙잡혀 두들겨 맞은 것도 한두 번이 아닐 거야. 절름발이로 만들어주겠다는 협박도 받았을 거고. 그래서 약값을 벌기 위한 도둑질 말고도 다른 해괴한 일거리가 필요했던 거지. 빚을 갚아야 하니까."

외스프는 침대 시트를 내려놓았다.

"그는 약값을 충당하기 위해 다양한 방법들을 동원하고 있어." 에를렌두르가 말했다. "외스프도 잘 알고 있을 거야. 그런 애들은 다 똑같거든. 아무런 희망도 없는 마약중독자들이 하는 짓들 말이야."

외스프는 아무런 말이 없었다.

"내가 무슨 말을 하고 있는지 알겠지?"

"스티나한테 들으셨나요?" 외스프가 말했다. "어제 여기서 봤어요. 여기서 가끔 보는데 그 애는 매춘부예요."

"그 여자한테 들은 얘기가 아냐." 에를렌두르는 외스프가 주제를 바꾸도록 내버려두지 않았다. "얼마 전에 자네 동생은 구드라우구르가 살던 복도에 있었던 적이 있어. 살인이 일어났을 때 그곳에 있었는지도 모르지. 그가 그곳에 있었던 건 아마 아주 최근의 일일 거야. 그의 냄새가 아직도 남아 있는데, 누가 그걸 알아차렸지. 마리화나나 필로폰, 헤로인 등 해보지 않은 마약이 없는 사람이거든."

외스프는 말없이 그를 노려보았다. 에를렌두르에게는 그녀를 떠볼 수 있는 수단이 많지 않았다. 의지한 건 지하실 복도 구석이 깨끗이 청소되어 있다는 사실 하나였지만, 그의 말에 대한 그녀의 반응으로 미루어 보건대 의도한 바에서 크게 벗어나지 않았음을 알 수 있었다. 그는 한번 모험을 해볼 필요가 있지 않을까 싶었다. 곰곰이 생각해본 뒤에 그는 결정적인 패를 던지기로 결심했다.

"우리는 그의 씹는담배도 찾아냈어." 에를렌두르가 말했다. "꽤 오랫동안 씹는담배를 애용했다고 알고 있는데?"

외스프는 단 한 마디의 말도 없이 그를 쏘아보고 있었다. 이윽고 그녀는 침대를 내려다보았다. 한참 동안 시선을 침대에 고정하고 있더니, 결국 더 이상 버티는 걸 포기한 것 같았다.

"동생은 열다섯 살부터 그랬어요." 그녀가 거의 들리지 않을 정도로 나지막한 목소리로 말했다.

그는 그녀가 계속하기를 기다렸지만 뒤에 이어지는 말이 없자 두 사람은 그렇게 호텔방에서 서로의 얼굴을 쳐다보며 서 있었다. 에를렌두르는 아무 말 없이 참고 기다렸다. 마침내 외스프가 한숨을 쉬며 침대에 주저앉았다.

"동생은 늘 돈에 쪼들렸어요." 그녀가 다시 입을 열었다. "빌릴 수 있는 돈은 다 빌렸어요. 항상 그랬어요. 결국 빚쟁이들한테 시달리고 매를 맞기도 했지만 여전히 약을 계속했고, 빚은 산더미처럼 불어났어요. 가끔씩 돈을 벌어서 일부를 갚기도 했죠. 엄마와 아빠는 일찌감치 포기했고요. 열일곱 살 때 집에서 쫓겨나 갱생원에 보내졌는데, 거기서 도망을 쳤어요. 1주일 이상 집에 들어오지 않아 신문에 실종광고를 내기도 했어요. 동생은 그러거나 말거나 신경도 쓰지 않았고요. 그때부터 노숙자로 지내왔어요. 우리 식구 중에 동생과 연락하고 사는 사람은 나밖에 없어요. 겨울에는 가끔씩 그 지하실에서 지내도록 해주었어요. 숨어 지낼 곳이 필요할 때면 그 구석에서 잠을 자기도 했어요. 마약을 하지 못하게 갖은 애를 다 써봤지만 어떻게 해도 말릴 수가 없었어요. 그 애를 말릴 사람은 아무도 없어요."

"동생에게 돈을 준 적이 있었지? 빚을 갚으라고?"

"가끔씩. 하지만 그거로는 턱도 없었어요. 빚쟁이들이 엄마와 아빠를 찾아가 온갖 협박을 하고 아빠 차를 부수기도 해서, 그자들을 혼내줄 청부업자를 고용할 생각까지 하고 있지만 그것도 돈 때문에 쉽지가 않죠. 원금에다 말도 안 되는 이자를 붙여서 아빠가 경찰에 신고를 했는데, 경찰에서는 단지 협박을 받은 것만으로는 자기들이 할수 있는 일이 없다고 하더래요. 말로 협박하는 거야 얼마든지 괜찮다는 거죠."

그녀는 에를렌두르를 쳐다보았다.

"그자들이 진짜로 아빠를 죽이면 그때서야 조사한답시고 난리를 칠 거예요."

"동생은 구드라우구르를 알고 있었나? 틀림없이 그 둘은 서로 알고 지내는 사이였을 거야. 그 지하실에서……."

"서로 아는 사이였어요." 외스프가 침통한 어조로 말했다.

"어떻게?"

"굴리가 동생에게 돈을 주고……." 외스프는 말을 끝맺지 못했다.

"무슨 대가로?"

"그를 즐겁게 해주었어요."

"성적으로 즐겁게?"

"네, 성적으로 즐겁게요."

"그건 어떻게 알았지?"

"동생이 말해 줬어요."

"그가 그날 오후 구드라우구르와 같이 있었나?"

"모르겠어요. 요 며칠간 동생을 보지 못했어요, 그날 이후……." 그녀는 말끝을 흐렸다. "구드라우구르가 칼에 찔린 다음부터 동생을 보지 못했어요." 그러고는 한마디 더했다. "동생과 연락이 안 돼요."

"동생은 얼마 전에 그 복도에 있었을 거야. 구드라우구르가 살해되었을 무렵에 말이야."

"나는 못 봤어요."

"동생이 구드라우구르를 찔렀다고 생각하나?"

"나는 몰라요." 외스프가 말했다. "내가 아는 거라고는 동생은 한 번도 남을 공격한 적이 없다는 거예요. 동생은 계속 도망만 다녔고, 이번 사건 때문에 이제는 자기가 저지른 일이 아닌데도 도망자 신세가 될 수밖에 없게 되었어요. 동생은 결코 남을 해칠 사람이 아니에요."

"그렇다면 지금 동생이 어디 있는지 모르나?"

"네, 동생한테 아무 연락도 받지 못했어요."

"동생은 전에 내가 말했던 사람, 그 영국인을 알고 있을까? 헨리 왑쇼트, 아동 포르노물을 갖고 있던 그 사람 말이야."

"아니, 모를 거예요. 아마 모르는 사람일 거예요. 그건 왜 물으시는 거죠?"

"게이지? 동생 말이야."

외스프가 그를 쳐다보았다.

"돈 때문에 그런 짓을 하는 걸로 알고 있어요. 게이는 아닐 거예요."

"내가 만나고 싶어 한다고 동생한테 전해. 혹시 동생이 지하실에서 뭔가 목격한 게 있는지 알아봐야겠어. 동생과 구드라우구르의 관계에 대해서도 물어볼 것이 있고, 구드라우구르가 살해된 날 그를 봤는지도 확인해봐야겠어. 내 말 전해줄 거지? 내가 그를 꼭 만나야 한다고 말이야."

"제 동생이 그, 구드라우구르를 죽였다고 보세요?"

"아직은 알 수 없지." 에를렌두르가 말했다. "가능한 한 빨리 나를 찾아와 솔직히 털어놔야 할 거야. 그렇지 않으면 전국에 지명수배를 내리게 될 테니까."

외스프는 아무런 반응도 보이지 않았다.

"구드라우구르가 게이였다는 걸 알고 있었어?" 그가 물었다.

외스프가 그를 쳐다보았다.

"동생 말에 의하면 그런 것 같았어요. 동생한테 돈을 주고 그런 짓을 했다는 걸 보면……."

외스프는 말끝을 흐렸다.

"내려가서 구드라우구르를 데려오라는 말을 들었을 때 이미 그가 죽었다는 걸 알고 있었나?" 에를렌두르가 물었다.

그녀가 다시 그를 쳐다보았다.

"아니에요, 나는 정말 몰랐어요. 저한테 왜 그러시는 거예요? 반장님 의도가 뭐죠? 정말로 내가 그를 죽였다고 보시는 거예요?"

"동생이 지하실에 있었다는 사실을 나한테 숨겼잖아."

"동생은 늘 사고를 쳤어요. 하지만 그건 그 애가 한 짓이 아니에요. 제 동생은 결코 그런 짓을 할 성격이 아니라고요. 절대로요."

"둘이 많이 가까운가 보군. 그토록 동생을 감싸는 걸 보니."

"우린 늘 좋은 친구였어요." 외스프가 일어나며 말했다. "동생과 연락이 되면 반장님 말을 전할게요. 사건에 대해 알아야 할 것이 있어서 반장님이 동생을 꼭 만나고 싶어 한다고요."

에를렌두르는 고개를 끄덕이고 나서, 별일 없으면 종일 호텔에 있을 테니까 언제든지 찾아오라고 말했다.

"당장 알아봐야 할 거야, 외스프."

376

31
Röddin

에를렌두르는 로비로 돌아가다가 프런트데스크 앞에 있는 엘린보르그를 보았다. 프런트매니저가 그를 손가락으로 가리키자 엘린보르그가 돌아보았다. 그녀는 곧 좀처럼 볼 수 없었던 심각한 표정을 지으며 그에게 성큼성큼 걸어왔다.

"무슨 일이 있나?" 다가오는 그녀에게 그가 물었다.

"어디 좀 가서 앉죠?" 그녀가 말했다. "바가 아직 영업을 할까요? 아, 이 일을 어떻게 하면 좋아요? 정말 미칠 것 같아요!"

"무슨 일인데 그래?" 에를렌두르는 그녀의 어깨를 감싸고 바로 데리고 갔다. 문이 닫혀 있었지만 잠겨 있지는 않아서 두 사람은 안으로 들어갔다. 영업을 하고 있었는데도 문을 닫은 것처럼 보였던 것이다. 여기 바는 특정 시간에만 문을 여는 게 아니었다. 두 사람은 한쪽 칸막이 안에 자리를 잡고 앉았다.

"이제 크리스마스를 망쳐버리게 생겼어요." 엘린보르그가 말했다. "아직 과자도 굽지 못했는데 친척들은 오늘 저녁에 온다고 하니……."

"무슨 일인지 어서 말해봐." 에를렌두르가 말했다.

"완전히 뒤집어졌어요." 엘린보르그가 말했다. "이해가 안 돼요. 정말 이해가 안 돼요."

"뭐가?"

"그 아이요! 그 애는 도대체 왜 그러는지 모르겠어요."

그녀가 에를렌두르에게 들려준 이야기는 이런 것이었다. 전날 저녁 그녀는 집에 가서 과자를 구워야 했지만, 그전에 잠시 클레푸르 정신 병원에 들러보기로 했다. 정확한 이유를 알 수는 없었지만 그 소년과 아버지 사건이 영 마음에 걸렸던 것이다.

그녀는 전에 아이의 어머니를 만나보기 위해 그 정신병원을 한 번 찾아간 적이 있었지만, 당시 아이의 어머니는 무슨 말을 하는지 알아 들을 수 없을 정도로 상태가 안 좋았다. 그런데 두 번째 방문도 똑같 았다. 소년의 어머니는 의자에 앉아 몸을 앞뒤로 흔들며 알 수 없는 말을 중얼거리고 있었다. 엘린보르그는 그녀가 자기 말을 들어줄지 확신은 없었지만, 아직 밝혀지지 않은 부자관계에 대해 그녀가 뭔가 알고 있을 거라고 생각했다.

엘린보르그는 소년의 어머니가 임시로 병원에 입원한 상태라는 걸 알게 되었다. 정신치료 약물을 변기에 쏟아 부을 지경에 이르게 되자 일시적으로 병원에 입원시킨 것이었다. 그러나 약을 복용하면 정상 적인 상태가 되어 가정을 잘 꾸려나갔다. 엘린보르그가 학교 선생들 에게 아이의 어머니에 대해서 물어본 적이 있었는데, 그들은 이구동 성으로 그녀가 아들을 잘 보살피는 것 같다고 했다.

엘린보르그는 병원 라운지에 앉아서 간호사가 소년의 어머니를 데 려오는 것을 보고 있었다. 그녀는 검지로 머리카락을 빙글빙글 돌리며 알아들을 수 없는 말을 계속 중얼거리고 있었다. 대화를 시도해보았지만, 소년의 어머니는 완전히 다른 세상에 있는 것 같아 보였다. 그녀의 질문에 대해 아무런 반응도 보이지 않았다. 깊은 잠에 빠진 거나 다름없었다.

한동안 그녀와 함께 앉아 있던 엘린보르그는 문득 과자를 굽기 위한 만반의 준비를 끝내놓았음을 떠올렸다. 여인을 병실로 데려갈 사람을 찾기 위해 자리에서 일어난 그녀의 눈에 복도를 지키고 있는 병원경비가 보였다. 보디빌더 같은 체격을 가진 서른 전후의 남자였다. 흰색 바지에 흰색 티셔츠를 입고 있었는데, 이리저리 몸을 움직일 때마다 그의 우람한 이두박근이 꿈틀거렸다. 스포츠머리를 하고 있었고, 둥글고 통통한 얼굴에 작은 눈이 깊숙이 자리하고 있었다. 엘린보르그는 그의 이름을 묻지 않았다.

그는 그녀를 따라 라운지로 들어왔다.

"이런, 우리 도라가 여기 있었네." 경비는 이렇게 말하며 여인에게 다가와 한쪽 팔로 그녀의 어깨를 감싸 안았다. "오늘 밤은 아주 얌전하네."

여인은 그의 손을 뿌리치려는 듯 자리에서 벌떡 일어났다.

"또 당신 나무가 꼬여냈구나, 우리 늙은 아가씨." 경비가 엘린보르그를 짜증나게 하는 어조로 말했다. 그건 마치 다섯 살짜리 어린아이를 어우르는 소리 같았다. 게다가 소년의 어머니에게 오늘 밤은 아주 얌전하다고 한 것은 또 무슨 말일까? 엘린보르그는 도저히 참을 수가 없었다.

"그렇게 어린아이 대하듯 말하지 말아요." 그녀는 생각보다 더 신경질적으로 말했다.

경비가 그녀를 쳐다보았다.

"내가 그러든 말든 그쪽이랑 무슨 상관이 있다고 그러는 겁니까?"

"이 환자도 다른 사람들처럼 존중받을 권리가 있어요." 경찰에서 나왔다는 말은 하지 않은 채 엘린보르그가 말했다.

"당연한 말입니다." 경비가 말했다. "나는 이 환자한테 무례하게 굴었다고는 생각지 않습니다. 도라, 어서 가요." 그는 그녀를 복도로 데리고 나갔다.

엘린보르그가 뒤를 바싹 따라갔다.

"조금 전에 오늘 밤에는 아주 얌전하다고 한 말은 무슨 뜻인가요?"

"오늘 밤은 얌전하다니요?" 경비가 돌아보며 되물었다.

"이 환자한테 오늘 밤은 아주 얌전하다고 말했잖아요?" 엘린보르그가 다시 물었다. "그 말은 다른 때는 그렇지 않았다는 뜻인가요?"

"가끔 나는 이 환자를 도망자라고 불러요." 경비가 대답했다. "기회만 있으면 도망치니까요."

엘린보르그는 걸음을 멈추었다.

"무슨 말이죠?"

"당신은 영화도 안 봅니까?" 경비가 물었다.

"달아난다고요?" 엘린보르그가 말했다. "이 병원에서 말예요?"

"우리가 환자들을 데리고 시내 구경을 나갈 때도 그러죠. 이 환자는 최근에 시내 구경 나갔을 때 도망을 쳤어요. 당신네들이 버스정류장에서 이 환자를 발견해 병원으로 데려올 때까지 얼마나 마음을 졸였는지 몰라요. 그때는 당신들도 이 환자를 그다지 존중하는 것 같지

380

는 않더군요."

"우리가 발견했다니요?"

"당신이 경찰에서 나왔다는 걸 알고 있습니다. 말 그대로 경찰은 이 환자를 우리한테 내팽개치고 가더군요."

"그게 언제였나요?"

그는 곰곰이 생각해보았다. 그녀가 도망친 날, 그는 소년의 어머니와 다른 환자 두 명을 데리고 나갔었다. 그때 그들은 라에캬르토르그 광장에 있었다. 그가 날짜를 분명히 기억하고 있는 것은, 바로 그날이 그가 벤치프레스에서 자신의 최고기록을 세운 날이기 때문이었다.

그날은 소년이 폭행을 당한 날이기도 했다.

"환자가 달아난 사실을 남편에게 알리지 않았나요?" 엘린보르그가 물었다.

"남편에게 전화를 걸려고 할 때 경찰에서 찾았다는 연락을 받았죠. 통상적으로 환자들이 돌아올 때까지 몇 시간은 기다려봅니다. 그렇지 않으면 내내 전화기만 붙잡고 살게 될 테니까요."

"당신들이 이분을 도망자라고 부르는 걸 그 남편도 알고 있나요?"

"우리 모두가 이 환자를 그렇게 부르지는 않죠. 나만 그렇게 부릅니다. 그 남편은 모르는 일이에요."

"이분이 도망친다는 사실을 그가 알고 있나요?"

"말하지 않았습니다. 항상 돌아오곤 하니까요."

"믿을 수가 없군." 엘린보르그가 말했다.

"병원으로 돌아오면 곧바로 또다시 도망을 치지 못하도록 환자에게 투약을 합니다." 경비가 말했다.

"그렇다면 모든 게 다 내가 잘못 생각했다는 말이 되잖아!"

"들어가, 도라, 우리 늙은 아가씨." 경비는 이렇게 말하며 병실로 들어가 문을 닫았다.

엘린보르그는 멍하니 에를렌두르를 바라보았다.

"나는 그 사람이 확실하다고 생각했어요, 아이 아버지가. 그런데 이제 그 애 엄마가 병원에서 도망쳐 집으로 가서 아이를 폭행하고 빠져나간 게 확실해 보이니……. 그 아이가 입을 열어 제대로 말만 해주었다면!"

"무슨 이유로 그 여자는 자기 아들을 폭행했을까?"

"정말 모르겠어요." 엘린보르그가 말했다. "환청을 들었을지도 모르죠."

"그래서 자기 아들 손가락을 부러뜨리고 멍들 정도로 두들겨 팬 거라고? 그전에 입었던 상처들도 다 그 여자 짓이었고? 그 모든 게 다 그 여자가 한 거라고?"

"모르겠어요."

"아이 아버지한테는 얘기했나?"

"만나고 오는 길이에요."

"그래서?"

"당연히, 그의 입장에서는 우리가 반가울 리 없겠죠. 느닷없이 집에 들이닥쳐서는 자기 아들도 만나지 못하게 했는데, 이제 와서 모든게 뒤바뀐 것으로 밝혀졌으니. 나를 벌레 보듯 했어요. 그리고……."

"자기 부인, 그러니까 애 엄마에 대해서는 뭐라고 하던가?" 에를렌

382

두르가 참지 못하고 끼어들었다. "틀림없이 그도 자기 부인을 의심했을 텐데."

"그 아이는 아무 말도 하지 않았고요." 엘린보르그가 말을 이었다.

"아버지를 보고 싶다는 말 말고는." 에를렌두르가 말했다.

"네. 그건 그렇다 치고요, 아이 아버지는 2층에 있는 방에서 자기 아들이 그 지경이 되어 있는 걸 보고 아이가 학교에서 그렇게 당하고 집까지 기어왔다고 생각한 거예요."

"병원으로 그 아이를 찾아가서 아버지가 그렇게 한 거냐고 물었을 때 그 아이의 반응을 보고 자네는 확신이 들었다고 했어."

"내가 그 아이를 잘못 이해했던 게 틀림없어요." 엘린보르그가 고개를 숙이며 말했다. "아이의 표정에서 뭔가를 읽었는데⋯⋯."

"하지만 엄마가 그랬다는 증거도 전혀 없어. 마찬가지로 아버지가 범인이 아니라는 증거도 없고."

"내가 말했어요, 그 아이 아버지한테. 병원에서 그의 부인을 만나보았는데, 사건 당일 그녀의 행적에 대해서 아는 게 아무것도 없다고요. 많이 놀라더군요, 부인이 병원에서 도망칠 수도 있다는 생각은 한 번도 해본 적이 없다는 듯이. 그는 여전히 자기 아들이 학교 운동장에서 폭행을 당했다고 믿고 있어요. 아이 엄마가 그랬다면 우리한테 말했을 거라면서요. 그는 그렇게 믿고 있어요."

"그렇다면 그 아이는 왜 그게 자기 엄마였다고 말하지 않았을까?"

"불쌍하게도 너무 충격을 받았던 게 아닐까 싶어요. 아, 정말 모르겠어요."

"사랑하기 때문에?" 에를렌두르가 말했다. "엄마한테 그런 끔찍한 일을 당했는데도?"

"아니면 너무 무서워서 그랬을 수도 있지 않을까요?" 엘린보르그가 말했다. "엄마한테 또다시 그런 일을 당할까 봐 너무 무서웠던 게 아닐까요? 엄마를 보호하기 위해 그랬다고도 볼 수 있겠지만, 그건 있을 수 없는 일이에요."

"앞으로 어떻게 했으면 좋겠나? 아이 아버지에 대한 고소를 취하해야겠지?"

"지방검사실에 가서 이렇게 된 상황을 얘기하고 그쪽에서 뭐라고 할지 알아봐야겠어요."

"그럼 그 문제는 그렇게 하기로 하자고. 한 가지 더 있는데, 구드라우구르가 살해되기 며칠 전 스테파니아 에길스도티르가 이 호텔에서 만났다고 주장하는 그 여인에게 전화해봤어?"

"네." 엘린보르그가 힘없는 목소리로 말했다. "스테파니아가 친구에게 자기 말을 보증해달라고 부탁했지만 그 친구라는 여자는 크게 부담을 느꼈던 것 같아요."

"스테파니아가 거짓말을 부탁했다고?"

"혹시라도 거짓 증언을 하게 되면 경찰에 출두해 진술해야 한다고 하니까 전화에 대고 울기 시작하더군요. 그녀 말이 자기들은 음악 동호회에서 만난 오랜 친구 사이인데, 경찰에서 그날 일에 대해 물으면 호텔에서 같이 만났다고 말해달라고 스테파니아가 부탁을 했대요. 그녀는 그 부탁을 거절했다고 하지만, 내가 보기에는 스테파니아가 무슨 약점을 잡고 그녀를 협박하고 있는 것 같은데, 그게 뭔지는 말하려 하지 않아요."

"처음부터 거짓말이었어." 에를렌두르가 말했다. "우리 모두 그 여자가 그걸 무심코 내뱉은 줄로 알고 있었어. 자기 잘못이 아니라면 그 여자가 어째서 이런 식으로 우리 수사를 방해하려 드는지 모르겠군."

"반장님 말은 그 여자가 자기 동생을 살해했을 거라는 거예요?"

"아니면 범인이 누구인지 알고 있거나."

두 사람은 한참 동안 자리에 앉아 소년과 소년의 부모, 그리고 그들의 어려운 가정환경에 대해 이야기를 나누었고, 엘린보르그는 다시 한 번 에를렌두르에게 크리스마스를 어떻게 보낼지 물었다. 에를렌두르는 에바와 함께 보낼 거라고 말했다.

그는 지하실 복도에서 발견한 사실들과 끊임없이 돈에 쪼들리며 많은 빚을 지고 있는 외스프의 동생이 이번 사건에 어떻게든 연루되어 있을 것 같은 의심이 든다는 말을 엘린보르그에게 해주었다. 그리고 엘린보르그에게 초대해주어서 고맙다는 인사를 하고 크리스마스까지 남은 시간을 잘 보내라고 말했다.

"크리스마스까지는 이제 시간이 얼마 없어요." 엘린보르그는 미소를 지으며 집 청소와 과자 굽는 일, 친척들 등 이제는 더 이상 크리스마스 문제로 고민하지 않겠다는 듯 어깨를 으쓱해 보였다.

"반장님도 크리스마스 선물을 준비하셔야죠?" 그녀가 물었다.

"양말 몇 켤레면 되겠지." 에를렌두르가 말했다. "아마도."

잠시 뜸을 들였다가 그가 말했다. "그 소년 아버지 일로 너무 신경 쓰지 마. 충분히 있을 수 있는 일이니까. 확실한 건 무슨 일이든 늘 생각대로만 될 수는 없다는 거야."

엘린보르그는 고개를 끄덕였다.

에를렌두르는 로비에서 그녀와 헤어졌다. 이제는 방에 올라가서 짐을 싸야겠다고 생각했다. 호텔 생활은 이걸로 충분했다. 책과 팔걸이 의자, 그리고 소파에 누워 있는 에바가 있는 집, '속이 텅 빈 구멍' 같은 그 집이 못 견디게 그리워지기 시작했다.

엘리베이터를 기다리고 있는데 갑자기 외스프가 나타나 그를 깜짝 놀라게 했다.

"그 애를 찾았어요." 그녀가 말했다.

"누구?" 에를렌두르가 물었다. "동생?"

"저와 같이 가세요." 외스프가 말하며 지하실로 내려가는 계단 쪽을 향했다. 에를렌두르는 잠시 망설였다. 엘리베이터 문이 열리자 그는 안쪽을 들여다보았다. 지금 그는 살인의 흔적을 추적하고 있었다. 아마도 외스프의 동생, 씹는담배를 피우는 그 젊은이는 누나의 간청으로 어쩔 수 없이 나타나게 되었을 것이다. 에를렌두르는 전혀 흥분 감을 느낄 수 없었다. 사건이 해결될 때 뒤따라오는 성취감이나 기대 감이 전혀 생기지 않았다. 오히려 이번 사건은 그의 어린 시절 기억들을 떠올리게 해서 고통과 슬픔을 느끼게 만들었다. 그리고 어디서부터 시작해야 할지 막막하기만 했던 자신의 인생을 되돌아보며, 그래도 아직은 할 일이 많이 남아 있다는 것을 알게도 해주었다. 지금 그가 가장 하고 싶은 것은 일 따위는 잊어버리고 집에 가는 것이었다. 그리고 딸 에바와 함께 있고 싶었다. 딸이 힘들게 겪고 있는 그 문제들을 이겨낼 수 있도록 도와주는 것이 그가 할 일이었다. 다른 문제들은 다 잊고, 오로지 자신과 자신이 소중히 여기는 사람들에 대한 생각만 하고 싶었다.

"안 가실 거예요?" 외스프가 계단에 멈춰 서서 그가 오기를 기다리며 나지막이 말했다.

"지금 가." 에를렌두르가 말했다.

그는 외스프를 따라 계단을 내려가서 그녀를 처음 만나 진술을 들었던 직원용 커피룸으로 들어갔다. 그녀가 뒤에서 문을 닫았다. 그녀의 동생은 테이블에 앉아 있다가 에를렌두르가 들어오는 것을 보고 벌떡 일어났다.

"나는 아무 짓도 하지 않았어요." 그가 뾰족한 목소리로 말했다. "누나 말이 반장님은 내가 그랬을 거라고 하던데, 내가 그런 거 아니에요. 난 그 사람한테 아무 짓도 하지 않았어요!"

그는 때가 많이 타고 한쪽 어깨가 헤져 안감이 다 드러나 보이는 푸른색 파카를 입고 있었다. 청바지는 시커멓게 변색이 되었고, 검정색 부츠도 낡아빠져서 종아리 부분에 붙어 있던 레이스 장식은 다 떨어져나가 보이지도 않았다. 담배를 피우고 있는 그의 긴 손가락은 때에 절어 있었다. 그는 끊임없이 담배를 피워대고 있었다. 불안에 떠는 목소리로, 자신을 잡으러 온 경찰과 대치라도 하듯, 우리에 갇힌 짐승처럼 주방 구석에서 앞뒤로 왔다 갔다 하고 있었다.

에를렌두르는 그의 어깨 너머로 문 옆에 서 있는 외스프를 쳐다보았다.

"자네가 이렇게 나타난 걸 보니 누나 말을 잘 듣나 보군."

"난 아무 짓도 하지 않았어요." 그가 말했다. "누나 말은 반장님이 나한테 그냥 몇 가지 알아볼 게 있다고 하던데요?"

"자네와 구드라우구르의 관계에 대해 알아볼 필요가 있어서 말이야." 에를렌두르가 말했다.

"난 그 사람을 찌르지 않았어요." 그가 말했다.

에를렌두르는 그를 아래위로 훑어보았다. 어른도 아니고 아이도 아닌, 그러나 아이 쪽에 더 가까운 그는 정체를 짐작할 수 없는 어떤 대상에 대한 적개심과 분노를 강하게 표출하고 있었다.

"자네가 그랬을 거라고 보는 사람은 아무도 없어." 에를렌두르는 그를 달래고 안심시키며 말했다. "구드라우구르는 어떻게 알게 되었나? 두 사람은 어떤 관계지?"

그는 누나를 쳐다보았지만, 그녀는 아무 말도 하지 않고 그냥 문 옆에 서 있기만 했다.

"가끔씩 그 사람을 즐겁게 해주고 돈을 받았어요." 그가 말했다.

"그런데 어떻게 해서 두 사람이 서로 알게 되었지? 그를 안 지 오래되었나?"

"그 사람은 내가 외스프의 동생이라는 걸 알고 있었어요. 다른 사람들처럼 그 사람도 우리가 남매라는 게 재미있다고 생각했나 봐요."

"어째서?"

"제 이름이 레이니르거든요."

"그게 왜? 그게 왜 재미있다는 거지?"

"외스프(사시나무)와 레이니르(마가목), 아스펜과 로완*, 남동생과 누나. 엄마와 아빠가 조금 장난을 친 거죠. 마치 나무 연구에 정통한 것처럼요."

"구드라우구르에 대해 말해 봐."

388

"누나를 찾아왔을 때 처음 만났어요. 한 반 년쯤 전에요."

"그래서?"

"그 사람은 내가 누군지 알고 있었어요. 누나가 나에 대해서 조금 말해 줬나 봐요. 누나가 가끔씩 이 호텔에서 재워줬거든요. 그 복도에서요."

에를렌두르는 외스프를 돌아보았다.

"그 구석을 깨끗이 청소해 놓았더군." 외스프는 그를 가만히 쳐다보며 아무 대답도 없었다. 그는 다시 레이니르를 보았다.

"그는 자네가 누군지 알고 있었고, 자네는 그가 사는 방 복도에서 잠을 잤고. 그 다음에는?"

"그 사람은 나한테 빚이 있었어요. 돈을 갚겠다고 했어요."

"그가 어째서 자네한테 빚을 지게 된 거지?"

"왜냐하면 가끔씩 그 사람을 즐겁게 해주고……."

"그가 게이였다는 걸 알고 있었나?"

"뻔하지 않나요?"

"콘돔은 어떻게 된 거지?"

"우린 늘 콘돔을 사용했어요. 그 사람은 결벽증 환자였어요. 재수에 맡기는 짓은 하지 않는다면서요. 내가 성병에 걸렸는지 누가 알겠냐고 했어요. 난 정말 성병에 걸리지 않았어요." 그는 강한 어조로 말하며 그의 누나를 쳐다보았다.

---

* 마가목의 영어식 표기. 고대 켈트족이 쓴 문자에는 각각의 알파벳에 상징 수목이 하나씩 있었는데, 마가목은 '영적인 보호'를, 사시나무는 마가목과 정반대인 '물리적 보호'를 뜻했다.

"그리고 자네는 씹는담배를 즐기고."

그는 놀라서 에를렌두르를 쳐다보았다.

"그걸 어떻게 아셨죠?"

"그건 중요한 문제가 아니야. 자네 씹는담배를 하지?"

"네."

"그가 칼에 찔린 날 그와 함께 있었나?"

"네. 돈을 줄 테니 좀 만나자고 했어요."

"어떻게 자네한테 연락을 했지?"

레이니르는 휴대전화를 꺼내 에를렌두르에게 보여주었다.

"내가 도착했을 때, 그 사람은 산타 옷을 입고 있었어요." 그가 말했다. "빨리 크리스마스 파티에 가야 한다고 말하고는 빚을 갚겠다며 손목시계를 보았는데 정말 시간이 별로 없어 보였어요."

"그의 방에 많은 돈이 있었지?"

"그건 모르겠는데요. 나한테 준 돈밖에 못 봤어요. 그런데 돈이 많이 들어올 거라는 말은 했어요."

"어디서 들어온다고 했는데?"

"그건 몰라요. 돈방석에 앉게 되었다고만 했어요."

"무슨 뜻으로 그런 말을 했을까?"

"뭔가를 팔 거라고 했어요. 그게 뭔지는 몰라요. 그 얘기는 나한테 해주지 않았어요. 무슨 돈벼락이라고 했던가, 많은 돈이라고 했던가 아무튼 그런 말을 했는데, 아니 돈벼락이라고는 하지 않았어요. 그 사람은 그런 말을 쓴 적이 없어요. 항상 점잖고 고상한 말만 썼거든요. 정말 언제나 예의바른 사람이었죠. 좋은 분이었어요. 나를 괴롭힌 적이 한 번도 없었거든요. 돈을 떼어먹은 적도 없었고요. 세상에는 그 사람보다 나쁜 사람이 얼마나 많은데요. 가끔씩은 나랑 대화도 나누고 싶어 했어요. 외로워 보였는데, 아니 자기는 외로운 사람이라고 했어요. 내가 자기의 유일한 친구라고 말했어요."

"자기 과거에 대해 무슨 말이 없었나?"

"없었어요."

"옛날에 어린이 스타였다는 얘기를 한 번도 한 적이 없었어?"

"네. 어린이 스타였다고요? 무슨?"

"그 사람 방에 호텔 주방에서 쓰는 칼이 있었지?"

"네, 칼이 하나 있었는데 어디서 가져온 건지는 모르겠어요. 내가 그 방에 들어갔을 때 그 사람은 산타 옷을 입고 있었어요. 다음 크리스마스에는 새 걸로 장만해야겠다고 하더라고요."

"자네한테 돈을 줄 때, 그 옆에 다른 돈이 있거나 하지는 않았고?"

"없었던 것 같은데요."

"자네가 그 돈을 훔쳤지?"

"아니에요."

"그 사람 방에 있던 50만 크로나를 가져간 게 자네지?"

"50만 크로나? 그 사람한테 50만 크로나가 있었다고요?"

"자네는 늘 돈에 쪼들렸어. 자네가 그 돈을 가져간 게 틀림없어. 자네는 돈을 갚아야 할 형편이잖아. 그자들이 자네 가족한테까지 협박을 했다고 하던데……."

레이니르가 자기 누나를 노려보았다.

"누나를 보지 말고 나를 봐. 구드라우구르 방에는 많은 돈이 있었어. 자네한테 줄 돈보다 훨씬 많은 돈이지. 돈방석 중 일부를 처분한 돈이었을 거야. 자네 눈에 그 돈이 들어왔던 거지. 자네는 돈이 더 필요했어. 그래서 원래 받으려고 생각했던 것보다 더 많은 돈을 달라고 했는데 그가 거절했고, 옥신각신하던 중에 자네는 칼을 집어 들고 그를 찌르려고 했던 거야. 그는 가까이 오지 못하게 막으며 자네를 피했지만 결국 칼이 가슴에 깊숙이 박혀서 목숨을 잃고 말았지. 그러고 나서 자네는 그 돈을 들고……."

"개수작 하지 마!" 레이니르가 으르렁거렸다. "염병할 노인네!"

"그리고 그 다음에는 마리화나나 필로폰에 취해……."

"아예 소설을 쓰지 그래요?" 레이니르가 소리쳤다.

"그 얘기를 해주라니까." 외스프가 큰 소리로 말했다. "나한테 했던 그 이야기를 해. 반장님한테 모두 말씀드려!"

"모두라니?" 에를렌두르가 말했다.

"그 사람은 나한테 크리스마스 파티에 가기 전에 한 번 해줄 수 있냐고 했어요." 레이니르가 말했다. "시간이 별로 없지만 돈도 있고 하니 넉넉히 줄 수 있다고 했죠. 그런데 우리가 막 하려고 할 때 그 여자가 불쑥 나타났어요."

"그 여자라고?"

"네."

"어떤 여자가?"

"우리가 같이 있는 걸 본 거예요."

"말씀드려." 에를렌두르는 레이니르 뒤에서 말하는 외스프의 목소리를 들었다. "그 여자가 누군지 말씀드리라니까!"

"그 여자라니 대체 어떤 여자라는 거야?"

"문 잠그는 것을 깜박했는데, 갑자기 문이 열리면서 그 여자가 우리를 덮쳤어요."

"그게 누구였나?"

"누군지 나도 몰라요. 어떤 여자였어요."

"그래서 어떻게 됐어?"

"난 몰라요. 얼른 그 방에서 나왔거든요. 그 여자가 그에게 뭐라고 고함을 질렀고, 나는 거기서 재빨리 도망쳐 나왔어요."

"자네는 어째서 그런 사실을 우리한테 곧바로 알리지 않았나?"

"나는 경찰이 반갑지 않거든요. 온갖 인간들이 나를 노리고 있는데, 내가 경찰을 만나려는 걸 만약에 그자들이 알게 되면 내가 자기들을 고발하는 줄 알고 나를 잡아먹으려 들 테니까요."

"그 여자가 누구였나? 어떻게 생긴 여자였어?"

"그냥 빠져 나오는 데만 정신이 팔려서 정말 제대로 볼 틈이 없었어요. 그 사람은 무지하게 당황한 것 같았어요. 나를 밖으로 내보내고는 무섭게 고함을 질렀어요. 그 여자를 무서워하는 것 같았어요. 바지에 오줌이라도 쌀 것처럼 보였어요."

"그가 그 여자에게 뭐라고 소리를 질렀나?"

"스테피라고 했어요."

"뭐라고?"

"스테피요. 내가 듣기로는 스테피라고 했어요. 그 여자를 스테피라고 불렀는데, 정말 무서워하는 것 같았어요."

32
Röddin

그녀는 등을 보인 채 그의 방문 앞에 서 있었다. 에를렌두루는 잠시 멈춰 서서 그녀를 지켜보며, 처음 그녀가 부친과 함께 폭풍처럼 호텔로 들이닥쳤던 이후로 그녀의 모든 것이 참 많이 변했다는 생각을 했다. 그녀는 늘 집에 틀어박혀 장애인 아버지를 돌보며 지내는 지치고 연약한 중년 여인에 지나지 않았다. 이런 여인이 호텔로 찾아와 자기 동생을 살해해야만 했던, 그가 알 수 없었던 이유가 도대체 무엇일까?

복도에 서 있는 그의 존재를 느끼기라도 한 듯 그녀는 갑자기 돌아서서 그를 쳐다보았다. 얼굴에 떠올라 있는 표정만으로는 그녀가 지금 무슨 생각을 하고 있는지 전혀 알 수가 없었다. 그가 아는 것이라곤, 처음 이 호텔에 와서 자신이 흘린 피에 흥건히 잠긴 채 앉아 있던 산타를 본 이후로 줄곧 찾아 헤맨 이가 바로 그녀라는 사실뿐이다.

그녀는 그가 다가와 곁에 설 때까지 아무 말도 하지 않고 문 옆에서 있었다

"반장님한테 말씀드릴 게 있어요." 그녀가 말했다. "그걸로 저에 대한 오해가 다소나마 풀리기를 바랍니다."

에를렌두르는 그녀가 자기 친구에 대한 거짓말을 해명하고 이제는
진실을 말할 때가 되었다고 생각해서 찾아온 것이리라 짐작했다. 그
가 문을 열어주자 그녀는 먼저 방으로 들어갔다. 그리고 창문 쪽으로
다가가 쌓인 눈을 바라보았다.

"이번 크리스마스에는 눈이 안 올 거라고 했는데요."

그녀가 말했다.

"혹시 스테피라는 애칭으로 불린 적이 있습니까?"

그가 물었다.

"어려서는 그렇게 불린 적이 있었어요."

여전히 창밖의 눈 풍경을 바라보며 그녀가 말했다.

"동생이 당신을 스테피라고 불렀죠?"

"네, 그랬어요." 그녀가 말했다. "나는 동생을 굴리라고 불렀고요.
그건 왜 물으시는 거죠?"

"동생이 살해되기 닷새 전에 무슨 일로 호텔에 왔던 거요?"

스테파니아는 깊은 한숨을 내쉬었다.

"거짓말이 들통난 걸 나도 잘 알고 있어요."

"무슨 일로 왔던 겁니까?"

"동생의 음반과 관련된 일이었어요. 우리는 그 음반에 대해 권리가
있다고 생각했습니다. 동생이 그 당시 팔리지 않았던 음반들을 모두
갖고 있는 것을 알고 있었어요. 그래서 그 애가 음반을 팔 계획이 있
다면 우리에게도 그 몫을 나누어주어야 한다고 생각했던 거예요."

"어떻게 해서 그가 음반들을 모두 가지고 있게 된 거죠?"

"아버지가 하프나르피요르두르의 집에 보관하고 있었는데, 구드라

우구르가 박스째 가져갔어요. 그건 모두 자기 것이라고 하면서, 전부 다요."

"그가 음반을 처분하려고 한다는 걸 어떻게 알았소?"

스테파니아는 잠시 망설였다.

"헨리 왑쇼트에 대해서도 거짓말을 했어요." 그녀가 말했다. "그 사람을 알고 있어요. 그 사람에 대해서 잘 알지는 못하지만, 그래도 반장님께 말씀드려야겠죠. 그 사람이 우리와 만난 사실을 말하지 않던가요?"

"전혀." 에를렌두르가 말했다. "그는 문제가 많은 사람이죠. 그런데 지금에 와서야 그런 사실들을 털어놓는 이유가 뭡니까?"

그녀는 대답하지 않았다.

"지금 당신이 하는 말을 어떻게 믿을 수 있지?"

스테파니아는 거짓도 없고 오로지 진실만이 존재했던 맑고 순수했던 어린 시절의 희미한 옛 추억을 더듬기라도 하듯 망연한 표정으로 내리는 눈을 지켜보고 있었다.

"스테파니아?"

에를렌두르가 그녀를 불렀다.

"두 사람은 동생의 노래 문제로 언쟁을 했던 게 아니었어요." 그녀가 갑자기 입을 열었다. "아버지가 계단에서 떨어졌을 때 말예요. 노래 때문에 그런 것이 아니었어요. 그것이 마지막이면서 또 가장 큰 거짓말이었어요."

"두 사람이 크게 다투었다는 건가요?"

"아이들이 학교에서 그 애를 뭐라고 불렀는지 아세요?"

"알고 있소."

"아이들은 동생을 소공녀라고 불렀어요."

"합창단에서 노래하고 계집아이처럼 굴었기 때문에……."

"어머니 드레스를 입고 있는 모습을 보았기 때문이었어요." 스테파니아가 그의 말을 끊고 말했다.

그녀가 창문에서 몸을 돌렸다.

"어머니가 돌아가시고 난 뒤의 일이었어요. 동생은 어머니를 유난히 그리워했는데, 그건 그 애가 더 이상 소년성가대원이 아닌 그저 보통의 목소리를 가진 지극히 평범한 소년이 되면서부터 특히 더했죠. 아버지는 몰랐지만 나는 그걸 알고 있었어요. 아버지가 외출하고 없을 때면 가끔 어머니의 보석을 몸에 두르기도 하고, 때로는 어머니의 드레스를 입고 거울 앞에 서서 제 모습을 비춰보기도 했어요. 심지어는 화장을 한 적도 있었어요. 한번은 그게 여름이었는데, 아이들이 우리 집 앞을 지나가다가 그 모습을 보게 되었죠. 그중에는 동생과 같은 반 아이들도 있었어요. 아이들이 거실 창문을 통해 몰래 들여다본 것이죠. 우리를 이상한 사람들이라고 여기고 있었기 때문에 종종 그런 짓을 하곤 했어요. 아이들은 배가 아플 정도로 웃고 난리도 아니었죠. 그런 일이 있고 나서 동생은 학교에서 완전히 변태로 낙인 찍혔던 거예요. 그러고는 동생을 소공녀라고 놀리기 시작했어요."

스테파니아는 잠시 이야기를 멈추었다.

"나는 동생이 단지 어머니가 그리워서 그러는 줄로 생각했어요." 다시 그녀가 말을 이었다. "어머니의 보석을 몸에 두르고 드레스를 입음으로써 어머니를 보다 잘 느낄 수가 있어서 그러려니 했던 거죠.

동생이 비정상적인 욕구를 갖고 있다는 생각은 하지 못했어요. 그런데 결국 다른 식으로 드러나고 말았죠."

"비정상적인 욕구?" 에를렌두르가 말했다. "당신은 그걸 그렇게 봅니까? 당신 동생은 동성애자였어요. 그랬기 때문에 당신 동생을 용서하지 않았던 거요? 그 오랜 세월 당신 동생과 연락을 끊고 지냈던 이유가 그것이었소?"

"어렸을 때 동생이 어떤 남자아이와 같이 있는 걸 아버지한테 들킨 적이 있었어요. 나는 동생이 친구와 같이 방에서 숙제를 하나 보다 하고 생각했어요. 그런데 갑자기 아버지가 뭔가를 찾으러 집에 와서 구드라우구르 방에 들어갔다가 망측한 짓을 하고 있는 걸 보게 된 거예요. 아버지는 그 사실을 나한테는 알리려 하지 않았어요. 나와 보니까 남자아이가 계단을 뛰어 내려오고 있었고 아버지와 굴리는 서로에게 고함을 지르고 있는 중이었는데, 바로 그때 굴리가 아버지를 밀치는 걸 보게 되었어요. 아버지는 균형을 잃고 계단에서 떨어져 다시는 일어설 수 없게 되었던 거예요."

스테파니아는 다시 창 쪽으로 돌아서서, 크리스마스를 축복하듯 온 땅을 포근하게 덮어주며 소리 없이 내리는 눈을 바라보았다. 에를렌두르는 그녀가 자신의 내면을 감춘 채 무슨 생각을 하고 있는 것인지 궁금했지만, 그로서는 알 도리가 없었다. 이제 다시 그녀가 침묵을 깨고 무슨 말을 하게 될지 자못 기대가 되었다.

"나는 한 번도 관심의 대상이 되어본 적이 없었어요. 내가 하는 일은 모두 언제나 2순위로 밀려났죠. 괜히 자기연민에 빠져서 하는 소리가 아니에요. 그런 건 예전에 그만뒀어요. 그 끔찍했던 날 이후로 왜 내가 동생과 연락을 끊고 지내게 되었는지 그 이유를 좀 더 쉽게 이해하실 수 있도록 설명을 드리려는 거예요. 이따금씩 나는 일이 그렇게 된 데 대해 나 혼자 만족해하며 웃음을 짓곤 했던 것 같아요. 반장님은 그런 제 마음을 상상할 수 있으세요?"

에를렌두르는 고개를 저었다.

"동생이 집을 나가자 아버지의 관심을 받는 유일한 존재는 내가 되었죠. 동생이 아니었어요. 동생은 다시는 그런 관심을 받는 존재가 될 수 없었던 거죠. 나는 묘한 즐거움을, 동생이 잘하면 될 수도 있었던 대단한 어린이 스타가 이제 절대로 될 수 없게 된 데 대해 묘한 만족감을 느꼈어요. 그동안 나도 모르게 상상 이상으로, 특별한 목소리로 인해 모든 사람들의 관심을 끌고 있던 동생을 시기하고 있었던 거죠. 그건 신의 은총이었어요. 누구는 그처럼 축복받은 재능을 타고났는데 나한테는 그런 게 전혀 없었던 거예요. 재주라고는 망아지처럼 쿵쾅거리며 피아노 건반을 두드려대는 것뿐이었죠. 아버지는 나를 가르치면서 그런 식으로 말했어요. 눈을 씻고 봐도 재능을 찾아볼 수가 없다고 말이죠. 그때까지만 해도 아버지를 하늘같이 알았기 때문에 아버지 말이 항상 옳다고 생각했어요. 아버지는 대체로 나한테 잘 대해주셨고, 불구가 되고부터는 아버지를 보살피는 내 재능이 발휘되기 시작했죠. 그때부터 나는 아버지에게 없어서는 안 될 존재가 되었어요. 그렇게 아무 일도 없이 몇 해가 흘렀죠. 굴리는 집을 떠났고, 아버지는 평생 휠체어 신세를 지게 되었고, 나는 그런 아버지를 돌보았어요. 나 자신에 대해서는 전혀 생각하지 않았고, 또 그것이 당연한 거라 생각했어요. 다른 사람들처럼 자기 자신을 계발한다든지 하는 노력은 전혀 없이 그렇게 시간이 흘러갔던 거죠. 그렇게 많은 세월을 보냈어요."

그녀는 이야기를 멈추고 다시 내리는 눈을 바라보았다.

"자기가 가진 것이 그게 전부라는 사실을 인식하기 시작하면, 처음에는 그런 상황이 끔찍하게 여겨지고, 다음에는 그 분노를 풀 대상을 찾게 되는 법이죠. 나는 그 모든 사태를 초래한 주범이 동생이라고 생각하게 된 거예요. 시간이 갈수록 나는 동생을 미워하기 시작했고, 우리 인생이 이렇게 엉망이 된 건 다 동생 탓이라고 여겼어요."

에를렌두르가 뭔가 한마디 해주려는데 그녀가 계속 말을 이었다.

"더 이상 어떻게 설명을 드려야 할지 모르겠어요. 수십 년을 그런 이유로 자신을 울타리 안에 가둬놓고 단조롭고 지루한 인생을 살아왔는데, 나중에 와서야 그게 전혀 중요한 문제가 아니었다는 걸 알게 된 거죠. 그냥 무시해도 좋을, 전혀 해가 되지 않는 그런 거였어요."

"그는 자신의 어린 시절을 도둑맞았다고 했다던데, 아닌가요?" 에를렌두르가 말했다. "자신이 원하는 것을 하지 못하고 뭔가 완전히 다른 인생, 노래만으로, 어린이 스타로서의 삶을 살도록 강요받았고, 그로 인해서 학교에서는 여러 가지로 괴롭힘을 당했던 게 아닌가요? 그런데 그런 모든 노력에도 불구하고 아무것도 아닌 존재가 되자 소위 말하는 비정상적인 욕구가 구체화되어 나타나게 되었던 것이 아닐까요? 내 생각에 그는 그리 행복하지 않았을 거라고 봅니다. 아마도 그는 당신이 그토록 갈구하던 그런 관심을 받는 것을 원하지 않았을지도 모르지요."

"어린 시절을 도둑맞았다고요?" 스테파니아가 말했다. "그렇게 볼 수도 있겠군요."

"당신 동생은 자신의 동성애 성향에 대해 당신이나 부친과 상의하려고 하지는 않았소?"

에를렌두르가 물었다.

"전혀요. 우리도 그 지경이 되고 나서야 알게 되었어요. 동생도 자신에게 무슨 일이 일어나고 있는지 깨닫지 못했을 거예요. 그 점에 대해서는 확신할 수 없지만요. 동생도 왜 자기가 엄마 옷을 입게 되었는지 그 이유를 제대로 알지 못했을 거라고 봐요. 사람들이 자기가 다른 사람들과 다르다는 사실을 언제 어떻게 알게 되는 것인지 나로서는 알 수 없는 문제예요."

"그런데 그는 뭔가 좀 이상한 방식으로 그 별명을 즐겼던 것 같군요." 에를렌두르가 말했다. "그가 그 포스터를 갖고 있던 걸 보면……." 에를렌두르는 하려던 이야기를 중간에 멈추었다. 구드라우구르가 자기 연인에게 소공녀라고 불러달라고 했다는 사실을 그녀에게 알려주어야 할지 고민스러웠다.

"그 점에 대해서는 나도 아는 게 없어요." 스테파니아가 말했다. "그런 일을 겪은 기억이 동생을 계속 괴롭혀왔을 수도 있죠. 동생의 마음속에는 우리가 결코 이해할 수 없는 무엇인가가 있었을지도 모르고요."

"헨리 왑쇼트는 어떻게 알게 되었습니까?"

"어느 날 그가 집으로 찾아와서 구드라우구르의 음반에 대해 의논하고 싶다고 했어요. 우리가 음반을 더 가지고 있는지 알고 싶다고 했죠. 그게 지난 크리스마스였어요. 한 수집가한테서 구드라우구르와

401

우리 가족들에 대한 정보를 입수했다면서 동생의 음반이 해외에서는 엄청난 고가로 거래된다고 말했어요. 동생에게 거래를 제안했지만 거절당했는데, 무슨 이유에서인지 이번에는 바꾸어 왑쇼트를 만날 준비가 됐다고 했다더군요."

"그래서 당신은 당신 몫을 받으려고 했군?"

"그게 잘못된 요구라고는 생각하지 않았어요. 그건 아버지 물건이지 그 애가 마음대로 처리할 수 있는 물건이 아니었어요. 적어도 우리는 그렇게 알고 있었어요. 그 음반을 제작하는 데 들어간 돈은 모두 아버지 주머니에서 나왔으니까요."

"구체적인 액수가 오고갔소? 왑쇼트가 액수를 제시했나요?"

스테파니아는 고개를 끄덕였다.

"수백만 크로나요."

"우리도 그 정도로 알고 있죠."

"그 왑쇼트라는 사람은 돈이 많은 것 같더군요. 내 생각에는 그가 수집가 시장에서 그 음반들이 유통되지 못하게 하려는 의도가 있는 것 같았어요. 내가 그의 의도를 제대로 파악했는지 모르겠지만, 그는 현존하는 모든 음반들을 독점해 시장에서 유통되는 것을 막으려 하는 것이 아니었나 싶어요. 그는 그 점에 대해 아주 솔직하게 밝히고 엄청난 금액을 지불할 용의가 있다고 했어요. 결국 이번 크리스마스 직전에 구드라우구르에게 거래를 제시했는데, 뭔가 상황이 바뀌어서 그렇게 동생을 해치게 되었던 거죠."

"그렇게 동생을 해치게 되었다니, 그게 무슨 말이죠?"

"그 사람을 체포하지 않았나요?"

"했습니다." 에를렌두르가 말했다. "하지만 그가 당신 동생을 찔렀다는 증거는 하나도 없습니다. '뭔가 상황이 바뀌어서'라는 말은 무슨 뜻이죠?"

"왑쇼트가 하프나르피요르두르의 우리 집을 찾아와서는 구드라우구르에게 남아 있는 모든 음반을 자기한테 팔도록 설득했다고 했고, 그래서 나는 그가 또 다른 음반들이 있는 건 아닌지 확인하려 했던 게 아닌가 생각했어요. 우리는 다른 건 없고, 구드라우구르가 집을 떠날 때 모두 가져갔다고 말했죠."

"그래서 당신은 동생을 만나러 호텔에 왔던 것이로군." 에를렌두르가 말했다. "당신 몫을 받으려고."

"동생은 도어맨 복장을 하고 있었어요." 스테파니아가 말했다. "손님들 차에서 가방을 내려 로비로 운반하고 있더군요. 그런 동생을 한동안 지켜보고 있었는데, 동생이 나를 알아보았죠. 나는 음반에 대해서 말할 게 있다고 했어요. 동생은 아버지에 대해 물었고……."

"당신 아버지가 구드라우구르에게 가보라고 했소?"

"아닙니다, 아버지는 그럴 사람이 아니에요. 그 사고 이후 아버지는 동생의 이름을 거론하는 것조차 용납하지 않으셨어요."

"그런데 호텔에서 당신을 보자마자 구드라우구르가 가장 먼저 물은 것이 아버지의 근황이었다는 말이오?"

"네. 우리는 그의 방으로 내려갔고, 거기서 나는 그 음반들이 어디에 있는지 물었어요."

"안전한 곳에 있어." 구드라우구르가 누나에게 미소를 지어 보이며 말했다. "왑쇼트가 누나한테 말했다고 하더군."

"네가 그 음반들을 자기에게 팔 생각이라고 하더라. 그 반은 아버지 것이니까 판 금액의 절반은 우리한테 돌려줘야 해."

"생각을 바꿨어. 그에게 팔지 않을 거야."

구드라우구르가 말했다.

"왑쇼트는 뭐라고 그래?"

"별로 안 좋아했지."

"그 사람은 아주 좋은 가격을 제시하던데."

"내가 직접 그 음반들을 한 장씩 팔면 더 많은 돈을 벌 수 있어. 수집가들이 그 음반에 아주 관심이 많거든. 나한테는 그 음반들이 유통되는 것을 막으려고 그런다고 했지만 내 생각에는 왑쇼트도 나하고 같은 생각을 하고 있을 거야. 그 사람이 나한테 거짓말을 한 것 같아. 그 사람은 그 음반들을 팔아서, 그러니까 나를 이용해서 돈을 벌려는 거지. 옛날에도 전부 다 나를 돈벌이에 이용하려고 하더니, 아버지는 특히 더했고. 그건 지금도 변하지 않았어. 조금도 변하지 않았어."

두 사람은 서로를 노려보았다.

"집에 가서 아버지한테 말해." 그녀가 말했다. "아버지는 이제 살날이 얼마 남지 않았어."

"왑쇼트가 아버지한테 말했어?"

"아니, 왑쇼트가 찾아왔을 때 아버지는 집에 안 계셨어. 내가 아버지한테 왑쇼트 얘기를 해드렸어."

"아버지는 뭐라고 하셨는데?"

"아무 말도. 단지 당신 몫을 원한다고만 하셨어."

"누나는?"

"내가 뭘?"

"누나는 왜 아버지한테서 독립하지 않았지? 왜 결혼을 해서 가정을 꾸리지 않은 거야? 그건 누나의 인생을 산 게 아니야. 아버지의 인생이지. 누나의 인생은 어디에 있어?"

"아버지를 휠체어 신세로 만든 건 바로 너야." 스테파니아가 이를 악물고 말했다. "그리고 너는 내 인생에 대해 물어볼 자격이 없어."

"아버지는 옛날에 나를 꼼짝 못하게 했던 것처럼 누나한테도 똑같이 하는군."

스테파니아는 무섭게 화를 냈다.

"누군가는 아버지를 돌봐야 했어! 아버지의 희망이자 그토록 사랑을 쏟았던 네가 목소리를 잃고 이상한 녀석이 되어서는, 자기 아버지를 계단에서 밀어 떨어뜨려 놓고 이제 와서 한다는 소리가! 네가 감히 아버지한테 어떻게 그런 말을 할 수 있어! 밤중에 몰래 집에 들어와 앉아 있다가 아버지가 깨기 전에 살금살금 빠져나가기나 했던 놈이. 아버지가 무슨 힘이 있어 너를 꼼짝 못하게 한다는 거야? 넌 아버지한테서 완전히 벗어났다고 생각하나 본데, 지금 네 꼴을 보라고! 넌 도대체 뭐야? 한번 말해봐! 넌 아무것도 아냐! 넌 인간쓰레기야."

그녀가 말을 멈추었다.

"미안해." 그가 말했다. "그런 식으로 말하는 게 아니었어."

그녀는 아무 대꾸도 없었다.

"아버지는 나에 대해서 궁금해하셔?"

"아니."

"한 번도 나에 대해서 말씀하지 않으셔?"

"그래, 단 한 번도."

"아버지는 내가 사는 방식을 끔찍하게 여기실 테지. 나를 증오하고, 벌레만도 못하게 여기실 거야. 그날 이후 내내 그러셨을 테지."

"전에는 왜 이런 얘기를 하지 않았던 겁니까?" 에를렌두르가 물었다. "왜 이런 숨바꼭질을 하는 거죠?"

"숨바꼭질? 글쎄요, 그렇게 생각하실 수도 있겠군요. 우리 가족 문제에 대해 말씀드리고 싶지 않았어요. 나는 우리 가족, 우리 프라이버시를 지킬 수 있을 거라고 생각했어요."

"그게 당신 동생을 마지막으로 본 겁니까?"

"네."

"정말 확실합니까?"

"네." 스테파니아가 그를 쳐다보았다. "도대체 왜 그러시는 거죠?"

"예전에 당신 부친이 그랬던 것처럼 어떤 젊은이가 동생과 함께 있는 모습을 보고 기절할 듯 놀란 적이 없습니까? 그걸 보고 당신의 인생을 불행하게 만들었던 일이 떠올라 끝장을 내려고 결심했던 게 아닙니까?"

"아니, 그게 무슨……."

"증인이 있어요."

"증인요?"

"당신 동생과 함께 있던 그 젊은이. 당신 동생한테 돈을 받고 서비스를 해주던 어린 친구 말이오. 그 두 사람이 지하실에 같이 있는 광

406

경을 당신한테 들키자 젊은이는 달아났고 당신은 동생한테 덤벼들었던 거지. 책상 위에 있던 칼을 들고 그를 찔렀고."

"말도 안 되는 소리예요!"

에를렌두르가 무슨 말을 하는지 알아차리고, 이제 자신을 꼼짝 못하게 할 올가미를 씌우려 한다는 걸 느끼며 스테파니아가 말했다. 그녀는 믿을 수 없다는 듯한 눈빛으로 에를렌두르를 노려보았다.

"증인이……." 에를렌두르는 하던 말을 다 마칠 수가 없었다.

"무슨 증인? 무슨 증인이 있다는 거죠?"

"당신이 당신 동생을 죽였다는 사실을 부인하는 거요?"

그때 호텔 전화벨이 울려서 에를렌두르가 받으려고 하는 순간, 주머니 속에서 휴대폰이 울렸다. 스테파니아에게 양해를 구하는 눈짓을 보내자 그녀는 싸늘한 시선으로 받았다.

"전화를 받아야겠소."

에를렌두르가 말했다.

스테파니아는 뒤로 물러나서 커버가 벗겨진 채로 책상 위에 놓여 있던 구드라우구르의 레코드판을 집어 들었다. 그녀가 레코드판을 조심스럽게 살피는 동안 에를렌두르는 호텔 전화를 먼저 받았다. 시구르두르 올리였다. 에를렌두르는 다시 휴대폰을 받고 상대방에게 잠시 기다려달라고 했다.

"지금 막 어떤 친구가 호텔 살인사건에 관한 일로 저한테 전화를 해서 곧바로 그 친구에게 반장님 휴대폰 번호를 알려주었어요." 시구르두르 올리가 말했다. "그 친구 전화 받으셨어요?"

"그렇지 않아도 지금 전화가 걸려왔어."

에를렌두르가 말했다.

"이번 사건이 해결된 것 같아요. 그 친구와 얘기해보고 저한테도 알려주세요. 차 세 대를 보냈습니다. 엘린보르그가 같이 타고 가요."

에를렌두르는 수화기를 내려놓고 다시 휴대폰을 집어 들었다. 처음 듣는 목소리가 자기소개를 하고는 자신이 알고 있는 내용들을 진술하기 시작했다. 에를렌두르가 스테파니아의 혐의를 확신하고 구체적으로 행동에 옮기려 할 순간 정말 때를 맞춰 전화가 왔던 것이다. 두 사람은 한참 동안 대화를 나누었다. 이윽고 에를렌두르는 상대방에게 경찰서에 가서 시구르두르 올리에게 같은 내용을 진술해달라고 부탁했다. 엘린보르그에게도 전화를 걸어 알려주었다. 에를렌두르가 전화를 마치고 돌아서자 스테파니아는 구드라우구르의 레코드판을 턴테이블 위에 올려놓고 스위치를 켜고 있었다.

"옛날에는 가끔 있었던 일이에요." 그녀가 말했다. "이런 레코드판을 제작하던 시절에는 녹음과정에 여러 가지 배경 소음들이 섞여 들어가곤 했는데, 제작과정에서 주의가 부족했거나 아니면 기술이 원시적이었거나 하는 이유에서였을 거예요. 물론 녹음시설도 보잘것없었지만요. 트랙 중간 중간에 섞여 있는 소리도 잘하면 들을 수 있어요. 반장님도 아세요?"

"글쎄요."

그녀가 무슨 말을 하려는지 짐작도 못한 채 그가 대답했다.

"이를테면 주의를 기울이면 이 노래에서도 그런 소리를 들을 수 있어요. 미리 알고 있지 않는 한 그런 소리들이 섞여 있다는 사실을 알아낼 사람은 아마 없을 거예요."

그녀가 볼륨을 높이자 에를렌두르는 좀 더 귀를 기울였고, 그러자 노래 중간에 소음이 섞여 들어가 있는 것을 알아차릴 수 있었다.

"그게 무슨 소립니까?" 그가 물었다.

"아버지예요." 스테파니아가 대답했다.

그녀는 그 부분을 다시 틀었고, 무슨 말인지는 알 수 없었지만 에를렌두르는 그 소음을 좀 더 분명하게 들을 수 있었다.

"당신 부친이라고요?" 에를렌두르가 다시 물었다.

"아버지가 동생한테 멋지다고 말하는 거예요." 스테파니아가 꿈꾸듯 말했다. "마이크 가까이에 있던 아버지는 자신의 목소리가 녹음에 섞여 들어갈 줄 몰랐던 거죠."

그녀가 에를렌두르를 쳐다보았다.

"아버지는 어제 돌아가셨어요." 그녀가 말했다. "평상시처럼 저녁 식사 후에 소파에 누워 잠깐 눈을 붙이셨는데 영영 깨어나지 못하셨어요. 방에 들어가자마자 나는 아버지가 돌아가셨다는 걸 알았어요. 손을 대보기도 전에 벌써 느껴졌어요. 의사 말이 심장마비로 돌아가셨다고 하더군요. 그래서 호텔로 반장님을 뵈러 온 것이에요. 모든 걸 깨끗이 정리하려고요. 더 이상 문제가 될 게 없거든요. 아버지한테도 나한테도 말예요. 이제는 더 이상 문제가 될 게 없어요."

그녀는 세 번째로 그 부분을 다시 틀었고 이번에는 에를렌두르도 그 말을 분명히 알아들은 것 같았다. 한 단어가 마치 주석을 달듯 노래하는 중에 달려 있었다.

멋지구나.

"동생이 살해된 날 나는 아버지가 화해하고 싶어 하신다는 말을 동생에게 전해주려고 그 방에 내려갔어요. 구드라우구르가 집 열쇠를 갖고 있고 밤에 몰래 들어와 거실에 앉아 있다가 우리가 알아채기 전에 다시 빠져나가곤 했다는 말을 아버지한테 해준 다음부터 화해를 원하셨다고 말예요. 나는 구드라우구르가 어떻게 나올지 몰랐어요. 다시 아버지를 만나고 싶어 할지, 아니면 두 사람을 화해시키려는 시도가 부질없는 노력이 될지. 하지만 나는 한번 시도해보기로 했어요. 방문이 열려 있고⋯⋯."

그녀의 목소리가 떨렸다.

"그리고 동생이 피가 흥건한 가운데 누워⋯⋯."

그녀는 잠시 멈추었다.

"그 산타 옷을 입고⋯⋯ 바지는 벗겨진 채⋯⋯ 온통 피로 물들어⋯⋯."

에를렌두르가 그녀에게 다가갔다.

"세상에." 그녀는 신음을 삼켰다. "여태껏 살면서 그런 광경은 처음⋯⋯. 그걸 어떻게 말로 표현할지. 내가 무슨 생각을 했는지 모르겠어요. 그냥 무섭기만 했어요. 어떻게든 빨리 벗어나서 잊어야겠다는 생각밖에 없었어요. 아무 일도 없었던 것처럼. 나하고는 전혀 상관없는 일이라고 스스로 다짐했죠. 내가 거기에 있었든 없었든 상관없는 일로 이미 지나간 일이고 내가 상관할 바가 아니다, 라고요. 그냥 모른 체하기로 했어요. 어리석은 짓이었죠. 어떻게 된 일인지 알고 싶지 않았고, 그 사실을 아버지한테 알리지도 않았어요. 누구한테도 알리지 않으려고 했어요."

그녀는 에를렌두르를 쳐다보았다.

"도움을 청했어야 했어요. 물론 경찰을 불렀어야 했지만 그건, 그건, 정말 구역질나고 비정상적인 광경이라서……. 그냥 달아났어요. 그게 내가 할 수 있는 유일한 행동이었어요. 달아나자. 그 끔찍한 곳을 어서 벗어나 아무한테도 들키지 않고 달아나자……."

그녀가 말을 멈추었다.

"나는 늘 동생을 피해왔던 것 같아요. 어떻게 해서든 동생으로부터 달아나려고 했어요. 항상 그랬죠. 그런데……."

그녀는 조용히 흐느꼈다.

"우리는 좀 더 일찍 화해하려고 노력해야 했어요. 내가 오래전에 그런 노력을 기울였어야 했어요. 모두 내 잘못이에요. 아버지도 결국은 그걸 원했어요. 돌아가시기 전에 말예요."

두 사람은 침묵 속으로 빠져들었고, 에를렌두르는 창밖을 내다보았다. 눈발이 약해지고 있었다.

"가장 끔찍했던 것은……."

그녀는 생각하기조차도 두려운 듯 말을 잇지 못했다.

"동생이 이미 죽었던가요?"

그녀는 고개를 저었다.

"동생이 죽기 전에 한마디 했어요. 문간에 서 있는 나를 보고 힘들게 내 이름을 불렀어요. 동생은 나를 그렇게 부르곤 했어요. 우리가 어렸을 때, 동생은 항상 나를 스테피라고 불렀어요."

"그가 죽기 전에 당신 이름을 부르는 소리를 그들이 들었던 것이로 군."

그녀는 놀라서 그를 쳐다보았다.

411

"그들이라니 누가?"

그때 갑자기 에바가 문간에 나타나 서 있는 모습이 보였다. 그녀는 스테파니아와 에를렌두르를 번갈아 노려보다가 다시 스테파니아를 노려보며 고개를 흔들었다.

"어떻게 아빠는 끊임없이 여자들을 건드리는 거죠?" 아버지에게 비난 어린 눈초리를 보내며 그녀가 말했다.

33
Röddin

그는 외스프에게서 어떤 변화도 느낄 수 없었다. 에를렌두르는 그녀가 자신이 저지른 짓에 대해 양심의 가책이나 죄의식을 보이지 않을까 기대하며 그녀의 일하는 모습을 지켜보고 서 있었다.

"그 스테피라는 여자를 찾았나요?" 복도에 서 있는 그를 보고 그녀가 물었다. 그녀는 세탁물 통에 수건을 잔뜩 쌓아놓은 후 새 수건을 몇 장 꺼내 들고 객실로 들어갔다. 그녀를 바싹 따라가던 에를렌두르는 문득 문간에 멈추어 서서 다른 생각에 빠져들었다.

그는 딸을 생각하고 있었다. 스테파니아가 누구인지 힘들게 확인시켜준 후 스테파니아가 돌아가자, 그는 에바에게 잠시 기다려달라고 했다. 침대에 앉은 에바를 보자 그는 에바가 달라졌다는 것을, 옛날로 돌아갔다는 것을 즉시 알 수 있었다. 그녀는 자기 인생이 망가진 게 모두 아빠 책임이라며 장시간 그에게 비난을 퍼부었고, 그는 한마디 말도 없이, 변명을 하거나 그녀의 화를 부추기는 행동을 삼가며 가만히 서서 듣기만 했다. 그는 딸이 왜 화가 났는지 알고 있었다. 그녀는 아버지에게 화가 난 것이 아니라 자기 자신에게, 견디지 못하고 무너지는 자기 자신 때문에 화가 난 것이었다. 더 이상 자신을 통제할 수 없었던 것이다.

그녀가 다시 마약을 하는지는 그도 알 수 없었다. 그는 손목시계를 보았다.

"급하게 갈 데가 있나 봐요?" 그녀가 말했다. "세상을 구하려고 출동하는 거예요?"

"여기서 기다려줄 수 있지?" 그가 말했다.

"어서 나가요!" 갈라지고 사나운 목소리로 그녀가 말했다.

"도대체 왜 이러는 거니?"

"닥쳐요."

"기다려줄 거지? 오래 걸리지 않을 거야. 그러고 나서 우리 함께 집에 가자. 괜찮지?"

그녀는 아무 대답 없이 머리를 숙이고 앉아서는 멍하니 창밖을 내다보고 있었다.

"금방 돌아올 거야." 그가 말했다.

"가지 말아요." 더욱 갈라진 목소리로 그녀가 애원하듯 말했다. "어디 가는 거예요?"

"뭐가 잘못되었니?" 그가 물었다.

"잘못되었다고요!" 그녀가 울부짖었다. "모든 게 잘못되었어요! 모든 게! 망할 놈의 내 인생. 이놈의 인생은 모든 게 엉망이에요! 뭐가 뭔지 정말 모르겠어요. 우리가 왜 이렇게 살아야 하는지 모르겠다고요. 왜! 왜!"

"에바, 그건……."

414

"우리 아기, 너무 보고 싶어요." 그녀가 흐느끼며 말했다.

그는 그녀를 팔로 감싸 안았다.

"매일, 아침에 눈을 뜨고 밤에 잠이 들어도, 매일같이 나는 우리 아기를 생각하고 내가 우리 딸에게 무슨 짓을 했는지 돌이켜봐요."

"그건 좋은 일이야." 에를렌두르가 말했다. "네가 매일같이 먼저 간 네 아이에 대해서 생각하는 건 당연한 일이야."

"하지만 너무 힘들어요. 어떻게 빠져나올 수가 없단 말이에요, 영원히. 난 어떻게 해야 하죠? 내가 무얼 할 수 있을까요?"

"네 아이를 잊지 마. 먼저 간 아이를 생각해, 항상. 그러면 네 아이가 너를 도와줄 거다."

"내가 얼마나 아이를 원했는데요. 나란 인간은 도대체 어떻게 생겨먹은 사람이죠? 자기 자식한테 그런 짓을 하다니."

"에바." 그는 자신에게 기대오는 딸을 포근히 안아주었다. 두 사람은 침대 끝에 그렇게 한참을 앉아서 온 도시를 소리 없이 덮으며 내리는 눈을 바라보았다.

얼마간의 시간이 지나자 에를렌두르는 에바에게 방에서 기다리라고 낮은 소리로 일렀다. 그는 그녀와 함께 집으로 가서 크리스마스 파티를 즐기기로 했다. 두 사람은 서로를 쳐다보았다. 이제 많이 진정된 그녀가 고개를 끄덕였다.

이제 그는 아래층으로 내려와 외스프가 일하는 모습을 지켜보며 방문 앞에 서 있었다. 그러나 에바 생각을 멈출 수가 없었다. 빨리 에바에게로 돌아가, 그녀를 데리고 집으로 가서 함께 크리스마스를 보내야 한다.

"스테피와 이야기를 나누었지." 그가 방 안에서 들을 수 있도록 크게 말했다. "그녀의 정식 이름은 스테파니아인데, 구드라우구르의 누나야."

외스프가 욕실에서 나왔다.

"그런데, 혹시 그 여자가 모든 걸 부인하던가요? 아니면……."

"아니, 부인하거나 하지는 않았어." 에를렌두르가 말했다. "그녀는 자기가 무슨 잘못을 저질렀는지 잘 알고 있고, 뭐가 잘못된 것인지, 언제 어떻게 해서 그런 일이 일어나게 되었는지 고민하고 있었지. 잘못되었다는 걸 느끼고 있었지만 이미 상황은 걷잡을 수 없이 진행되고 있었던 거야. 바로잡기에는 너무 늦어버렸다는 것이 그녀를 힘들게 했어."

"그 여자가 자백했나요?"

"그래." 에를렌두르가 말했다. "대부분, 실질적으로는 말이지. 많은 말을 하지는 않았지만 자신이 한 역할을 잘 알고 있었어."

"대부분이라뇨? 그게 무슨 뜻이죠?"

외스프는 세제와 걸레를 가져오려고 그의 옆을 지나 밖으로 나갔다가 다시 욕실로 들어갔다. 에를렌두르는 안으로 들어가, 이전에 이번 사건이 아직 어떻게 진행될지 모르는 상태에서 그녀를 따뜻한 시선으로 바라보던 때와 마찬가지로 그녀의 청소하는 모습을 지켜보았다.

"사실상 모든 걸 털어놓았어." 그가 말했다. "살인했다는 것만 빼고. 그것만이 그녀가 털어놓을 수 없는 단 한 가지라고 할 수 있지."

외스프는 욕실 거울에 세정제를 뿌리고는 아무 동작도 하지 않았다.

"하지만 제 동생이 그 여자를 봤어요." 그녀가 말했다. "제 동생은 그 여자가 자기 동생을 찌르는 걸 봤어요. 그 여자는 그걸 부인할 수 없어요. 그 여자가 거기 있었다는 걸 부인할 수 없다고요."

"아니지." 에를렌두르가 말했다. "그녀가 지하실에 내려갔을 때 그는 죽은 뒤였어. 그를 찌른 건 그녀가 아니었지."

"아니에요, 레이니르가 봤어요." 그녀가 말했다. "그 여자는 그걸 부인할 수 없어요."

"자네는 그자들에게 얼마나 빚을 졌지?"

"그자들에게 빚을 지다니요?"

"얼마나 많은 빚을 진 거야?"

"누가 빚을 져요? 대체 무슨 말씀을 하시는 거죠?"

외스프는 마치 자기의 인생이 걸려 있기라도 한 듯, 멈추면 자기 인생도 같이 끝나기라도 하는 것처럼 거울을 닦고 있었다. 그 가면이 떨어지면 그녀도 항복하게 되어 있었다. 그녀는 계속 뿌리고 닦으면서 거울에 비친 자신의 눈을 한사코 피하고 있었다.

그녀를 지켜보는 에를렌두르에게 문득 예전에 읽었던 빈민들에 관한 책에 나오는 한 구절이 떠올랐다. '그녀는 세상의 사생아였다.'

"엘린보르그 형사가 범죄센터에 기록된 자네의 행적들을 조사해보았어. 성범죄센터. 6개월 전의 일이야. 세 녀석이 있었어. 라우다바튼 호숫가의 오두막에서 있었던 일이지. 그게 자네가 말한 전부였어. 자네는 그자들이 누군지 모른다고 했지. 그들은 어느 금요일 밤 시내에 나간 자네를 납치해서 그 오두막으로 데려가 돌아가면서 자네를 강간했어."

외스프는 계속 거울을 닦고 있었다. 그녀가 자기 말에 조금이라도 동요하는 모습을 보이고 있는 건지 에를렌두르는 도무지 알 수가 없었다.

"결국 자네는 그들을 확인해주기를 거부했고 고발도 하지 않았지."

외스프는 한 마디 말도 없었다.

"이 호텔에서 일하며 얻는 수입으로는 그 빚을 감당할 수 없었을 뿐더러 약값을 대기에도 턱없이 부족했지. 처음에는 어쩔 수 없이 적은 액수로 어떻게든 지탱해보려고 했지만 그들은 더 많은 약을 제공했고, 결국은 협박에 시달리게 되면서 그들의 말을 따르지 않을 수가 없게 된 거야."

외스프는 그를 쳐다보지 않았다.

"이 호텔에 좀도둑은 없어, 그렇지?" 에를렌두르가 말했다. "우리를 속여서 엉뚱한 방향으로 몰아가려고 한 거지."

복도 쪽에서 소리가 들리는가 싶더니 엘린보르그가 네 명의 경찰을 데리고 문 앞에 모습을 보였다. 에를렌두르는 손짓으로 그녀를 잠시 기다리게 했다.

"자네 동생도 자네와 같은 처지지. 모르긴 해도 같은 거래를 그자들과 하고 있겠지. 폭행당하고, 협박당하고, 부모님까지 협박을 당해도 감히 그자들 이름을 댈 수가 없겠지. 단지 협박만으로는 경찰도 아무 도움을 줄 수 없다고 하겠지. 이제 그자들은 무슨 짓이든 할 수 있게 되어, 오두막으로 납치해서 강간을 하는데도 놈들 이름을 밝히지 않겠다 이거지. 자네 동생도 마찬가지고."

에를렌두르는 이야기를 잠시 멈추고 그녀를 지켜보았다.

"조금 전에 어떤 사람이 나한테 전화를 했어. 마약반에서 경찰과 함께 일하는 사람이지. 그는 정보원들을 여기저기 심어놓고 그들이 길거리나 마약밀매 현장에서 보고 들은 정보들을 취합해서 경찰에 넘겨주는 일을 해. 그 사람이 어젯밤 늦게, 정확히 말하면 오늘 새벽에 한 통의 전화를 받았다는군. 그 내용이 뭐냐 하면, 6개월 전에 강간을 당한 젊은 아가씨에 대한 이야기로 그 여자가 며칠 전 빚을 모두 갚을 때까지 빚쟁이들로부터 끊임없이 시달려왔다는 거야. 그 아가씨와 남동생 모두 그랬다는군. 낯설지 않은 이야기지?"

외스프는 고개를 저었다.

"익숙한 내용이지 않아?" 에를렌두르가 다시 물었다. "그 정보원은 그 아가씨의 이름과 그 아가씨가 일하는 곳, 산타클로스가 살해된 호텔의 이름도 알고 있더군."

외스프는 계속 고개를 저었다.

"우리는 구드라우구르의 방에 50만 크로나가 있었다는 사실을 알고 있어." 에를렌두르가 말했다.

그녀는 거울을 닦던 손을 멈추고 아래로 늘어뜨린 채 멍하니 서 있었다.

"그만두려고 했어요."

"마약을?"

"소용없어요. 그 빚쟁이들은 정말 무서운 사람들이에요."

"그자들이 누군지 말해 줄 텐가?"

"죽일 생각이 아니었어요. 나한테 항상 잘해 주었는데, 그런데 그때……."

419

"그 돈을 보았겠군?"

"나는 돈이 필요했어요."

"돈 때문이었나? 그를 죽인 이유가 돈 때문이었어?"

그녀는 대답하지 않았다.

"이유가 돈이었나? 아니면 동생 때문이었나?"

"둘 다 조금씩요." 외스프가 나지막이 말했다.

"돈이 필요했지?"

"네."

"그리고 그가 동생을 욕보이고 있었고."

"네."

무릎을 꿇고 있는 동생의 모습과 침대 위에 쌓여 있는 돈다발, 그리고 칼이 그녀의 눈에 들어오자 그녀는 조금도 망설임 없이 그 칼을 집어 들고 구드라우구르를 찌르려고 했다. 그가 피하면서 팔로 막으려고 했지만 그녀는 이리저리 다가가면서 그가 저항을 멈추고 벽에 기대 쓰러질 때까지 멈추지 않았다. 그의 가슴에서, 심장에 난 상처에서 피가 뿜어져 나왔다.

칼뿐만 아니라 그녀의 손도 피로 물들었고, 코트에까지 피가 튀었다. 동생은 바닥에서 일어나 복도로 달려 나가 계단 쪽으로 향했다.

구드라우구르가 무거운 신음을 내뱉었다.

죽음과도 같은 정적이 작은 방 안을 감돌았다. 그녀가 멍하니 구드라우구르와 칼을 잡고 있는 자기 손을 번갈아 쳐다보고 있는데, 갑자기 레이니르가 다시 나타났다.

"누군가 계단을 내려오고 있어." 그가 속삭이듯 말했다.

그는 한 손에 돈을 들고 다른 손으로는 못이라도 박힌 듯 꼼짝 않고 서 있는 누나를 잡아끌고 복도 끝 구석으로 몸을 숨겼다. 그 여자가 나타나자 두 사람은 숨조차 쉴 수 없었다. 그 여자는 어둠 속을 뚫어지게 보았지만 그들을 볼 수는 없었다.

구드라우구르의 방에 들어선 그녀의 입에서 억눌린 비명소리가 터져 나왔고, 구드라우구르가 내는 소리가 두 사람에게 들려왔다.

"스테피." 구드라우구르가 신음하듯 말했다.

그러고는 아무 소리도 들리지 않았다.

안으로 들어갔던 여자가 곧바로 나오는 모습이 그들의 눈에 들어왔다. 뒷걸음질로 복도 벽에 다다른 그녀는 갑자기 돌아서서는 뒤도 안 돌아보고 빠른 걸음으로 그곳을 빠져나갔다.

"나는 코트를 벗어버리고 다른 옷을 찾아 입었어요. 레이니르는 호텔에서 나갔고요. 나는 계속 일을 해야 했어요. 그러지 않으면 당신들이 대번에 알아차릴 것 같았어요. 그때 사람들이 크리스마스 파티를 시작할 수 있도록 나한테 구드라우구르를 데려오라고 했어요. 나는 거절할 수가 없었어요. 주목을 받을 수도 있는 행동을 해서는 안 될 것 같았거든요. 지하실로 내려가서 잠시 복도에 서 있었어요. 문이 열려 있었지만 방 안으로 들어가지 않았어요. 그러고는 돌아와서, 그를 찾기는 했는데 죽은 것 같다고 말했어요."

외스프는 바닥을 내려다보았다.

"가장 나쁜 것은 그가 나한테 친절하기만 했던 사람이라는 거예요. 그래서 내가 그렇게 미쳤었나 봐요. 그 사람은 이곳에서 나한테 잘해

준 몇 안 되는 사람 중의 하나였어요. 그래서 그랬나 봐요. 그런데 내 동생이……. 내가 제정신이 아니었어요. 모두 그 일 뒤에……."

"그들이 그런 짓을 한 뒤에?" 에를렌두르가 물었다.

"그 짐승들을 고발하는 건 별로 의미가 없어요. 그런 끔찍한 폭행을 저지르고도 1년이나 1년 반쯤 형을 선고받겠죠. 그러고는 다시 돌아오는 거예요. 내가 할 수 있는 게 아무것도 없어요. 도움을 청할 데도 없고요. 돈을 갚는 일만 남게 되는 거죠. 누가 뭐라고 하든 상관없어요. 내가 돈을 가져갔고 그자들에게 주었어요. 돈 때문에 그를 죽였을 거예요. 레이니르 때문일 수도 있고요. 모르겠어요. 정말 모르겠어요……."

그녀는 잠시 이야기를 멈추었다.

"정신이 나갔어요." 그녀가 같은 말을 되풀이했다. "그런 느낌이 들었던 적은 한 번도 없었어요. 그렇게 미친 듯이 흥분했던 적은 한 번도 없었어요. 그 오두막이 계속 떠올랐어요. 그자들이 보였어요. 그 모든 일이 되풀이되는 모습이 보였어요. 나는 칼을 집어 들었고 내가 찌를 수 있는 곳은 어디건 찔렀어요. 그를 마구 난도질했어요. 그가 막으려고 했지만 나는 그가 움직이지 않을 때까지 찌르고, 찌르고, 또 찔렀어요."

그녀가 에를렌두르를 쳐다보았다.

"그게 그렇게 힘든 일인 줄 몰랐어요. 누군가를 죽인다는 건 정말 힘든 일이에요."

엘린보르그가 문간에 모습을 보이자 에를렌두르는 기다리라는 손짓을 했다. 그녀는 어째서 에를렌두르가 이 아가씨를 체포하지 않고 있는지 이해할 수가 없었다.

"그 칼은 어디에 있나?" 에를렌두르가 물었다.

"칼요?" 외스프가 그에게 걸어오며 되물었다.

"그 칼."

그녀는 잠시 생각에 잠겼다.

"원래 있던 곳에 갖다놓았어요." 이윽고 그녀가 말했다. "직원용 커피룸에서 깨끗이 닦은 다음 당신들이 오기 전에 치웠어요."

"어디로 치웠나?"

"원래 있던 곳에 갖다놓았어요."

"주방에? 칼들 보관하는 곳에?"

"네."

"이 호텔에는 그런 칼들이 500개는 있을 텐데." 에를렌두르가 절망적으로 말했다. "그걸 어떻게 찾지?"

"뷔페부터 시작해보세요."

"뷔페?"

"누군가가 그걸 사용하고 있을 거예요."

34
Röddin

에를렌두르는 외스프를 엘린보르그와 경찰관들에게 인계하고 서둘러 에바가 기다리고 있을 그의 방으로 돌아갔다. 카드키를 넣고 문을 열자, 커다란 창문을 활짝 열어놓고 창턱에 앉아 저 아래 지상에 눈이 내려 쌓이는 모습을 바라보고 있는 에바가 보였다.

"에바." 그가 조용히 불렀다.

에바는 그가 알아들을 수 없는 소리로 뭐라고 중얼거렸다.

"이리 와라." 그가 조심스럽게 접근하며 말했다.

"너무 쉬워 보여요." 에바가 말했다.

"에바, 이리 와." 에를렌두르가 소곤거리는 듯한 낮은 목소리로 말했다. "집에 가자."

그녀는 고개를 돌려 한동안 그를 바라보다가 이윽고 고개를 끄덕였다.

"가요." 그녀는 재빨리 말하고 나서 바닥으로 내려와 창문을 닫았다.

그는 그녀에게 다가가 이마에 입을 맞추었다.

"아빠가 네 어린 시절을 빼앗았지, 에바?" 그가 나지막하게 말했다.

"응?" 그녀가 물었다.

"아무것도 아니다."

에를렌두르는 그녀의 눈을 한참 동안 들여다보았다. 이따금 그는 그녀의 눈 속에서 하얀 백조를 보곤 했다.

지금은 그들이 검은색이었다.

엘리베이터를 타고 로비로 내려가는 중에 에를렌두르의 휴대폰이 울렸다. 그는 목소리의 주인공이 누구인지 바로 알 수 있었다.

"즐거운 성탄 보내세요." 전화기에 대고 속삭이듯 발게르두르가 말했다.

"당신도요." 에를렌두르가 말했다. "메리 크리스마스."

에를렌두르는 로비에서 식당 안을 흘낏 들여다보았다. 식당은 온갖 언어로 웃고 떠들며 크리스마스이브의 뷔페를 즐기고 있는 여행객들로 가득 차 있었다. 그들 중 한 사람이 그 살인무기를 손에 들고 있을 거라는 생각을 도저히 떨쳐버릴 수가 없었다.

그는 프런트매니저에게, 그날 밤 여자를 보내 그와 잠자리를 같이하도록 유혹한 다음 돈을 요구하라고 조종한 로산트가 그 일의 책임을 지도록 조치했다는 말을 전했다. 호텔 소유주들에게도 이미 총지배인과 수석웨이터에 대한 정보를 알려주었지만, 그들이 어떤 징계를 받게 될지에 대해서는 아는 바가 없었다.

에를렌두르는 총지배인이 화난 눈빛을 에바에게 흘낏 던지는 모습을 보았다. 에를렌두르는 못 본 체하고 지나치려고 했지만 총지배인이 그의 앞으로 불쑥 모습을 드러냈다.

"반장님께 감사드리고 싶어서요. 그리고 물론 숙박비는 계산하지 않으셔도 됩니다."

"계산은 벌써 마쳤소." 에를렌두르가 말했다. "그럼 이만."

"헨리 왑쇼트는 어떻게 되나요?" 총지배인이 에를렌두르의 앞을 가로막으며 물었다. "그자를 어떻게 하실 겁니까?"

에를렌두르는 걸음을 멈추었다. 그의 팔에 안겨 있던 에바가 졸린 눈으로 총지배인을 쳐다보았다.

"집으로 돌려보낼 생각인데, 무슨 다른 문제라도 있소?"

총지배인이 우물쭈물하더니 하고 싶은 말을 꺼냈다.

"그 여자가 협회 손님들에 대해 늘어놓은 거짓말에 대해서는 어떻게 처리하실 생각이신가요?"

에를렌두르는 속으로 미소를 지었다.

"그게 그렇게 걱정이 됩니까?"

"그건 모두 거짓말입니다."

에를렌두르는 에바를 안고 정문 쪽으로 향했다.

"또 봅시다." 그가 말했다.

로비를 가로지르는 에를렌두르의 눈에 사람들이 여기저기 멈춰 서서 사방을 둘러보고 있는 모습이 들어왔다. 스피커에서는 더 이상 애잔한 크리스마스 캐럴이 흘러나오고 있지 않았다. 에를렌두르는 프런트매니저가 그의 요청을 받아들여 음악을 바꾸기로 했다는 말을 듣고 혼자서 미소를 지었다. 그는 그 음반들을 생각했다. 스테파니아에게 그 음반들이 어디에 있을 거라 생각하느냐고 물었지만, 그녀는 알지 못했다. 동생이 그걸 어디에 보관해두고 있었는지 전혀 짐작이 가지 않았고, 또 찾아낼 수 있을지 확신이 안 간다고 했다.

식당 안의 웅성거림이 점차 잦아들었다. 손님들의 표정이 놀라움으로 변해가면서, 그들의 귀에 들려오는 너무도 아름다운 노래의 진원지를 찾기 위해 모두들 천장으로 시선을 돌렸다. 직원들도 일손을 멈추고 귀를 기울였다. 시간이 멈춘 것 같았다.

두 사람은 호텔을 나섰다. 에를렌두르는 마음속으로 어린 구드라우구르와 함께 그 아름다운 찬송가를 따라 부르고 있었다. 소년의 목소리에 깃들어 있는 깊은 열망이 그대로 전해져오는 것을 느낄 수 있었다.

'오 주여, 이 짧은 세상 살 동안 갈 길 몰라 헤매니 불 밝혀 주옵소서……'